清代少數民族
文學家族詩集叢刊

第一輯

法式善文學家族詩集

【清】法式善 等撰

多洛肯 點校

下

上海古籍出版社

存素堂詩二集·續集

(清)法式善 撰

序

安州屯牧王君春堂刻其師法梧門先生《存素堂詩二集》成，鮑覺生宫尹既爲之序矣，復徵言於余，且曰："吾師意也。"予以辛丑入詞館，後先生一科，中間結爲"城南詩社"，好事者圖繪之。予曾題句云："詩龕祭酒第一流，論詩道廣陳太邱。聲名官職俱優游，風度得似張公不？"詩龕者，先生所居，聚古今人詩集毋慮數千家，實其中起居飲食，無適而非詩者。先生既以詩提唱後進，又好賢樂善，一藝之長，津津然不啻若自其口出。以故四方之士論詩於京師者，莫不以詩龕爲會歸，蓋巋然一代文獻之宗矣。

顧屢起屢躓，官不越四品，近又以病謝。而予淪落一官，偃蹇無似，敬愛如先生，恒終歲不通音問，而先生顧惓惓無已。因追憶城南之遊，二十年來半爲古人，其存者亦皆散處四方，求如曩者連茵接軫、酬唱賡和之樂，渺不可得，人生離合聚散之故甚可感也。而王君篤於師友，於先生詩，一刻再刻不已，風義尤爲近古。至先生之詩，沖古淡泊，出入於陶、謝、王、孟、韋、柳之間。雖所遇不一，而優柔平和，絕無幾微激宕之音侵其毫端，此更足以覘先生所養，而亦天下讀先生詩者所共見之，初無俟予言也。蒲酒在觴，榴花如火，展卷披尋，如從先生於詩龕時也。和墨伸紙，不覺黯然。

嘉慶歲在昭陽作噩厲皐之月，館後學河汾劉錫五謹序於武昌之九桂軒

序

庚子秋試京兆,幸雋。訪知騷壇樹幟有法梧門先生,是年春捷南宮,旋由內翰躋大司成,造就海內人才盛矣。家君宦蜀晉時,余侍左右,到處遇景仰詩龕者,心怦怦,以未讀其稿為恨。越庚午,來守安州,詩龕弟子王春堂適牧屯斯土,曾刻《存素初集》,讀之擊節曰:"曩慕陶韋,未見存素;今讀存素,如見陶韋。"四載中,親閱春堂治己治人,淵源誠有自也。茲又續刻工竣,問序於余。余在夔門巴西有感偶成,錄存六草,春堂欣亦付剞劂。噫!存素詩益富,續刻敬益隆,薰陶之力,悅服之誠,兩徵之。余亦獲分推愛。春堂之敦厚,實詩龕之育才也。昔者安定公弟子散在四方,不問可知為胡公弟子。學者相與稱先生,不問可知為胡公。余於詩龕亦云。

後學堯農李世治拜序

序

詩以言性情而已，不知詩之本而強爲詩，則其爲詩也，適以掩其性情。善爲詩者，但言其心所欲言而止，使讀之者悠然而意會，求其所以抒性情者，足以自養其性情焉。

梧門先生，今之真能爲詩者也，王屯牧墉爲刻《存素堂詩初集》行於世。余讀之，以爲妙述已意，質而彌永，存素之目，真乃不虛。先生聞之，以余爲真能知己者。今者屯牧又請刻近詩爲《二集》，先生以稿寄余，命爲之叙。余適以試京兆北行，車中手而讀之，終而復始者數過。時方盛夏，溽暑蒸空；風驅積壒，薄目滓肌；車疲馬汗，僕夫喘吁。顧思平昔坐廣厦、休鬱陰，浮瓜高譚，揮扇雅詠，其佚悴何如？乃蕭然心清，若忘其苦。嗚呼！爲詩而能養人之性情若是。是其性情之高曠，及其才學之足以畢抒其性情者，可知矣。余思所以叙先生詩者，久而未得，遂書此應命焉。蓋亦未嘗強飾求工，而惟言其心所欲言而止耳。其果足以叙先生之詩乎哉？然又豈別有以叙先生之詩乎哉？

此叙去秋作於道中。到京後，倥傯試事，欲稍加脩整，而卒無暇。報罷出都，遂以稿呈先生，當時因先生促之數，率以塞責，心實慮屯牧之速付梓也。秋涼無事，始得刪改錄寄，或勝初本些些耳。

辛未七月廿三日汪正鋆書

序

　　時帆先生總持風雅，嫺習掌故，交遊滿天下。天下無不知有詩龕者，蓋蔚然一代詞宗矣。其詩最工，五字出入陶、韋，於漁洋所爲三昧者，殆深造而自得之。此外諸體亦各擅勝場，不落窠臼。惟其好之篤，是以詣之至此，亦天下之公言也。王君春堂以江右才士起家，戎韜儒將之名，流播三楚，尤敦踐履之學，所作《見雲詩草》，於君父師友間三致意焉。豈唯武人所難，抑賢士大夫有未能逮者。嘗受業先生之門，篤信其師説，先生《存素堂詩》乃其所刊布。茲又梓成二集，督序於余。余於先生爲後進，鏘佩簪筆，步趨十餘年。既心折先生之詩，又欽春堂之行誼。安州校士畢，疲腕欲脱，驪駒在門，挑燈書數語，用塞春堂之意。後之讀先生詩者，知春堂益以知先生矣。

　　　　　　　　　嘉慶十七年壬申八月中浣歙鮑桂星

序

歲丁卯,恭梓《存素堂初集》成,家君覽之,欣然曰:"余喜有三,漢魏照云:'經師易得,人師難求。'今爾遇人師一也;人師工著作,二也;爾尚知瓣香敬事,三也。"越庚午冬,汪公子均之過楚,柬述吾師近況,謂詩龕又可鎸續集矣。辛未,詹止園明府奉差入都,託請文與詩並刻,先生未允。止園再申意,僅付詩六卷緘縢。至家君年八十有三,猶嗜書,見續稿喜滋甚。曰:"余敬時帆先生爲人,樂觀其詩,並樂觀其老境。盍速續梓,俾余置笴坐誦,如見詩龕拈花笑乎!"墉不敢緩,督梓蕆事,並紀家君所欣慕焉。

嘉慶壬申,江右萍鄉受業王墉識於執雌守下之軒

序(一)

　　時帆先生詩前集，元爲之刊於杭州，收入靈隱書藏矣。續集未校刻而先生卒，先生子中書桂公馨以稿寄江西屬訂，而桂公又卒。回憶二十餘年交誼，傷悼不已。念先生具良史才，主持詩派，衷於雅正，足爲後學之式。平生學問交遊，敦篤靡已。元雖勞於積牘，感先生之誼，亟爲校閱付刻。其年譜一卷，乃先生子錄寄雜稿敘成者，亦加刪定，附於續集之首。

　　　　　　　　　　嘉慶二十一年館後輩阮元序

（一）　此係《存素堂詩續集錄存》九卷本序。

存素堂詩二集總目

第一卷　戊辰　古近體詩百六首
第二卷　己巳　古近體詩百七十八首
第三卷　庚午　古近體詩百一首
第四卷　庚午　古近體詩百四十首
第五卷　庚午　古近體詩百五十九首
第六卷　辛未　古近體詩百一首
第七卷　壬申　古近體詩百四十四首
第八卷　壬申　古近體詩八十一首

存素堂詩二集卷一

戊辰

題九疑山圖後

昔人議南嶽，當在九疑山。江碧知風雨，烟深響珮環。萬松倚天外，一鶴下雲間。倘許勝遊踐，他年苔徑攀。

何侯不可見，水屋清泠泠。玉琯人空獻，銅碑字有銘。倚巖看西日，坐石數春星。太息神仙事，燈昏酒未醒。

立春日雪寄單雪樵

風光陌上飛，頃刻見春歸。吹斷江南夢，寒留客子衣。萬山一驢跨，百事半生違。海嶽傳樵唱，何心久閉扉。

費西墉給諫奉使琉球

持節古人慎，海邦況萬里。魚龍日出沒，波濤駭俶詭。苟非幹濟才，曷克稱意旨。使者直中禁，簪筆趨金屺。銜書走四方，下馬草萬紙。經畫所推暨,鰲然有條理。奉詔中山行,風雅入骨髓。文章追董賈,詩才軼溫李。天南閒選樓,自當成一子。吾師周文恭,學識近莫比。有書經採進,言論古柱史。綿州李舍人,著述亦自喜。名物一不知,引爲儒生恥。徵取甚博洽,吾爲序端委。知君於二書,補析紹前美。歸朝獻當寧,餤燭九重紫。

黃木廠

微雨落紛紛,鳩聲遠近聞。桃花紅處寺,楊柳綠邊墳。古寺近依水,一山高出雲。馬蹄來夜半,未覺是春分。

題秦小峴侍郎寄張菊溪制府書册後

結交少壯始,握手憂患後。懷抱黯然傷,卅年一回首。胸中千萬語,俄頃難出口。但指几上册,覘此胸臆剖。三復册中言,太息低徊久。公昔職封疆,世人仰山斗。天子稔公才,倚爲左右手。秦公今偉人,何啻臂與肘。天移庾嶺春,烟斷湘江柳。屋梁惟見月,船頭誰載酒。展讀故人書,詞真意獨厚。三年置懷袖,珍之若瓊玖。知己復感恩,生平不背負。嗟余較二公,泰山於培塿。成就雖弗同,要當視所守。公等安社稷,吾甘老蓬牖。

樊學齋主人以素册書新詩見示并命綴句

前年陪驂從,春山住三日。一夕成十詩,寒蟲愧唧唧。乃蒙公獎借,謂壓韓孟筆。今歲余悼亡,草堂日抱膝。可憐長安花,未曾一親暱。枯腸索欲盡,前夢尋已失。錦箋雲際來,奇情天外溢。巧拙不深辨,快語忽蕩逸。非由雕鏤成,直從靈境出。三復神爲移,感舊句尤質。謂哭夢禪居士詩。門前風雨聲,黯然雜清瑟。

題　　畫

寂歷空山裏,春風養道心。取將有聲畫,協此無絃琴。流水淡寒夢,野花明夕陰。呼童掃松葉,一塢白雲深。

李春塢芬孝廉過訪乞題其母氏節錄并商輯黔詩始末拉雜書之即代弁言

袁君自滇西,郵書乞我文。商量及纂輯,好古何其勤。黔南有佳士,孝廉李名芬。策蹇來長安,佇立西涯曛。自言幼孤煢,母氏心力廑。兒今四十餘,母教奉慇慇。手無七尺矛,殺賊期建勳。抱書卧衡門,遠遜先將軍。尚冀志乘修,軼事江湖聞。方今諸大吏,孝治襄聖君。膠庠有秀良,民氣咸絪緼。所以絃歌聲,有益於耕耘。孝廉隱草廬,披誦古典墳。餘事及黔詩,此舉良可欣。文章代干櫓,足靖蠻夷氛。斟酌北堂酒,嘯傲南山雲。寄言兩故交,當領吾所云。謂玉亭制府、蘭泉撫軍。

客有感其兄者寫圖寄意爲題

湖海倦遊後,依依舊草堂。百年心不死,十載雁分行。夢草空尋綠,懷人輒憶鄉。當時紫荆樹,今日亦荒涼。

偕張少伊步陶然亭

酒旗風店飄,春草映春袍。携手青山看,低頭白髮搔。商量續殘句,料理放輕篙。僧約黃花放,來題九月糕。

獨尋龍泉寺

松陰堕寒緑，吹過葦塘西。退院僧如鶴，壓城雲作溪。百年孤寺迴，十里遠峰低。鐘磬林間出，尋聲路轉迷。

紅螺山訪范公墓

花枕石溪長，溪頭開竹房。暗泉流細水，疏磬出虛堂。馬骨年年瘦，鷗心夜夜涼。隔山望林木，指是范公郷。

送黄穀原官楚

樽酒城南古寺深，雲堂畫壁落秋陰。顧家池館文家筆，大得西涯種竹心。前年為余摹文五峰顧氏池館册。

家山望斷白雲飛，廿載心情與俗違。記得去年殘臘尾，津門風雪夸驢歸。

朱十藤花折幾枝，洪侯淡語寫相思。君寓竹垞檢討古藤書屋，今居停為洪郎中。天邊黄鶴江邊樹，都是盧溝別後詩。

吴子野屬題黄穀原仿石田翁畫
時穀原之官黄州并寄示之

萬緑落杯底，一帆送天上。草堂擁几卧，安能寫悲壯。黄生負奇嚣，著墨總夷宕。欲擬石田翁，指腕敢奔放。破空施氣力，出筆極藴釀。濛濛五湖烟,暝入春溪漲。遠峰接近峰,狹天隱斜嶂。吾聞黃生言,作畫戒依樣。知法不用法,純以心爲匠。法外有法在,心地乃高曠。觀者頓眩惑,頃刻千萬狀。精粗辨點畫,未免墮理障。黃生入黃州,秋篷聽漁唱。言念桃花屋,子野齋名。豈不增惆悵。雪堂耿殘夢,繪圖故人貺。

再題黃穀原畫

長溪短草子雲亭,問字人搖載酒舲。鶴鶬無聲松子落,一天風雨四山青。

秋陰上小樓,一夜風吹去。泉流夢乍醒,響在花開處。

寄贈盧崑山 洪瑚 明經

唐江接廬皁,中有梅花村。耕田更讀書,梅花開對門。老翁日無事,花下殘經溫。道士攜鵝來,時復黃庭論。石琴偶一鼓,頓息秋蟲喧。豆區啓訴諍,倉卒窺籬藩。禮義爲干櫓,驅賊如驅豚。古誼式鄉閭,善氣餘子孫。作詩託江魚,敬侑梅花樽。

爲友人題飲酒讀史長卷

生平遠酒如遠俗,二十三史能飽讀。玉堂出入三十年,天上酒人都習熟。周駕堂。吳穀人。汪雲壑。謝薌泉。劉澄齋。洪稚存。張,船山。才華八斗文千斛。佳日偶逢益惆悵,勁敵當前敢退縮。筆底蒼茫百怪生,胸中浩蕩三杯足。我雖惡客深酒趣,冰雪撐腸自清淑。高談雄辯每抵掌,朝荣夕怀一捧腹。君能兼之君其仙,奚不載酒坐我屋。後堂謀酒悵無婦，余近悼亡。前溪負書尚有僕。石橋西去盡蓮花，鮭菜亭邊幾梧竹。倘肯騎驢訪老夫，醉臥花間史藁續。

贈吳孝廉以南

賣藥長安久，看花上苑初。西河有前輩，東國此幽居。詩學黃初體，醫通素問書。天人三策熟，誰復笑迂疏。

聞先芝圃方伯抵都有日因用寄題詩龕圖韻奉懷

涯翁昔築懷麓堂，圖書萬卷中儲藏。掉臂史館兼三長，筆墨騰踔筋骨強。退朝文沈同商量，滌梧洗竹年年忙。我今十事九遺忘，人願指斥爲癡狂。夜榻未掃謀晨裝，空階孤客行翔徉。雍門何日逢孟嘗，有人高臥華子岡。自比鹿門居士龐，吳綾三尺明月光。聖俞題句酬歐陽，湖雲浮水陰竹房。雀羅門外門不張，蝸涎石上新舊香。綠字展我松間床，匡廬翠濕巾衣旁。歸舟今夜停何方，天角一星迴屋梁。燕市酒徒歌慨慷，那須扶醉遊吳閶。

再題萬輞岡詩龕第二圖仍用光芝圃題寄韻

翰林三十載，冷落似無官。詩味閒中永，愁懷老去寬。書長容放鴨，天遠怕驂鸞。誰取匡廬翠，淋漓染筆端。

讀詩兼讀畫，一味託蕭閒。松竹自成屋，田橋別有灣。看雲攜鶴往，話月共僧還。便具丹砂訣，何須定入山。

余悼亡後尋葬地於北山回適單雪樵寄詩至因用其韻寄之

湯山尾接銀山稜，居庸翠滴沙河水。雲滿佛堂月上帚，夜深燈火全無有。桃花雨後紅一街，煮茶且拾花邊柴。欲寫新詩缺筆墨，山氣吹來只頃刻。十三陵樹今餘青，寒苔碧草傷飄零。諫議祠前舊碑斷，梁公廟裏寒禽喚。卅年占籍蓬萊山，又隨燕子飛人間。自從與子盧溝別，每有篇章輒幽咽。悼亡感舊中焉悲，擾攘萬事嗟何爲？語君哀輯生平作，寄我秋龕我高臥。蟲吟蚓唱天黃昏，三杯醉倒梧桐根。

約劉芙初 嗣綰 陶鳧香 梁 二庶常修補及見錄先之以詩

閉戶三十年，晨夕愁風雨。二子天下才，落筆猛如虎。攀花遊閬苑，奇氣胸中吐。余時老且病，壁上執旗鼓。勝負疆場決，韜畧愁無補。端居友朋念，零落星辰數。江湖復飄泊，落月暗廊廡。賴此同心言，維繫延千古。右司商平叔，有志摻斤斧。河東元裕之，子駿 馮延登。及光甫。劉祖謙。張臂起相助，中州集快睹。感舊及篋衍，體例此沿取。二君坐選樓，十年歷甘苦。曾賓谷。王述庵。俱能詩，怡好東道主。吾家凈業湖，藕花頗媚嫵。年年五六月，夜涼墮烟艫。水雲倏空曠，山影與仰俯。儼然城市中，蕭散漁樵伍。二君跨驢至，約僧備棗脯。

小集樊學齋觀高侍郎戲墨即題張仙槎畫後

仙槎指代筆，私淑高且園。金壺貯殘墨，驟雨涼高軒。顛張醉解衣,徘徊松樹根。舉頭忽大笑,十指龍蛇奔。雲烟天外生,花竹階前翻。曠放彌有致,向背皆可捫。主人催客詩,擊缽傾芳樽。雲堂老鶴閉,風樹新蟬喧。斜陽下山影,城市疑江村。寒驢已着鞍,慎勿愁黃昏。謂蔣香社。

菊溪制府重拜山東臬使之命自西苑枉過敘舊聞煦齋侍郎再直機庭喜賦即送菊溪并柬煦齋

三人金石交,相交三十年。制府我前輩,接迹同登仙。下直必命侶,拜母堂東偏。負笈過師門,問字來樂賢。文莊師堂名。侍郎時舞勺,九經溫已全。強韻約屢賡,苦茗欣同煎。賞花瓦樽携,看山秋騎聯。膠漆寧此逾,驟散非所憐。浮雲易東西,人世多變遷。公等比鴻舉,我則鷫退然。踟躕瀛洲亭,殘滴流涓涓。昨見棠梨花,憔悴猶含烟。青春難再至,白髮驚新鮮。天下數大事,二公休謝肩。一誠慰深宮,百慮澤九阡。讀書果何爲,切勿耽林泉。我日抱殘書,黽勉趨花甎。遺文與軼事,握槧仍懷鉛。勒成昭代書,貢上雲霞天。不寐剪竹燈,臥聽鐘聲圓。

奉次陳鍾溪侍郎教習庶吉士紀恩詩韻兼以感舊

登瀛三十年,見者嗤頑仙。憶昔行城南,河柳及我肩。老柳禿爲薪,舊句江湖傳。入館日賦新柳詩,人多有和之者。今年尋雪泥,猶記堂東偏。花間酒杯共,風裏琴床聯。堂東三楹,余與初頤園、陳啓堂讀書其中。老將謝登壇,倉皇敗兩甄。呌居侍從列,駐馬慚書鞭。堂堂兩館師,海內稱大賢。陳公紀新句,意出同人先。筆嚴而典核,光射蓬萊天。寒蟲草澤宜,乃久翔花甎。北夢槐廳醒,掌故從頭編。

宋芷灣編修典試黔中欲贈以詩而芷灣行矣,因寄福中丞蘭泉札率書二章於後即寄編修并柬中丞

去歲使劍南,自嫌作詩少。今年使黔西,作詩應不了。念我中丞公,_{蘭泉先生}。詩筆挺雲表。環視海內外,落落眾山小。使者生嶺南,翩若孤鴻矯。雄篇亞韓杜,硬語出幽窈。中有梅花魂,著我蘆簾裊。中丞此勍敵,鈴閣容俶擾。黔中由水窟,刻劃及松篠。

傅玉書。李慶長。兩傑士,有志開選樓。緘書至詩龕,體例殷勤搜。創始輒推袁,_{蘇亭}。滇署名山收。欲藉上官賢,郡邑加訪求。二子欣面墙,丹黃虔校讎。中丞掃閒軒,指畫商去留。廣平吾詩侶,五年同唱酬。微忱必能述,賓讌侑觥籌。

書局歸訪悅性大師池荷尚未全放詩以催之

仙館繙書倦,雲堂聽講便。涼添新雨後,花試曉風前。水淺剛浮鴨,松多不噪蟬。相期續殘夢,未枕石頭眠。

約悅性清晨看花且訂早齋

一紙訊山僧,湖雲濕幾層。紅粧偏爾狎,白髮漫余憎。_{今年水淺,荷開較遲。}夜雨迴山氣,花光借佛燈。回頭涼月墮,暗露點衣稜。

約同人看荷花有不識蹊徑者諗之以詩

蘿徑接松牆,林深古寺藏。一樓明遠水,萬葉下新涼。花外鷗全碧,雲中草亦香。江湖望寥寂,露白與霞蒼。

爲朱白泉觀察_{朱爾賡額}題其僧服小照

余遊岫雲寺,曾睹道衍像。凜凜病虎形,修眉復廣額。內既衣袈裟,外復襲繡繒。僧伽早出家,胡乃將相仿。兵出金川門,可憐肆奪攘。罔用慈悲大,轉信神通廣。堂堂朱觀察,讀書氣骯髒。希蹤在旦奭,操術惟教養。中外三十年,治漕兼治饟。此圖寫何爲?空天坐合掌。明月不下照,松風無一響。隔院木樨香,滿庭春草長。

拜李文正公墓

涯翁不可見,懷麓謄斯堂。秋樹亂成草,野花高出牆。竹移僧寺近,_{大慧寺}狐竄墓田荒。幸有湖湘客,年年酹酒漿。

國花堂坐雨

雲陰吹不去,雨氣滿西山。孤鳥葉兼下,萬蟬聲各閒。樓欹花作屋,橋斷路成灣。鐘磬隔溪響,老僧催我還。

題朋舊詩册

瑤華道人 暑雨中寫成，多三十年前舊作

怪底雲霞色，都從筆墨生。多年叨侍從，早歲住華清。唐宋休分界，錢香樹尚書。劉延清相公。況舊盟。同直內廷。竹燈黯秋字，雙眼為增明。

英煦齋院掌 自桃花寺行幄挑燈寫寄至京

春館桃花裏，一燈花外紅。寫從山寺夜，寄我月橋東。純是性靈語，不由錘鍊工。摩挲佛燈下，許伴白陽翁。余藏白楊翁花卉卷，最為君所賞。

錢裴山方伯 卷中俱典試蜀中所作

不經蜀程險，誰辨此詩真。萬古青蒼色，十年風雨人。江空雲變幻，天小月輪困。更有峨眉卷，層層古黛皺。君仿峨眉山意作《詩龕圖》。

孫平叔編修 籤題《海棠巢詩草》

橋門諷君句，今已十年多。天上重攜手，花前一放歌。秋生玉延館，詩寫海棠窠。相約西涯畔，雲堂載酒過。

久雨不寐

移燈頻聽雨，欹枕又當風。暗火響茶䥷，新涼上藥籠。溪荒聞吠蛤，窗破墮秋蟲。禪榻焚香坐，年衰六慮空。

雨晴夜坐

花氣夜偏長,飛螢底事忙。秋鐘聲易大,病客骨先涼。竹外風全綠,沙邊月亦黃。墻根一蛩語,凄切與商量。

雨後答譚蘭楣兼寄吳蘭雪

荷氣月橋荒,苔陰綠過墙。山情誰與遠,秋夢此先涼。壯志怨遲暮,新詩驚老蒼。如何閒博士,鎮日爲花忙。

德厚圃太守憶四十年前讀書杭城梅花廬舊事倩鄭山人_{士芳}作圖余爲補詩

西湖見亦佳,況許中讀書。老屋八九間,寒梅三五株。翁分坐堂上,昆季來于于。余雖未拜翁,阿兄實交余。老死十年外,淚涕沾余裾。古寺曩過從,識字相樂娛。死者不可見,生者浮江湖。昔年風雨聲,今且聽模糊。君自憂患歸,能弗睇兹圖。我亦有秋園,荒荒無人鋤。松菊或可補,究少梅花廬。待君秋樹根,日醉三百壺。

湯山道中晚行

夕陽紅不盡,惟見亂山多。暗綠移秋樹,明沙拓夜河。一僧水村去,匹馬石橋過。擬就漁莊宿,晨興借釣簑。

送陳碩士典試中州

君鄉彭文勤，取士最得法。文章無定格，惟是乃心洽。距今三十年，吳越奉厥業。君今典中州，嵩洛才不乏。讀古聖賢書，氣欲歐九壓。一旦文柄操，貴寬不貴狹。抑所謂寬者，匪臨敵則怯。我無私愛憎，彼有真乙甲。玉尺既到手，塵鏡斯出匣。榛蘭待披採，驪黃恥勦劫。掬月竹川水，簪菊夷門峽。夷宕坐花間，綠醱容一呷。我携瘦博士，月橋看放鴨。謂蘭雪。

西涯晚秋

來看月橋月，行到西涯西。荷葉露穿破，酒旗風送低。數行秋鴈影，一道白沙堤。移竹誰家寺，重來認雪泥。

積雨

遠山雲掩盡，短竹雨催長。三日閉門坐，不知秋已涼。暗螢照孤葉，病蝶下危廊。怪底溪聲大，天風下北邙。

贈吳勛庵

白雲伴幽客，日高蒼石臥。幽客長閉門，萬卷讀已破。松風吹與健，山色餐不餓。野鷗見弗猜，獨鶴偶相和。佳兒燦玉立，篝燈督殘課。藥爐花氣重，衣袂苔泥涴。吟聲出茅屋，作詩誌吾過。

送查梅史之官皖江

暫輟千秋業,原非百里才。家貧偏鶴曠,君今年不會試。親老敢鷗猜。花氣滿春縣,琴聲清石臺。訟堂日無事,坐待寢門開。

黃山深似海,皖水曲圍城。載酒有仙吏,借書來墨卿。白雲山背臥,落月屋梁明。惆悵松龕客,懷人百感生。

爲蘭雪姬人綠春題畫蘭册後

翰林毛西河,眷愛豐臺花。仙姬號曼殊,問字如侯芭。博士今西河,老筆方槎枒。淡墨出深閨,涼影分蒹葭。湘蘭與秋士,氣味爭不差。殷勤索余詩,此意良足嘉。博士居長安,貧無以爲家。官清惟自憐,詩好無人誇。空亭漏斜陽,高木棲寒鴉。香草比美人,絹素揮橫斜。博士但在旁,歎賞還咨嗟。門外載酒客,爭送峨眉茶。博士有茶癖,姬亦如之。

哭徐鏡秋同年

我年二十七,君年二十九。對策太和殿,染衣御溝柳。同讀中秘書,交誼日益厚。意氣各年少,黃金一揮手。論文每夜深,看花坐春久。卿相探囊在,富貴拾芥取。忽忽三十年,我衰君骨朽。君死兒又死,此理誰其咎。我謂君性戇,乃復中以酒。自持讀書多,不徐察可否。高雲萬里隔,大海一官守。十年斷音問,倉卒歸隴畝。桐棺寄蕭寺,麥飯薦秋韭。老淚不能乾,松濤四山吼。

瑛夢禪詩龕圖遺卷仿倪雲林查二瞻筆意

雲林真蹟世絕少，二瞻所臨筆力矯。夢老逅邁白雲堂，滅燈瞑坐霜天曉。走我詩龕索縑素，淡淡雲山渺渺樹。破空未許起樓臺，眠沙不肯着鷗鷺。萬古荒寒老松竹，隱隱書聲出茅屋。梅花在林月在天，有手能耕有口讀。寫罷擲筆無一言，活潑潑地詩之魂。笑我一龕鮮歸宿，是詩是畫從頭論。

秋藥、蘭士、泇坡、野雲合作詩龕圖

野雲賃畫屋，蘭士時時來。秋藥神仙流，著述無點埃。官閒日更長，下直車每回。泇坡鄒魯秀，貪畫如貪杯。我雖百不解，時復幽客陪。適攜賜紙過，光潤非凡材。四君各技癢，搖筆雲瀠洄。咫尺秋風生，萬里天光開。乃今未十年，生死皆可哀。蘭士亡，泇坡去官，野雲歸里，惟秋藥在。此特雪泥喻，已同風燭催。歲月倘不識，名姓空疑猜。

何蘭士、朱野雲、馬秋藥合作詩龕圖

何郎學畫晚，畫筆生從詩。自與朱子交，日夜丹黃爲。馬侯善屬文，放筆工驟馳。荒荒方雪齋，貯滿王黃倪。雨過樹陰厚，日暄花韻遲。三君性素洽，意得交相師。我不喻畫禪，畫理能深知。偶然遇當場，酒罷人酣嬉。何郎既病死，朱君復遠離。馬侯華山歸，爲我吟秋籬。

黄穀原詩龕圖

黄生大癡後,刻意摹文嘉。兹雖寫詩龕,頗似圖西涯。_{文待詔有西涯圖。}千竹烟溟濛,萬松影槎枒。偶經寺北看,全是江南花。我生窘跬步,未上湖湘槎。招我從君游,有意山村誇。濕雲埋斷橋,翠篠明白沙。終當踐君約,去把叉魚叉。只好期十年,人壽誰能加。

嚴香府詩龕圖

紙尾署香老,香老未衰颯。醉寫松萬千,中有笙竽雜。居然古月下,爲我支吟榻。頓忘雲上衣,忽來鶴分榻。童子抱書眠,呼之總不答。

野雲、青立、素人合作畫卷

青立病依人,野雲閒作客。飄然去長安,委心老水石。素人才不羈,恃才翻有癖。飲酒日不暇,硯焚筆遂擲。墨氣去紙遠,天光入林碧。畫師出新意,詩老坐幽夕。梧桐用水洗,敗葉手親摘。此意最瀟灑,披圖念疇昔。

滌齋、素人、野雲、穀原、香府合作詩龕圖摹奚鐵生

滌齋恂恂然,依野雲以居。畫筆日在手,風雨棲蓬廬。素人每嘲之,頭低口囁嚅。嚴畫拙以古,黃畫秀而腴。每見滌齋筆,輒歎其弗如。奚君自杭州,寄我尺素書。點染西湖山,謂即詩龕圖。圖尾題斷句,已是三年餘。懸我粉墻上,五客皆躊躇。滌齋欻起草,搖筆龍蛇

趨。素人與野雲，寫石兼竹梧。嚴黃但任筆，意到神清腴。譬如將三軍，自先握中樞。我從壁上觀，叉手空嗟吁。

吳八磚詩龕圖

吳生不愛官，辭官日畫竹。畫竹忍寒饑，淡墨奪濃綠。五六里雲溪，兩三間茅屋。我貧亦已慣，食筍勝食肉。晨起一竿把，暮歸萬卷讀。吳家好昆季，詩筆各矗矗。生獨師與可，翛然遠塵俗。騎驢返故山，便訪篔簹谷。參差寫長卷，迢遙侑詩牘。

張賓巖詩龕圖

我識京口人，不辨京口路。張君讀我詩，遂從詩中晤。寫圖志繾綣，寄書叙欽慕。山南千竹林，山北萬松樹。蒼茫松竹間，隱隱一龕露。江南得君畫，片紙加防護。手緘當羔雁，天遠望鶴鷺。賤子百不堪，登高尚能賦。鳴呼論山鮑。死，跋莽顧又南渡。獨學歎無友，白雲飛日暮。君遊五嶽罷，奚不長安赴。田盤與上房，僧寮十日住。

檢閱笪繩齋詩龕圖卷慨然賦詩兼憶題圖諸知好

笪君江上裔，詩畫俱家傳。識君梅庵中，忽忽十幾年。爲我圖詩龕，篝燈思渺然。襆被遊茅山，豈果求登仙。八年無一書，展卷餘秋烟。冷香生微微，淡墨浮涓涓。似從月橋下，萬綠成一天。山僧夜尋詩，夢醒湖鷗先。招君君不來，尺素誰爲宣？

三翁袁簡齋、王西莊、錢辛楣三前輩。在湖海，夭矯人中龍。愧我居長安，問字未過從。袁翁致我書，前後三十封。學士瞽目開，削牘何匆匆。詹事署長卷，題跋煩諸公。辛楣先生倩王鵞池繪圖，裝爲長卷，隸書"梅石心知圖"，復題詩幀端。一時東南耆舊，皆爲著墨，不下四十餘家，今藏詩龕。嗣聞茲卷成，各有詩相通。三翁已仙去，惆悵難相逢。維時董閣老，富陽相國。養病僧寮中。混茫書卷尾，小隸何其工。

周生西麓。住詩龕，前後五六載。屢試乃屢躓，黯淡心不改。石郞琢堂。奪大魁，金子手山。泊湖海。瀟灑若涂侯，淪莊。令人忘鄙猥。升沈各天定，卓卓文章在。白雲望不見，青山久相待。獨學老閉門，何術策駑駘。

筠圃藏書甚富，身後散佚殆盡，偶觀覃溪先生摹阮翁遺墨感觸讀易樓舊事愴然賦此

南有天一閣，北有讀易樓。得一賢子孫，勝蓄千琳璆。閣尚巋然存，樓今爲墟丘。憶我廿年前，剪燭茲綢繆。林雨忽沾衣，好句蒼茫收。阮翁暨徐老，好事皆名流。學士今阮翁，我愧非徐儔。摹寫幾亂真，愴懷生古愁。卷裏餘丹黃，陌上寒松楸。主人不可見，窗外風颼颼。

再題蘇齋縮本蘭亭後兼寄朱野雲揚州

蘇齋魯靈光，作事每超俗。朱君有古硯，製造精且樸。蘭亭舊圖書，雕鎸影簌簌。堅如南服金，細等西陲玉。蘇齋愛古癖，一拜苦不足。直欲借冷墨，黯淡畫禪續。五字未損本，明窗筆蓄縮。儘可比蠅頭，當不混魚目。君携此硯行，濯以江水綠。但恐作光怪，請置焦山麓。匹夫坐懷寶，往往受奇辱。朱君居長安，公卿久心屬。舉硯示賓

客,胡爲輕出櫝。乃復善刀藏,弗肯重價鬻。嗚呼一硯耳,未免愛已酷。十年感風雨,一朝就松菊。我更重墨搨,寒香生郁馥。位置秋燈旁,幽好伴詩軸。朱君倘念我,破書寄殘簏。君曾寄余明初人詩集。

錢辛楣前輩寄梅石心知卷閱十年矣,久欲跋一詩而未能也,秋夜題此以當懷人

未登潛研堂,屢接辛楣書。石雲氣濛濛,梅崦風疏疏。南北託心知,問字情于于。雁飛久不來,聽雨空躊躇。高山望崝嶸,仰止皆吾徒。轉乞詩龕詩,一泊孤蓬孤。詩卷爲蔣于野轉乞者。秋燈徹夜明,竹酒臨江沽。蔣生跋卷尾,細字如珍珠。延佇今十年,幽窈鵝池居。圖爲鵝池生王州元補繪。中腴外老蒼,此筆儕倪迂。相思不相見,題句空嗟吁。

憶癸亥年方雪齋作坡公生日同人作詩成冊,今蘭士歿已二載,秋燈展閱悵觸題後

讀書方雪齋,忽忽今六年。檻花開不紅,庭月看仍圓。如何雁唳聲,難再聞樽前。一死一遠宦,蘭士歿,硯農知太平府。開卷情悽然。蘭士夙嗜酒,既病因逃禪。西飛似孤鶴,一身坎壈纏。君題東坡生日詩,有"南飛孤鶴似牢愁,坎壈纏身水面漚"等語。誰借李委笛,吹暖梅花天。

黃安與孝廉安濤過訪出友漁齋家集見贈,并乞題馴鹿莊卷子侑以新句集序圖記,皆老友郭君之筆感觸成詩

吾聞浙中詩,國朝稱極盛。阮公芸臺。爲甄綜,就我秋燈評。今

讀友漁句，外腴中瘦硬。黄河限南北，作者出相勝。豈知習尚異，恃此心術正。詩龕咫尺地，江上梅花映。九州明月光，萬古秋士性。感誦郭生_{頻伽}文，低徊涕涙迸。

郭生性灑落，別我今十年。聞其病且貧，豪氣非從前。獨於友漁子，相慕仍相憐。未登黄氏堂，久識郭生賢。所許當不誣，序記皆可傳。鹿莊寫宛在，風木情悽然。白雲日渺漫，青草春芊眠。從古讀書人，不敢忘耕田。

今子能讀書，投詩叩我門。我家淨業湖，荒僻如山村。驢行恐苔滑，鶴過愁橋翻。古庵幽花多，花外林聲喧。老屋先得秋，夕陽遲下軒。讀詩兼讀畫，中有心香存。我築玉延館，將以儲琴尊。安得招郭生，好句從頭論。

讀嘉善黄退庵_{凱鈞}友漁齋近詩題後

人無仕宦情，其詩必清雄。老方炫才藻，鏤錯誇精工。子乃抒胸臆，不辨絲與桐。陽春被原隰，款步柴門東。萬物欣欣榮，而子奚道窮。扶犁至南畝，好雨吹微濛。鋤罷隴上雲，坐受湖邊風。偶然得奇句，天籟非人功。今子把詩卷，坐我茅庵中。述君持釣竿，日夕傍漁翁。床頭萬書破，坐上千盃空。山僧愛說詩，夜半來孤篷。白集寄廬阜，此例詩龕通。一年付一緘，尺素煩歸鴻。

謝李曉江大令_{祥鳳}畫玉延秋館卷子并乞畫竹

黄生_{穀原}去湘沅，李子來京師。京師君舊遊，飽讀詩龕詩。南海宦三年，兩袖清風吹。黄畫受自君，落筆雲生漪。剪燈聽寒雨，梧院青差差。爲我摹文嘉,見君謂過之。君圖玉延館,下筆空所思。使筆與筆忘,狡獪何由施。伎也進乎道,此語良非欺。君齋近西涯,時寓富陽相國邸中。一水千竹枝。石田移竹卷,山影秋橫陂。擬當菊花開,招君醉東籬。墨汁傾金壺,不妨寫斜敧。

曉行

出門星在天,過橋霜滿林。衰年畏驟寒,短車偎破裘。雁度沙磧遠,蟲響秋谷陰。雲堂借棲息,風木悲蕭森。赤葉亂黃葉,畫藁誰摹臨。我但支孤節,冥想希高岑。

小憩馬廠寺中遂由紅石口止宿牛房村耕餘課讀草堂

停車馬廠寺,款步牛房村。回頭紅石山,磊落秋雲根。烟嵐倏明滅,林木迷朝昏。萬緑併一莊,千水圍一門。西風吹已急,黃葉漱漱喧。孤燈明草堂,薄醉清詩魂。

羊房大廟

蒼茫入古寺,林竹盡秋色。巍峨見高殿,豐碑閱豎刻。迤左數草庵,寒花映攲側。道人出榛栗,勸我坐日昃。我欲覓水源,斜陽忍拋得。

入山尋地不得悵然而返飯於田家

在世亦旅寄,謝世何慮深。買山雖無錢,久蓄棲山心。樹秃不可息,雲去誰能尋。惆悵策歸馬,低回依故林。田家具雞黍,飯客秋花陰。射虎指前川,濁酒斟復斟。

和氏園林

空堂流白雲,斜陽媚晴篠。開窗萬山納,隨墙一溪繞。主人何處去,啄苔但秋鳥。耽幽客不乏,佳趣得偏少。老僧橋上行,曲徑通深窈。忽聞鐘磬聲,恍惚出雲表。

牛房觀音寺

丹楓未出墻,黃菊已圍檻。經院秋愔愔,佛堂燈黯黯。望雲一行雁,隔籬數聲犬。山僧懶出戶,怕損竹間蘚。我爲說詩來,曳杖白雲踐。老眼重摩挲,故人心跡舛。寺僧出故人羅兩峰畫見示。

九月六日秦小峴侍郎招陪翁覃溪先生暨吴蘭雪、劉芙初、陶季壽補作新城王文簡公生日五更驟雨恐不果行

節近重陽風雨多,昔賢高會每蹉跎。秋林墨影凉猶濕,新城生日,文三橋寫秋林讀書小幀致祝,余與覃溪先生皆有摹本。淮海詩情老不磨。黄葉聲稀誰貰酒,碧山吟罷又徵歌。沈石田《碧山吟社圖卷》,今藏小硯齋中,余借摹之。城南一路苔泥滑,惆悵橋東策蹇過。

雨稍止竟赴小峴之約

恐負幽期望蚤晴,披衣數漏繞前檻。乍憐初菊眠秋影,漸覺明鐘

約雨聲。得髓今仍推季札，登壇誰不羨新城。漁洋謂吳天章詩爲得髓，今覃溪先生以得髓許蘭雪。僕夫却笑渾閒事，冒濕金鼇背上行。

李邁仁同年留飯晚歸

一尊黃菊瘦，三徑白雲賖。老境能除酒，素飲酒，近戒之。秋心不在花。隔墻上新月，落木數棲鴉。未覺涼更轉，孤燈已穗斜。

爲友人題畫二首

柏悅圖

惟余柏山生，能知柏本性。後凋閱歲寒，寧肯逐月令。坐老空山中，百年心不競。得氣莫嫌晚，晚節彌峭勁。東崦白雲滋，西嶺斜陽淨。樵夫指溪南，隔水花木盛。

竹安圖

寒闈閉古烟，秋堂貯涼月。蕭蕭碎竹聲，時帶清風發。一旦脫青衫，謂足慰白髮。豈知萬鸞影，過江不成楖。策蹇入長安，南雲望飄忽。疏篁待作林，讀書敢休歇？

答河南撫軍清平階

君昔過我廬，畧彴柴門東。清談輒連夕，歸數鐘樓鐘。猶憶君行文，一氣如長虹。三復五言句，律細而詞工。車舟幾萬里，文書日匆匆。江花與湖翠，何暇留君胸。乃其語言妙，造化將無功。我雖築詩城，不敢攖君鋒。

嵩雲麗天表，塞月明秋城。纏綿兩地心，三十年怦怦。忽剖雙鯉魚，一字千回縈。譽我詩句工，羨我官職清。詩工事多蹇，官清世相輕。衰病漸侵尋，筆墨難崢嶸。北風徹夜號，聞之輒心驚。不如買薄田，從彼耕夫耕。

念我讀書侶，十人九卿相。蓬廬感風雨，當仁殊不讓。春風次第噓，一一青雲上。所學果何事，足慰蒼生望。窮黎皆飽暖，余合長閒放。罡吏有詩老，各出佳篇貺。荒園蒔松菊，秋雨連宵釀。

豈不念故人，一紙恐絮聒。孤燈聽涼雨，忽忽幾裘葛。君行看青山，我坐老柴闥。姑藉數行墨，消此十年渴。遠愧雲中鴻，拙比沙間獺。奇字廣採訪，殘文日抄撮。朋舊及見錄，書成手腕脫。鴻製肯播寄，尺書望早達。

朱白泉觀察寄郵程日記至題後

盧溝折柳尚餘烟，轉眼江雲上客船。三日擁衾聽秋雨，推篷嶽綠墮杯前。

醉看青山醒看雲，斜行密字寫紛紛。牛房連夜雲堂宿，盡我詩情尚待君。_{余宿牛房，成古詩六章。}

送陶季壽歸里

陶君有至性，餘事工文章。謁選居長安，意象殊昂藏。愛我秋潭花，踏蘚尋斜陽。袖中出尺書，字古聲悲涼。無何萬里路，遘此終天傷。梅花香不聞，烟水空蒼茫。迢遞青楓林，黯淡迷歸航。勸君勉餐飯,食少摧肝腸。荒江草木氣,南國金石香。勞人易中之,眠起須加防。三年讀禮書,兼理醫民方。獨我詩龕中,落月低屋梁。破窗響黃葉,斷夢浮寒湘。

奉校唐人文集寄示芸臺、淵如、蓉裳、琴士諸朋好

宋太平興國,文苑英華編。彭叔夏辨證,姚鉉唐文粹。體例沿昭明,矯枉殊戔戔。至我康熙朝,獲睹唐詩全。今詔修唐文,赫濯王言宣。岑疏搜乃宜,韓碑芟固偏。茲書主增益,如野無遺賢。我友阮<small>芸臺</small>。與孫<small>,淵如</small>。讀書實能專。日校金石字,費盡丹與鉛。潭潭古墨齋,著述雄涇川。<small>趙琴士</small>。麻衣客西秦,楊子人中仙。<small>蓉裳</small>。韓柳元白句,誦之口流涎。孤陋如余者,提握慚多愆。人間未見書,望之眼徒穿。明年春水生,迢遞江魚箋。

朱文正、紀文達、彭文勤三公手蹟合卷

三公論學業,華實微不同。皆克自樹立,才辯超朔雄。政事我未嫻,校字時過從。發凡與起例,鋪紙明光宮。我方持寸管,揮灑高雲中。三公得異書,許我編摩供。閒軒散梧竹,啾唧吟秋蟲。長袖出短箋,肫摯言由衷。要使性情見,弗求筆墨工。裝成儷合璧,懸置東堂東。哲人不可見,對此心沖沖。摩挲忍釋手,字綠燈花紅。<small>文正、文達皆不工書。</small>

主園詩為程素齋賦

主客豈有常,惟視人位置。從古達觀者,順逆皆適意。揚州富商

買，貨財充斥地。程子此僑居，築園傍秋寺。瀟灑南郭外，開窗納青翠。人境嗟變遷，浮生等旅寄。與其飲美酒，日日花下醉。不出讀異書，零星識奇字。石橋新雨過，野老尋竹至。釣魚西溪口，芹香更筍稺。燈前語絮聒，但及山中事。不見打包僧，日高松屋睡。

題項孝廉水墨畫卷

不著丹鉛不著思，偶然興到筆隨之。人言此是王維畫，我擬柴桑處士詩。

洪忠宣手植柏歌爲介亭編修賦

昔年手校忠宣集，文淵閣下柏風襲。今年載詠忠宣歌，柏陰黯澹雲堂過。公孫繪公手植柏，如拜當時書塾夕。老幹疏枝畫不成，每從空處留蒼碧。石闌干外苔全荒，葉落猶帶星辰光。千尺百尺姑勿計，中有一段聲悲涼。正氣稜稜塞天地，冰雪焉能掩寒翠。偃蹇空山七百年，澹湖明月荼篠寺。諸葛祠堂杜甫詩，至今風雨繫人思。賦罷江梅歸去晚，燕山客話續何時。

五鼓起赴蘇齋作坡公生日適杭湖風水洞拓得蘇題姓字四楷蹟同賦

年年蘇齋拜公像，拜公輒復吟公詩。自題姓字風水洞，當日只有春禽知。梅花開落七百載，定山村僻誰尋之。苔荒翠濕冷巖月，恍惚照見公鬚眉。軒昂四字嵌雲壁，玉虹作氣空天吹。繫馬花間久相待，觀魚池上常縈思。獨惜開軒李居士，搜盡杉檜無題碑。新墨搨成舊字活，端嚴跳脫鸞鳳姿。眉州乳媼帖第一，此石何啻交柯枝。蘇齋日暖布簾捲，溪橋春入千茅茨。笑我騎驢勝騎馬，疏星破月摇寒漪。余以路遠，是日五更即起。石屋舊遊感前夢，曉城薄霧籠朝曦。推倒垣墻見靈隱，杭湖風水將留兹。

楊舟畫册詩爲吳子野賦

老梅殘竹

竹緑自何年，梅紅永今夕。凍月遲空山，泠泠比詩格。

菊徑蜻蜓

釣絲破曉烟，籬花散深竹。無色更無香，有人詠秋屋。

雪店卷驢

適踏黄葉來，又逐白雲去。過橋便是山，梅花在何處。

秋栅聞雀

瓜緑客心苦，花黄秋影涼。一枝謀未得，故故噪斜陽。

春禽擇木

空山太寂寥，一鳥啄寒緑。溪雲未濕衣，石床春睡足。

立春後二日曉村即事

不知殘月上，但覺四山青。岸遠全疑雪，林疏尚隱星。飛鴻迴極浦，老馬去荒汀。折柳尋常事，春風歲又經。

題王春堂貞女詩後

　　兩家貞女艷同時，天壤王郎絕妙詞。黃鶴樓前黃鵠詠，天風送到白鷗池。

　　老至文章怯瘦寒，書來慚愧比歐韓。維持風教君何敢，一紙春風報德安。

存素堂詩二集卷二

己巳

秋園小景沈壬海孝廉_{嘉春}繪圖屬題

余方六七齡,母氏課讀書。梧高秋雨涼,誰恤孤兒孤。母念餘孱弱,散學日未晡。晨候寺鐘響,危坐聽咿唔。始命習陶詩,後及岑王儲。轉眼五十年,髮白心情疏。衰老何適從,好尚徒區區。君家山水窟,早晚儕樵漁。雨前穉笋劚,月下梅花鋤。書聲與琴聲,飄出雲中廬。幽禽叫不休,令我思江湖。

送菊溪制府赴粵兼懷桂舲巡撫

齒少公五齡,仕後公八載。聲名與官職,乃至差百倍。謂公為天人,秀才行未改。謂公非天人,淪浹徧湖海。我昔侍公側,日夕瞻文彩。轉眼三十年,同輩幾人在。白髮雖漸增,青山久相待。回首釣魚臺,桃花仍凍蕾。三十年前與公同遊事。

東南數大事,傳公手親定。江鄉客絮語,寒夜剪燈聽。盜賊望風靡,秋水一湖暝。旌旗尚未指,轅門報得勝。先聲能奪人,不假勞鞍

鐙。沙場日鳴鏑，山寺夜聞磬。道旁荔支樹，斜陽幾枝賸。<small>公近句有"殺賊歸來食荔支"。</small>

　　鈔公玉堂集，匆邊非完書。今欲存數字，抵獲千璠璵。官尊下筆嚴，非是文墨疏。軍中一喜怒，存亡及萬夫。蟻穴苟不防，害乃至鯨魚。與求詩句好，母寧民氣蘇。詩好自娛耳，民蘇天下娛。公今社稷臣，小事宜糊塗。

　　我友韓侍郎，東南昨秉節。詩筆即史筆，不自矜雄傑。恤民諸大篇，幾幾等元結。我非杜陵叟，三復稱奇絶。公今適同官，水濕火就熱。藥洲石與峻，羅浮月同潔。倡余更和汝，出手取清切。殺賊夜深歸，酒燈紅未滅。鋪紙寫鐃歌，一字一嗚咽。

題友人攀桂圖

　　我前十七年，八月日維朔。小病思午睡，夢手桂花攫。皤皤白髮仙，招聽鈞天樂。我兒適誕生，桂馨命名確。童心此未化，督課章句學。展圖念疇昔，天香歸掌握。秋風吹沉寥，崢嶸見頭角。自古梁棟材，空山待礧斲。

憶　　山

　　豈不愛登臨，名山總未尋。鶴聲天外遠，花影月中深。蘿薜從誰問，雲霞抱此心。東南鬱詩境，夢倚石床吟。

養病

養病閉門久，無人來打扉。最愁吟事少，未計世情違。墻短鳴蛙近，樹高啼鳥稀。安能傍烟水，小築釣魚磯。

每夜不能寐輒思作詩

非是起偏遲，病夫春不知。隔窗聽微雨，擁被看殘棋。課婢補新竹，呼兒鈔舊詩。最愁夜鐘響，是我苦吟時。

病中偶題

藥性不能辨，時繙本草書。三薰功始就，九折願終虛。事誤開山後，心空鍊石初。謂手戰病。田園容我老，竟欲侶樵漁。

晚至山寺

看山獨跨驢，新月下僧廬。計與杏花別，忽然三載餘。紅顏驚我老，白髮爲誰疏？燈底看殘竹，依然識面初。

病中客至

若非因小病，那得便幽閒。春草年年綠，柴門日日關。老僧送藥至，一犬寄書還。稍待腰支健，扶笻定入山。

枕上聽泉

虛堂響石淙，孤枕夢惺忪。夜氣全疑雨，寒聲半入鐘。野猿時乞果，老鶴不巢松。紅日東窗滿，開簾笑我慵。

黑龍潭

古潭漱寒玉，老樹隱孤山。僧話春雲裏，門開萬竹間。日長花氣靜，風定鳥聲閒。明月前溪上，尋詩客未還。

寄戒臺寺僧臨遠

別爾青松樹，遥遥一載多。白雲猶在嶺，春水不成河。古洞龍方據，閒堂鶴又過。廢園斷碑碣，日夕好摩挲。

約辛春巖夜話時寓宛平縣署

相隔一池風，遲君明月中。看山諸客散，多病兩人同。此去碧山隱，何時秋水通？老漁原舊侶，相約理烟篷。

小憩田家遂送至大覺寺

未從山裏住，那辨水風涼。一夜溪頭雨，滿村松葉香。僧粗知藝竹，婦不解栽桑。我且攤書坐，支頤看夕陽。

贈山僧

雲堂爾長住，何事至城中。昨夜杏花放，四山春水紅。打門報芳訊，剪燭對衰翁。相約跨驢往，新詩投遠公。

靈鷲庵僧話

亦有城中寺，松陰隱石房。風來鐘自響，雨過草猶香。静裏酒俱廢，老來書漸忘。封侯慚骨相，多病尚無妨。

村晚

牧童方七歲，隴上數牛麛。晚雨過斜坂，夕陽生短籬。賸雲同水没，新綠出山遲。村路真難辨，烟中認酒旗。

日暮投舊寺不得路爲花木所掩

十里指荒刹，一鞭停落暉。廢泉春草掩，古殿土花圍。夢裏新詩卷，愁邊舊釣磯。長安三百寺，寺寺葬薔薇。

贈樂蓮裳

襆被過廬山，邗江買棹還。別來詩幾卷，老去屋三間。共鶴草堂語，伴梅春澗閒。吳門狂典簿，謂王惕甫。斂手謝追攀。

奉寄福蘭泉兼呈許秋巖兩倉場

未撰先生杖，先吟大雅詩。春風許深坐，潞水又相思。花氣一城滿，櫓聲三月遲。橋灣好烟泊，正是打魚時。

記得衙東樹，涼陰接寺樓。雨天荷與葦，月地水兼秋。古岸驅黃犢，_{潞河以驢爲縴，間用牛代之。}高官狎白鷗。詩翁對門住，漫用置詩郵。

近日東南計，河漕二事先。兩公能體國，一力欲回天。風雨聽驅使，龍蛇候導宣。書生原有用，只是六經研。

我亦耽書者，非辭撰述勞。水邊招放鴨，秋裏謝持螯。_{近因手病請暫假。}抱甕成前夢，移山讓輩曹。朝饑有何恨？舒嘯上東皋。

病　　起

病起書長掩，挑燈強自寬。吟邊時欲睡，酒處不知寒。看月初扶杖，聞鐘又倚欄。西山花事過，秋近訪田盤。

徙　　倚

徙倚雲門寺，桃花對岸紅。斜斜壓山日，故故上衣風。往歲携年少，曾來謁遠公。今剛三十載，笑我已衰翁。

贈陳大令平伯 均

官尚二千石，別經三十年。相逢秋水上，重話寺門前。白髮渾閒事，青山未了緣。北邙村遠近，何處有牛眠。

元圃侍郎憂歸余適抱病不能往唁詩以代柬

君來吾適病，相值又相違。兒女看全大，門廬計總非。白雲閒倚杖，清淚暗沾衣。還是朝恩重，功成許早歸。

題畫贈陳孝廉 鏊

青山伴白鷗，一客一孤舟。天逼雲陰墮，花蒸水氣浮。停琴佇江月，欹枕聽春流。漁釣休相笑，夫君抱古愁。

階平撫軍寄詩至病中未及答也小愈感觸舊遊作此以報

嵩陽一紙書，風信及春初。好句隔年寄，故人何事疏。病中花已過，雨後韭先鋤。燕子雙飛出，呢喃語舊廬。

煮酒枌榆社，尋詩薜荔園。雨來猶坐石，月上又開樽。客至鶯啼樹，花明鶴守門。蕭蕭兩白髮，往事不堪論。

贈吳薆亭孝廉

故人重買棹，_{謂王孝廉。}計日返江城。我病愁逢燕，君留爲聽鶯。雲堂一樽對，山寺百花明。五畝西涯宅，春燈愛短檠。_{余舊宅一區爲李西涯故邸，君家會元貽詠曾寓此，期君科名繼之，此宅留以相待。}

溢海和尚約上中峰

僧堂晚鐘罷，香飯石厨過。松子鳥聲落，杏花牛背馱。月從春澗濕，山比亂雲多。明日中峰去，凌空藉碧蘿。

單雪樵寄詩信至答之

不接白門書，迢迢一載餘。小樓春聽雨，野水夜通渠。病久心情減，閒多故舊疏。江湖容我到，先訪雪樵廬。

家住白雲間，芙蓉第幾灣。春回隔年草，青徧六朝山。覓句梅邊去，尋僧雲外還。繫情惟菽水，簪紱念都刪。

憶 吳 穀 人

耽詩吳祭酒，蕭散住杭州。夜夜西湖月，年年北固樓。_{君每年至吳覓館。}梅開招野鶴，酒醒對閒鷗。耆舊東南盡，晨星幾箇留？

憶趙味辛

蕭灑去青州,蹉跎已白頭。著書春草閣,煮酒夕陽樓。花謝容無奈,笛吹君自愁。阿筠謂君賢郎。早成立,骨相可封侯。

題張三丰像

負劍戍平越,人呼邋遢仙。江湖賸蓬鬢,醒醉抱松眠。巖掛月瓢影,池橫雲衲烟。草堂閒對奕,春去不知年。

城南月山寺,曾植古梅花。老鶴伴吟客,瘦牛騎酒家。未嫌藤杖短,那藉葛巾斜。久坐世緣謝,東皋學種瓜。

謝曹麗生華閣同往勘地

破帽殘衫客,春歸夏入時。一樽愁對酒,五字夜催詩。燕外山初影,鷗邊柳欲絲。停鞭不能去,心事白雲知。

曉過拈花寺題贈體師

清梵散經堂,疏鐘響竹房。日高僧飯熟,雨過佛花香。雙燕依禪榻,孤雲堕石床。捲簾青草色,隨意滿空廊。

以黃瘦瓢山人畫魏公簪金帶圍圖壽煦齋侍郎四十，時煦齋典會試始撤闈感舊懷人輒跋幀尾

芍藥花開舊酒壚，豐臺好句話江湖。王筠謝朓俱零落，寄到蕭郎一字無。二十年前，王正亭、謝薌泉、蕭雲巢偕君同遊豐臺看芍藥，作詩甚盛。

傾樽鬭韻草堂東，却數君詩句最工。三十年前舊樗散，又隨桃李拜春風。

玉尺量材只隔宵，早看金帶坐圍腰。簪花一笑先生醉，宰相黑頭須聖朝。

聽　雨

天風送石泉，颯颯竹床邊。萬葉滴殘響，一鐘沈濕烟。夢寒孤枕上，心悵十年前。明日山僧至，因參玉版禪。

寄旌德朱宋卿則璟

新安朱先生，講學百世師。君乃厥苗裔，讀書多取資。阿咸寓長安，過夏蓮花祠。邂逅挹蕉園，團坐吟君詩。水上泠泠風，懷中渺渺思。雲雁忽焉墮，山僧悄然悲。佳句貯我囊，隔歲鈔烏絲。傳聞梓山側，梓書工易施。夫子風雅宗，胡弗甄綜司。百年蔚文獻，或不隳於茲。

王柳村寄群雅集至謝以詩

海陵鄧孝威,選詩黃葉村。老年應徵召,襆被春明門。旅夜勤甄綜,雪寒酒弗溫。忍饑事吟嘯,坐對孤燈昏。詰朝王新城,狹巷停高軒。漁洋手校本,今尚詩龕存。王新城手校《詩觀》二集,余買自廠肆。北渚集群雅,體例詩觀論。愧我非屢提,欲辨先忘言。掃葉力堪任,跋尾徒增煩。來書乞作序。朝廷開制科,徵君孰璵璠。此集時續成,携過秋菘園。白髮兩詩翁,鬭韻傾芳樽。

書錢梅溪《讀史便覽》後

吾嘗纂《宫史》,日侍輿圖房。輿圖十萬卷,堆滿三間堂。拓地九州外,點筆銖黍旁。辨説非一家,沿革甄綜詳。世間讀史流,瀛海窺混茫。錢子精天文,勾股勞測量。歷歷指諸掌,展圖僅尺長。分則棋星布,合乃綱維張。時方校顧書,余時校寧人所著《宅京記》、《筆域志》、《郡國利病書》。智短眯域罡。洪子稚存。卧江村,未能晨夕商。稚存著《乾隆府廳州縣志》。口沫復手胼,費盡秋燈光。人嗤老蠹魚,游泳江湖忘。

兩三年前贈單雪樵一詩見和至十用原韻
偶爾檢視感其情之長也再用韻

翰林出入無輩行,心如病葵長向陽。門生載酒問奇字,時分教庶吉士。詭言老子今劉揚。我友顛張船山。及狂孟,麗堂。弄筆都能見情性。酒氣墨氣積一堂,潭上荷花總清净。畏吾村下西涯拜,竹移荷換歲時快。落日重增湘浦愁,破園肯負松篁債。今春蒔樹西涯墓。江南使者新詩催,夸驢詰旦棲霞回。漫詡揚州有仙鶴,我心但憶孤山梅。北邙屋圮荆榛塞,草堂竹塢嫌偪仄。晚飯僧寮春月黑,濛濛雨帶梨花色。風捲鴉聲聽不得,壁塵撥盡尋殘墨。六朝山好青未移,勸君行樂追南皮。老仙昔贈蒼龍枝,訪碑且待秋深時。苔蘚剥蝕人焉知,手搨一碑題一詩。余時奉纂唐文,期君代爲搜訪。

爲錢梅溪題其尊甫養竹山房詩

養竹非種竹,新篁異霜奇。灌溉修防之,廢一固不可。培護及弱稚,芟除到叢夥。竹翁治竹法,不惟竹怗妥。施諸黍庶間,保赤心猶頗。奈翁不出山,悄對寒綠坐。此君太蕭疏,無人來道左。秋竿今盡盡,吟詩涼月墮。殘聲答石瀨,瘦影照陰火。梅花溪上行,一枝看斜鼉。

吴仲圭墨竹歌

梅道人,工畫竹。愛山不畫山,愛木不畫木。一筆兩筆秋影足,紙上但聞聲謖謖。梅道人,老巖谷,不曉世間有榮辱。日暮歸來跨黃犢,涼雨蕭疏萬竿緑,孤燈黯淡閉茅屋。夜深借酒塗枘槎,頓覺胸中氣斜畫。估兒賈客咤寒儉,道人自賞差免俗。我嘗種竹西涯西,烟梢露葉低復低。道人落墨取豪宕,絶似爲余寫幽曠。

題文五峰畫《上海顧氏園林册》

上海顧從義,自幼識奇字。嘉靖隆慶中,詔爲香案吏。修史叙功擢評事,孤情不忘漁樵地。玉泫館帖寄微尚,海嶽庵石重位置。負篋文華殿上行,石鼓點畫心分明。雅好齋圖五峰作,更越十年此幀成。攝山老農逞姿態,筆力却能透紙背。詩心浩蕩漱雲水,道味清虚寄鮭菜。天地空洞景物生，突兀不没松篁内。深夜孤燈鬼神入，萬想千思寢食廢。村店梅花十里寬，濛濛大雪壓驢鞍。一枝筆掃千湖月，酒醒只道西溪寒。舊遊再續歸田夢，藥爐經卷扁舟送。解衣半罉烟痕皴，墻外四圍山影重。

沈石田《漁莊村店圖》歌

石田簡率誰能及，八月秋雲筆端濕。一棹石湖溯舊遊，楊柳人家水邊立。漁莊蟹舍望參差，八十老翁打槳急。未聞官府親催租，問翁何事來追呼。翁言昨夜捕鲂鯉，隣舫網得淞江鱸。天陰欲雨尚未雨，舟泊葦塘村酒沽。太平景象時難再，真氣往來盎紙背。破空一線天光來，隔江兩岸碧山對。離合風雨只俄頃，遠近峰巒辨茫昧。安老亭圖竹十竿，石田有《安老亭圖》，老年筆也。買書日向床頭攤。貧人却好蠧魚託，無書何以娛饑寒。北苑已矣不可見，此卷合并南屛觀。沈有《南屛山卷》，稱神品。

董思翁《寒林遠岫圖》歌

筆思縱橫參造化，石色雲峰森可怕。右丞作畫如作詩，豈料後人賣無價。香光老子參畫禪，往往意在筆之先。心燈照見輞川口，遠邨暝色沈孤烟。悵惘桃源不得路，老樹槎枒隱寒霧。南崦梅花北崦松，眼中不辨青芙蓉。殘鴉數點霜中失，老鶴一雙門外立。樵夫醉倒橋東頭，雪葉風枝滿石樓。尚書晚學趙承旨，風流文采畧相似。可惜鷗波亭子空，客臺泥爪留春鴻。寄語楞伽王念豐，爲余物色蓬廬中，一畫筒抵千詩筒。王惕甫云華亭某有此臨本，許爲余摹寄。

哭謝薌泉同年

浮沉升降畧相類，差不如君擅文字。後生先死眞難解，君與余同庚，余五月，君正月也。辭富居貧豈無意。胸中所蓄必呈露，身外之物胥委棄。百六十客幾人在，庚子進士一百五十八名。三十一年一世易。聯床聽雨還佇月，并轡春山與秋寺。花開花落神悽愴，燕來燕去情切至。光明磊落任天動，嬉笑怒罵忘人忌。天橋市上日走馬，華嶽峰巔夜作記。訪碑大慧拜西涯，投詩小峴嗤北地。佛前狂笑老僧逃，井底欲眠翰林醉。六語皆君舊事。酒酣每作千秋想，腹痛爲墮數行淚。百年文獻徵杞宋，一代門才考譜系。君選國朝散體文，閱二十年迄未成書。綜括幾與梨洲同，別裁却較倉山異。我謂此舉勿遲緩，君矜非人能位置。君不肯假手於人。懷寶沒齒豈無悔，作史承家望勿墜。知恥齋存叢脞書，吾當掩泣爲編次。

屠琴塢舊屋說詩圖

輕舟孤往錢塘江，頻伽稱君詩老蒼。饒有河朔少年氣，郭生此語吾心藏。逾年獲讀孟昭集，梅史作序歎弗及。小檀欒室種竹成，冬花庵主墨猶濕。茲圖有石無層樓，門外日夜清泉流。野梅樹抱孤山影，可是林逋手種不。跨者蹇驢導者鶴，危澗一條通畧彴。涼蟬勿語蟲勿喧，窗外新篁時解籜。風篁嶺上過溪亭，聞說坡仙曳杖經。初白一庵掩荊莽，遺文奚不搜零星。屬君訪初白遺文。十年舊事縈新夢，百歲蒼茫春色送。老僧話別雲堂空，日暮清齋聽幽哢。

小檀欒室讀書圖

杭城自構詁經舍,湖上家家異書借。屠君築室錢塘江,結伴讀書茲過夏。開門莫辨天與日,萬綠爭從半空出。鐘磬到此寂不聞,賸有溪聲與山色。漁謳纔歇洞簫起,木葉蕭蕭打窗紙。布衾幽客擁支頤,涼月一丸藕花裏。人生樂事能讀書,高官厚祿何爲乎?不然負劍從酒徒,臨安市上歌烏烏。孟公_{浩然}。白公_{居易}。今已無,樟亭竹閣全荒蕪,帶經君且寒梅鋤。

徐次山_{德瑞}孝廉聽詩圖

此聲寄天地,未許俗人聽。但有梅花處,能教鶴夢醒。涼琴佇山月,疏磬隔漁舲。廬阜重迴首,數峰仍自青。

夢中得搴霞十字醒足成之

搴霞開中門,攬月至下阪。山氣濕衣重,水風吹客遠。高日散野樵,晨鐘警僧飯。坐念塵垢多,深悔滌盥晚。巢松鶴乃閒,歸田牛差穩。相期謝韈絆,長此安疏蹇。

雨中屠孟昭招同劉芙初、董琴南、吳蘭雪、黃霽青安濤小集擬遊錢藹人儀吉寓園，適戴金溪敦元至而大雨驟臨冒雨同往。藹人出茶瓜餉客，觀雨久坐，孟昭欲爲畫記之因賦此詩

出門烟緑剛漫橋，過橋花比馬頭高。我家却在萬花北，城南折束煩相招。幽客已先鷗鷺至，我來巾舄都滴翠。大似輕舟泛剡溪，回頭疑入漁樵地。比鄰聞有神仙廬，閉門終日繙道書。驟雨疾風阻塵客，清齋詎容來酒徒。排闥直入比猿鳥，長廊飛過曲欄繞。吳生蘭雪。醉倒水西亭，口嚼殘花花影掉。天公欲爲澆詩腸，頃刻腑臟生新涼。隔林不復辨人語，黑雲下掩青竹房。五步以外天無影，誰取銀河來灌頂。松栝瓢蕭屋欲浮，僮僕寂寥心各警。遥山一角殘陽紅，收拾蒼緑藏漁篷。江湖有癖不能到，造物豈果憐吾窮。屠侯詩絶畫亦絶，奇想弗求世人悦。落墨不落仰視空，自謂此境從未閱。

約劉芙初、吳蘭雪、屠琴塢、董琴南、錢衎石、黃霽青齋梅麓彦槐悦公禪房看荷花先之以詩即寄悦公

去年看荷花，花多詩較少。今年看荷花，花遲詩轉早。荷花照水年年紅，白髮蕭疏愧余老。看花客盡登瀛人，仙心倘不被花惱。鷗鷺無猜對逝波，漁舟盡日依芳草。岸雲欲上經壇濕，水風一涼竹房埽。鐘聲隱約過葭葦，蔬味零星出蓬葆。畫禪試從蒲褐參，棋劫且向松堂了。看花長願伴孤僧，凌空恨不墮飛鳥。清沙白石影亭亭，古木斜陽香嫋嫋。出水豈藉大魚負，得氣仍思晚節保。攀折原傷君子心，遭逢

轉比美人好。尋詩每觸江湖思,徧倚闌干費幽討。人生但得有花看,啜蕨餐薇總宜飽。

秦小峴侍郎見余招諸君看荷花詩,以余未及奉招勝稱蓉湖荷花以傲余戲答并次其韻

昔作漫郎今聱叟,拚與荷花作詩友。蓉湖雖好隔黃河,愛而不見空搔首。達官幾輩能還鄉,掉頭君欲歸雲莊。花港香風吹瀰渺,峴山秋影橫青蒼。蕭疏上比天隨子,全家移住烟霞里。蘆荻生芽鯉鱖肥,樵青炊熟二泉水。西涯笑我又詩成,野鷺閒鷗渝舊盟。管領蓮花吳博士,得錢貰酒空復情。諸君皆有和詩,蘭雪無之。酒場誰料變詩藪,數子才華世希有。謂劉芙初、屠琴塢、董琴南、錢衎石、黃霽青。胸中奇氣一洩之,作詩畢竟勝飲酒。侍郎五鼓朝大羅,朝東暮西忘奔波。梁溪有夢恐難到,醉中和我蓮花歌。

次秦小峴侍郎潞河舟行韻

疏雨在林外,放船涼漸生。一飆故山夢,兩岸草蟲鳴。君健方籌國,余閒亦愛晴。沙鷗比人懶,穩睡到天明。

再邀陳石士、胡書農、孫平叔、徐星伯、陳範川、鍾仰山諸君月下看荷花用前韻

河水新添三尺高,雨大翻嫌荷開少。僧房多被濕苔掩,非是秋生今歲早。荷花生日匆匆過,蓮蓬子大藕絲老。僧約客來須及時,客弗及時恐花惱。野鷺飛飛不怕人,大魚拍拍常依草。月下看荷荷更香,松門那藉湖風埽。夜深仙子尚紅衣,地迥美人全翠葆。天光壓水碧

可憐，山影入樓青未了。成佛生天兩不願，此身但願同溪鳥。荷花尚難免榮悴，江湖浩蕩孤烟嫋。今年盛忽明年衰，有盛無衰問誰保。但期歲歲看花人，一年詩比一年好。石蘭干外即銀河，故事底須費幽討。《帝京景物署》諸書，三五年來讀差飽。

小峴侍郎寄書有怪余見嘲語作詩答之卜期過訪

松花團子有何好，似在君家喫未飽。木瓜酒煮花猪肉，老饕醉倒海棠屋。四語申明札中意。因君半載長閉門，屐齒踏破莓苔痕。今又鴻毛遇順風，渭城不及唱匆匆。如何只說掉頭去，芙蓉湖上晚涼處。美人娟娟隔秋水，白髮蕭蕭君獨喜。我日修書衝綠泥，紅雲多在西華西。近天尺五白玉堂，鈴索不響槐陰涼。異書奇字發光怪，長日摩挲足清快。斜川文字稼軒筆，五六百年久散逸。蘇集裒自味辛手，邁也過也未分剖。味辛所刻《斜川集》，採自《永樂大典》，遺逸尚多，且《大典》《斜川集》皆標名蘇邁，亦未注明。辛集人間一字無，我昔採綴誠錙銖。搜得一字如千金，世上何人知此心。城南好事賸有君，七十猶肯膏油焚。

湖上晚行偶作短歌索蘭雪和

老饕近來無大願，多看青山飽喫飯。吳生蘭雪。笑我筆力衰，誰知天許詩骨健。朝採芙蓉夜讀書，守門有鶴出門驢。神仙未盡愛幽僻，載酒人多樵與漁。先生退直剛日落，親課園丁剪秋藿。生愁病蜨隱殘花，忽見涼蟾上新籜。水外僧寮路半欹，葛衣芒屨訪殘碑。偶穿竹院閒說偈，不坐松堂夜詠詩。

送吳小坡歸里

故山梅樹著花無，雖是思鄉不爲鱸。三十六鷗烟水濶，布颿搖過鄱陽湖。

小阮才如大阮不？一竿恨未共漁舟。杏花還是長安好，要買驢鞍且賣牛。

立秋後一日陳鍾溪侍郎過訪不值久坐荒亭茶瓜而去

荷花紅直到吾家，君爲尋詩不爲花。未必荒亭得秋早，涼人詩骨是茶瓜。

答鍾溪論詩復題簡尾

詩從禪悟羼提老，延佇秋林返照中。看罷暮天灑然去，任人圖畫作屏風。

蘭雪和詩至再用韻呈小峴侍郎并示蘭雪

西涯日作持竿叟，得魚便招吳蕾友。青山愛煞買無錢，轉眼兩人都白首。侍郎老矣思還鄉，非關有田與有莊。蒓滑鱸肥託言耳，讀書敢忘蒼山蒼。鶴巢春雨墮松子，兩崦梅花紅十里。前身自許比明月，此念相期誓白水。歸老蘧廬願未成，耽幽敢邃渝鷗盟。達官頗諳蔬筍味，老夫亦深兒女情。長安原是人材藪，擊筑吹竽靡不有。美人調笑漢宮秋，壯士傾心燕市酒。九流八術經搜羅，文筆罴兀詞翻波。夜涼醉臥吳篷齋名。底，和爾蓮花博士歌。

吳雲樵學使過訪預約津門歸看菊小飲作詩爲券即送其行且託代覓鄉試錄諸書

　　昔讀君作詩，知君性敦厚。今睹君取士，多君識苗莠。涇川講經術，趙氏篤法守。琴士。近更推吳氏，鱗鳳薈郊藪。朝廷試禮部，來十拔八九。使君吾石交，京兆同折柳。卅載坐玉堂，兩人皆白首。款户視吾病，握手復握手。豫卜津門歸，飲吾菊籬酒。飲酒得何趣，得趣傾心久。文事吾廢棄，託願在畦畝。涼天踏黃葉，荒園剪秋韭。釣起東溪魚，佐以西涯藕。馬聲住林外，鶴影墮花右。聽鐘不上樓，撈蝦寧得笱。老蠹困書城，焉能垂不朽。遺文肯官購，惠抵掃愁帚。

邀平叔、書農、星伯、範川、芙初諸同事校悦公禪房釋典

　　儒書未全讀，何暇搜釋典。姑託文字禪，閒愁一笑遣。況有荷花風，泠然吹獨善。暑氣昨宵退，白雲半湖卷。開門水烟重，要防硯生蘚。僧雛打午鐘，香厨菘葉剪。

尋　　幽

　　孤烟尋不見，萬竹水邊聲。漸覺寺中月，遙從山外明。孤蛩抱花泣，病鶴傍人行。非我耽幽僻，秋來感易生。

洪介亭編修以所藏康熙丙申春諸君子元福宮看花詩卷屬題

卷中題詩者十三人：陳鵬年滄州、吳闡傑漢三、李中牟山、汪灝紫滄、須洲鳳苞、繆沅湘沚、徐用錫壇長、汪見祺無亢、李綏巨來、俞兆晟穎園、黎致遠寧先、鄭三才參亭、張懋能蕺村。

訪僧八里莊，看碑古松下。杏花閱百年，一樹無存者。道觀埋荒草，殘甄更膡瓦。庵前積水流，塔上秋雲野。當年選勝流，幾輩茲揚榷。舊聞竹垞所輯。及雜記，蕺塘所輯。採詩誠掃撦。洪君拾殘膡，博學嗜風雅。古詩十三首，當場各抒寫。聯翩列几席，萬丈詞源瀉。杏花開幾場，不見香山社。春雨花重開，未必此蘭若。

石門看月詩和仲餘侍郎韻

公豈山中人，愛惜山中月。憂勞積平日，暫時取怡悅。白雲屋背盎，幽泉石根發。暝鐘響初罷，松子落清越。

張少伊餽山藥至

故人眷余病，遠道貽玉延。永定門外距余居十里餘。玉延豈參苓，羊棗昌歇然。蒸鴨與封羊，老饕不流涎。生平葵藿腸，久欲除腥羶。張侯屈銜官，瀟灑如神仙。入山契林岫，逢寺搜竹泉。荒亭冷玉高，山藥秋城鮮。白雲堕我門，黃獨吟我篇。匏庵亦樂園，畫者沈石田。中有玉延亭，彈琴坐風偏。顧我非其匹，感君情纏綿。澹香滋味長，世誇冬笋乾。茲合佐秋菘，涼夕參詩禪。

李薌甫芸甫昆季招赴畫會因宿借綠山房

長安争逐場，人苦不得暇。湎酒古有誡，玩物志斯惰。秋堂響蟋蟀，日月去可怕。歡聲在田野，敬爲朝廷賀。李氏好昆季，丹青奪造化。築室傍林廬，空天綠陰借。招邀詩畫流，瀟灑花間坐。山河汹穆氣，文筆焉能破？五六老畫師，閒中出頓挫。博士蘭雪。詎能飲，小醉輒嘲罵。投轄意可感，踰垣計已下。簫聲入墨竹，芸甫醉後爲余寫竹。白雲墮涼夜。

借綠山房諸畫師爲余合寫玉延秋館卷子頃刻而就題詩於後以誌佳會

畫者十三人，秋齋四五處。我持三尺絹，花間走迴互。人各一兩筆，頃刻積烟霧。落墨豈容心，寫成弗返顧。盎盎指上秋，滴滴天邊露。石古能出雲，屋深不因樹。文成而法立，人趣皆天趣。秦公小峴。笑我拙，作畫何匆遽。寄暢園名。所藏蓄，子久與子固。君獨愛今人，所愛毋乃痼。秋藥老庵主，長松寫日暮。四山風雨聲，高堂恍奔赴。江南無盡秋，袖向西涯去。長揖謝二李，此樂後幾度。

陳石士、胡書農、孫平叔、陳範川、徐星伯五編修招集陶然亭

前日藕花雨，染我葛屨碧。今日葦葉風，吹我紵袍白。相距僅匝旬，頓異林棲迹。良時去如瞥，不樂胡跼蹐。軒然一亭子，秀出長安陌。時時冠蓋流，來作水雲客。史館日著書，老眼秋霧隔。涼空偶延佇，百憂失一夕。蟲語聚草根，雁聲響沙蹟。我亦忘機人，豈不愛閒

適。衆仙況同日,招我坐瑶席。

曉晴赴五君子之招作詩爲謝兼呈陳鍾溪侍郎、翁宜泉、譚蘭楣二郎中、吴蘭雪博士、席子遠、姚伯昂二編修、屠琴塢大令

晚霖夜不晴,隘巷愁泥塗。月橋至江亭,萬頃雲模糊。貧官禁豪舉,僕痛馬且瘏。老饕食指動,肯負良朋呼。隔水語漁翁,詰旦簀笠租。新涼散高柳,净緑生寒蘆。我性最疏野,愛狎鷗與鳧。觸熱心久灰,看書眼欲枯。菜根滋味長,萬錢休一娛。誰知鑑湖長,官酒傾千壺。侍郎不能飲,薄醉須人扶。農部工苦吟,細字千明珠。我但向西笑,歸卧孤亭孤。課童汲溪流,日洗門前梧。

約陳鍾溪侍郎赴白雲觀訪道藏諸書

京師白雲觀,往往神仙居。邂逅不相識,辛苦求丹書。神仙施狡獪,我自安癡愚。雨晴踐朋約,重以王事趨。明季政不綱,齋醮胡爲乎。天步實艱難,道藏留清虚。今爲搜唐文,文治前代逾。入門但秋色,黄葉聲疏疏。官閒道心生,時和塵慮攄。斜陽未下山,活火猶生爐。人聲寂不聞,惟聞鳥聲呼。讀書未盡信,長生事有無。我亦三十年,笑樂居瀛壺。

吴子野餽鮮蟹雞卵,余素戒殺,辭蟹而謝之詩

塢邊湑外隴雲疏,佐我清齋夜讀書。却笑玉延老居士,山葵江笋伴園蔬。

小樓新築兩三間，君新築樓。爲着儲書又看山。黃菊開花竹抽筍，老夫遊興未全刪。

盛甫山舍人招同馬秋藥太常、朱滄湄比部、吳蘭雪博士、朱野雲山人小集

舍人籍薇省，賦性愛山水。山水苦跋涉，清音托十指。泠泠絲竹音，寥寥淡泊旨。偶然迹象留，灑墨剡溪紙。畫成不示人，閉門心獨喜。拜石白雲庵，焚香烏皮几。老饕時打門，主人嘗倒屣。江菰與湖筍，每飯輒入篚。主人但淺飲，酒罷歌聲起。我時不協律，天籟蛩蚓比。嗜痂主人癖，謂合柴桑理。君誠老摩詰，遊戲人間爾。他日輞川築，我爲書偈子。

陳石士見姚伯昂藏其師姬傳先生手蹟，屬錢梅溪鈎勒上石以原稿裝卷自藏，乞余詩爲券因寄伯昂梅溪

文治盛今日，韓歐稱正宗。作者非一家，吾獨推姚公。姚公未識面，尺素時時通。西江陳太史，曾坐公春風。下筆有師承，人力非天工。凡師所贈言，寶之如大鏞。裝成日摩挲，儼對師音容。夜雨酌故人，謂伯昂。綠字留燈紅。明珠忽到手，一串秋玲瓏。君無韓幹馬，公案仇池同。碎石而毀畫，此語誰能從。錢生出奇計，珉翠吾鐫礱。千潭印一月，萬紙錘三冬。太史意良厚，錢子謀亦忠。世上讀書流，相習韓歐崇。廉惠均不傷，爭遜將無庸。吾詩取當券，笑煞東坡翁。

蘭雪許以姬人緑春畫蘭册見貽今且三年矣，余屢索之詭言未獲題詩，及見有餽余蘋婆果者索其半日將以畫蘭報也，既而邈然因戲以短歌

蘋婆帶露貽彼姝，報以墨蘭良不誣。蓮花博士性太疏，一詩可待三年無。湘蘭橫波世罕見，萬錢不能換一絹。緑雲深處秋陰徧，春雨春風鳥聲變。書生且漫覓封侯，何福寒閨伴莫愁。畫成自有花香浮，君詩請勿題上頭。

爲朱野雲題畫

樹未成秋水未涼，橋南花隱讀書堂。杖藜不惜蒼苔破，啼鳥一聲山夕陽。

又題野雲畫

山飛水立憶前遊，落筆年來總帶秋。遠處白雲近黃葉，暝鐘不下夕陽樓。

朱野雲山人邀同金蘭畦尚書、汪東序太僕、馬秋藥太常小集擬陶詩屋即席有作

傍城寒霧重，滿庭黃葉積。瘦日逼秋陰，下映空堂碧。故人渺天末，歲時阻心迹。會合野雲屋，刻際明月夕。料理社稷安，諸公自有策。我職在文史，病起求暫適。讀畫時解衣，談天屢脫幘。焉得隨朱君，一生山水役。前身豈蠹魚，故紙今愛惜。舊雨不易逢，新詩詎輕

獲。尚書許以詩相質。階下霜漸多，座間發俱白。

李薌甫芸甫昆季餽栗謝以詩

腥羶非所欲，烹炙久弗甘。終年飽葵藿，老饕何以堪。昨築玉延亭，略仿吳匏庵。山僧餽山藥，趁雨秋鬖髿。成例謝之詩，屢受無乃貪。李家好兄弟，知我新栗耽。范陽八百畝，種栗如種柑。養成磊落姿，俊味中包含。夜燈耿微青，爐火吹正酣。煨熟勝黃精，製法誰能諳。君客孟山人，愛畫狂且憨。寫生有生氣，下筆香醰醰。請爲戰栗圖，赤心相與參。用梁蕭琛語。

題贈程定甫贊寧編修

程子居長安，樂饑年復年。眷屬寄孤山，瀟灑真神仙。下帷嗜讀書，吟歇如秋蟬。我昔遇橋門，相期希聖賢。歲月傷蹉跎，人事多變遷。不聞木樨香，徒參蒲褐禪。子乃乘長風，翔步忉利天。百番剡藤紙，一挺桐花烟。中蟠蝌蚪字，塗以金銀鮮。眩目更箝口，孰能窮益堅。琅雨十萬櫺，晨夕相攻研。道心虛室生，詩話江湖傳。雨外芭蕉聲，或落書生先。棲鐘屢間之，寒蟀時棲然。剪燈念故人，寄我池上篇。時乞編修詩。

屠琴塢將爲縣令題其墨筆山水畫

俯聽筆無聲，細尋秋有色。中未着丹黃，十分見氣力。昨年宿山寺，霜林變頃刻。斜陽收拾去，涼月松梢匿。佛燈倏明滅，天影窈深黑。此景耿在心，好手偶然得。長風吹不散，古蘚湮漠蝕。我有三丈紙，留君几案側。摩挲將十年，必能發奇特。寒空木葉飛，蕭撼響窗北。蟲吟詩興動,雁叫歸思逼。屠侯筆即刀,斬不殺盜賊。彈琴坐堂上,使民如使墨。

十六畫人歌

野雲朱鶴年。新踏廬山霾,苔花黯淡青在鞋。留客夜宿蒼竹齋,剪燈爲我縑素揩。雨生湯貽芬。上馬能殺賊,手染秋花出顏色。芭蕉葉子無多墨,雨聲隔在書聲北。滌齋朱文新。搖筆雲堂成,千竿萬竿寒玉生。鸞鳳似在空中行,琅玕參錯諧簧笙。琴山楊湛思。慣寫梧桐樹,寫罷衣衫濕清露。白髮蕭疏愁日暮,蘼蕪望斷江頭路。雲海吳大冀。驅墨如驅雲,小樓佇月蘭膏焚。天高木葉不可聞,彈琴一曲秋紛紛。琴塢屠倬。相逢松篠變,蹊徑須臾尋不見。一枝禿筆一破硯,掉頭竟去領江縣。秋藥馬履泰。愛畫蒼龍枝,但畫精神不畫皮。胸中填滿階州詩,嬉笑怒罵純乎思。南雅顧蒓。點苔三五處,脱帽走向槐陰去。人笑先生太匆遽,先生慣聽涼蟲語。甫山盛惇大。直欲棲空山,黃塵烏帽門常關。雲林海嶽誰躋攀,獨我乞畫君開顏。麗堂孟覲乙。狂墨世無兩,二十年來我心賞。水必渺瀰樹蒼莽,對之輒作漆園想。伯昂姚元之。作字花同妍,及其作花字同鮮。生氣非憑粉與鉛,參透華亭書畫禪。薌甫李秉銓。芸甫李秉綬。兩兄弟,寫山如黛樹如薺。黃河之水襟袖底,青綠紛紛一盥洗。晴嵐(一)陳鏞。自少師畢涵,畢涵遠住黃河南。年年秋夢來詩龕,陳生陳生青山藍。船山張問陶。點滴殘墨水,潑向玉延亭子裏。百尺晴嵐一丈紙,酒香花氣薈騰起。船山未及入會,補畫雲氣。受笙陳均。畫法師奚岡,入秦以後詩清蒼。詩耶畫耶今兩忘,純以造化爲文章。

【校記】

(一)按,陳鏞,字淥晴。

李恒堂錫恭侍講以其祖父遠像繪册屬題

子孫眷祖父，真有無窮思。音容託畫工，非僅瞻拜之。誠望世出賢，傳以文與詩。榮寵豈足恃，身死名宜垂。婁江禮讓鄉，李氏多經師。隱德積兩代，五桂森交棱。太史操玉尺，今且衣鉢遺。太史屢司會試分校，得士多入翰林。我讀册中言，陳子稽亭。文最奇。淡折兩三筆，君家恩愛慈。寫出溢紙上，沁人心肝脾。我欲效厥體，十日不能爲。搜索藜藿腸，愧乏冰雪詞。

余二十年前爲吳蘭雪題圖有"滿地皆梅花，何處著明月"句，同年朱滄湄典陝試移此二語識龔海峰程墨尾，河間紀文敏公見之傳爲佳話，今既爲子野駕部署樓額，遂改前詩爲佇月樓詞

幽僻似山家，數竿秋竹斜。滿園盡明月，何處著梅花。

輓洪雅存編修

名節蔚一身，忠孝斯兩全。北江讀書客，獲此非偶然。洪子少孤貧，奉母四十年。機聲共燈影，雪大寒無氊。謀食遊四方，飄泊湖海船。佩劍依畢公，秋帆。孫淵如。黃仲則。與踽躚。老始策大廷，第二王綸宣。我時侍講幄，先生引見，余以講官侍班。眎子真神仙。訂交香案側，相期爲聖賢。初焉膠漆投，繼且金石堅。江亭及月橋，往復酬詩篇。笑余鷁退飛，羨子鵬高騫。書生性戇直，昧死陳戔戔。聖人恕其狂，既譴仍垂憐。萬里叩生歸，閉門手一編。下筆雖不休，光怪非

從前。布袍方竹杖,活火寒山泉。登峰不跨驢,坐石非參禪。將謂少微星,長烱三吴天。奇字奧難辨,正欲裁一箋。階前響黄葉,使我憂心煎。凶問從何來,君竟中道捐。憶出彰儀門,遠送盧溝邊。西欄耿殘月,今日餘清圓。安得和君歌?安得拍君肩?蘆汀叫孤雁,南望空雲烟。

重陽前一日薌甫芸甫餽菊

風雨不來秋滿城,日高沙暵柴門晴。擔花十里尋鷗盟,橋邊溪外枝斜橫。草堂殘破窗無紙,白月夜墮孤衾裏。澹影寒雲推不起,霜氣在天香在水。君家兄弟多詩仙,韋盧佳句尤清圓。讀罷如醉東籬前,此花風味同芳鮮。畫筆兩君又獨擅,我有一匹好東絹。用成句。爲花何不開生面,老卧林廬日相見。

再贈薌甫芸甫

涼秋暗林色,新菊發霜根。憔悴雙蓬鬢,崢嶸老瓦盆。園丁勞跋涉,山客荷溫存。正欲探幽去,籬東古寺門。

偶　　述

壯志已蹉跎,衰年更若何。但期秋睡足,不願笑聲多。局外看棋換,生來受墨磨。詩龕豈禪悦,安樂欲名窩。

題蔣爰亭侍郎秋闈校士圖

昔同舉京兆,君少我二歲。白髮會江亭,五言共砥礪。君詩有仙心,何嘗矜環麗。長年役公事,暇輒一庵閉。空明雲水懷,不受塵埃蔽。家學經術擅,翰林已三世。秋堂羅萬卷,決意去文獘。兩行紅燭明,一縷茶烟細。先生眼如月,風葉入斜睇。淡墨徑揮灑,精當逾會計。此時辛苦心,轉瞬流光逝。志士不敢忘,空山自愧勵。世上噉名人,但解誇科第。

文待詔雪霽山行小景

空山雪初霽,萬木淒以清。策蹇踰石橋,凍雪猶有聲。踏破琴時苔,留待耕夫耕。回首瘦梅花,澗底枝斜橫。嶺南料峭風,吹過松梢明。買酒卧茅店,寒月聞雞聲。

文待詔碧巖閒話小景

對坐碧巖下,泉聲巖際來。大禹斧劈痕,至今青無埃。積年水雲氣,鬱勃成風雷。石迸蒼樹根,上逼天門開。道書不須讀,人世皆蓬萊。活火燒松花,葛衣生古莓。

次徐蘊士孝廉元韻

窮年始信六經尊,破硯殘書道味存。放鴨偶逢魚曝子,看山忽見竹生孫。客來問字朝攜酒,僧過尋詩夜打門。瀟灑如君此陶令,但逢花處即桃源。

懷先芝圃巡撫

匡廬翠飽還羅浮,東南山海供冥搜。回頭又飲西江水,百花洲上春風起。三寸毛錐十丈紙,堂下萬民聽驅使。轅門旌斾悄無聲,騎馬出課耕夫耕。

喜衛輝府太守王儕嶠卓薦入都

白簡曾三上,黃堂又六年。舉頭抗嵩嶽,生性愛淇泉。官職從今大,文章已世傳。煎茶重聽雨,補領大羅天。

題蔣元亭先生靜觀圖

心如明月明,性比止水止。知止主靜功,克明大觀理。合十地圓通,無一點渣滓。

偶現宰官身,遂示通明相。語言文字禪,道德仁義障。保我飛躍機,任他雞犬放。

守經堂爲元庭同年題畫

一丸白月跳石房,千竿野竹搖雲堂。欄杆以外秋陰涼,蕭蕭木葉堆階黃。先生坐老蒲團旁,九州四海相與忘。身外之身究何狀,漆園文字真夷宕。殘夢迢迢三十年,老山荒翠看依然。剪燭說詩古佛前,青樽綠字空雲烟。神仙從古無科第,世上紛紛誇折桂。余與先生同舉京兆。我輩不爲田園計,讀書但要柴扃閉。

魯孝子歌

莫謂孝子愚,孝子有至性。莫謂孝子苦,孝子有樂境。大星炯炯雲中棲，靈山採藥事謬悠。寒雅老木聲啾啾，刀起肉墮天爲愁。帝閽萬里不可求，老親之病忽焉瘳。吾知孝子必有後，蓬廬雖圮遺經守。乞我作歌我沮怩，眼中誰是杜陵叟。吳玉松山尊。鮑覺生。今稱著作手，嗚呼孝子斯不朽。

湯雨生騎尉屬題秋江罷釣小景册中佳篇甚多，陳石士編修意義稍別附聲綴句且贈別焉

但制橫海鱗，莫傷寄書鯉。陳石士句。相勗仁與義，賢哉陳太史。吾想騎尉心，豈願老溱洧。一竿如可棄，竟此去烟水。長風送天上，萬里孤舟艤。寒野息驚麃，春江薦朝鮪。東南海氛熾，中夜提戈起。功成詔畫像，戰袍換金紫。解衣氣磅礴，日映桃花紙。曹氏兵符圖，尚煩騎尉擬。

吳蘭雪席上晤江頡雲送共南歸

吳生住揚州，歌嘯康山側。醉臥梅花底，詩篇播京國。三年官博士，瘦羊喫不得。夢泛西溪船，猶自江郎憶。江郎人中豪，恨我未交識。黃河一道水，迢迢限南北。天風九萬里，邂逅見顏色。草堂咫尺地，奇情發頃刻。笑指扇頭蘭，此味真填臆。不怨雁南飛，但愁日西昃。古人重神交，誰能逐酒食。遲君江上書，吐我胸中墨。

送屠琴塢之官即題其雙藤老屋圖後

屠侯居翰林，朱十署相類。迄今官邑宰，却與竹垞異。繪事實素擅，能寫平生思。歌嘯所不及，往往託烟翠。老屋既傾頹，雙藤亦顦顇。君偶然居之，幽蹤儼衡泌。屋也願長存，藤兮矢勿棄。一朝別汝

去，爲墮數行淚。草木猶如此，朋友關道義。江湖雖萬里，丈夫四方志。香草美人喻，梅花高士譬。文章與時進，不盡出遊戲。可亭朱先生，昔曾爲縣吏。

昌溪村八景爲吳子野賦

沙墩垂釣

水清不見魚，沙清不見水。茫茫寒翠中，何處炊烟起。吾憩鮭菜亭，今又十年矣。

九嶺茶歌

嶺深渺何許，新茶盎萬綠。歌聲隨濕雲，遠近出深竹。有客艤孤舟，月明梅店宿。

新橋秋月

我看月橋月，每到西涯西。君家烟水鄉，月在前村溪。惟有秋士懷，見月生愴悽。

竹林夜讀

涼露瀉銀漢，因風滴竹梢。三更幽夢醒，掩書未即抛。柴扉綠陰閉，月下孤僧敲。

石屋梅花

人世六十年，不識梅花樹。傍雲築石屋，願向此中住。野鶴飛水南，過橋一相晤。

船麓楓林

寒山花事稀,霜天楓葉春。雲中似有船,載酒尋詩人。醉倚江岸高,數峰秋嶙峋。

山寺曉鐘

風雨寺中善,日月山裏長。不到五更頭,未辨鐘聲涼。病僧坐圓蒲,久已生死忘。

西山積雪

江南亦有雪,積此西山根。青蒼萬松樹,掩映梅花村。誰肯跨驢來,一扣林逋門。

爲大覺寺僧題畫六首

雲濕花藥叢,殘瀝滴成水。茅屋青峰外,隔澗幽風起。濛濛松栝影,小隱暮山紫。金梯何處通,不見玉童子。

水亭倚石根,斜陽在山頂。古棧懸斷雲,石橋沒孤艇。松陰地上積,虛閣出清迥。扁舟搖到門,睡鶴猶未醒。

石上無人行,溪鳥自飛去。山居鮮惡風,松聲響何處。遂登池畔樓,溟蒙天欲曙。露氣漸生衣,塵氛忽已除。

山家何所有,丹楓與翠竹。時見溪上雲,留我林間屋。偶來寄書鯉,忽到銜花鹿。巾烏姑謝之,且抱石頭宿。

花香度院長，林翠上衣重。昔年訪幽寺，老僧許陪從。偶坐蒲團間，名利心自訟。徘徊古梅下，我與明月共。

能參大乘禪，乃無壽者相。是畫即非畫，凡物皆有障。然而山水情，無藉筆墨貺。橫空萬烟翠，詩心所醞釀。

爲靈鷲庵僧題畫六首

殘霞隱斷山，斜陽散深樹。石橋花港通，三五漁家露。

新雨苔初荒，杖藜不可步。東溪明月上，松間且小住。

昔有望雲心，今但數歸鳥。秋烟暗江店，花竹藏多少。

數峰忽插天，萬雲齊瀉地。更有松竹陰，綠到烟中寺。

長松一千尺，不能匿西日。遠近梅花風，迢遞吹月出。

隔水望歸舟，烟深不知處。歌聲出殘竹，拋竿賣魚去。

柬陳鐘溪侍郎

言尋白雲觀，又是一年過。余病懶騎馬，君閑好換鵝。山情本夷宕，花事每蹉跎。非盡覊塵鞅，閉門詩債多。

柬張少伊索山藥

滿城薑菜鬭香酸，昨夜山僧餽笋乾。笑我玉延亭子畔，只餘青竹兩三竿。

衙官尚有尤侗在，抱病經旬不出門。短陌長鑱好風日，學他黃獨劚江村。

狗尾續貂吾有愧，_{尊甫近有寄余劄，侑以貂帽。}雞群鶴立子何慚。明年紅藕花開後，斜日扁舟積水潭。

仁圃丈_{德元}邀同朱習之少僕過廣積寺齋飯

不來訪香界，忽忽兩年餘。僧自禪心定，余同鶴意疏。談深罷齋鼓，坐久薦園蔬。妙語解塵慮，何須讀道書。

送陳稽亭歸里即題其桂門圖後

梧門吾舊居，新亭名玉延。左右淨業湖，風流思二賢。_{李賓之、吳匏庵。}君家都憲公，參破詩畫禪。匏庵鄉井誼，賓之衣鉢傳。君學故有本，通籍十四年。忍饑爲文章，裹敝囊無錢。掉頭返鄉里，到及梅花先。叢桂賦招隱，小山情渺然。柴門雖日閉，松菊猶新鮮。充棟五千卷，負郭十畝田。君性本孤直，辛苦全其天。會心放翁句，非羨三百廛。秋林帨巾舄，明月頭上圓。飲酒樂複樂，且和淵明篇。

謝張少伊贈山藥

著霜山藥帶秋痕，驢背馱來風味存。明歲月橋橋上望，玉延花占藕花門。

家無三百甕黃韰，忍餓吟詩日又西。十里城雲一天雪，寄書人怕過寒溪。

題佇月樓畫會册爲吳子野

詩友今膡秦<small>小峴侍郎</small>。與吳，<small>蘭雪博士</small>。佇月樓下傾千壺。主人愛客愁客散，問客所操何技乎。客胸各自具錘鑪，下筆元氣相吸呼。癡朱<small>朱氏昆季四人皆有癡名</small>。狂孟麗堂。及嚴香府。董，<small>小池</small>。米之顛也倪之迂。餘子各負過人智，張船山。黃穀原。蔡研田。顧南雅。王子卿。姚伯昂。吳。<small>山尊</small>。神仙每喜出狡獪，精神已到毫巔無。秦公散體今歐蘇，下朝墨瀋襟霑濡。醇酒潤吻每沉醉，醒輒細字斜行書。我詩僅比蛩蚓耳，風淒月苦聲嗚嗚。病來萬事都廢棄，布衾紙帳清燈孤。君索詩債如追逋，我正閉門防催租。<small>時以病假例交還公費</small>。可憐博士饑欲死，<small>蘭雪以憂去官</small>。雪衣去夸盧溝驢。

題曹夔音仿趙文敏樂志圖爲程子<small>蘅笙</small>賦

程君志士住江國，不改其樂有所得。偶買王孫樂志圖，臨摹實出曹侯筆。我時臥病孫學齋，朝虀暮韭勞安排。向平之願正難遂，觸我清興雙眸揩。亭臺齊傍烟霞起，竹外梅花二三里。歌聲上薄南山雲，壯懷直赴東流水。王孫曾築鷗波亭，風流一代如晨星。曹侯應教乃仿此,一縑濕墨傷飄零。程君程君果何志,學劍學書丈夫事。掉頭徑作汗漫遊,遊徧四百八十寺。殘碑斷碣南朝多,碧苔蒼蘚煩摩挲。秘書半出奇士手,訪我再渡桑乾河。

諸城劉文正公扇頭楷書前人蟲豸詩二十四首敬跋於後

小字黃庭密復疏,雖麟風化到蟲魚。太平宰相渾無事,蒼雅間繙抵政書。

延清堂上午風柔,點筆蕭騷已帶秋。門下門生髮都白,余座主胡文恪公,房師曹顧厓先生,皆公門下士。昏燈殘墨辨蠅頭。公書二十四詩,前二首已殘闕。

文正公書前人蟲豸五言絶句廿四章前已闕其二,且魚蠏蝦水族也,不可雜入蟲豸蝌蚪蛙屬,蚱蜢螽斯屬不必複見并刪之,更爲補益得詩二十八首

蟬

生性愛清華,長辭富貴家。高槐疏柳外,又見日西斜。

蝶

匪直爲花忙,羅浮春夢長。是周還是蝶?欲辨已言忘。

蜻蜓

未許乘風上,飄蕭立釣絲。休矜飲甘露,童子早調飴。

螳螂

怒臂拒車轍，豈知黃雀來。齊侯原有識，勇士莫徘徊。

螽斯

莫誚春螽股，詵詵五月時。風人托吟詠，福履卜綏之。

絡緯

誰家懶媍驚，風露一燈明。底事不能寐，鄰機未斷聲。

蜂

攻寡果非技，采花誠夙心。園廬今有守，風雨可仍尋。

果蠃

奔蜂不能化，藿燭爾奚須。只好依書卷，藏身托守株。

蠅

黑白亂人意，如何弔客充。登科煩女賀，執筆笑匆匆。

蚊

誰毀更誰譽，秋蝱一遇諸。雷霆未足喻，聲聞去聲。涉空虛。

蠛蠓

吾道比醯雞，莊周語不稽。吹來從朽壤，風雨已前溪。

螢

腐草前身幻，秋園夜燭違。練囊如許借，老我願相依。

蛾

誰焚綠桂膏，我正厭喧嘈。飛去掩明月，天寧百尺高。

螻蛄

五能不成技，枉説大如牛。亦識飛翔好，折腰誰與謀。

蜣螂

轉土遂成凡，翾飛借羽翰。鳴蟬不相羨，忍餓就高寒。

蝙蝠

落日傍檐飛，稱名鳥鼠違。傳聞張果老，天子詔衣緋。

叩頭蟲

守口我方凜，免冠渠所甘。豈真樂卑賤，還是六塵貪。

蟻

一蹶恐傷顔，遲徊不上山。豈知大堤潰，未盡在防奸。

蚯蚓

長吟信幽吹，壞土引伸難。寄語飛騰侶，長從雲霧看。

蛙

口乾動誰聽，未免太拘墟。奔月果然否，游池信有諸。

蝸牛

涎窮粘壁死，笑爾苦循墻。蠻觸且相託，中乾徒外彊。

天　牛　蟲

木蠹幾生修，人偏呼水牛。我來籬壁下，坐雨望雲頭。

蟬

與汝爲儔侶，鑽研五十年。何時成脫望，笑我尚頑仙。

蜘　蛛

作網伺行客，觸之斯已盲。不聞龔舍歎，頓使葛原驚。

促　織

遠人十年別，切切故園心。一夜秋風起，吹來何處砧。

守　宮

禪心如槁木，無事守宮煩。好是柳方插，頓令花滿園。

蝗

來從忉利天，梵字豈其然。化作魚蝦去，人稱太守賢。

虱

爬搔不能臥，坐起待西風。旁若無人者，還須測此中。

次女於歸宗室雲塏即日侍其翁赴四川都統署作詩勖之

幽静汝原能，西南利得朋。姓名藏玉牒，雨雪別春燈。遠道青天上，貧家白水曾。不同侍閨閣，問寢要晨興。

乞諸畫師仿趙承旨樂志卷爲合作孫學齋圖

　　昨夜夢遊太白山，雲迴霞複非人間。醒來瞥睹鷗波卷，金書玉字蓬萊班。出入承明三十載，漁樵野性未全改。寒苔凍蘚柴門關，誰使虛名播湖海。故人勸我眠花陰，僧房卧聽秋蟲吟。藥爐經卷且相伴，百千變幻生一心。存心即是養生術，病榻寒烟午鐘失。聽雨日參坡老禪，拈花坐示維摩疾。王孫放退居吳興，書畫當年頗自矜。殘松野菊淒涼甚，幽情寫寄蠻溪藤。春明畫師我都識，畫我詩龕倍出力。蒲團粥鼓清净音，布帆江口滄洲憶。

學士柏詩爲王春堂賦

　　昔宿柯亭中，載賦學士柏。寄念茶陵翁，秋烟淡空碧。盂時竹巖集，昨從禮邸借。賓之經指授，一代文章伯。兹柏六百歲，王氏下築宅。子孫承餘蔭，祖宗留手澤。手斡造化權，蕭颯幾千尺。青袍過其下，轉眼換赤舄。守禦能弓刀，筆墨尤清適。緬想錦官城，丞相通心跡。吉袁古道側，風雨江村夕。

存素堂詩二集卷三

庚午

汪均之劄來索近詩賦此爲贈

皖江公子今賢豪,氣凌泰華文莊騷。江湖廊廟心叨叨,腰中常繫昆吾刀。秦漢而來書飽讀,才人近許魏冰叔。七澤三湘一縱目,掉頭著書日仰屋。名士如鯽成讕言,幾人懸榻希陳蕃。聲價十倍登龍門,一字褒抵千佛尊。君近著《當代名流傳》一書。仲宣王春堂。叔度黃穀原。皆吾友,聽鼓摳衣職奔走。衙官屈宋古人有,吾肯筆之名不朽。吾方養病柴門扃,不知春草年年青。前溪忽報泊魚舲,故人書至江風泠。西山桃花北邙杏,踏雲步蘚招提境。君倘過夏長安來,當築茅庵黃葉嶺。西山羅緻嶺秋深黃葉最勝。

蜀中搢紳先生多有以尺素見問者既各牘答之復作此詩

吾羨梁伯鸞,牧豕上林野。滅竃更然之,不因人熱者。而我居長安,老屋餘破瓦。孫學齋新築,睡醒自掃灑。陰符道德經,孤燈日抄寫。蜀中數疆吏,扶輪今大雅。鄙人不遐棄,蓬茅擬梧檟。纏綿寄鯉書,迢遞到鷗社。昔賢重氣誼,讀罷淚如瀉。賃春雖弗能,何妨居廡下。時清士思奮,巖壑幽棲寡。

初春偶題

老樹經春豈自由,争隨桃李綠新疇。山僧終日關門坐,不羨花開羨水流。

生日書懷

人生六十歲,甲子方一周。我尚虛二年,白髮嗟盈頭。衰病日侵尋,坐擁衾與裯。天上白玉堂,從容許我遊。秘書十萬卷,奉詔勤校讎。無端肢與體,連動不自由。藐玆三寸管,掉之千金侔。空有古文章,光燄胸中留。命注磨蠍宮,我豈韓蘇歐。

我家有薄田,近在北山北。先人舊丘隴,百年鬱榛棘。昨歲築草堂,突兀溪水側。我將坐牛車,春雨看山色。荒庵識字僧,亦頗解文墨。告我凍苔下,曾埋古碑刻。漁翁招上船,釣竿那拋得。讀書憂患始,遑恤富貴逼。

少年同學侶,多在青雲上。治國平天下,旦暮諸公望。小人宜勞力,而我病無狀。花柳具有情,當春不相讓。人誰甘廢棄,忍餓示高曠。蓬蒿蔚滿徑,久矣松菊忘。買藥長安市,恐費履幾緉。何如碧巖側,臥看桃花放。

兒子好手筆,讀書具内心。前年應舉文,已自求精深。作文如刺繡,度汝曾金針。秋月三回圓,汝豈忘駸駸。歲時不汝待,塵慮行將侵。汝父病廢書，擁榻如僵蟬。鴻奮與犢强，努力當從今。不然視汝父，老至徒悲吟。

七家詩龕圖歌

畢蕉麓高士

畢宏已死畫松少，世上紛紛寫花鳥。涵也或是其子孫，行蹤翩似孤鴻矯。賣畫長安三十年，掉頭歸去囊無錢。我友洪侯稚存。雅相重，稱翁詩筆今坡仙。老來賣書不賣畫，疏狂那怕交遊怪。睡醒江村肆抹塗，空林遠韻出清快。湖海渺瀰不可思，日暮輒憶瑤華詞。瑤華道人嘗謂余曰："吾目中所閱畫師，畢涵一人而已。"沈也文也寧復辨，一縑秋色貽寶之。余嘗以"小西涯"自署。鮭菜亭與慈恩刹，載酒何人誇筆札。楊柳千條春又青，月橋雪岸馬蹄滑。洪侯邇作修文郎，畢畫由洪轉寄。故人零落心徬徨。玉延館擬雲林閣，原詩以雲林相擬。風流有愧良夫良。徐達左，字良夫，倪瓚爲題《耕漁軒圖》。

張桂嚴州判

張侯竟作衙官老，韓愈逢人說賈島。許秋巖漕帥盛稱之，曾屬其畫詩龕圖寄余。江南故舊我較多，秋水閣秋巖齋名。嘗寄畫藁。未曾下筆先冥思，非顛非懶非大癡。回頭抽筆兩三撇，翩然大葉兼粗枝。觀者但賞氣深重，不知純以心馳送。大海茫茫雲水荒，放懷畫出江湖夢。當日逢君秘閣旁，校書閒暇施丹黃。秋花春草尚書句，謂紀文達公。燈昏字暗增悽涼。聞君潦倒託豪飲，醉臥孤山石作枕。梅花偏識君性情，收拾寒香入墨瀋。此圖寫自黃河南，風景酷似積水潭。釣鼇奢願吾已矣，騎鶴揚州君自諳。

楊蘊山山人

挾爾家傳一枝筆,當年曾賦十八公。至今老猶作賓客,此筆未上明光宫。詩成不許俗耳聽,高吟陟衡華嵩。中丞_{先芝圃}倚爲左右手,謂君一代之文雄。誰料畫筆更廉悍,不畫花竹惟畫松。三杯而後心矗矗,九州以外雲空空。畢宏韋偃世有幾,松乎松乎藏吾胸。長林四時不改色,大地春過還秋冬。葉響空山颯然至,春明一夢將毋同。竹燈已滅茶爐沸,床頭謖謖迴天風。

朱滌齋山人

滌齋襆被江以南,終日低頭硯之北。三徑蓬蒿一畝宫,十年向壁吮殘墨。客至不語問不答,終日摩挲几案側。方寸雖隘萬里通,思之思之忽然得。自古文章有内心,何嘗天地無真色。十年許我圖詩龕,每到詩龕輒惶惑。三千臺閣十二樓,處處從人討消息。茲欲外障盡掃除,一筆兩筆出胸臆。我聞斯言頗近道,邀君孤亭坐日昃。城上春雲城下流,桃花松花紅間黑。净業湖烟淒且清,翠微山影冷相逼。掉頭君竟謝我歸,紙上工夫只頃刻。

徐浣梧道士

道人不騎白鶴飛,道人愛跨青牛歸。道人朝種萬松樹,道人夕寫凌雲賦。扶筇新自茅山來,偶書符咒驅風雷。月寒獨宿光明殿,掃地爇香擁殘硯。聞我能參塵外心,欹扉拜我梧桐陰。自言曾識顧楊柳,_{子餘工畫楊柳,余稱之。}詩龕景物傾懷久。願借閒軒一兩間,爲公徧寫西南山。點筆能參北宋派,求者與之從不賣。我有十丈好蠻箋,畫師退縮衣愁揎。道人諦視逾三日,請拭松堂具紙筆。倏忽天聲共雨聲,蒼山萬疊窗前横。收處尤能工遠勢,精神大半在空際。今趁漁船放五湖,梅花合住孤山孤。道人語我神仙無,道人毋乃神仙乎。

楊琴山山人

君住長安五十載,布韈青鞋老不悔。供奉朱門凡數家,白髮飄蕭幾莖在。殘羹冷炙何其多,天下英雄坐是餒。畫師自古藏畸流,王濛戴逵顧虎頭。或託飲酒或放誕,未肯低首交王侯。雲烟過眼便消歇,誰能墨蹟千春留。望古蒼茫淚如霰,海上鯨鯢未罷戰。君欲買帆下粵東,一枝禿筆一敗硯。長江萬里縱寫成,元戎何暇施恩眷。佇月小樓請暫棲,跨驢隨我西山西。山中花放鶯全啼,參差不斷雲生溪。聽鐘那復教花迷,剪燈提管詩龕題。

陳箓晴山人

陳君畫師畢蕉麓,既能畫松兼畫竹。寒燈傲岸照茅屋,走向長安仍瑟縮。西沽罷釣遊西涯,十年看飽山桃花。一帆歸去何處家,擲筆坐歎斜陽斜。世上幾人工畫水,一片秋聲疑在紙。雲氣墨氣蒼然起,正恐滴殘白石髓。乃能一筆挽迴之,昌黎作文杜甫詩。孟賁烏獲恒如斯,近來徒賞黃王倪。借綠山房好詩境,吾病小瘥當造請。古寺畫長塵事屏,潑墨禪堂妙思騁。隔巷招呼盛舍人,甫山。舍人之筆無纖塵。投轄擊鉢君勿嗔,春菰味勝秋湖蓴。

褚石珊畫蟲豸圖詩 凡二十八種

二十八蟲跂跂來,豈真上應文昌臺。褚君耳聾眸子炯,筆起筆落驅風雷。蟲生雖微各有性,一草一花受天命。褚君七十傷賤貧,橐筆詣余值余病。乞余詩讀遂畫詩,紙上飛走紛離披。蓼荒柳禿客無奈,苔碧草香姑聽之。病久不知春滿院,昨日開簾見新燕。方怪此畫太疏野,負氣自合老巖甸。長鳴乃助人呻吟,寂處乃示人靜深。我心既瘁救無術,此畫熟睹能醫心。生平雅抱種蟲智,誰遣五丁掣雙臂。佝僂從此信莊周,柳塘又恐蜩螗避。

題石珊畫栗子山藥百合

栗子含霜百合新,玉延秋脆勝湖藕。閨中問我調羹法,本草荒疏笑煞人。

太白老仙久仙去,藥爐經卷傍燈開。儲君下筆得秋氣,寫出寒香野色來。

再題扇頭竹梧雞冠花雄雞二絕句

報曉既煩汝,花開欲語誰。獨憐棲鳳樹,老我龍門枝。

貢禹慶彈冠,子猷喜種竹。雞鳴風雨晦,日高何處屋。

送屠琴塢令儀徵

阮公稱哲士,每及胡書農、查梅史、屠。三君客長安,看竹時詣余。胡君冷淡官,查君憂患餘。君茲起投筆,奮臂轅門趨。埋頭故紙中,鑽研同蠹魚。空言竟何補,世方嗤腐儒。儀徵號繁會,阮公曾築廬。奉此一瓣香,灌頂如醍醐。江水暨河水,昨年聞入湖。置吏能迴天,民命今或蘇。淮揚富鹽鹺,商賈紛比鳧。貪利競刀錐,遑與論詩書。君勿耽幽靜,堂上坐日晡。黃塵十丈高,赤心三寸輪。歸臥畫禪室,剪燭籌蠲租。他日入春明,月橋來跨驢。烟水望蒹葭,風雨尋蕉梧。

寄泰州姜桐軒

并世不一見，相思今十年。異書過江有，舊夢入春圓。余夢至揚州購書，彭生稱君喜蓄藏。騎鶴竟無地，盟鷗信有天。梅花與明月，伴爾北山眠。

李山人以夢禪居士指寫東坡詩意遺墨屬題

太白以後東坡詩，仙乎仙乎出塵姿。近來更有夢禪老，以畫爲詩人不知。夜中快讀東坡句，朝起便寫古松樹。松下仙人誰見之，寫出空山辟穀趣。先生曰筆不如指，自我有之自我使。高且圓。傅凱亭。既亡指畫稀，問君何處得此紙？此紙淪落塵埃中，苔花黯淡秋烟濛。萬錢買歸看萬徧，雲堂諓諓迴天風。夢禪作畫詩龕題，夢禪老年懶於畫，余許題詩則必畫之。前例創始王黃倪。故人墳上木已拱，瞥見遺墨增愁悽。李君一生愛朋友，求詩乞畫年年有。跨轤訪我月橋東，稱述夢禪不絕口。夢禪昔日圖詩龕，羅聘驚爲沈啓南。山東亦有雲林閣，城北曾無海嶽庵。

大覺寺偶題

出城跨轤路幽敞，櫻桃樹上倉庚響。到寺殘日已西匿，看竹濕雲已東往。山中夜雨五更驟，門前溪水三尺長。老僧貪涼起誦經，漁翁愛晴去撒網。偶坐松間理清課，輒向天邊結遙想。笑他黃蝶逐花飛，羨爾青蟲綠壁上。

且園月下有懷

綠陰剛半畝，黃竹尚千竿。風定草猶亂，月明人自寒。故人貽鶴俸，老子整驢鞍。準備深山去，參禪坐蒲團。

菊隱中書歌爲趙象庵賦

中書之官清且都，稱爲隱者言誠誣。趙君愛菊有菊癖，一日無菊中心痛。中書買田僅百畝，上可栽桑下栽藕。雛孫聰慧能讀書，老子婆娑日飲酒。菊兮菊兮爾何術，絆我中書卧不出。山人舊聘梅作妻，先生今與菊相匹。先生性情花性情，東籬移在春明城。全家去飲易州水，君眷屬近還易州。萬菊花留君主盟。燈前沈醉花勸酬，因花乞詩置詩郵。焚香靜坐雲林閣，催詩懶上黃葭樓。鷗波亭子城南築，古寺斜陽歸騎熟。前年我携蘭雪生，曾揀寒梅花下宿。

補題壁上易州崔廷幹臨沈石田自畫像

前生我與石田友，朱文正公所語。捕蟹撈蝦月湖口。慈思寺裏孤燈明，雨葉風枝寫十畝。遺跡今尚蘇齊存，秋烟化盡筆墨痕。畫師描摹不能肖，醉中錯雜圖梧門。石田畫像傳衣鉢，竹石芭蕉當棒喝。祥公受詩法於石田，曾乞其像。易水崔生手腕靈，潑潑詩心紙尾活。旁人誤認爲詩龕，看荷携往積水潭。眼前那是李懷麓，壁上空餘沈啓南。

快閣篇爲慈溪盛隱君賦

句餘山，殖金玉。大隱山，栽松竹。快閣隱層麓，時有幽人宿。

獻花煩白猿，銜芝走蒼鹿。慈溪水滿柴門開，蒹葭萬疊雲千堆。老子婆娑向斜日，曳杖溪口看雲回。鳧磯舊是盟鷗地，尋詩誤入黃葉寺。閣外飄蕭老鶴飛，閣中跌宕先生醉。

詩獎詩十六首和汪星石

分門戶

柴桑契希夷，少陵心弗喜。東坡學柴桑，初不求形似。義山與山谷，皆宗少陵旨。二集今俱在，何嘗某某擬。鳳凰與麒麟，世皆祥瑞企。胡獨尊麒麟，而竟鳳凰訾。不見唐綱墜，朝堂有牛李。不見明詩衰，前後稱七子。

別唐宋

莊騷繼風雅，時未唐宋聞。陶謝庾鮑句，亦自驚人群。唐以後無詩，漢以後無文。蘇黃萬簡牘，豈盡宜棄焚。唐往而宋來，過眼如烟雲。渾淪一氣中，惟辨蕕與薰。唐宋朝代耳，非同涇渭分。何苦生今世，事事徵典墳。

填故實

不切爲陳言，詞多意鮮警。載籍由我用。妙思始能騁。如塗塗附然，美人贅瘤癭。何如淡妝抹，泠泠見清耿。真氣成文章。中有天地景，光餤萬丈長，只許寸心領。費力不討好，好人奚弗內。省飽讀幾卷書，敢忘胸臆逞。

習俚俗

問酒何由漉，必謂始於稻。問酒何由醇，必謂善於造。稻乎造者誰，此中有要道。禰裼獲謀野，子安作腹稿。當其刻畫就，不知醖釀早。生平萬卷破,醞釀五字好。街談與巷議,觸手紛華藻。稼穡生民恒,居然國之寶。

押險韻

伏羲畫八卦,文王演周易。易知險非尚,況詩有標格。清廟明堂語,如何生踙踖。所以郊島詞,未必勝張籍。險語破鬼膽,非謂險韻擇。八音順八風,中有天地脈。典謨象和樂,誥銘兆兵革。願聆治世聲,淵淵振金石。

集成句

吾嘗怪螟蛉,果蠃移西東。吾更嫌假山,真氣無由充。位置雖有道,人巧非天功。世侈麒麟楦,非不精且工。搏泥塑鬼神,亦自生英風。運動殊冥頑,厥病爲疲癃。粗服與亂頭,目明而耳聰,我方用我法,請勿譏昧聾。

黜穢艷

温柔必敦厚,匪直撏撦爲。人苟貞静嫻,許作香奩詩。堂堂君父間,激烈難成詞。託諸兒女情,一抒風雲思。拙者昧其旨,妄塗粉與脂。未春炫唐花,世上無妍媸。明月照孤亭,小草東風吹。生意暢然足,幽人寧取兹。

立條教

漁洋講聲調,秋谷譏自鄶。落日風塵昏,語實非天籟。秋谷所品定,豈出漁洋外。斷斷字句間,必欲嚴激汰,乾坤有清氣,弗受一塵壒。反欲遏抑之,壅蔽斯爲害。設法而象魏,亦只去其太。心孔不妨小,正須眼孔大。

狗聲病

吾謂試體詩，原各有宗派。祥鳳棲高梧，未許伴營鷃。至於山水音，何妨寫幽怪。雲堂商競病，原不限疆界。陌頭桑婦辭，江上漁父話。譜入風謠中，一一諧鼓韢。教之以反切，其音或崩壞。鍾嶸司空圖，神仙施狡獪。

假高古

東陂學陶公，但能得光景。而公集具在，蕭然山水永。柴桑理真實，不在空虛境。聲味果希淡，心神當會領。齊人自有歌，何必學楚鄧。麟角已可愛，何必思鳳頸。毋寧渴望梅，詎肯饑畫餅。蘇州與柳州，何嘗不孤冷。

僞窮愁

詩窮而後工，此語誠狡獪。明良喜起歌，千古一嘉會。因境而生情，因情以鳴籟。順逆時爲之，於人兩無賴。必謂周南詩，不當列曹鄶。何以豳風篇，辭和氣舒泰。漁歌起江上，樵唱出雲外。山水音自清，遑須苦描繪。

務關繫

桃樹杜老篇，郭綸東坡藁。意在語言外，詩中三昧討。即小以見大，其詩自然好。放眼遇情事，隨手寫懷抱。若必務關係，何以處郊島。不見秋來蟲，切切鳴幽草。不見山中泉，潝潝流周道。無病而呻吟，徒自取煩惱。

多忌諱

下筆輒牢騷，自是作詩病。刻麟而畫鳳，詞句又殘賸。抒寫己情性,奚取辭餂飣。風來月上時,高樓時一凭。生死本無常,窮達有何定。涼秋蟋蟀聲,晚圃松菊興。少年宜絢爛,老境取瘦硬。虛憍氣莫矜,人豈能天勝。

襲句調

好詩造自天,才人旦暮遇。八卦未畫前,何嘗有字句。東施欲效顰,邯鄲亦學步。摸墻而倚壁,反失生平素。枵然真氣亡,書中一朽蠹。譬如沈醉者,了不識酒趣。酒從糟粕出,糟粕多棄路。可惜七子詩,語未從心鑄。

喜冗長

節知貴韻長,詩骨由來堅。卿雲糺縵歌,詎遜南山篇。清風度遠林,幽徑流寒泉。玉琴時一張,撫之乃無絃。真趣果充足,至理藉以宣。剌剌語弗休,出門色可憐。獺祭固宜戒,蛇添奚有焉。辭取達意止,不期然而然。

好壘韻

沈約定韻書,其法亦已酷。矧復強我心,使必從人欲。天上好風雲,人間佳草木。年年與日日,不聞有重複。一朝從十禽,御者猶瑟縮。溫柔敦厚辭,如何許狗俗。聲四而音八,相生莫相觸。因難謂見巧,詎志再三瀆。

蘇叔黨《斜川集》

焚香佐細讀,放翁嘗詠詩。《通考》稱十卷,宋亡書失之。劉謝名偶同,其集遂混玆。可憐叔黨公,死且顛踣罹。自署小斜川,抗志泉明師。談兵出議論,君父昕夕思。門風頗不愧,餘事工文詞,好古吳長元。鮑以文。趙懷玉。搜殘還拾遺。我今擁祕册，敢蹈眯目譏。史局有程課，萬本長年披。掛漏究難免，卷數符淳熙。今復搜得四卷，雖非舊觀，然足符淳熙本十卷原數。

辛幼安《稼軒集》

忠敏豪傑士，餘事工文章。不知《稼軒集》，輾轉何年亡。獨留長短歌，悲壯兼激昂。毛晉所鏤刻，視他本較詳。十論及九議，全帙誰收藏。南燼紀聞書，體例殊荒唐。斷非稼軒筆，焚棄庸何傷。遺珠付滄海，甄錄心茫茫。我非謝枋得，不獲登公堂。公靈當在天，萬卷留光芒。不恨古人死，恨不見吾狂。拊髀輒自笑，公語公寧忘。回首佛貍祠，社鼓神鴉翔。

尤延之《梁谿集》

遂初堂藏書，稱垺晁公武。錫山萬卷樓，轉眼成灰土。小藁六十卷，後世末由睹。伺也其裔孫，著述往無古。何以東湖詩，未見西堂補。孤亭署匡峰，看花更苦雨。我友孫翰林，捃殘從秘府。歎惜蕭東夫，詠梅句誰伍？徒令竹垞翁，枯樹老枝數。楊范陸三家，哀然列廊廡。

陸生自吳門來京介惕甫札謁余翌日以詩見懷用韻答之

讀罷懷人句，天涯芳草看。用來詩意。楞伽老居士，十載別長安。不怕石橋滑，余居小石橋鷗波亭故址。言尋松閣寒。西涯春水長，同去把漁竿。

去年遊龍泉寺歸晚宿野雲齋中，野雲挑燈摹玉山草堂以當玉延秋館也。次日倩秋藥、甫山、芸甫薌甫、琴山、雨生、子野、麗堂、淥晴、滌齋十君補之，茲裝卷成爲作十一畫人歌

秋寺歸來坐秋閣，白雲散漫階頭落。道人野雲。生性同野鶴，剪燈爲我圖林壑。隨手拈來玉山藥，當日倪黃同創草。一筆兩筆風竹掃，頃刻新凉散蒼昊。芭蕉描成葉子大，湯將軍雨生。畫斯爲最。楊老琴山。寫梧不寫外，吳侯子野。設色絶塵埃。疏篁萬個朱布衣，滌齋。長几斜倚縱橫揮。陳也淥晴。孟也麗堂。今探微，山房綠借斜陽暉。太常秋藥。點苔舍人石，甫山。二李芸甫、薌甫。重皴天影碧。誰言促迫損標格，多少幽情風雨夕。

朱滌齋爲寫二十八蟲子扇頭作歌謝之

狂生捫蝨驅書蟫，不知亭外秋已深。百蟲萬卉各成族，時生物育何容心。笑我伎倆蚕蚓等，一枕蘧蘧夢初醒。荒園半畝恒河沙，穴處廬居有誰肯。讀書久已蟲魚箋，熟睹翻覺名難宣。應劭郭璞辨未盡，《方言》《爾雅》書不全。朱君坐我梧桐底，筆頭欲挽天河洗。蠕蠕跂跂寫出來，紙尾何煩樹如薺。

秦小峴侍郎詩來問病約同李石農茶話，余病不克往用韻謝之兼寄石農

故人各風雨，寂寞小西涯。階上又春草，水邊空暮霞。却煩寄書

雁，一訊隔城花。廿載禪棲客，重來坐日斜。石農過夏，寓僧舍最久。

單雪橋自白門寄藥侑以詩至

江雁又飛迴，隔秋書一開。兩年不相見，手種幾山梅。藥自雲中採，書從月下裁。來書去年中秋日手裁。張顛共風雨，日飲定千杯。張山人刻石印四方，介君見貽。

謝張鐵耕山人 井贈石印

我欲石田隱，鐵耕君獨嫻。著書老松下，賣藥到人間。奇字遥相贈，幽蹤未許攀。江南足春雨，紅杏白門山。

奉柬雪橋兼贈鐵耕

蕎薐遠寄將，侑以蒼水石。物微心鄭重，開緘光赫奕。讀君清逸詩，月入九天碧。江湖雖曠遠，幽懷曾不隔。張君好手筆，博通秦漢籍。能以奇文章，施諸古刻畫。縝密情未已，摩挲手莫釋。乃知巖壑秀，誤盡烟霞客。刺船許孤往，先訪茂先宅。

懷顧子餘

潦倒江南顧子餘，十年不接一行書。春明門外桃花放，誰與西山去跨驢？

白陽山人墨筆花卉送
觀生閣藏弃識以詩 有序

卷縱一尺,横二丈一尺一寸五分,凡十四段,復甫中年作,畫中神品也。爲揆凱功舊物,流傳始末載《陔光亭續識》。後歸傅忠勇夫人,忠勇合米南宫真跡藏一室,稱"二妙軒",外人不可得見。忠勇歿,夫人延余課其曾孫,舉爲贊,且鄭重言曰:"中有先人手澤,幸無褻。"既而曰:"物得其所矣。"余秘不敢示人者幾三十年,近外間工畫者頗知之。憶王奉常跋復甫水墨卷末數語,余所屬意,不在畫而在題,不在題而在所藏人也。今以此卷歸觀生閣,亦兹意云爾。

誰能畫花長二丈,山人落筆空凡想。雲堂瞑目坐十日,水墨瀉壺情一往。葉必承枝枝必立,墨香宛帶露痕濕。秋聲滿紙不可聽,夜半隣家擣衣急。道復天才嗜顛米,此卷同藏米齋裏。誰知天意歸詩龕,肯與米書并焚燬。忠勇第兩遭回禄,米跡遂毁。詩龕道人惟解詩,書耶畫耶全弗知。寒蟲幽蚓取適性,人方矜重吾輕之。寶劍良琴貴擇主,此畫今胡未得所。長安臘紙抵遺珠,朝作乞兒暮成買。朱門碑帖如雲烟,忠勇燼餘,唐碑元畫,頗有存者,三年前盡爲門客所攫。門客賣畫争金錢。紛紛僞鎸麓村印,忠勇書畫多押麓村私印,一時所出書畫僅六七百種,外間押印者轉有二千之多,真僞混淆,識者哂之。偏旁點畫猶茫然。觀生閣底清涼境,兩個神仙塵事屏。瑶花琪草種前生,身外身乎影外影。人情欲別傷奈何,此畫伴我年歲多。知汝已晚汝勿訶,春風一到花婆娑。

李石農廉訪過余長話
翌日寄玉延秋館詩至如數報之

卧病東園三月多,西涯春水綠生波。月橋那比停雲館,却有詩人載酒過。

百石農如一蘭士，十五年前石農札中戲語。先生雅謔憶從前。故人墳上已荒草，不及君詩老更妍。蘭士亡已三年。劚蔬剪韭生平事，説到調羹我不知。近又從人箋素問，一花一木費吟思。

甌東花好更雲南，君取孤花自署龕。賺得玉門關外雪，春來頭尚白毿毿。

讀陰符

吾讀陰符經，知嘗及并吞。干戈濟仁義，後世兵家言。顧有不宣秘，藉筆爲鉤援。古皇尚恭默，不忍顛乾坤。蚩尤戰涿鹿，事肯傳軒轅。韋顧昆吾平，何爲書籍存。或出滑稽口，蘇季淳于髡。幾見鷹揚流，虎視空中原。太公數家注，亦不無依託。

讀鬻子

鬻熊王者師，或稱古諸侯。傳政守道篇，小大皆有由。捕獸與逐麋，臣老難爲謀。從容策國事，尚足宣嘉猷。其年九十餘，曲阜篇奚留。此書蓋殘闕，裒綴經班劉。於鑠簠簋銘，庶幾盤銘侔。

讀晏子

晏嬰相齊國，衣食五百家。崇儉有流弊，柳氏書搔爬。我君既愛槐，臣敢忘滅葭。諫諍詭譎哉，忠矣心無瑕。雀鷇弱反之，不待時拜嘉。後代魏與褚，陳言蔑以加。

讀公孫龍子

白馬爲非馬，辨諸形色間。楚弓而楚得，立言毋乃慳。古皇馭萬民，名實樞機關。發微取效遠，九職周官頒。木賊金者碧，天道原好還。若不可謂石，舉世斯無堅。

讀鶡冠子

一葉能蔽目，兩豆能塞耳。四稽五至説，人情本天理。湘江沉水側，鶡冠老且死。大抵申韓流，必自黃老始。歷録副付授，鉤考具奧旨。脱繆雖云多，昌黎獨心喜。

讀墨子

墨翟敢非聖，孟氏辭闢之。其書傳至今，學士嘗手披。蒿目憂蒼生，染國同染絲。複沓猥雜言，究爲賢者嗤。尚賢與兼愛，人方芟蔓支。淘汰何必嚴，觀者心自知。莫睹爝火微，胡顏厠丹曦。

讀子華子

孔子稱賢士，籍甚諸侯聞。竇犢舜華死，飄然去河汾。晏嬰久要交，博學通典墳。虛圓不徑寸，驚浸復亂棼。將欲濯滌之，惛恡何所耘。鹿聚而麇居，身隱焉用文。

煦齋先生嘗以校文秘旨見示，因命兒子桂馨識之不忘感舊作歌奉贈

交君何止三十年，輕裘肥馬誇從前，富貴於我如雲烟。歲月蹉跎老將至，世上幾個真神仙。却憶當年侍几杖，樂賢堂開春浩蕩。弟子當仁不讓師，白髮尚書歌慨慷。後堂半夜留孤燈，三更五更問字曾。聽雨移榻東坡約，_{時先生談藝，夜分不散。}白雲黃葉西山登。笑我讀書講奇偶，膡字殘書等筠狗。風來水面成文章，取之自天出自手。曩君典試江以南，制藝合掌都刈芟。歸來爲我述心得，此訣仿佛聞詩龕。_{先生告余云："閱卷匆遽，佳者復多，則以合掌、不合掌定優劣。"}春官兩領瓊林讌，持衡屢上文華殿。臣心自昔冰雪凜，作文閱文老不變。克自樹立弗因循，天地一氣清且淳。道非流行必對待，陰陽燮乃文章純。門下門生已前輩，兒子誦詩擅專對。佳話媲美鷗波亭，小竹疏花寫寒菜。_{夫人工寫生。}

徐次山孝廉舉譚龍録相質且以三昧神韻爲難解作歌示之

徐子詩教宗漁洋，譚龍録舉心推詳。每到詩龕問三昧，此說創始嚴滄浪。羚羊掛角本無跡，世人誰見天孫裳。或指古人兩三語，神韻即此神韻亡。迷離倘恍固詩境，進退鮮據非文章。不聞陶令真實語，難隨杜老東坡行。使人自悟人益惑，五字十年徒面墻。題花置身花以外，花之顔色胸中忘。水聲攫取能上紙，搜求上下兼兩旁。正面畫人畫不出，輒從反側追毫芒。武成方取二三策，百工遷地難爲良。一鱗半爪始稱龍，麟鳳胡不風雲從。

京口行贈王柳村兼寄鄒十員外
用龔无咎集中苕霄行韻

峴山蒼,豐水綠,林岫盤紆浣龍目。湖名,見《寰宇記》。萬株柳傍千人家,孤村儼受群峰銜,春曉雲氣輕於紗。那肯騎驢入城市,蕭蕭寒玉千竿斜。石琴彈向竹溪好,詩翁謂秦小峴。携手松寥道。誰去西湖作主人,謂阮芸臺。翰林睡足春明春。選樓日暮朋儕寡,望古蒼茫淚空灑。意氣籠罩北固山,詩筆突兀金焦間。咫尺黃河不一渡,東風吹斷翠屏樹。京口酒,京口酒,酒場少嘉會。嘉會少奈清歌何?記得紫藤花下醉。昔同茅耕亭、鮑雅堂、郭厚庵、顧子餘觴歌於鄒氏紫藤花下,今死散盡矣,不勝今昔之感。

張舠齋夕庵自京口寄詩畫至,因念亡友
鮑雅堂語愴然感懷,用放翁集中
登樓七古韻乞舠齋夕庵同作

我生不識金焦北固之佛殿,清娛閣下梅花宴。又不及跨驢囊筆隨虎頭,顧生鶴慶。手握丹鉛夕庵戰。詩龕夢作汗漫遊,布帆搖到得江樓。萬松不死白雲臥,一硯尚存春雨浮。不知有秦那知漢,武陵桃花開過半。二張詩畫世無兩,鮑照當年發清歎。雅堂爲余言及二君,時有我輩弗如之歎。年年六月芰荷風,夜涼坐我鷗波中。余居爲鷗波亭舊址。此胸但能消塊磊,何必空濛溯湖海。

病中閱畢焦麓寫寄玉延秋館二圖，神氣頓覺清爽，忽憶洪稚存之歿不勝人琴之感，蓋此圖稚存轉爲緘寄也。因用遺山集中寄答辛敬之韻託儲石珊寄呈焦麓更乞新畫

秦公小峴。艷說芙蓉渡，夢中恍識橫江路。寄我圖者洪翰林，翰林已死題詩誤。稚存許題詩而未果。雲烟過眼日月逝，人老看花只隔霧。奇才從古困酒色，疏狂到此見平素。四語傷稚存也。病中近識儲聾子，石璟。擁衾爲伊草蟲賦。治心翻用使心法，肯藉參苓日調護。先生之宮蓬與蒿，擲筆輒作寒蟲號。涼月一丸沁肝肺，長松百尺驅烟濤。畫龍偶入元妙觀，騎驢不上毗陵皋。七十老翁無大欲，痛飲酣睡人中豪。

單雪樵和余五疊詩韻至，余才劣不克更疊矣，適閱東坡集用寄喬太博詩韻郵贈

詩龕作詩不求似，自見樵詩妬心起。樵也下筆重如山，蒼莽又如長峽水。病夫多年臥石榻，余三十年前齋名。長箋短札酬王侯。江南梅花未曾見，西涯月上升千憂。白門名士謂張鐵耕輩。皆君有，承恩禪舍頻呼酒。酒酣輒復思詩龕，詩龕不見空搔首。憶君射虎秦川時，奇文隱腹無人知。青鳥之書世罕讀，長安笑煞輕薄兒。松柏歲寒弗珍領，狂墨豈肯顛張避。旗亭日暮唱柘枝，新詞何減龍標尉。

吳雲海佇月樓成落之以詩

崇文門外車馬喧，長廛短市雲烟屯。吳君靜者卜居此，黃塵烏帽

迷朝昏。到門橫斜莫辨路，漁人誤入桃花源。老樹槎枒蔭五畝，東風吹散春滿園。良朋偶偕筆墨聚，熱酒既醉笙歌繁。諸客告歸我留宿，小樓突兀出叢竹。樓上樓下蕉梧陰，樓左樓右星斗晝。孤燈欲滅夜深曠，清琴不張聲斷續。遠山一縷白雲起，須臾散漫墮林屋。我身疑置雲中居，鬖鬖衣裳染全綠。出雲入雲月一丸，江南江北人同看。吳君倚徧朱欄杆，手寫梅花分月寒。

煦齋少司農命書天啓三年小斧歌於圖舊作既逸更賦此詩

明祚既遷太阿移，僖宗臨御荒於嬉。進退官僚如傀儡，國事違藉斧以斯。髹匣直欲雕梁比，楊左紛紛摧且毀。滛巧誰令蕩乃心，代斲竟忘傷厥指。大書天啓之三年，得心應手斧則然。齊整江山弗一顧，竹頭木屑謀萬全。東林久爲東廠厭，上方斧既上方劍。匪斧不克彼誠知，本實先撥獨無念。創建生祠土木災，經筵罕聞陳梓材。干戈四起金甌缺，天子閣門開未開。九鼎淪胥斧仍在，鑄此錯者鬼已餒。話柄留與詩人持，斧兮斧兮爾何罪。

汪均之公子得東坡定惠院寓居月夜偶出墨蹟，倩黃穀原補圖札來徵詩即用夜字韻奉寄

元豐三年庚申春，黃岡定惠院月下。坡老題詩舊紙存，韻強字大欒城壓。子由和詩今軼。十五年前傷夢遊，先生護喪歸蜀，距此十五年。七百載後元豐三年至今七百載。增紙價。公子買舟溯江漢，山人謂穀原。搖筆示整暇。豈無桃柳橫官道，定有老梅臕僧舍。千里徵詩雅好事，一代論文吁可怕。蘇門六子數黃秦，君家小阮此王謝。雲山圖就許寄看，鴻雁在天秋入夜。

汪星石記事圖歌

汪子盛年聞見廣，山川過眼指諸掌。江鳥江花別十年，清夜雲堂結夢想。幽深險阻霞客託，《徐霞客遊記》盛傳於世。編年紀事史官仿。一琴一鶴見情性，某水某丘記疇曩。大阮作文感身世，老夫題詩愧勉強。古寺野梅時一尋，空穀幽蘭共誰賞？西湖跨驢偶延佇，東溪狎鷗極悽惘。病僧退院我何恨，獨雁叫秋爾長往。擊缶和成詩弊淫，月落屋梁心悒怏。

香泉篇

亡友謝大夫，慷慨衡湘英。西涯墓殘燈，碑蠹牛曳平。醵金復舊觀，艱苦逾年成。高高懷麓堂，道左留三楹。胡蕙麓。蔡善人。均出力，而子心經營。慈恩竹未移，徧地叢榛荊。張侯少伊。弔荒墟，涕洟交頤橫。捐餉聚土人，種滿松杉檉。春雨時未浹，草木方勾萌。溪流距村遠，灌溉何由行。大夫病臥床，聞此心怦怦。利惟井渫宜，受福求王明。典衣命掘土，用卜袁先生。峴岡侍講能卜。及泉未九仞，綆汲泠然清。蒼綠四郊溢，芳冽千瓶傾。道旁飲水人，嘖嘖香泉名。

題朋舊尺牘後 已往之人

袁子才太史

一夕話掃千人軍，一枝筆凌千丈雲。前後寄餘三十牘，中有兩牘公手錄。風流一似賀季真，奢靡肯比石季倫。議者蚍蜉撼大樹，芟其駁雜留其淳。

朱文正公

尺書兩寄皖江口，燈前自述吾衰久。語及奏賦明光宮，恍聞逸響摩秋風。孤村指點西涯墓，探菊尋松擅幽趣。漫與詩成信手書，勢可凌雲筆垂露。

紀文達公

公書不及蘇東坡，辯韻遠勝毛西河。搢紳舊本余題跋，順治年間搢紳，公曾諉余題跋。熙朝雅頌公取奪，《雅頌集》多公取奪。往來殘札多飄零，春花佳句留荒亭。匪說遺碑比落水，將看賸字同晨星。

彭文勤公

尚書下筆矜華耀，却許我文如體要。山陽聞笛秋風哀，殘書賸字安在哉。身後只餘經進蘽，館閣雄才都壓倒。發凡起例壞紙篇，秘在枕中作奇寶。

錢辛楣少詹

竹汀老人僅一見，寄書往復詩龕羨。公子應試來槐街，古碑諄囑親摩揩。梅石心知寫成軸，公嘗倩王山人寫余像，題"梅石心知"四字，仝吳下詩人題詠成軸寄余，至今心感。恍採幽蘭寄空谷。垂老猶傷《元史》蕪，殷勤勸我遺文續。公病革，猶寄書謂《經世大典》可補《元史》之闕。

王述庵侍郎

湖海詩傳公手定，名實中間不相稱。或言公老門生爲，而公寄語殊矜持。小札拈成人代寫，語雋何嘗傷大雅。留意人材世所無，牌版文章真作者。

王夢樓太守

詩札連年江上寄,病中爲作詩龕記。先生書法擅當時,兼工清廟明堂詩。晚歲禪心蓋有託,劚笋摘蔬故鄉樂。權把梅花當美人,誰信神仙伴猿鶴。

劉青垣侍郎

校書同直文淵閣,看山同出易州郭。燈前偶展遼陽書,字裏行間秋不知。昨年獲讀匡廬稿,一片江風襲春草。開緘細字比蠅頭,呼兒秘作傳家寶。

秦端崖司業

偕君日摩石鼓墨,劉芙初。莫寶齋。翩翩經拔識。留心政事兼文章,刀筆亦復聲琅琅。老生應試有功令,州縣詳文未可聽。先生判語重如山,幾迴稿約余刪定。有老生魏懋徵者,縣文年歲不符,先生已駁之,具札往復商定。

陸鎮堂先生

梧桐古院攻毛詩,諧聲別韻書橫披。我入玉堂公絳縣,箋問十年疊成卷。白髮紅燈細字讎,心得輒復詩龕投。太行佳士搜羅盡,風雨多時倦倚樓。先生分校晉闈數次,每歲榜發,以所取士名姓,既樓上書之寄余。

鮑雅堂郎中

一生坐受才名累,尺素中餘數行淚。騎馬遊山老尚能,白雲黃葉翠微層。與君聯騎,遊翠微山。雪晴約飲京江酒,小束斜書亞風柳。記得聯床夜雨時,寂寞詩龕圖四友。余嘗約吳穀人、洪稚存、趙味辛及君留宿詩龕,倩荆溪潘大琨畫《詩龕四友圖》,笪立樞爲補景。

瑛夢禪居士

夢禪吾黨之清流，書畫皆與且園儔。寸箋世以寸金買，秋樹根邊臨細楷。晨起舒紙圖秋竿，索餘換米謀朝餐。宰相世家貧若此，怪底字字龍蛇蟠。

汪雲壑修撰

蓮池一訊君絶筆，忽忽廿年前夢失。君自蓮池書院寄札，論詩敘舊，極其愷切，而余少作存君處者，實失之。君詩繼響王荆公，泠泠清脆知門風。鑒定却出補天手，廬山面目依稀有。君駁雜之作，刻集時盡芟刈。三復遺書淚汍然，愛惜鄙人期不朽。

江秋史侍御

體用兼該真學者，不僅工文博蒼雅。十年鍵戶長安居，小東時來借我書。詩龕畫仿俞宛沚，小跋數行句清綺。病中猶寫瀛洲圖，人間何處收此紙。君曾以館選同年十八人摹其像，飾以神仙服御，并繪奇禽異獸點綴之，未成而亡，此紙不知尚在人間否。

程蘭翹學士

六出花詩寫不暇，一編購贈厲樊榭。君賦《六出花》詩，盛傳於禁中，索之乃以《樊榭集》見贈。書來稱病言多諓，誰知驟病君長徂。遺札我盡爲整治，殘字僅餘落筆意。幸有佳兒謹護持，零墨斷縑敢輕棄。

吳竹橋儀部

說詩讀畫未及年，君館選後告假半年散館。春江去趁漁家船。病卧虞山遂不起，半生寄我書千紙。書來首薦汪端光，老歲傾倒孫原湘。長安想煞梧門客，空把烏絲貯袖涼。

吳少甫觀察

小賦泠泠清韻足，彈到梅花山月綠。賦中語。謫仙到老疏狂仍，雪天巫峽扶青藤。寄我尺書筆筆妙，挑燈記在諸葛廟。款書諸葛廟中寄。新詩萬首留蜀中，春草池塘耿斜照。

武虛谷大令

虛谷作書不擇紙，下筆千言不能止。金石到手參毫茫，勘經證史精且詳。小字新裝趙秋谷，長篇舊槧馮山木。武青州比宋黃州，詩龕視同池北屋。君宰益都，寄《秋谷字冊》、《山木詩集》，且牧仲自比，漁洋相推。

謝薌泉侍御

飲至一石君始醉，醒輒疾書五千字。豐臺芍藥西涯蓮，清辭濃墨污蠻箋。長安名刹遊幾徧，曾爲茶陵重立傳。畏吾村裏掘薌泉，春水方生土人薦。君病篤，捐貲於畏吾村，掘井爲灌木計，土人呼爲香泉。

錢湘舲閣學

科名上比商淳安，文章又似吳公寬。鮑庵亦會狀君之同鄉也。和我新詩字字響，跌宕風流情一往。聞君老境耽君老境益耽風情。輕狂，滇水書至詞悲傷。誰知小病便不起，天公詔作修文郎。

洪稚存編修

北江詩人西涯客，飲酒看花好標格。玉堂清話十年多，蒼雪庵前踏凍莎。醉中得句每寄我，詭奇不甚求貼妥。萬里歸來下筆嚴，秋花未及春花娜。

何蘭士太守

年來君筆不去手,酒杯亦復未離口。斜行醉墨雲堂飛,興之所至隨意揮。閒居偶仿倪黃法,散髮亭林幽鳥狎。和我西山十九詩,至今猶貯珊瑚匣。

陳春淑副憲

小賦争鈔玉堂稿,夢斷池塘舊時草。言雋筆冷森怕人,三館教士春風春。雪夜擁爐語拉雜,所問時時不能答。小箋簡勁擬蘇黃,山寺寒鐘澗風颯。

馮魚山比部

漁山作草龍蛇舞,倚天拔地詩中虎。我昔詠物傷連篇,君獨獎借江湖傳。五嶽歸來詩萬首,瓌文偉句今何有？賸得商量書册書,烏絲黯淡苔痕黝。

存素堂詩二集卷四

庚午

題唐名賢小集詩 有序

　　題詩六十首，人不皆賢也，賢者居多，賢斯名，名斯傳矣。小集者何？別《四庫》所已著錄者，而其文不必盡工，人不必盡載諸史，取其數可爲集焉。文至少嚴郢也，重詠之任華也，義各有取乎爾。校唐文之次年，病中述。

魏徵集

　　鄭公少孤貧，落拓有大志。出家爲道士，讀書時墮淚。臣願爲良臣，陳請二百事。舉動雖疏慢，帝但覺嫵媚。校定四部書，圖籍粲然備。王方慶。翟思忠。撰諫錄，繼者稱陸贄。

顏籀集

　　博覽今古書，尤精訓詁文。謁見長春宮，册奏超人群。秘省定五經，拔擯皆典墳。閤門絕賓客，放浪眠白雲。封禪儀注書，太常曾上聞。遺集不可續，湮沒平生勤。

岑文本集

十四辨父冤,曾作蓮花賦。隨口草詔成,六七人委付。南方一布衣,十年蒙眷注。洛陽上封事,天子頓警悟。何以痛快詞,零星墮烟霧。可惜耕田頌,不聞寫油素。

虞世南集

受學顧野王,十年思不倦。沙門智永師,侍書奉筆硯。萬言聖德論,惜未載紀傳。敷陳據經史,人和勝天變。石渠東觀中,居然五絕擅。圖像凌烟閣,有集三十卷。

上官儀集

遊情釋典中,復自炫詞彩。傳爲上官體,聞者曾不悔。恃才且任勢,宜遭彭越醢。獨憐諸册表,零落無人採。綺錯婉媚句,徒令播湖海。昭儀雖有才,乃祖鬼其餒。

褚遂良集

世南嗟已死,無人與論書。古書齎闕下,時莫辨其誣。河南識逸少,別白承明廬。守官此守道,侃侃千語攄。雕琢篆組急,民氣何由舒。還笏仍解巾,鄭公猶不如。

宋之問集

考功非佳士,貶死欽州宜。分直習藝館,楊炯同職司。良金美玉譬,徐堅心賞之。約句而準篇,上駕庾沈詞。潭亭讌兩序,焉敵昆明詩。傷哉錦繡胸,徒藉蜂蝶知。

蘇頲集

一覽五千言，許公幼敏悟。開元知制誥，道濟同被遇。如何大手筆，未克收四庫。韓体作集序，亦無人寶護。秘册閲連番，手爲驅殘蠹。紫微郎墨潘，盥以薔薇露。

張鷟集

入舉皆甲科，對策稱無雙。新羅每入朝，片紙同金扛。青錢縱萬簡，紫鳥奚横撞。書判滿百首，徒取詞琤瑽。僉載事瑣尾，容齋心未降。晚年號浮休，豈謂遷南江。

姚崇集

則天移上陽，元之獨嗚咽。蒼生使安樂，妄度佛法滅。立言得大體，改廟詞乃譎。死猶慕范蠡。疏，廣。抒詞甚明决。五誡與一箴，字字抉冰雪。才餘德不足，吾論徒饒舌。

宋璟集

廣平重名義，雖死亦不恨。麟趾與犬牙，抗議更高論。褒述帝賦詩，幽介臣杼願。武韋比牝雞，丹鳳翹雲健。手寫梅花賦，讀者稱秀曼。諸子皆不才，遺文誰貢獻。

賈至集

舍人知制誥，曾撰傳位册。進稿上嘉納，玉堂留手澤。文藏李淑家，蘇弁謂檢覈。制表序頌銘，皆自具標格。惠卿責東坡，元凶句失擇。无咎因表出，至語我心獲。

李　嶠　集

巨山官臺閣，名與王揚齊。崔融蘇味道，筆硯同提攜。文章六十卷，瞥如鴻爪泥。一百二十詠，世或題單題。或題單題詩，有張方注。制表書啓賦，明艷誰訶詆。大周封襌碑，難免唇相稽。

韓　休　集

方直不進趨，特擢爲侍中。蕭嵩與不叶，宋璟稱其公。爲百姓請命，有古大臣風。對策更作賦，橐筆華清宮。諸子多死國，允不慚文忠。特惜碑版字，飄落如飛蓬。

孫　逖　集

少賦土火爐，成篇理趣足。張説與李邕，論文咸心屬。序詩繼雅頌，顏真卿。蕭穎士。李華。拔録。易一字不能，下筆衆手束。病風乞解徙，庶子真高躅。諸兒皆有才，遺文胡弗續。

張　廷　珪　集

色見音聲求，是人行邪道。疏言佛因心，無庸大像造。召見長生殿，慰賞且咨考。李邕與親善，表薦邕文藻。楷隸時人重，喜書邕撰稿。方今碑碣字，殘闕世猶寶。

劉　知　幾　集

思慎賦初成，頗爲蘇味道。李嶠。賞。陳書辭史官，五事不可强。負才流俗忌，該博世企仰。三長才學識，望古神欲往。《史通》經採録，身没書始上。有集三十卷，飄零委草莽。

敬　括　集

少年舉進士，累遷給事中。賦性尚簡淡，未嘗私害公。從容坐養望，何以襄堯聰。場屋文特嘉，作賦明光宮。判對語流麗，天巧非人工。循例爲刺史，忌者楊國忠。

郭子儀集

令公實武夫，上表殊愷惻。史謂數百戰，成功在西北。都洛奏非計，一言能定國。召封延英殿，言發淚霑臆。兩辭尚書令，淋漓血和墨。裨官至將相，姓名金石勒。

李吉甫集

服官三十載，卒年五十七。十表皆鏤心，千言嘗造膝。李絳雖與爭，陸贄終不嫉。大書徑山碑，請罷永昌恤。文詞有真氣，不愧如椽筆。延英殿奏對，白雲伴紅日。

崔　融　集

始因碣碑銘，右史進鳳閣。上疏議關市，意盡而詞約。雖與蘇味道、李嶠，諧，華婉兼奧博。圖頌暨哀册，朝廷大著作。思苦致神竭，擲筆文星落。少年瑰麗辭，或尚滿嵩洛。

崔祐甫集

崎危矢石間，御史嫻軍旅。百僚悉慶賀，同乳乃貓鼠。而公曰不然，吾玆氣消沮。及公代衮常衮。相，薦延更推舉。年除員八百，天子視心膂。寡妻歌刑於，不受賊繒黍。

梁　肅　集

　　二李觀絳。及韓愈。崔群。皆遊相公門。嘗勉絳帳群，謂極人臣尊。退之道義傳，元賓詩書敦。奉公一瓣香，手筆撐乾坤。李泌獨孤及，集賴公序存。碑版大文字，昌黎探厥原。

常　袞　集

　　文章既俊拔，性情復孤直。楊炎與楊綰，前後侍君側。杜門示尊大，實懲元載失。奏請執不與，未免損清德。制表具仙心，賦銘徵筆力。遺集購無處，一斑全豹識。

崔　損　集

　　宰相工作賦，至死民無稱。稟性雖齷齪，時凜水壺冰。歷踐清要官，奉使修八陵。臥病猶賜絹，恩眷稠疊承。母殯不展墓，恭遜徒取憎。八年竊大任，慎勿蟲雕矜。

任　華　集

　　生平作序文，從不自勘定。脫稿輒與之，人比千金贈。道德無常名，金剛如是證。登朝肅神笏，掃室餘鐘磬。同膺李泌薦，遭逢異薛勝。拔河賦難工，薛勝有《拔河賦》，肅宗不稱旨。玉齒金錢賸。

齊　映　集

　　少隱會稽山，佐幕擅牋奏。讀書無大志，遷擢毋乃驟。請罷試別頭，於國奚補救。恃其表狀詞，藝林稱挺秀。隘刻世論薄，赤烏而朱繡。往往長者言，尚肯陳君后。

白敏中集

五年十三遷,雅重居易名。帝餞安福樓,通天帶寵行。大軍次寧州,羌衆先棄兵。山河繞千里,使民知戰耕。恩澤晚年渥,諫臣多不平。贊皇固稱之,文辭類其兄。

馮宿集

登第偕韓愈,不樂佐張愔。涪水懷民廬,修利防庸深。誥敕三十篇,度世同金針。平生書納墓,死尚同書蟫。文章有天性,不愧芝生林。裴公度。與馬公,摠。捉刀時遠尋。

封敖集

部樂宴私第,才高行未戢。屬詞部敏贍,不肯語奇澀。慰邊將傷夷,天子爲感泣。夕圍玉帶出,朝披宮錦入。南詔契丹書,交成而法立。祈禱雨雪詞,粲然除蹈襲。

李程集

朝廷羽翩臣,簡儵無儀檢。作賦日五色,造語殊峻險。入署視日影,八甎學士忝。諒陰諫興作,德化宜從儉。辨給固多智,華密夫何慊,王孫掇巍科,功名比分陝。

于邵集

儒服面降盜,羅拜稱先生。撰上尊號冊,賜皆三品榮。當時大詔令,皆公一手成。陸贄與不睦,坐貶衢州城。樊澤程元翰,甫見心爲傾。卒年八十一,孝悌修生平。

楊　炎　集

洛碑日諷玩，天子知其名。租賦庸調法，敝壞由承平。尚書摠度支，上疏議允行。眥睚必相報，天下烏能平。綠袍木簡人，一旦操鈞衡。議論雖疏闊，禍福機關明。

李　絳　集

大人天地德，非文字能盡。堯舜禹湯武，遠徵更廣引。百牛曳石倒，帝悟特嘉允。疾風知勁草，臣愚荷君憫。東庫實西庫，欺君臣不忍。萬言難泛濫，七篇特遒緊。

潘　炎　集

潘公擅作賦，下筆典實備。賦端各序之，抒辭兼麗事。如何及第榜，當時有六異。潘常二十年，奉敕治作吏。林亭讌集文，兩拜尚書賜。風雨客登高，金石聲擲地。

李　翰　集

翰文雖宏暢，搆思甚苦澀。晚耕陽霍田，令尹招至邑。乞聞音樂聲，聞輒欲歌泣。思涸命樂張，神全思筆執。比干墓上碑，鸛鵲樓中集。不知殘墨瀋，幾度襟衫濕。

韓　翃　集

罷府居十年，後生皆忤之。辭疾居空山，天子稱相知。刺史姓名混，御筆春城詩。花飛與柳斜，拜獻全由茲。獨賸表上文，秘府供吟披。田神玉捉刀，今尚傳其辭。

柳冕集

博士偕兄登，同以該博顯。議事據禮經，上每稱柳冕。執政多不便，坐是福州遣。牛羊司監牧，弗令掌邦典。四書與十書，滔滔肆清辯。遺文儻在野，踏徧河東蘚。

令狐楚集

挺刃邀草奏，秉筆色不變。一軍盡感泣，判官實邦彥。召授右拾遺，餞奏制令擅。上書數辭位，不赴曲江讌。星步鬼神進，從不一接見。門人李商隱，遺文焉謄繕。

裴度集

盜擊刃三進，斷韀刜背裂。居東人失望，在朝兩河說。學士韋處厚，奏度能抗節。非衣小兒謠，圖讖公豈屑。午橋綠野堂，野服蕭散絕。文酒交白居易。劉，禹錫。御詩詞鬱結。

楊於陵集

避喧廬建易，文書自娛樂。首擢牛僧孺，衡文石渠閣。風雨誰聯床，李翶醉入幕。進止有常度，節操矢廉約。九表與一議，不僅矜浩博。作文祭載之，立言復刻削。

高郢集

九歲通《春秋》，自著《語默賦》。上營章敬寺，白衣抒悃素。三載司貢部，甄幽抑阿附。王言不敢私，制誥舉火付。使筆如使風，取財九經庫。沙洲獨鳥詞，自寫烟霞趣。

杜佑集

雷陂廣灌溉,地棄皆爲田。積米五十萬,士馬資騰騫。官貴嗜讀書,《通典》釐成編。與物不違忤,并世稱其賢。置酒娛賓客,鑿山而股泉。朝廷大議論,允宜金石鐫。

牛僧孺集

試策言鯁訐,主司坐調官。簺茅易陶甓,鄂城民始安。兵抵咸陽橋,百維州不歡。嘉名與美木,東月西欄杆。流涕拜天子,詔比金精看。善惡無餘論,瀝膽還披肝。

符載集

隱居廬山中,聚書一萬卷。南昌官副使,實膺李巽薦。遽卒元和中,文昌立碑傳。生平記序文,前後凡數變。世比楊子雲,至老傷貧賤。西川韋令公,僅辟爲丞掾。

王涯集

行文有雅思,訓誥尤溫麗。孤進克樹立,光宅里賜第。變法下益困,茶禁實苛蔽。居常怡書史,佳木流泉憩。嗜權致覆宗,何取工文藝。瑶函秘府伴,讀書門重閉。

賈餗集

貢舉凡三典,得士七十五。名鄉與宰相,某某不勝數。曲江勿撤扇,褊急凌輩伍。劉蕡使落第,考官心獨苦。已爾叵奈何,天乎誰爲主。文字雖開敏,殘書誰輯補。

舒元輿集

　　唱名入棘闈，水炭脂炬將。試藝斷經傳，非所云文章。負才銳進取，宰相斥其狂。詭謀與謬算，下筆徒鏗鏘。憑欄看牡丹，誦賦君心傷。才優而德絀，從古無賢良。

陸扆集

　　昭宗詔作賦，扆也成最先。六月牓始出，時稱造牓天。宰相無他腸，韓偓稱其賢。貶死白馬驛，遺墨何人鐫。少年工屬辭，速若注射然。不愧宣公孫，上此吳通元。

員半千集

　　五百年一賢，因改名半千。師事王義方，同學何彥先。御試武成殿，愷切三事宣。明堂新禮書，曾并珠英傳。

賀知章集

　　取舍奚不允，至以梯登墻。晚年益縱誕，四明狂客狂。因病爲道士，上疏求還鄉。白衣駕青牛，秋水天一方。

任華集

　　任華狂狷流，半生臥漁釣。同時有李杜，泠泠出別調。直言謝故人，無心住廊廟。杖策歸舊山，初地拈花笑。

嚴郢集

　　肅宗遊湖衡，左道施妖幻。雖死不奉詔，郢也稱宜諫。嚴明持法令，畿民賴芻豢。愧見趙惠伯，實自貽憂患。

穆員集

少工銘贊文,和粹比珍味。醍醐天乳醇,聲價南金貴。淨心通釋典,却無蔬笋氣。墓上老梅樹,入春花開未。

張仲素集

學士天馬詞,流傳入中禁。視草趨頭廳,坐老高槐蔭。靜對紫薇放,相於明月浸。直宿太清宮,春流寒可枕。

蔣防集

工吟試禮詩,允稱翰林官。李紳薦侍直,玉堂春晝寒。賦稿雖零星,氣作蛟龍蟠。吏兵兩建議,至今垂不刊。

薛逢集

自夢天倉歸,詩境日飄忽。堆鹽與積豉,至今留突兀。雖老秘書監,箋奏才不竭。非是恃交遊,斯文未消歇。

王棨集

廿年凡三捷,閩士前無聞。李顏贈新歌,探月攀青雲。蘋也八代孫,秘館搜遺文。哀然麟角集,鈔撮何殷勤。

葉法善集

希夷固罕測,精密能通天。黃冠而紫綬,志士成神仙。理國陳昌言,符籙非其專。三表詞慨慷,忠孝知所先。

僧元奘集

托鉢十七年,經歷百餘國。譯經宏福寺,房許同奉敕。沙門五十人，相助司筆墨。著書大千界，豈止記西域。

題交遊尺牘後現在之人

瑤華道人

道人小札瑤華擬，海上人來搜片紙。寄我一樹小梅花，短幅仍寫梅橫斜。頗感手訂瑤華集，沈管從前皆弗及。道人集經沈雲椒、管松厓二先生手錄，籤出訛字數處，未曾刪汰。說起江南老畢涵，悔未當年筆札給。

思元道人

一日二日書輒至，千言萬言不盡意。道人史筆擅別裁，鉛華汰淨清光來。莫言細字蠅頭小，點畫毫芒比鴻矯。風雨十年知我深，手指西山青未了。約余聯騎遊西山大覺寺。

翁覃溪先生

先生精力不可及，細字寫滿芝麻粒。七十後鮮題擘窠，尺牘欹側風姿多。墨光如漆束如笋，何論春蛇與秋蚓。天子呼來親試書，筆法匆匆愈遒緊。

趙甌北觀察

作詩謂比薩雁門，藏書謂勝高江村。先生致余札中語。寸箋尺幅手親寫，一編長慶香山社。竹初稚存相繼亡，袁蔣當年誰擅場。奇文快語世無兩，親聆此論彭南昌。文勤。

姚姬傳郎中

先生散體追曾王，其他著述今歐陽。十年郵致三五札，謬詡拙文尚清拔。弟子西江陳用光，傳君衣鉢工文章。白玉堂前夢湖海，惜抱軒中留瓣香。

許秋巖漕帥

官高輒懶親竿牘，秋水閣中下筆熟。頻年寄我江頭書，翩翩去雁還來魚。開緘字字風情絕，隱酒逃禪兩不屑。梅花樹底明月多，掀髯一笑青山悅。

百菊溪制府

清秘堂前三面水，長日校書睡復起。君偶先歸使騎回，相公傳話官書催。死灰槁木當年語，先生札中語。記得聯床聽風雨。殺賊歸來噉荔枝，先生近句。元結詩成示杜甫。索先生近詩久未寄到。

吳穀人祭酒

西湖刺船遊北固，月明看飽梅花樹。戟門石鼓縈君思，年年索榻成均碑。詩文續刊五十卷，卷首序文余手弁。江南重君駢儷詞，一字欲酬一匹絹。

李墨莊兵部

人似老松詩似梅，作書却比蘭抽荄。匆匆寄到五千字，上有海濤激盪勢。行間猶畫峨眉冰，酒痕映出漁船燈。盤谷題名醉秋寺，疲驢破帽尋殘僧。偕君遊盤谷寺。

鐵冶亭尚書

四十年來幾竿牘，梅溪為我裝成軸。江湖客至搜君書，辨別真贗時煩余。江南好事鐫上石，中間強半詩龕跡。往復商量雅頌編，尺素今餘兩三冊。

秦小峴侍郎

早年草制書瘦金，簪紱之客江湖心。飲酒溫經晚年事，清簟斜陽已沈醉。頹墨斜行贈故人，槎枒老樹猶鮮新。紅燈白髮蕭條甚，東閣寒梅春又春。

初頤園侍郎

生平絕少行草書，箋問往往煩鈔胥。大廷對策字嚴整，小樓寫經字森挺。寄我小札親手裁，艷比梅花開未開。霜雪稜稜滿巖壑，天地清氣時往來。

曹儷笙尚書

相公秀才無二致，下筆千言工且麗。摩天截海雄文章，陸公權公一瓣香。賦稿零星打門借，一樽約我消長夏。春草閒軒東復東，霜氣滿天月明夜。_{先生飲余留宿，看菊論詩，竟夜不寐。}

秦易堂洗馬

細楷肯爲謄碑文，留傍石鼓鎸貞珉。灤陽筆札匆匆寄，曬藥移花住山寺。我有蠻箋十丈長，腕力聞君酒半強。奎章閣下詆虞褚，芾也真箇成顛狂。_{曾爲余書太學碑記文。}

劉澄齋太守

借園花開雞黍約，數行已見簪花格。詩人大半居城南，跨驢深苦尋詩龕。城南吟社圖八友，中饋先謀隔年酒。可憐零落各天涯，蘭士介夫死已久。_{圖中八人，蘭士、介夫、朗齋俱物故，愓甫、澄齋、硯農在外，惟余與船山留京，而船山又將官外。}

孫淵如觀察

粗紙壞墨欹斜字,好古時時出新意。方面官仍擁敗氈,夕剛握槧朝懷鉛。文至六朝忍釋手,大典雖殘時復有。時校《永樂大典》。箋問絡繹馳詩龕,恨不書前效奔走。

馬秋藥太常

商寫梅花便不俗,太平庵署吾茅屋。秋藥爲余詩龕圖增梅花一樹,題句云:"梅花一樹鼻功德,茅屋三間心太平。"入集中,足成律一首,改易他題,曾具札來商。病中老眼如麋青,晚山畫出秋烟暝。父子同堂丹碧寫,寫竹蕭疏寫花野。蟬聲水聲笑語聲,人間誰謂幽棲寡。

汪瑟庵閣學

搖筆頃刻數千字,亦諧亦婉亦風致。刺船不作廬山詩,恐被山神嘲笑之。長夜挑燈箋素問,此事年來深自信。愛聽雲房落子聲,松陰久立殘碑認。君喜醫喜弈,餘皆不嗜。

阮芸臺巡撫

好士喜文具天性,居官朝野說清正。百本梅花萬卷書,空山歸去儕樵漁。玉堂再入讀中秘,我有君貽數行字。盥以薔薇薰以芸,示我子孫勿輕棄。

石琢堂廉訪

風雨滿廬誇獨學,十年寄我箋成握。東山不買貰西湖,春水一竿稱釣徒。論詩偶及李懷麓,晚年留意黃山谷。埋頭花嶼絕交遊,竟欲人間書盡讀。

張船山侍御

君試大廷我收卷，看君掣筆如掣電。新詩萬首投詩龕，西川復見楊升庵。柏臺一入交遊少，泠落朱門絕飛鳥。小箋重疊酒痕多，挑燈坐待春山曉。

陳鍾溪侍郎

太行隔斷音問疏，三年曾寄雙函書。白雲觀裏看經約，池上荷花開又落。在萬善殿池上看釋藏時所約。君從山水窟中行，大書特書留姓名。奇文秘字肯余寄，願指寒梅爲主盟。

英煦齋侍郎

尺書寸楮全金裝，嗅之字字梅花香。寫經樓上謀鐫石，筆勢欲奪鷗波席。少年墨瀋高句麗，奉詔手書三丈碑。燈昏檢點零星紙，老龍四壁鱗之而。錢梅溪欲鐫君手跡入碑帖中。

伊墨卿太守

揚州寄我寒暄書，兩年不到詩龕廬。太守出語最清快，懸腕寫成擅瓌怪。行楷頗似茶陵翁，尋詩可入石倉中。《石倉詩選》尚有數百卷，余近見之。荔支花下春雲暖，語君作草休匆匆。

李石農廉訪

長安過夏二十年，無日不到詩龕前。詩卷題籤畫跋尾，作草匆匆愈奇偉。平居有志刪晉風，霜紅龕後蓮洋公。午亭父子講唐格，別裁僞體君折衷。石農以近人選山右詩未佳，札來商爲增刪，反復千餘言。

李松圃封翁

詩友心推李少鶴,五字泠泠自高格。韋廬詩與凡人殊,存液先已除皮膚。萬里書來乞詩卷,惜我年衰詩格變。松佳香留紙墨間,一稜春月薔薇院。

趙味辛刺史

刺史一生好風度,白髮青州擅詞賦。宰相之孫清白聞,尺簡胎息蘇黃文。罷職歸山船落水,唐碑宋畫無一紙。酒徒結伴住揚州,芳訊春江託雙鯉。

劉松嵐觀察

清詩味得李少鶴,狂草趣得馬秋藥。遼陽書接汾陽書,秋雁春魚夢醒初。一生低首何仲默,近人深服黃仲則。蘇齋小篆兩峰梅,記得爲君留硯北。君未識翁覃溪先生、羅兩峰山人,皆余爲介紹。

汪劍潭司馬

潦倒長安二十年,廣交先生無一錢。清才其奈貧兼病,天與賢郎晚節勁。斷句清比王漁洋,長篇麗過田山薑。小詞當代竟無匹,抗手只許楊蓉裳。

楊蓉裳員外

蓉裳短札姿態多,生平從不書擘窠。婀娜有似風中柳,擁腫宛比秋江藕。少年工作香奩詩,江湖傳誦蘇辛詞。我獨稱君似山谷,下拜謂我能君知。

吳山尊學士

筆尚未書口先及,心花怒開不能戢。瑣碎文章兒女情,經君摹寫姿態生。洗硯江頭拾故紙,寫幷梅花寄驛使。大幅長篇世已傳,麗句清辭我獨喜。

陳石士編修

君不工書書特妙,亦拙亦澀亦危陒。論文直忘寒夜長,信筆上追秦漢唐。一生不服吳蘭雪,詩耶文耶都是血。工詩何必又工文,入主出奴強分別。

劉芙初編修

三載論文戟門側,十年蹤跡江湖匿。舉首春闈官翰林,西涯載酒重題襟。往復馳箋商體例,老境益徵詩律細。小札連番問病夫,歲寒勸我柴扃閉。

屠琴塢大令

作詩不肯儕西泠,作畫何復希右丞。天之所與一枝筆,自我得豈自我失。書來眷戀蕉園廊,蓮花出水江湖忘。萬樹寒梅二分月,鶴夢何如鷗夢涼。去年琴塢佐余勘釋典,於萬善殿之後廊搜唐文也,荷花盛開,書來及之。

王惕甫典簿

樗園講席余所薦,千言萬言寄海縣。梅花手種楞伽山,蘆簾紙帳門長關。而我春江鯉魚到,必有尺書相慰勞。積如束筍棼如絲,兩番書來一回報。

吳蘭雪博士

字尾署名詩弟子，二十年來託生死。怪君喜作幽艷詩，近來汰盡粉與脂。蓮花博士感清夢，醉臥西涯寫深痛。小姬閉户擷蘭花，不肯詩龕一花送。君許以姬人蘭花見貽，至今未果，長安貴人多得之。

樂蓮裳孝廉

少年才藻公卿誇，江湖老去將浮家。集成作序王惕甫，直欲揚雄劉向伍。梅花開老青芝山，一枝曾寄西涯灣。昨年秋雨詩龕夕，手繙緣字梧桐間。

查梅史大令

識君君尚青衫着，千里寄書慰寥落。果然得舉來春明，騎驢從不趨公卿。城南只訪秦司寇，小峴。涯西偶爲詩龕留。黃河一渡今三年，昨夜夢君君較瘦。

趙琴士秀才

我昔序君金石鈔，不啻舉漆投諸膠。裁箋禮謝語愷惻，匪直尋常閒筆墨。叢書搜徧涇東西，十年漸次登棗梨。哀然寄到乞芟薙，爪痕重認春鴻泥。

郭頻伽秀才

江南争道生也狂，襆被來踏槐花黃。成均兩試皆第一，十年見此幾枝筆。秋風鎩羽江鄉歸，倦鳥不復凌空飛。詩龕時接數行字，令我清淚霑裳衣。

姚春木上舍

槐街應試年十五，詞章而外精訓詁。連屈有司徵數奇，困陁況復遭流離。近頗有志學韓柳，一代文章稱某某。倉山采錄歸薌泉，賸字零編得八九。君久欲繼《文粹》、《文鑑》、《文類》、《文海》，集國朝一代之文，勒成一編，因循未果。

汪均之公子

刺船飽看赤壁月，跨馬又踏黃州雪。樓頭放鶴磯頭漁，詩人託跡江與湖。寄我小箋積寸厚，中無一語著塵垢。刀筆居然王半山，遠勝弇州讀書後。

讀陳思王集

華采實天賦，而胡剪楊修。丁。儀。收涕既長塗，集中語。草木先秋零。困頓書千箱，躑躅酒一瓶。回風吹入雲，驚飆勢忽墮。瞻彼林葉連，傷此飛花瑣。援瑟歌聲哀，魚山墓谽谺。

讀阮嗣宗集

曠遠不拘禮，無言終日閑。慟笑車跡窮，長嘯蘇門山。日沒更月出，富貴俯仰間。見本傳。飲水漱玉液，操筆東平賦。登高歌五言，鬱鬱松柏樹。出門望佳人，慷慨期旦暮。

讀嵇叔夜集

彈琴日詠詩，寄託神仙流。塵埃不堪擾，富貴浮雲浮。如何廣陵散,弗使人間留。視丹既如綠,遐心願各保。讀易空山中,被髮且編草。養生致戕生,作傳笑干寶。

讀陸士衡集

欲述祖父功,遂作辯亡論。三世爲都督,初心原弗願。華亭鶴不唳,徒遺黃耳恨。才多適爲患,記否張華言。負戈不免冑,征人念歸轅。符竹剖未終,誰弗知其冤?

讀謝康樂集

東歸屢遊宴,每以夜續晝。四友翩然來,蔚成求嘉秀。不聞君子居,九夷有何陋?從者數百人,世駭爲山賊。公固慧業人,成佛或未必。騰聲由興會,軒軒一枝筆。

讀鮑明遠集

少賤擅文譽,著述心未盡。身名慨雲散,篇章等灰泯。操筆賦舞鶴,掩林見驚隼。智不若尺蠖,闇幾同飛蛾。明遠有《尺蠖》、《飛蛾》二賦。放筆擬代詞,匪比芝房歌。池中有赤鯉,七字成吟哦。集中有"池中赤鯉庖所捐"七言,白紵舞詞。

讀庾子山集

起家湘東國,禁闥被恩禮。文章擅綺艷,世號徐庾體。作賦哀江南,一字一揮涕。覽彼五言詩,風氣三唐開。琤瑽詠畫屏,何愧清新才。瞻望故山遠,鴻雁無時來。

讀陰常侍集

閒居對雨詩,大似曲江筆。及讀《蜀道難》,訝入謫仙室。落花辭芳樹,畫梁盡朝日。歲月既遷移,人事亦變改。功名争倉猝,文章尚華彩。不見陶泉明,古澹死弗悔。

讀謝宣城集

我讀宣城詩,清麗有誰及。我讀《南齊書》,未嘗不掩淚。輕險被惡名,猜疑出素習。覽其諸賦詞,綽然高士心。隋王鼓吹曲,治世絃歌音。卓哉山水篇,詎類秋蟲吟。

讀梁武帝集

兩函定一州,鎔範諸貴遊。捨身同泰寺,天子何所求。千賦與百詩,身後誰與留。願作雙青鳥,原句。却恨明鏡小。一水隔盈盈,填河苦未早。丹砂果鍊就,長生豈不好。

讀梁簡文帝集

七歲有詩癖,輕艷時自傷。當時號宮體,君子知不祥。雞鳴風雨晦,詞旨何慨慷。三復春江行,拭淚空搖手。原句。長嶼更絕嶺,載歌當置酒。昭明開選樓,今猶在人口。

讀沈休文集

徘徊壽光閣，咄咄見范雲。及作郊居賦，愧心非所云。懷情而不盡，何以謚曰文。五字傷宣城，忽隨人事往。昔遊金華山，未撰靈妃杖。緬彼嚴子陵，中心徒悒怏。

讀江文通集

人生行樂耳，須富貴何時。此真達者言，小儒烏及知。劾治官長書，才盡猶能爲。少年隱嚴石，結綬金馬庭。死尚稱江郎，生已封醴陵。著述百餘篇，前後傷飄零。

讀何水部集

八歲能賦詩，沈約日三復。水部卒東海，才高命何蹙。遺文集八卷，王僧孺簿録。山鶯隴月篇，時事多相違。南洲夢故人，言採山中薇。可憐雙白鷗，去去江頭飛。

讀劉長史集

自爲歸沐詩，爭羨洛陽子。畫像樂賢堂，漫取小生詆。既恥用翰墨，遂退居田里。秋雨時臥疾，中使催和詩。垂竿自有樂，何敢言朝饑。究爲世不容，天子終憐之。

讀陳後主集

哀矜屢下詔，寄情在文酒。井投國罔恤，鼎遷玉何有。垂裳立南面，詞章不釋手。飛來雙白鶴，寫幷巫山高。_{集中樂府。}車駕移洛陽，侍宴親揮毫。願上萬年書，_{侍宴句。}語切心叨叨。

讀徐孝穆集

天上石麒麟，人間大著作。賜酒賞人鑒，就第問民莫。身死餘牛車，生平安儉約。行文有意態，出手傳江湖。家集三十卷，一半零烟蕪。玉臺輯新詠，今尚稱吾徒。

《欒城集》有所居六首，坡翁父子胥和焉，余肖爲之而不復依其所詠

草有老來少，人胡行自傷。經霜楓亦赤，得氣菊能黃。秋色餐宜飽，春風享最長。盆中小山桂，庭院襲芬芳。_{老來少}

種梧如種玉，手自雪前培。寒緊攜燈看，泥鬆負鍤來。濃陰響秋雨，暗綠動春雷。小鳳高枝託，瞳曨曉色開。_梧

染衣春柳枝，槐樹又花時。白髮黯相對，青袍余獨思。夢醒秋雨過，飯熟夕陽遲。市上橫經者，猶來問本師。_槐

閨人比衰柳，不稱玉簪橫。秋雨鼻功德，晚風心太平。帳垂涼款款，階積露盈盈。散髮空山裏，無多澡濯情。_{玉簪}

出土便凌俗，千竿不日成。去年猶雪壓，今日已秋聲。草草舊山影，花花今雨情。此君原可托，願結歲寒盟。竹

盆水積三尺，荷花開數枝。晚風吹雨上，初日上階遲。觸我江湖夢，吟成泠淡詩。羨他雙白鷺，門外立多時。秋荷

病中唐陶山刺史過訪

白鷗潭上飛，止止松間廬。我方手足罷，曬藥三年餘。客來扶杖迎，如釋生平逋。獨念閉門久，匪是交遊疏。相見各驚訝，未語先歔歙。何暇傾肺肝，請亟看髭鬚。功名與仕宦，皆足傷人軀。利害關民生，動與官長俱。江南水患大，何術營河渠？清漕事匪細，盈絀關天庾。名全心力虧，遑恤夜著書。歌詠雖餘事，曾否情思攄。我以拙得閒，搖落同園樗。手軟怕釣鯉，足蹇愁跨驢。一笑羨梅花，開徧孤山孤。

汪均之公子偕令弟奐之赴京兆試同過詩龕值雨留飯因訂遊大覺寺

海上奇樹交枝柯，磊砢不受人駢羅。我僕守門比鶴野，忽報故人聯騎過。倒屣竟忘碧蘚厚，墮堦始信槐花多。胸中已蓄萬千語，既見欲訴將從何？忽然大雨自西至，天公為我停君軻。烹瓜摘豆取籬下，無雞可殺遑生鵝。兒子尚未識奇字，靦顏令應京兆科。使之出見拜床下，我非隱者非維摩。時方乞病假。古寺聯床耿秋夢，詎僅風月同婆娑。我藏美酒及三載，西山去和滄浪歌。菊黃楓赤江南有，杏花紅接金鑾坡。約闈後同遊大覺寺，寺中杏開時直接御園。

黃穀原爲汪夋之公子畫雨窗懷舊小景心盦題句最佳出示索句

聽雨瀟湘客易愁，跨驢今喜過盧溝。試來淨業湖邊望，烟寺何如黃鶴樓。

葛衫草屨訪詩龕，細雨斜風積水潭。公子不嫌梧竹矮，轉言城北似江南。

黃家詩畫寄余多，謂心庵詩、穀原畫。老去年華感逝波。我欲入山君欲出，槐花黃矣勿婆娑。

汪均之夋之應試成均詩以送之感舊書懷率成八首

黃浼槐街綠慘衣，弟兄跂脚坐秋暉。舊碑尚未摩挲徧，林外寒鴉帶雨歸。

迤東早見御書樓，北監書逾南監優。三十年前住廂右，余官司成廿八年矣。棠花風底五經讎。

東西迢遞聖人居，東爲大成殿、西爲辟雍殿。許我從容此著書。幾輩橋門同聽雨，而今都上五雲車。

兩蘇二宋尋常有，難得同時訪我來。相對槐花亭子上，百年心事一銜杯。

聽殘風雨古荆裹，馬過盧溝月漸涼。少喫茶瓜多擁絮，北方天氣異南方。

梵聲斷續接書聲，問是三更是五更？當日老僧全不見，松堂重結歲寒盟。

遊罷秋山又春寺，杏花村裏馬蹄忙。舉頭忽見南飛雁，剪取紅綾寄武昌。

瀛洲笑我是頑仙，小劫從容三十年。築箇詩龕留紙上，不參禪處却參禪。

招均之奐之小集吴子野、辛春巖適至郎留長話時病初愈

我病何知春已秋，荷花未見況白鷗。湖湘二客夢三載，把臂有如膠漆投。吴筠辛愿皆我友，富貴視若浮雲浮。吴子種花慚計畝，辛子著書懶下樓。紛來雜坐亭子上，忽然笑樂忽然愁。一夫失意儒者恥，所學何事徒呻嚘。天公厚我使我病，看花聽雨行復休。欲尋海嶽展圖見，欲交奇傑披文求。車馬之喧不入耳，漁樵舊約誰能酬？門外荷花二三里，扶僮且自來溪頭。

存素堂詩二集卷五

庚午

唐陶山刺史易余掃葉軒名儱軒取老子心儱則樂語作歌

　　掃葉茲亭十年矣，日掃日多烏容已。青燈白髮藥爐旁，胡爲鬱鬱久居此。君來爲我嘉名除，半畝何減柴桑廬。老松受月殊磊磊，碧梧着雨聲疏疏。遠勝鴛湖吳孟舉，黃葉草堂聽秋雨。買文不克療朝饑，歸臥江鄉伴烟艫。吾家好在長安城，玉延亭子西山明。月橋涼濕詩龕樹，掃葉時具拈花情。拈花禪寺近在詩龕之後。蓬蒿三尺苔一寸，朋舊相思抱幽恨。病馬伏櫪鶴囚樊，差幸年來詩骨健。秋生萬木仍悲號，誰能載酒來嬉敖。三杯兩杯老夫醉，無力持帚還持螯。

陳季方菊花卷

　　不是柴桑處士家，一門各自領清華。茱萸漉酒高堂獻，莫種梅花種菊花。

　　松門斜日菊籬霜，掩映君家舊草堂。不讀《離騷》溫《本草》，阿兄指與療民方。

陳季方畫竹卷

朝寫黃庭夜讀書,園花零落竹扶疏。一竿到手秋雲撥,近日苦雨。且莫江湖去釣魚。

萬錢買得百竿來,分傍梧門左右栽。聽去秋聲纔半夜,我愁頓爲此君開。

錢梅溪畫

柴門斜倚寫經樓,門外清溪曲屈流。我每秋分向南望,壽星光出白雲頭。

白蘋風緊去浮家,朝起讀書夜刈麻。買片烟篷載雙鶴,留將空處貯梅花。

船上篇送辛春巖歸里

北人騎馬南人船,君今歸去囊無錢。眼中望斷匡廬烟,我病十年怕騎馬。秋山如畫不能寫,萬卷異書手慵把。呼童擔置君船頭,奇文秘笈煩爬搜。光芒夜半九天起,定有鬼神守殘紙。東塗西抹君一心,美人延佇梅花林。塞雁豈能渡江漢,月明空復聞寒砧。萬頃潮來君浣筆,帆底熹微見紅日。書成貽笑劉知幾,時插雜言甲變乙。時煩君在船爲余校定《讀書備遺錄》。

題汪夾之雙桐軒懷舊詩後

君愁更比我愁多,壁上題詩馬上哦。昨夜江蘺猶入夢,青衫今已渡黃河。

身隨曉月到盧溝,心繫梅花江上樓。短笛不須吹暮雨,一枝筆掃九天秋。

靈隱書藏歌 并序

阮芸臺侍郎既刻石君、覃溪先生詩,次第及余,感而賦之。

我履未上靈隱麓,我心已沁西湖綠。阮公欲結文字緣,香山佳話東林續。朱公翁公皆吾師,當仁不讓吾誰欺？千秋公論置勿辨,江山夷宕須何時？明月扁舟昔入夢,靈巖一夜天風送。林中不見仙鶴還,烟際空聞春鳥哢。一僧開函檢古字,一僧剔巖擁寒翠。禹陵蠹簡至今存,誰遣六丁此掌記。阮公愛古不薄今,飛來峰下梅花林。坐破蒲團有何味,磨穿鐵硯無容心。萬駟千鍾漫稱羨,年去年來比馳電。日月不死天地存,精神繫屬殘書卷。

題雷塘庵主小像次翁覃溪先生韻

文章出至性,奚藉綴奇字？不觀阮侍郎,雷塘譔三記。生平熟禮經,築廬傍墓次。衣冠一門盛,志乘六朝備。鬱鬱松與楸,高并梅花植。樓上何所有,金書萬卷秘。笠屐儼坡仙,空天明月地。公乎稷契流,豈終遊夏類。倦茲霜露思,敢忘金革事。空山萬木號,一江耿寒翠。

病小愈過佇月樓訪醫，主人以秦司寇、張太守看花詩索和，司寇詩中有憶余之句遂次韻

休論島瘦與郊寒，七字十年吟未安。佳句却聞傳日下，故人幾輩住江干。秋園過雨寒山似，久病逢醫古佛看。竹葉松毛都解渴，不須重覓小龍團。雲海家山產茶最佳，是日以新荈見貽。

佇月樓獨坐偶憶秦侍郎再疊前韻奉寄

垂簾小閣避春寒，每到花時憶謝安。飲酒詩偏寄籬下，伐檀人已住河干。雁聲似欲先秋至，山色還宜向晚看。萬竹蕭林霜露氣，回頭忽見月成團。

佇月樓三疊張船山韻君時出守萊州

盟寒十載比官寒，君自住聽雨樓後，十年不與人往來。聽雨樓中一枕安。掉臂君何愧龔遂，補脣我敢侶方干。時余乞病。袖中東海臨風起，鳥外西山拄笏看。露氣定知庭下滿，詩成分餽菊花團。

送汪均之奐之昆季京兆報罷出都

散步到柴門，城中亦有村。百蟲吟未已，三客坐忘言。落葉不可掃，新詩誰與論。莫嫌車馬澒，烟外數鷗翻。

雞黍尚未具，西山暮雨來。欲尋花外寺，漫惜水邊苔。破屋月先得，晚風荷盡開。老夫忘久病，舍杖與徘徊。

三看長安月，歸帆又趁風。南飛烏鵲遠，北望水雲空。剪燭團欒語，停杯磊落胸。奇文易淪落，賸有氣如虹。

　　荔支餐可飽，休戀武昌魚。從此玉華洞，應藏赤石書。_{君近著《赤石子》。}三年風雨迅，四海弟兄疏。君輩郊祁勖，西山我荷鋤。

玉元圃侍郎自西藏歸畫倚樹望雲圖寄意自題小詩甚精索和效其體

　　大樹高雲外，空山落葉飛。百年心未已，萬里客初歸。

　　夢中還有夢，身外豈無身？借問拈花者，何如倚樹人。

病　中　雜　憶

　　鐵卿_{冶亭別號。}萬里作元戎，法律真兼詩律工。回憶圍爐共磨墨，兩人都是可憐蟲。

　　蘭雪扁舟渡大江，清狂老去爲誰降。許_{秋巖}舅佳句君驚倒，脱去麻衣拜碧幢。

　　菊翁奏凱粵江東，手戮鯨鯢水染紅。張籍果然抗韓愈，_{謂桂舲。}兩人心迹本來同。

　　風霜正好厲禪心，自古神仙無處尋。西趙_{泉庵。}東吳_{雲海。}兩幽客，菊花竹樹興蕭森。

侍郎<small>小峴</small>。白髮偎紅袖，小字烏絲寫綠陰。愁病愁貧不愁老，天街騎馬五雲深。

楞伽山色最蒼涼，小築鷗波十畝莊。閉户著書太清苦，梅花一樹爲君香。<small>謂惕甫。</small>

清狂一代張公子，<small>船山。</small>飲酒歌詩有別才。閉户十年成巧宦，果然清淺是蓬萊。惠州官好又揚州，<small>墨卿。</small>記得蓮池夜放舟。何郎已死朱生病，誰肯城東載酒遊？

孫郎<small>淵如</small>。畢竟擅文章，鍵户衙齋校字忙。除却著書無樂事，明湖秋色任清蒼。

亦有生齋共説詩，清談雅謔解人頤。自從作吏青州去，賺得秋霜滿鬢絲。<small>趙味辛。</small>

成均課士十三年，老去文章萬口傳。<small>汪劍潭。</small>不向韋廬<small>李松圃。</small>論格調，分他秋氣入詩篇。

絳帳談經效馬融，有人小技薄雕蟲。揚州鏤木杭州又，慚愧程君素齋。暨阮公。<small>芸臺。</small>

百尺風漪積水潭，荷花六月似江南。揚州羅聘工詩者，畫裏漁洋三昧參。

斜陽古道畏吾村，狐竄鴉啼舊墓門。小謝<small>蘊泉。</small>清狂篤桑梓，風流縣尹設清樽。<small>胡惠麓。</small>

極樂寺中花亂飛，道人水屋。風雨跨驢歸。酒醒滴滴金壺墨，一樹斜陽一翠微。

月橋橋上有荷花，烟寺鐘樓掩映斜。西去是山東是水，最多花處認吾家。

東峪看松西峪雲，詩成何李要平分。余《東山詩》墨莊皆和之，《西山詩》蘭士皆和之。殘聲似起山陽笛，月落烏啼不可聞。蘭士久歿。

半舫精廬對涼月，吴生恍惚欲登仙。閉門却羨柴桑子，陶季壽。飲酒詩成妍更妍。

蒲團禪板學枯僧，擁節歸來伴佛燈，金蘭畦。君已修成余墮落，兩家兒子看飛騰。今年兒子桂馨與君子勇同捷京兆。

四十三年試院前，青袍隊裏兩神仙。而今白髮黃河畔，獨自讎書廢夜眠。庚寅年與滄來同應學使試。

官閒縱酒語悲酸，伯玉亭扈蹕灤陽，余有奉懷詩，有"官閒宜縱酒"句。及撫山右，余改爲"官高休縱酒"。橐筆灤陽范叔寒。今日西南衆蠻長，使君當作武侯看。

瘦馬斜陽出塞門，辛丑年，余陪瑞芝軒引見侍講，同赴熱河，一路同食息。連宵聽雨話黃昏。數行殘墨稀疏認，猶著詩龕舊淚痕。余藏芝軒手蹟，今裝潢入卷。

論山鮑之鐘。小影寫詩龕，骨格居然沈啓南。聯騎翠微山下路，新詩題滿聽松庵。

盤陀居士老詩翁，知足齋成萬古空。粵海皖江前後集，何慚韓愈與揚雄。

五車撑腹吳山尊，肅。萬卷隨身李海門。符清。不及楊郎蓉裳。一枝筆，抉他月窟與天根。

徧遊五嶽魚山子，馮敏昌。怪爾刪詩蘭雪生。蘭雪刪魚山詩，精而太少。難得侍郎師誼篤，桂香東爲魚山弟子。殘文賸字麗鯨鏗。

松圃李秉禮。五言希二客，李石桐、少鶴。松嵐劉大觀。熙甫王寧焯。欲爭衡。子文王祖昌。參透羼提妙，夜夜明湖坐月明。

有正味齋比樊榭，清圓秀麗有餘姿。文章俳體誰能及，絕代陳髯知未知。

竹橋吳蔚光。手札我藏多，花放虞山雁影過。記得瀕亡猶寄語，故人零落隔黃河。

庚子可憐三鼎甲，汪雲壑。江秋史。程蘭翹。共去修文。零章碎字兼金比，嶺上年年望白雲。

方公葆巖。詩法是家傳，橫掃千軍筆作椽。海上鯨鯢都斬盡，綵衣歸去拜庭前。

雄辯高談許石泉，優曇花比好雲烟。池塘春草真成夢，忽忽西堂二十年。

尉寮了事唐陶山。悟前生，折柳江南詩讖成。余贈陶山舊句"折柳江南去"。記得圭峰碑贈我，杏花開後語分明。

生平未識倉山老，尺素投余束笋過。大樹蚍蜉任教撼，此翁原衹患才多。

旭翁韓太翁。詩老愈光芒，我序翁詩笑我狂。見說侍郎定家集，不刊杜甫大文章。桂舲詩文，余以少陵目之，刊翁詩，未作跋文。

春融堂集文兼史，不是吟風弄月詞。公死門生徧天下，如何獨我序公詩。王蘭泉侍郎。

秋水閣中漫與詩，許秋巖。吳郎蘭雪。且讀且相思。梅花自是江南好，夜夜騎驢夢見之。

侍郎玉閬峰。自小愛交遊，一入南齋絕唱酬。檢得西山殘賸句，病中約我爲重讎。

郭家昆季頻伽。總能文，天遣黃翁退庵。與樂群。添箇詩僧漱冰。比齊己，夜吟山月曉溪雲。

梅花茅屋舊題詩，馬秋藥題余詩龕，有"梅花一樹鼻功德，茅屋三間心太平"句。秋藥庵成睡醒時。前歲華山風雪裏，冒寒磨墨搨殘碑。

雲林伊墨鄉尊甫自號雲林。家法畫兼詩，自領揚州寄信遲。官揚州一年無信。買箇荔支園小住,月明花下寫烏絲。

瓦盆梅樹巧安排,更寫梅花寄小齋。瑤華道人。天上侍書年最久,尚書親爲硯塵揩。道人侍書內廷年最久,時沈雲椒、管松崖兩尚書未第,爲道人記室。

瀟陽遊謙數詩人,曾子賓谷。何郎蘭士。誼最親。方雪齋同聽雨屋,性情綿密句鮮新。

施公小鐵。冷宦極風流,御試傳宣上鳳樓。曾記紅羅舊詩句,少年争比老年優。

讀易樓玉筠圃。前隔歲苔,樓門十載未曾開。不窺園只覃溪老,翁先生。特爲尋書城北來。

炊烟已絕雪橫門,仲梧。冷客寒梅與斷魂。彈到月明山鬼嘯,侍郎元圃。邀共倒清樽。仲梧喜彈琴。

姬傳文筆擅曾王,虔奉西江一瓣香。弟子新城陳石士,用光。可能壓倒望溪方。

南園錢灃。寫鶴兼圖馬,下筆稜稜逸態生。抝處正如詩氣骨,梅花香極總餘清。

絳縣陸鎮堂師。春風絳帳違,汾河雪大雁依稀。城南載酒前遊杳,花滿西園臘落暉。西園,余幼讀書處。

秦權漢布儘收藏，死後猶餘畫十囊。江秋史。百五十仙留幾箇，是年廷試百五十五人。可憐選佛只名場。秋史畫同年百五十五人，皆飾以神仙之服御。

學士程蘭翹。詩成草半焚，零星遺墨化烟雲。父書能讀賢公子，捃摭殘書當典墳。余藏蘭翹詩，賢郎盡收去。

葆光詩集雲墅。刊成邸，面目廬山真又真。執定荆公一枝筆，不分心力學唐人。

虛谷武億。心虛喜讀書，青州作令只年餘。媵將多少殘碑刻，天子求賢到草廬。

作官清鯁世全知，初頤園。誰識先生喜説詩。余詩君多定正。近日閉門惟静坐，呻吟語偶寫烏絲。近因丁憂寺居。

北紀文達。南彭文勤。兩相公，校文同步五雲東。自從二老騎鯨去，愧我年來亦瞶聾。

將軍太庵。統領邁人。皆吾友，七十老人猶讀書。用成句。笑我東塗與西抹，一生擁腫比園樗。

成均校士識王郎，又新。劉芙初。莫寶齋。紛紛總擅場。明歲杏花春定放，吾家雛燕待翱翔。莫寶齋、劉芙初、王又新在成均，余目爲"三鳳"。寶齋、芙初久入翰林，又新今年與桂馨同舉。

蒲柳經霜瘦可憐，勞他爭設菊花筵。言夫子皋雲暨朱夫子，滄湄、習之。爭向街頭買玉延。諸公爲余起病，知余嗜玉延，多設此。

東家飯罷曹定軒。西家宿，何緩齋。日對黃花與紫雲。緩齋設有黃花，定軒堂額紫雲山房。隱隱鐘聲催客去，小春天氣易斜曛。

詩工原不費安排，莫把誠齋當簡齋。余答荔扉書，謂誠齋詩可學，簡齋詩不可學。帶雪梅花開自好，用荔扉詩意。點蒼山色淨如揩。

冢宰清名海內知，鄒曉屛。棠梨花下課經時。午風堂積書千卷，憶我從公點勘之。

再踏槐街又十年，說經祭酒不參禪。汪瑟庵。語言文字都除却，喜讀黃農素問篇。

署衙西頭老屋荒，河汾才子說詩狂。李石農。夜深花底聲如豹，破硯殘書擲過墻。

買書容易到斜陽，讀易樓中萬卷涼。零落都門諸梵宇，鮮紅小印辨王黃。玉筠浦藏書多收自漁洋、崑圃二家，今零落矣。

野花短竹并時畫，余偶作"秋竹短於草，野花高過人"一聯，桂未谷、蔣最峰分隸之。難得蓮湖罷釣初。一箇圈兒梅一朵，兩峰下筆故清疏。是日西涯歸，桂、蔣書隸，羅君畫梅。

端範堂前落葉乾，記曾同踏月高寒。宮坊小印三回掌，舊迹如驢轉磨盤。余二十八年前即官庶子，與今長沙相公同官，今仍官此。

丁香花底坐吟詩，清秘堂前日影遲。二十五年人不見，秋霜染盡鬢邊絲。朱靜齋。

玉皇香案同爲吏，君被春風吹入雲。幾度招余余骨重，霓裳聲祇半空聞。陳鍾溪。

青衫橐筆出咸安，蕭寺西華雪夜寒。難弟難兄盡仙客，老僧指作鳳凰看。時伊慢亭與余同住寺中，玉閫峰始受業於張雲膴，往來齋粥，耐園觀察爲慢亭之兄，冶亭尚書爲閫峰之兄，亦時時至寺説詩談藝。

餘子紛紛舉孝廉，傅小山、常樹堂、姚錫九皆舉孝廉而歿。燈昏酒冷客愁添。當年我亦孤寒甚，怕見春風燕子簾。

住山園裏譺詩仙，英文肅有住山園別業。十字曾推許石泉。許石泉《和相國〈直廬喜雨〉》詩，有"燈火收光入，蛟龍得氣噐"句，頗蒙激賞。平寬夫。李松雲。程魚門。吳榖人。都擱筆，喧呼後輩壓前賢。

燈下争鈔小鐵詩，施朝幹。紅羅好句妙當時。至今黃鶴樓中客，猶傍秋江唱竹枝。小鐵在湖北刻集，多刪其舊作，而少年悼亡句，如"白水貧家味，紅蘿嫁日衣"，世争傳之。

説法前身任侍御，子田。老來文字漸從刪。誰知綺語能消福，只合關門對碧山。

紫薇郎已白髭仙，寄到新詩字字妍。彈罷涼琴猶佇月，黃山頂上蓺松。吳南昀三十年前官中書，因養親，改縣令，今仍官此。

稼門清望重當時，公子均之、奐之。臨風玉樹枝。怪底三年前夢裏，天風吹與夜論詩。

埽葉亭前草木荒，停琴佇月總悽涼。娛情只有詩龕畫，三十六陂秋水香。均之、奐之今年六七月間，時至埽葉亭讀畫。

吳肺穀人善製猪肺。趙魚味辛善製黃魚。更汪鴨，杏江善製東鴨。一冬排日設賓筵。丹徒翅子論山法，鮑桂堂製魚翅法最精。賸與詩龕糝玉延。雅堂言京城白菜和玉延切碎，雜魚翅煮之，美不可言。

揚州鏤刻勝安州，二客心情總莫酬。聞說主園素齋園名。三月半，牡丹花底墨香稠。程素齋刻余文於揚州，王春堂刻余詩於安州，余皆不知也，素齋校刻尤精。

吳中三蔣于野昆季三人。號通才，白石梅花相對開。錢老竹汀。題詩兼署額，春風吹過大江來。蔣于野畫余小像，至蘇州裝爲長卷，竹汀前輩署額"梅石心知圖"，吳中賢士大夫皆有題詠。

靈隱藏書記阮公，芸臺。鄙詩不合配朱翁。雲堂寫記留餘憾，付與江烟佛火中。阮芸臺刻余詩於杭州，藏諸書庫，文以記之，書者遺去此條，阮公原文可考也。

棠梨花底坐吟詩，吟到春歸花不知。前度王郎又新。今又至，雪堂折取幾梅枝。時涂瀹莊督學湖北，舊在成均，甚賞又新。

西溪漁隱畫兼詩，白板紅橋又一時。邗上題襟徧湖海，買人販賣到高麗。謂曾賓谷。

道園學古錄君鎸，收拾遺亡入簡編。賓谷刻虞詩，余藏遺詩八卷，未入錄。即看西江詩萬首，遺珠滄海悵雲烟。余篋中所有新建王一夔、高安吳山、弋陽汪俊，皆以鼎甲位至尚書，餘如泰和曾彥、永新劉昇、安福劉戩、貴溪黃初、永豐鍾復、鉛山費懋中、浮梁金達，皆鼎甲翰林也，皆未載其詩，余覓稿寄之。

前輩遺文火速催，公卿留意到人才。山東巡撫吉公、江西巡撫先公、四川都統東公，皆爲採詩至。翰林更自耽風雅，不惜尋詩到草萊。余代涇縣教官黃君採補明代鼎甲遺詩，致札四方學使，業芸潭、王伯申各以詩貽。

馬逸浮橋夜雨中，乾隆甲寅年南石漕事。此身自合蟄魚龍。誰知竟有神援手，慚愧人間折臂翁。余一生爲手病所累。

夢境蘧蘧是也非，天香月窟記依稀。朱衣竟許重相見，二十年來笑語違。余癸丑年八月初一未時坐睡，見朱衣人攜桂樹至，馨逸一室，生子，即桂馨。攜樹者狀貌，今猶記憶之，桂馨獲中京兆，朱靜齋少寇爲考官。兒子謁見，即述此段因果。後來視余病，相別十六七年矣，白髯闊面，與夢中所見者，無少差別。

拙老人孫蔣仲和，酒酣卿相被詆訶。看花鮭菜亭邊過，費我詩龕墨十螺。蔣仲和性僻，貴人求書畫，多不與之，每至詩龕，輒揮灑數十紙而後去。

詠物詩成海內傳，魚山稱比巨山妍。單行另本王郎語，禿指揮殘十樣箋。余詠物詩二百四十首，馮魚山極稱之，王惕甫謂當附集外，蔣最峰畫爲屏幅數百紙，題余詩於幀，亦佳話也。

朱門賣畫顧秋柳，鶴慶。白屋吟詩婁夕陽。承澐。經我品題聲價重，旁人空羨束脩羊。顧子工畫，婁子工詩，皆困於長安，余爲延譽，二子得以成名。

朱氏門才我識多，西涯風雨記摩挲。一條吳絹三升墨，荷葉香時踏蘚過。朱氏素人、青立、閟泉、野雲、滌齋，皆曾爲余作詩龕圖卷。

　　歡喜堂開翰墨香，畫師推我作平章。畫成詩就聞齋鼓，一片秋雲墮夕陽。朱野雲約湖海諸畫師二十餘人會於憫忠寺翰墨堂，余不能畫，推爲盟長，是日每畫師各贈以詩。

　　西涯祖墓委荊榛，百五十年春不春。難得謝侯薌泉。邀蔡子善人。香泉流出水粼粼。薌泉委蔡子修祠，病革時，捐金掘井灌木，至今蔥鬱，謝、蔡之力也。

　　葦廬李松圃。盛德世爭傳，不獨詩工四十賢。我昨翠微山下過，西涯祠外雨如烟。修墓時，松圃捐金爲多。

　　康山山下住江郞，頡雲。不許新詩出竹房。磥磥狀元何足數，吳蘭雪《康山草堂歌》中句。蓮花博士寫清狂。

　　松枝畫出筆清蒼，頌且兼規意敢忘？程也園畫松見貽，題句極佳。今日月明吹玉笛，梅花樹底鶴聲涼。

　　蕭蕭萬木北風寒，知恥齋前驢卸鞍。鹿尾魚頭萬錢買，先生博得一朝餐。謝薌泉豪於飲啖，享客特豐。

　　蔗山園子趙象庵。萬香圍，佛手花開秋雁飛。聞說葡萄初釀酒，竹燈紅罷主人歸。

　　莫氏青友。捶雞比燕窩，松花團子擅誰何。秦小峴、何緩齋家皆擅此。元杯宋碗周秦鼎，蔬笋香中古趣多。緩齋器具多古製，且無重複。

三面軒窗向水開，雨層石壁澀莓苔。階前十丈垂條柳。都是先生手自栽。余爲清秘堂提調，於瀛洲亭四週雜種花木。

校書夜宿狀元廳，天上文光瀉地青。夜半九街人已睡，一雙蓮炬出櫺星。余爲《詞林典故》總纂，宿狀元廳校纂。

卷軸擔來太液池，丹書綠字寫烏絲。隨行小史工唐楷，先寫瀛臺四壁詩。余修《宮史》，奉查西苑匾對，携供事數人，乘小船各處抄寫。

萬蓮花裹一舟行，天上樓臺照眼明。鷗鷺不知星使過，衝烟飛去水聲聲。

翰林退直數花甎，殿閣清森翠玉鐫。十地九天鈔不了，麒麟圖罷又凌烟。内府圖册數十萬種，僅摹古人像十餘幅，留貯詩龕。

山經地志及禽魚，奉敕傳宣載入書。秉筆閣臣存體要，僅留節目概刪除。原採甚多，總裁多刪去。

鮭菜亭西竚月船，停琴爲我寫秋烟。誰知萬里池塘草，有客春風夢阿連。夢禪老人筆札最多，伊耐園裝爲數鉅册。

宰相門庭老更貧，魚飧換字豈無人。高麗客買石庵帖，翻說殘年筆入神。用李文公延賓賣字故事，近琉璃廠讀畫樓所鬻劉諸城字，多夢禪代書。

詩龕寫就擬雲林，棖觸張顛水屋。下拜心。身後殘縑如落葉。荒山明月孰追尋。

　　四十年前老翰林，李松雲。黃堂白髮日蕭森。一船明月半江水，照見當時執筆心。

　　錢生立群。新築寫書樓，溪上梅花相對愁。爭似斜陽官閣裏，十三經字檢從頭。二十年來，舟車之暇，松雲曾寫十三經一過，更寫《孝經》、《莊子》、《老子》、《離騷》數過。

　　花滿城南乳燕飛，十年三度送春歸。登堂輒敢求題字，香火緣深酒力微。松雲官太守後，抵京師凡四次，每至必爲余題卷。

　　殘篇賸句徧旗亭，我早鈔同選佛經。有集江湖題癸酉，峽猿江鳥任人聽。李松雲、戴紫垣、程蘭翹、謝薌泉、萬和圃、劉松嵐、李載園、楊蓉裳、唐陶山及余，皆癸酉生，故吳山尊欲刻《癸酉集》。

　　典琴行出藝林傳，詩識南薰解慍篇。鄂虛谷《典琴行》，菊溪和之，盛傳於時。後二公皆節制南疆，人以爲詩讖。欲搨戟門殘石鼓，剡溪藤紙購三年。虛谷曾託余搨石鼓文。

　　夢禪居士忘年友，小尹詩翁貧賤交。風雪一燈人萬里，梅花香破最寒梢。

　　老我禪心二十年，好花過眼當雲烟。山人多病風情絕，吮筆雲堂仿老蓮。

　　此君到處擅幽姿，落拓臨風十萬枝。月上西山秋入夢，林間恨未藥爐支。秋間訪醫，小憩吳雲海佇月樓上，留宿未果。

侍郎聞說已休官，小峴以老病乞休，蒙恩准許。儘有貂裘不避寒。趁雪同來劚新笋，黃魚細鱒勉加餐。

樊川格調少人知，退直南薰日暮時。世上紛紛誇粉本，何曾讀畫更論詩。有人以樊川像求題者，余摹自南薰殿本也。

花開我尚未休官，及到休官花又殘。僧約霜林看紅葉，布袍禁得幾宵寒。介臺主持臨遠屢邀入山。

雪釀酸香粥滑匙，春雲爭比佛雲慈。流民忍凍聽齋鼓，是我停杯放箸時。臘八日拈花寺施粥。

弟兄謂盛孟巖、甫山。吮筆賽倪黃，領袖詩場更酒場。轉眼南園花又放，何人聽雨此聯床？

雁過伊涼飛較遲，寒雲和雪凍烏絲。西堂春草年年夢，小謝緣何竟廢詩？余托甫山寄關中信，來札云云，似未見也。

散學歸來話綠陰，三條燭下十年心。短篷零落巴州去，暮雨蕭蕭楓樹林。"暮雨纔收涼月上，短篷一夜下巴州"，英已亭舊句也。

病起曹定軒給諫、朱習之少僕、朱滄湄戶部、何緩齋比部、言皋雲太守分日約余觴飯京師諺語所謂起病也，賦詩以謝

歲月薨騰去，文章悔未工。半生比駑馬，一笑謝飛鴻。僧約年年負，詩懷漸漸空。誰知舊朋好，樽酒待籬東。

寒廚積笋蔬，每食可無魚。怕問調羹法，長繙種樹書。年衰滋味薄，病久應酬疏。雪霽西山路，危橋策蹇初。

冷落巴江守，蓮花寺裏門。月涼人看劍，秋晚夜開樽。黃葉風頭響，青天雪爪痕。依然僧退院，隨我話寒暄。此詩謂皋雲太守。

趙菊象庵。兼吳竹，雲海。排句欵病夫。更勞數公酒，增我隔年通。看菊、看竹詩皆未償。且省參苓買，非同橘柚租。阮詩題萬柳，高會近來無。芸臺遊萬柳堂，作五律四首，茲會諸君，多有和章。

曹定軒前輩七十壽辰同人咸祝，以詩子以病未作茲牋來敦索賦此

先生治儒書，不矜名與功。閉戶注周易，如在空山中。身已塵垢蠲，思忽風雲通。時時折柬招，飯我藤花東。掘窖出玉延，雪韭偕霜菘。日晴跨寒驢，出遊西北峰。峰高積蒼蘚，矯健疑輕鴻。倏忽躋其巔，我方鱉蹩從。夜深月匿影，四巖惟怪松。石門息燈火，微雨吹濛濛。飄來湖上煙，漸覺衣綠濃。先生君然嘯，如答齋堂鐘。歸來紀以詩，筆墨追籠硿。今春聞諸君，看杏支唫筇。我時手足攣，局蹐俛寒

蚕。昨聞開寶筵，朋酒娛詩翁。瓦缶異笙簫，許我歌從容。

哭朱習之太僕同年

我病君不病，君死我不死。叨長君一齡，弱直十倍矣。昨冬感微寒，卧床弗克起。君頻來審視，親切骨肉比。勸我扶杖行，日釣西涯水。煮藕炊松花，秋烟翠微裏。無錢買參术，勿藥占有喜。昨因寒菊開，數行托素紙。城南約朋舊，曹<small>定軒</small>。何<small>緩齋</small>。二三子。阮公<small>芸臺</small>。儒雅宗，言皋雲。朱滄湄。胥國士。灑掃知足齋，爲我設杖几。<small>恐余顚躓，爲設几杖。</small>我久廢餐飯，口莫辨滋味。蔬羹嘗半匙，肢體覺暢美。我病兹日減，君病兹日始。火灸亦古法，胡爲害若此。怪君信異方，醫生狗意旨。黃良服累年，一石且不止。元氣坐虧喪，變生在臂指。張侯<small>雨巖</small>。十日前，抗論生尅理。聞者皆動魄，我時亦掩耳。豈料月未圓，<small>初二日猶劇談。</small>爲君製哀誄。逝者如斯夫，吾哀更何恃？

題陳洪綬没骨芭蕉石

畫雨聲完又畫風，繁華刋落世緣空。誰知大葉粗枝處，多少秋心在此中。

金蘭畦尚書、方葆巖總督余庚子同年也，今秋兒子桂馨獲雋又得與兩公子稱同年，李松雲前輩極稱之爰作是詩

猗與庚子榜，人材稱極盛。顧弗利鼎甲，官清折福命。三十年一世，覼縷皆前定。細數看花侶，落落晨星賸。巍峨金與方，兹各聽邦政。二公皆登科，金階亦蹭蹬。從容躋通顯，遭逢天子聖。伊余入詞

林,日抱負薪病。嘗奮犬馬志,絕無魚鳥性。鬼神擎肘腋,心手乃不應。醫來日未疾,服藥無一勝。閉門課兒子,勉以口舌競。誰知齒牙落,恍如驂脫乘。長夜剪孤燈,坐數燈花迸。余病即廢寢。兒尚知向學,頗發余幽興。今年捷鄉舉,老成過相慶。我獨念朋舊,讀徧賢書姓。兩家玉樹枝,森秀許合并。詩老李松雲前輩。飄然來,禪堂侶鐘磬。妙意託玉延,佳句蒙持贈。詡此三少年,宜各知報稱。葆嚴爲松雲前輩門人,蘭畦爲松雲前輩親家,見余兒子桂馨,奇賞之,欲引以爲弟子,并許三人皆大器,當世世報稱國家也。

方葆嚴制府乞恩歸養
俞詔允行同人詠歌其事

海氛掃淨念松菊,涕泣陳情拜君屋。書生奉詔養親歸,十萬旌旗門外矗。當年橐筆金馬門,抽刀夜斬南溟鯤。荔支花下賭杯酒,難忘故山黃葉村。故山積有書萬卷,述本堂開留鐵硯。庭萱開處春雲多,宮保清風世猶見。先生散髮溪上行,漁竿落水魚弗驚。斜陽滿地不歸去,倚石獨聽流泉聲。三更燈火督兒字,我識賢郎頭角異。同年兩代世爭誇,兒子桂馨與君子傅穆,今又爲同年。幾度蒙君議親事,臨別蒙君留柬議親。翠微我欲謀精廬,竹房日課兒之書。先生祝壽來金除,灞橋肯策尋梅驢。

介文夫人以桂馨獲雋畫桂花見賀,
附杏花一幀煦齋兼綴跋語爰題小詩三首
于紙尾求朱靜齋理陳鍾溪和之并呈煦齋

許棠佳句播秋闈,十八年來好事稀。携手雲堂同一笑,姓朱人果是朱衣。十八年前桂馨生時,余午寢夢一白髮老丈送桂樹至。今見靜齋侍郎,狀貌正其人也。

燕子聲中春晝長，杏花紅處馬蹄忙。廬山緘紙遙相訊，可奉吾家一瓣香。陳石士編修素賞桂馨，昨寄書來有"可奉吾家一瓣香矣，賢郎見鍾溪，必有憶我佳詩"語。

恩福堂開玉樹春，君家原有兩麒麟。薛能詩卜生香懺，明歲看花共幾人。薛能詩有"活色生香"語，煦齋先生原題也。

題奚鐵生雲海圖爲吳兵部賦

富貴過眼雲烟空，九州以外四海中。吳侯生平負奇概，讀書不求筆札工。出入長安三十載，昔年少壯今成翁。小舫乾坤一亭子，時時坐閱春花紅。花開花落不人待，春及飲酒須千鍾。佇月樓前竹樹滿，雨晴烟綠吹濛濛。新笋養成不教斫，隔城山氣簾櫳通。吳侯猛憶故鄉好，鶯聲啼濕茶爐風。鐵生舊紙重拂拭，力追遠勢江上峰。錫山侍郎小硯。住湖上，冬花庵鐵生齋名。主盟幽悰。病間料理舊詩債，吟徧泰岱衡華嵩。人間縮地我無術，夜昏雪大吟長楓。

題楊生梅花松樹卷送嚴就山而寬出宰秦中

梅花松樹倚青山，各抱貞心冰雪間。客到長安寄歸雁，清香應說滿潼關。

病中祭詩借崇效寺所藏拙庵紅杏青松卷留觀數日題詩

開卷重逢庚午年，雪泥鴻爪畫中禪。甲子年曾於卷中題名。春明紅杏開三月，煦齋侍郎適以紅杏畫卷見贈，自書跋語，爲兒子桂馨春闈吉兆。記取詩龕翰墨緣。

劉松嵐遊華山得詩題曰"行篋集",楊蓉裳作序誤"篋"爲"脚"題詩以識

　　君身已退院,遊山仍打包。行篋誤行脚,豐干工解嘲。詩心入秋健,跋涉長安郊。借宿玉泉院,炊飯香山庖。萬丈青蓮花,終古空中捎。山靈怕生客,倏忽風雨交。步上青柯坪,月見松竹梢。是誰弄狡獪,隔澗雲霞抛。泠泠琴筑音,宛似詩人教。歸來覺吟卷,尚帶山聲敲。郵筒寄故人,共剪寒燈鈔。

存素堂詩二集卷六

辛未

阮芸臺侍講以朱野雲山人種樹萬柳堂邀余往遊兼錄去冬萬柳堂詩見示依韻

年衰遂多病,經歲未郊行。春冷斷花信,日高聞鳥聲。新詩感興廢,原詩頗及堂之興廢。良友慰生平。蔬筍何須論,尋幽自有情。先生約余選日出遊。

有客繫江波,登臨一浩歌。謂秦小峴侍郎。眼中短長柳,聲裏舊新荷。秋雨來鷗少,斜陽去馬多。荒涼亦園字,馮益都園名。百歲墨全磨。

積水唫成卷,余有積水潭前後二圖。吾將萬柳圖。雲厨饞鳥下,詩社病僧扶。名世君稱佛,徵文我愧儒。野雲判今昔,廊廟與江湖。廉希憲園亦有萬柳堂,在草橋左,近趙文敏賦詩處也。廉號野雲,而朱山人亦號此。

南臺更夕照,不復數拈花。萬柳何年樹,一僧今日家。祇園有風雨,詞客只聲華。黃葉西山影,停車此煮茶。

題萬柳堂祖餞圖奉送秦小峴
侍郎歸梁溪即用立春日讌集原韻

鄂杜城南路，登臨又此辰。鶯花過上巳，烟雨送殘春。舊事重追憶，離懷劇苦辛。忽看潞河畔，新水已粼粼。

烟篷響歸棹，搖出水香門。細雨延陵廟，斜陽楚相墩。芙蓉湖中有黃埠墩，以黃歇得名。詞科前輩盡，吟社夜燈昏。碧山吟社，君家故事。憶煞長安侶，風流阮伯元。

萬柳一庵甈，吾家鮭菜亭。秋花淡孤夜，野色散荒汀。覓句髮先白，看山眼獨青。隔江賣櫻筍，有客倚樓聽。

拂衣謝塵鞅，相別到吾儕。聞說遂庵在，庵中花木佳。寄余落梅句，一曲想高懷。"落梅一曲舞山香"，尤延之句。五瀉風光好，扁舟皮陸偕。五瀉，即芙蓉湖。皮襲美、陸魯望泛舟處。

題漁洋、竹垞、初白三先生紅杏
青松圖詩後示兒子桂馨

杏花開放約題詩，餅喫紅綾得意時。笑語兒曹須記取，後凋還是歲寒枝。

佳句尚書兩翰林，清溝白石證禪心。可憐一鉢曹溪水，流出山來不改音。

幾見雲門學佛人，愛花心尚戀殘春。打鐘掃地垂垂老，空處誰能寄此身。

讀書笑我一無成，枉坐峰頭看月明。讓爾長江釣春鯉，老夫閉户聽鶯聲。

兩峰畫竹二首

兩峰自小畫梅花，老去精神梅不差。更爲此君寫風韻，沙邊水上一枝斜。

月橋春雨蕱相逢，誰向江村曳短筇？聞說石田曾宿此，慈恩寺裏子時鐘。

管夫人遺硯圖歌和英煦齋侍郎

《揮塵錄》稱晏元獻，傳家只有一舊硯。此硯道昇之所藏，仲穆仲光并摩研。吳興寫字日盈萬，筆耶手耶神斯幻。紫金得從禹鑿餘，滑者波濤走者電。侍郎偶過袁浦縣，蒼玉一圭兩目眩。政事堂中不敢持，恐有蟾蜍淚時濺。春陰如雨花如霰，上界仙人坐庭院。碧葉丹英手寫成，《珊瑚綱》管道昇著色蘭花卷跋。五百年來定誰擅？拜即墨侯君不願，官至尚書猶鐵面。石墨新裝恩福堂，杏花寄到瓊林讌。幻住庵中寫經倦，雍也足成奉佛殿。清華勵品正有人，魏公魏公我何羨。

王春艇_{光彥}孝廉畫詩龕圖見寄 并次余題西涯圖舊作韻題幀

作畫蕭疏作詩秀，三載烏絲貯袍袖。_{三年前已讀君詩。}春風一紙圖詩龕，寫出江南竹枝瘦。非筆非墨純精神，野林蒼石麻皮皴。斜陽牛山翠微毳，門前載酒來詩人。西涯詩老尋詩地，退朝獨坐慈恩寺。思鄉偶成懷麓吟，望闕暗墮憂時淚。我今懶病愁揮毫，多君意氣元龍豪。倘肯訪舊石橋北，五里清溪萬樹桃。

補題張雪鴻_敔畫莫愁湖舊册

湖光山色至今青，載酒徵歌幾輩經。十里鶯聲三夜雨，野花開徧夕陽亭。

人間不少莫愁湖，樓上春歸愁也無。吹罷玉簫明月上，天風四面捲菰蘆。

夢坐江南春水船，花村酒屋翠娟娟。一風吹向巴州去，_{謂松雲先生。}無數好山樓外懸。

歡喜堂中感鬢絲，_{去年松雲寓法源寺之歡喜堂。}十年四度讀新詩。碧桃花底尋殘墨，想見江皋駐馬時。"_{時時車馬駐江皋}"，_{松雲《莫愁湖》舊句也。}

和吳菊君㭿自贈韻

修到梅花冷淡身，青天浩落石嶙峋。長安那有騎驢地，歸去孤山好結鄰。

何必南山始是家，菊花開處足烟霞。笑他桃李拘墟甚，不遇春風不放花。

看山讀畫樓歌爲周菊塍行孝廉賦

日日看山看不足，登樓下簾畫飽讀。山耶畫耶了不分，朝吸畫烟暮山綠。萬山複沓圍君家，東風吹斷西溪霞。思翁老築畫禪室，筆墨以外皆梅花。湖光山色生平想，出郭跨驢但孤往。橫雲烟翠儘空濛，夢斷江南春雨響。十年笑我詩龕圖，門前滕積菰與蘆。畫師晨夕招三朱，青立、野雲、素人。題詩獨有王鐵夫，鐵夫會試來都，止宿詩龕。

再題明十九人詠白繡球花詩卷

又到春深小苑時，吳國倫《詠繡球花》，首句"小苑春深景漸添"。丁香愁結隔牆枝。王世貞《詠繡球花》，結句"不結丁香一段愁"。江南風雨飄搖甚，不見當年劉改之。傷梧岡劉君。

唐突題詩二十年，春風禪榻尚依然。病中怕續郭江夏，空誦流黃簇繡篇。郭正域《詠繡球花》，首句"名花簇繡照流黃"。

梯雲草堂爲吴菊君賦

草堂築何處,歷歷白雲深。酌酒對明月,讀書停素琴。燕來窺舊壘,鶴去戀秋林。笑我西涯上,蓮花庵獨尋。

再題周菊塍畫卷有懷王述庵侍郎

多少山心與畫情,亂書堆裏過生平。杏花紅到慈恩寺,一夜春江夜雨聲。

詩龕曾着子卿墨,不寫青山寫竹梧。三泖漁莊誰寄語,詩傳猶未徧江湖。

徐畫堂志晉農部過訪不值留七律二章賦答

同唉京兆筵,旋折南宮花。館閣雖有殊,蹭蹬殊不差。嗟我退飛鶂,那比翔林鴉。手拔兩翰林,李謝人爭誇。李君宗昉、謝君階樹,皆君所取士。石子湖湘英,玉樹春庭葩。石君承藻,君壻也。必能傳君文,才藻齊侯芭。袖詩過我門,策蹇衝寒沙。彳亍楊柳灣,綠影初鬖髿。鮭菜亭久荒,厥地名西涯。時當五六月,四面皆荷花。君肯偕及門,來兹訪幽遐。旨酒未克蓄,留客餐茶瓜。湖光并山色,坐待西日斜。

阮芸臺侍郎偕朱野雲山人補種柳樹於拈花寺

清露堂久圮,亦園猶可尋。遺文漸零落,松雪偕雲林。詩載佳山堂，三復傷人琴。當日毛陳朱，聲價侔璆琳。相公携斗酒，溪上時行吟。檢討輯舊聞，逸事多浮沉。《日下舊聞》廉園、馮園未甚剖晰。拈花舊刹存，秃柳搖疏陰。磬聲雲外來，觸我清涼心。徙倚古亭西，坐聽山鳥音。荒涼暮色起，遠接西山翠。退谷有殘花，西涯無舊寺。兹水尚明瑟，迴環繞初地。蘆芽與葦根，雪盡春風吹。陰陽向背勢，結搆出精意。江湖數幽客，各具扁舟思。故鄉曠別久，姑託魚鳥醉。野雲老畫師，花間抱佛睡。約我繙殘書，補作萬柳記。

顧劍峰日新書來言秦曉峰維嶽觀察暨弟瑶圃維巖明經築藏詩塢於黃鶴樓下喜而賦此

詩人一寸心，上下持萬古。欲藉名山藏，易軒而築塢。顧生少習詩，滌蕩從肺腑。厥鄉沈宗伯，自詡詩中虎。老入金馬門，風騷雜訓詁。生起焉振之，言必稱杜甫。王惕甫。郭頻伽。蔣蔣山。金手山。外，登壇樹旗鼓。烏絲貯我袖，懷君聽春雨。

積翠偶不掃，飛作山中雲。秦氏居此山，愛客兼工文。公子均之、奐之。宿詩龕，嘖嘖金城君。一官一讀書，好古平生勤。從兹黃鶴樓，遠與靈隱分。阮芸臺侍郎築庫於杭州靈隱寺，藏一代之書，作文勒碑記事，余作亦獲藏庋。竟陵講詩派，鍾譚聞所聞。正聲熄淫哇，有賴飛將軍。風送武昌魚，直入江鷗群。

唐介亭璉寄書畫至謝以詩

唐子擅書畫，藝林稱高士。我窺其胸中，久矣無悲喜。草堂萬笏墨，朝夕供驅使。眼空黃鶴樓，心蕩洞庭水。我友黃大癡，謂穀原。荊州小吏耳。指腕無異人，秀乃出骨髓。近聞羅火災，篋衍無寸紙。子當招之來，月明講畫理。或合作一圖，遠寄詩龕裏。畫成歌以詩，即煩觀察使。謂曉峰昆季。

阮芸臺侍講於寒食節遊萬柳堂夜宿寺中，翌日清明看花柳有作，余畏寒未往次韻

夜雨變微雪，冷淡田家春。覰茲萬條柳，綠滿南澗濱。幽情托遠遊，匪矜詩格新。勞碌六街客，磊落三五人。陌上花已開，吾欲謀棲神。

西月動微影，山青春氣合。燕子仍飛來，低徊戀殘塔。心香百年接，何妨草色雜。湖鄉曳杖歸，寂寞此連榻。秋涼宿茅屋，門前恐苔匝。

清磬不落水，遠天林表曙。老人對新花，初日散殘霧。曉風拂拭之，西山一角露。青松紅杏間，商共斜陽步。扁舟無與偕，愜此烟波趣。

畫眉山同劉芙初作

雨後山影重，暗綠風吹濕。蘿徑凍蘚蘇，扶杖花下立。紅杏久欲開，却被夜寒襲。斜陽蒼石根，美人掩袖泣。前村翠濛濛，酒香馬蹄急。

山泉取鑒心，山石取畫眉。畫眉眉不青，鑒心心自怡。遠近春鳥聲，來和山僧詩。僧睡已斜陽，清磬響空陂。開門見杏花，紅徧龍神祠。

宿大覺寺

緣病閉門久，誰知花滿山。素心聯騎來，蕭灑棲禪關。春風散客愁，幽鳥窺人間。蔬笋味盎然，不嫌樽酒慳。夢中覺我身，栩栩林壑間。塵勞倐已謝，非復顋領顏。孤松倚蒼石，野雲偕鶴還。溪月明前村，峰翠堆烟鬟。

憩雲軒聽泉

我蓄緑玉琴，彈之苦無聲。今憩暮雲側，杏花春影橫。寒泉落天際，謖謖松風鳴。老鸛悄不語，隔屋聞新鶯。塵寰日往來，殊厭琵與箏。疏鐘偶入耳，詩思泠然清。天籟感人心，梅花悟前生。高枕石頭眠，山月吐三更。

清水院殘碑

此水在遼時，已自清泠泠。朱閣繚繞之，歷代藏佛經。中間數征戰，殿瓦傷飄零。老僧來托鉢，榛棘鋤莎廳。松鼠竄殘雪，澗猿叫晨星。模糊碑上字，三五猶餘青。汲泉為洗濯，曳置煩園丁。我當抱殘紙，徧搨東岡銘。

領要亭

萬象紛然呈，一心領其要。薄遊託幽契，匪真慕耕釣。花在松竹際，開落無不妙。況挾萬石生，婀娜耿斜照。泉聲響脚底，依稀鑿詩竅。傍偟咫尺間，步步出危阽。畫稿誰擅茲，可煩文待詔。

塔院看杏花

昨晚看杏花，嫣紅尚未露。今晨看杏花，烟緑仍隔霧。塔院隔一嶺，粥罷馳幽步。竹柏忽散漫，雲霞亂朝暮。飛鳥不敢下，牧童酒旗誤。長安看花侣，争欲慈恩赴。誰向兹塔棲，三生净根悟。我雖過來人，不記來時路。

尋香水院遺址

石庵三五峙，言是香水院。香水從何來，杏花了不見。聞説遼宮人，夜燈洗殘硯。風湁硃砂泉，春烟微雨變。至今水尚温，殘滴流佛殿。我昔跨驢至，青蒼石一片。柴扉扃莫開，呢喃出雙燕。

何緩齋天衢比部藏文休承爲王百穀畫半偈庵圖真蹟疏秀可愛，朱山人文新臨成而未署款，余既爲詩龕矣裝池後綴以詩

湖上梅花庵，小住十年外。半偈署庵楣，文章雜梵貝。書生歎薄命，百穀有"書生薄命原同妾"句。入世無聊賴。我今奚仿此，疏秀遠塵壒。文嘉希雲林，筆墨有天籟。滌齋入長安，自詡工圖繪。爲我臨兹圖，雲堂施狡獪。惜墨却如金，經營復激汰。夢裏到江南，重尋真率會。

阮芸臺侍郎拜朱文正公墓於二老莊紆道西山招余同往

春風易倦人，況我病初起。苟非素心者，未肯陪杖履。阮公文章

伯，乃弗鄙人鄙。郊行百慮釋，花柳見獨喜。學道愧難進，徒增犬馬齒。昈彼西山雲，飛過東溪水。

摩訶庵

曉日明松梢，落花散蘿徑。老僧款客入，放出雲堂磬。梵音響香龕，亦足動清聽。心合道與諧，山谷互鳴應。梁上燕初語，門外風已定。欲遊法藏庵，碑碣嗟殘賸。

慈壽寺

諸殿燬殆盡，一塔高出雲。荒榛翳莽中，手剔殘碑文。瑞蓮產中宮，前朝傳異聞。閣臣載筆賦，翰墨垂殊勳。徒令遊覽人，躑躅春檐曛。縑素尚難保，誰肯爐香焚。

栗園莊

滿村開杏花，栗子林未綠。春雪散餘寒，四山雲霞束。此庵隸潭柘，松竹愜幽矚。酌茲清澗泉，啜以香厨粟。頓覺饑腸中，藜藿亦已足。翻笑五簋約，禮文尚繁縟。

倚松齋

我來茲峰下，茲齋為信宿。今獲隨仙侶，舊山若新沐。百澗響風雨，一庭散花竹。并無白月上，早有綠陰複。隔墻數松樹，高枕水邊屋。扶疏有千年，何人此幽築？

猗玕亭

簾外竹千竿,階前水百折。風雨隔溪聲,夜深聽清切。睡醒擁衾坐,月影自明滅。石琴設有絃,却恨我手拙。一彈木葉飛,再鼓雁聲咽。山鬼渺不見,廚烟望飄瞥。

延青閣

推窗衆山影,濃淡爭奔赴。天光暗傾吐,萬瓦墮花霧。迤南見高埠,言是少師墓。少師骨已朽,杏花開如故。豈是方公血,飄灑江南路。北風吹不散,空山寫餘怒。少師墓前杏花最多。

少師靜室

少師此靜坐,前後凡幾年。國運潛轉移,成敗誠由天。孝孺文字交,救護寧無權。坐視其摧亡,而誘諸逃禪。少師一代雄,匪僅工詩篇。五倫尚不知,奚藉蒲團穿。

觀音洞

石洞藉山爲,即證觀自在。紫竹留百竿,移根自南海。乞僧贈一枝,生平苦疲殆。東山白雲卧,南澗杏花待。途歧境復險,所恃心不改。此君真我師,扶持陟嵬碌。

由羅睺嶺南折入戒壇

　　鐘響白雲外，花氣紅日裏。歷盡百餘阪，數峰天半起。遠近皆松聲，人聲鳥聲死。老僧學彈琴，操縵昨年始。我到恨無月，蒼蒼暮山紫，六月襆被交，石床拾松子。

徘徊松間久不能去

　　諸松如故人，我至倍攀戀。豈無白雲掩，風吹頃刻變。天光與山色，爲松開生面。客衰矧多病，對松妬且羨。臨別欲贈言，深恐重儓見。前遊四松，各有題詩。當借韋偃筆，寫爾上東絹。

出山口憩村寺

　　老杏紅欲殘，斷續梨花開。儼然跨驢人，逢此孤山梅。僕夫屢告饑，廢寺橫林隈。厥祀頗不經，寺原名"三教庵"。却宜遊客回。老僧甚擁腫，辛苦鋤蒿萊。何人此買宅，繞屋長松栽。

潘予亭孝廉慶齡汲綆圖

　　石上何所留，積年松竹陰。歷落桔槔聲，空此園客心。園客喜筮易，井養功方深。綆或辨修短，汲休論古今。讀茲有聲畫，撫爾無絃琴。奚必陶泉明，寂寞東籬尋。

爲陳受笙_均孝廉題畫，時甫偕阮芸臺侍郎拜朱文正公墓回即次芸臺韻

西山萬峰裏，三百七十寺。_{王子衡詩"西山三百七十寺"。}吾病緣塵勞，息心覓初地。阮公暨劉子，_{芙初。}山情各有寄。清水_{大覺寺即清水院址。}與岫雲，_{寺名。}却憶十年事。眼中存没感，寂寞登科記。_{朱文正公爲芸臺舉主。}濛濛烟墨濕，衣上終南翠。腰脚莫輕負，白雲出人意。

蜀鏡詞爲陳受笙賦

寫翠傳紅志莫酬，銀蟾埋没古秦州。何人取作千秋鑒，却後清光照畫樓。

殿上銘詞製自工，行軍草草託天雄。君王枉受多情累，暮雨連江綺閣空。

蒼茫一片土花香，明月高樓客斷腸。一種傷心誰與説，留他艷語寫凄涼。

益齋太僕_{巴哈布}招同查篆仙淳太常曹雲浦_{師曾}副憲看海棠即事有作

非因乏色香，杜公懶吟詩。妖艷恐惑世，擱筆誠有之。囧卿澹蕩人，瀟灑無塵姿。招此數幽客，花下銜杯宜。白髮對紅粧，心跡殊參差。公等健在骨，勿計毛與皮。我病從中來，手脚皆軟疲。好花娛我情，隔霧休見嗤。鈔示長生方，_{益齋鈔示藥方，并貽自製藥爐。}并貽自製藥爐。遑肯求巫

醫。活火乞一爐，勝看花千枝。

讀查梅史爲胡秋白_{元杲}孝廉題小檀欒室文暨郭頻伽詩感舊賦此

檀欒室五君，大半吾舊識。查文與郭詩，_{卷首載梅史文、頻伽詩。}生平重相憶。上下百年事，攄辭去雕飾。論交讀書外，若無暇借力。升沈存没感，纏綿更悽惻。胡子試南宮，行李蕭條極。書畫後車載，索詩情甚亟。屠令昔出京，兹圖曾著墨。_{屠琴塢亦畫《小檀欒讀書圖》二軸，余皆有詩。}摩挲紙上字，一片可憐色。山光雜湖影，況復寒苔蝕。我欲傍北邙，五畝暫棲息。一龕築松下，朝夕藜藿食。春風五六人，瓶鉢那拋得。君等鸞鶴姿，世方望匡直。勿僅戀竹木，徙倚梅花國。

奉還唐陶山宋搨圭峰碑帖寄懷四詩即題帖後

紙香墨影近千年，借下江南書畫船。記得臨行題識語，珠還合浦好因緣。

運腕虛和君_{跋語。}大是難，老夫肢臂況摧殘。兩家兒子都成立，且去溪頭把竹竿。

書卷相依不忍離，漫論宋搨又唐碑。河橋折柳潸潸淚，絕似盧溝送客時。

江南早許寄書來，_{曾託陶山轉購錢辛楣、王述庵兩先生所著書。}曾託紅魚錦字催。誰道黃河風信杳，桃花今歲未全開。

邵君遠淵耀寄書至侑以近作一章率筆奉答

虞山有高士,閉門修異書。偶隨白鶴行,暫出花間廬。路逢二仙客,謂均之、奐之。懷人情思攄。詩龕隔黃河,西涯雲木疏。病衰百事廢,問字門無車。天風送尺素,一字千璠璵。

朱白泉觀察自粵東抵京

三年成小別,萬里是前程。茶話勝樽酒,弓刀見性情。風雲江海大,忠孝死生輕。畫爾凌烟閣,吾衰與有榮。

古寺盟寒月,停杯聽晚鐘。百年詩裏見,一笑竹間逢。白水仍迴首,蒼生久在胸。自從殺賊後,親署荔支農。百菊溪制府有句云"殺賊歸來啖荔支",觀察甚愛之,平海之役,實贊制府成功。

聶蓉峰銑敏編修近光堂經進稿後即以奉懷

寄獄雲齋句,傳抄徧藝林。更聞經進稿,上契聖人心。亭雨翰林署有瀛洲亭。三年別,宮花隔歲尋。一編容我續,載筆費沈吟。

說詩頻過我,風雪一亭深。浩蕩江湖志,殷勤稷契心。凜然操玉尺,直與度金針。從此黔雲外,都知雅頌音。

朱松喬同年蘭聲飲酒圖

我生不飲酒,而好交酒人。此余舊句。飲酒苟近道,作詩能守真。

久病筆墨廢,末由卷軸親。夷宕天地間,頹然鷗鳥倫。迴憶三十年,未了平生因。東籬野色足,南畝農事新。君肯携美酒,訪我河之濱。六月荷花開,柳陰坐垂綸。葦間伴老漁,不涴車馬塵。

菊溪尚書平海投贈集題後

昔年郭令公,單騎見回紇。茲聞老尚書,扁舟抵盜窟。上由天子聖,許爾臣力竭。人疑六韜熟,我謂九經發。妖氛三十年,煽熛連閩粵。書生一枝筆,橫空掃彗孛。殺賊啖荔支,先生舊句。好句寫飄忽。賓僚一時盛,誰肯才華没。韓碑與柳雅,編輯付剞劂。剪燈話深夜,兩人皆白髮。公手扶社稷,我躬委耕垡。憶否海棠開,瀛洲看新月。

埽葉亭圖歌 有序

嘉慶十六年六月廿一日,歐公誕辰,邀同人祀於埽葉亭,飯巳,遊西侍御園亭。侍御援琴作歌,客多和之,其弗和者,各獻其藝。余因出素絹,乞諸畫師合作茲圖,率賦長篇,以識一時雅興。其籍里姓氏,王云亭溥著於畫幀,不具錄。

歐公去今七百年,公之手筆今誰傳?蘇門六子述公旨,後世紛紛詩畫禪。涯翁鮑翁且鱗甲,我於李吳抑末焉。荷花開滿湖亭邊,酒香墨氣吹上天。客來都是江鷗侶,獨我疏野如林蟬。東鄰主人擅奇技,十指能操五十絃。我時聽琴松下眠,袖中偶出溪藤箋。畫師匆遽各着墨,紙上倏忽生雲烟。亭子大僅兩三丈,秋風萬里山娟娟。諸君豈皆縮地仙,驅使丁甲魚龍鞭。蓬萊海市具此幻,願力有愧坡公堅。詩成便寄題襟館,蘇堂春雪梅花篇。座間陳受笙孝廉,欲赴廖復堂運使題襟館之招,館爲曾賓谷運使觴詠地,每臘月十九讌客于此,作坡公生日。今年立春節在臘月，寄語復堂當踵祀坡公，詩成寄余。

張寶巖鋆畫江南風景十二册
令兄舸齋鉉各題詩寄余和之

麥壟

晨氣潤余心，扶杖來田間。忽然餅餌香，吹過江南山。

果林

老僧病閉門，花落猶未掃。舉頭望西山，隱約成畫藁。

蘭墅

極目望瀟湘，白雲遮不見。苔荒幽客阻，風響芭蕉院。

櫻徑

記得芍藥開，僧厨同笋煮。忽忽三十年，憶爾輕籠貯。凡殿上考試，多有朱櫻之賜。

茶山

曾汲玉泉髓，活火試龍井。未從春雨前，溟濛踏山影。

桑田

誰知養蠶人，苦逾叱牛客。一船桑葉雲，夜夜春風陌。

蔬圃

荷鋤吾所願，生平乏幽築。菜根晚節香，匪僅貪花竹。

菱　塘

放鴨兼盟鷗,一船烟水香。吾家鮭菜亭,四面秋相望。

荳　棚

苔蘚積荒庵,吾龕咫尺地。霜月壓孤棚,詩僧夜深至。

菊　籬

東西列高樹,山居日易斜。白髮雖無情,秋心時在花。

荻　浦

霜影橫蒹葭,雁聲叫平野。繫我釣魚船,月明紅葉下。

稻　畦

柴門暮景句,高格何人論。秋花晚得氣,香草涼生孫。

夢禪畫鶴

生性本來殊,何從戀束芻。風前聲自遠,月下影尤孤。老去精神在,病中松竹俱。烟雲前路好,九十萬程途。

介文夫人梅花

江上寒梅趁曉開,春風送影上瑤臺。他年調鼎安天下,要費閨中爕理才。

續之侍御西琅珂小像

笠屐傳播東坡圖，侍御摹此胡爲乎？東坡賦命殊不偶，半生落拓飄江湖。侍御爲郎二十載，明刑弼教無事無。天子選擇寄耳目，直言極諫嘉猷敷。宜寫柏臺或驄馬，高冠長劍華且都。而乃退究幽隱趣，憮仕姑託山澤癯。秋色蒼蒼雨初過，古苔青入千山膚。空天以外白雲盡，風中雁影飛來孤。客心渾莫辨爾我，牛馬總任旁人呼。淵明之句懶不和，月明松下朱絃俱。非魚焉知魚之樂，學蘇却又非學蘇。

奉和蔣丹林祥墀祭酒紀恩詩

余昔官成均，前後凡九年。癸卯年官司業，甲寅年官祭酒，恭逢甲辰、乙卯、丙辰、己未四次釋褐典。四逢釋褐典，慚愧躬賓筵。每思彝倫堂，槐樹秋陰圓。時當璧水盛，十里春雲鮮。雛燕初試飛，忝竊宮袍穿。兒子桂馨今科得官中書。巍巍狀元郎，小子叨隨肩。親見老祭酒，手奉金花翩。釋褐入官始，儼爲私家先。此官及此時，天意非偶然。屏風隔奚庸，佳話宮中傳。作成紀恩詩，掌故從容箋。載筆續槐廳，剪燈朱露研。因之勖兒子，報稱其勉旃。桂馨獲中，感激涕零，口勖數千言，特未及成詩耳。

梅林觀榮假歸盤山約遊病中答以詩兼示言皋雲朝標王云亭二子

余病不能行，遊山烏呼可。日臥矮屋中，困頓鷗夷舸。看書適引睡，佇月檐下坐。故人問病至，怪余太懶惰。秋蟲與寒蜩，猶自鳴道左。子今當奮勉，雖老志猶頗。田盤東復東，青山影婀娜。萬松外枒槎，一石中磊砢。

　　虞山兩高士，宜興都蕭閒。吾子今養疴，終日柴門關。墓田涼雨荒，蘚濕松菊庵。且命牛車來，黃葉吹滿山。言子臯雲。及王子，云亭。吮毫畫錄刪。二子時刪定《畫徵錄》。正欲掠蒼翠，割貯袍袖間。主人大笑呼，誰借秋空嵐。金壺墨三斗，留待圖詩龕。

柬閣偉堂善慶太史乞作六十壽文

　　讀君會場文，數語得把握。因知審却窾，其法由家學。馨兒莩菲材，兩試君同擢。詎敢詡孔李，要當志管樂。我年雖六十，望道猶未確。率爾撰年譜，誠欲自雕琢。誰料曒我流，祝嘏誇騰踔。藤杖日需扶，竹管時怯搦。那能享大年，如松受匠斲。子女嬉庭下，花鳥閒屋角。藉有大文章，聊以會河朔。我生少許可，見君擬鸑鷟。六經作根柢，厥思復清邈。貽鎸埽葉亭，遠勝錫雙珏。

九月七日赴王觀察州昆季之招途中口占

　　菊花開好及重陽，約客南園一舉觴。兩世交情如水淡，廿年詩句比雲涼。廿年前遊此園賦詩。荔支濕雨江樓遠，松桂秋陰古寺荒。謂賢昆季。從此懷人兼憶舊，懷中猶挹紫薇香。謂尊甫。

夢禪居士爲蔣南樵予蒲侍郎畫像遺筆

　　夢禪寫人不寫形，筆之所至風泠泠。胸中不著物與我，指下幻出山川靈。南樵道人留真面，三十年前玉堂彥。九州踏徧白雲飛，巋然賸此靈光殿。翩翩如鶴矯如鴻，髯也儼似東坡翁。竹疏石瘦誰與伍，寥天一氣青濛濛。自喜腳跟初立定，世上功名等墮甑。履雪始知松柏心，落花不入蓬蒿徑。

黼齋員外倭克精額。齋中看菊

愛菊怕種菊，此心良已苦。每當菊花開，不惜冒風雨。今年宿病發，三月弗出戶。員外手種菊，迷漫晚香圃。舊與員外識，厥花却未覩。適逢幽人來，惠然猿鳥伍。心耕孝廉約同往。入門別有天，茶烟林外吐。秋色無遠近，人意忘賓主。慚我白髮多，一年增幾縷。青春衹頃刻，歡場後期補。

答王春堂古詩三首

冬陰破窗入，几案浮凍青。湖湘三尺雲，墮我梧間亭。開緘細摩挲，舊墨浮惺忪。轉眼十四年，身世傷流萍。秋林想仍在，把臂何人經。登樓試北望，山翠寒烟暝。

君性嗜余詩，鏤板黃州城。黃州有雪堂，坡老雙眼明。竟陵與公安，頗負一代名。後世肆訕譏，無乃口舌爭。王子志忠孝，六義油然生。何必入空山，始聞鐘磬聲。

歎我久病廢，閉戶參空王。惟有文字障，結習猶難忘。敢以質我友，千里心茫茫。仲和先我去，留此雲木蒼。黯淡水墨氣，結成肝膈香。我亦至性人，感舊思浮湘。

題吳雲海畫册

招邀數詩人，朝夕聚一園。園中何所有，蓄此竹石繁。三間貯月樓，洒掃留陳蕃。受笙。我來必有詩，詩侶今還轅。謂秦小峴侍郎。覽兹數畫册，想像春欄杆。白桃花底坐，紫雲三畝寬。豐臺草橋西，客嫌村酒寒。把臂入林中，磅礴成古歡。

存素堂詩二集卷七

壬申

六十初度諸君子合作埽葉亭圖各贈詩一首

王雲泉

可有鷫裘付酒壚，半生賣畫一錢無。巴江夜雨聽多少，白髮蕭蕭返帝都。

高㘯漁

夫君瀟灑雁同行，不去江湖覓稻粱。斜日古祠黃葉下，篝燈夜夜寫雲莊。

黃東塢

太史才名三十年，援經坐老舊青氈。臨池忍凍愁無米，閉户長安大雪天。

朱野雲

畫禪參透萬緣空，種樹斜陽春雨中。水部何蘭士。宣城謝薌泉。都不見，西山松際月濛濛。

吴 南 薌

吮筆湖樓放艦行，黃山蒼翠寫分明。且園風景樽前憶，秋雁將書寄鳳城。_{南薌自山東寫且園圖册寄餘京師，筆墨甚工。}

馬蘭谷_棟

二十年前圖我像，被人傳寫到黃州。雪堂尚有東坡蹟，寫并梅花入絹頭。

陳 淥 晴

焦麓山人不可見，傳他筆法賴何人？升堂入室白陽子，春酒蠻箋古黛皴。

六十生日自警

我讀聖賢書，遑敢求速死。適因肢體廢，難冀勿藥喜。呻吟日將夕，坐愛寒蟲唘。良醫來診視，參桂焉足恃。永夜難一寐，清鐘徒振耳。生平富貴念，淡淡春雲比。惟有證無生，萬緣皆不起。

案上長明燈，胸中照冏冏。有我及無我，莫分榮辱境。自古豪傑流，成名衹俄頃。草堂春星大，隱約山月影。有無虛實間，達人貴自省。我今年六十，夙夜時巡警。槁木與死灰，庶幾愛惡屏。

晨 起 雪

一夜坐無睡，寒鐘聲漸微。只疑山月上，誰識雪花飛。凍雀噪松牖，詩僧款竹扉。約余齋粥罷，蒲褐早飯依。

西續之給諫病中借本草

積雪阻前村，幽居不可往。頗念竹烟歇，讓出花氣廣。君病讀本草，大有閉門想。十指定無恙，七絃奚斷響？君善琴。致令鍾子期，終夜增悵惘。郊行卜何日，土城春草長。

言皋雲太守招飲余固不能
飲也，允其請而謝以詩

太守自蜀歸，囊中一無有。疏懶復天性，來往遂乏偶。乃君交酒人，我固弗飲酒。君謂飲何常，要須性情剖。子雖枯槁甚，爲吾寂寞友。蒸然殽核設，張筵饜余口。我年僅六十，蒲柳凋零久。從此百病攻，遑克希漫叟。老饕抑已幸，長毋此腹負。

汪均之貽蓮子桂元并自書詩
龕畫記至病中未報茲謝以詩

蓮子桂元不死藥，萬里春風下草閣。畫記踔厲似韓筆，經年不爽詩龕約。我病漸篤證無生，豚膏羊臐怕吞嚼。折緘倏咀山水華，遠勝松脯與杏酪。墨氣直挾海氣至，置我案頭寶光燦。我家無物詡珍奇，畫卷隨身一大樂。又恨無錢買參朮，貯籠蓮桂忍抛却。閩市秋實如易買，關上飛鴻遠可託。

前七家詩龕圖册 顧子餘、萬廉山、張船山、吳南薌、高㵢漁、朱閬泉、徐西澗

顧生子餘。工畫由孩提，子餘十一歲入庠，彭文勤試以畫，讚其能。山行畫楄奚童携。詩龕寫出雲烟迷，萬令廉山。作邑前遊晲。竹外梅花開雪畦，積水潭上春流澌。張守船山。恨不醉如泥，信手塗抹床罋齋。打油小詩斜行題，吳公南薌。半世遊東齊。明湖烟柳颯已凄，日夕坐我西涯西。高子㵢漁。蕉竹摹春溪，漁竿到手隨浮鷖。韓翁令我思幽棲，謂旭亭太翁。朱侯閬泉。氣猛如鯤鯢。羽毛摧折頭長低，途人往往相訶詆。徐生西澗。詩筆青駁猊，作畫却復師王倪，何年槖筆詩龕躋。七家惟西澗未謀面，由陳雲伯寄圖至。

後七家詩龕圖册 顧子餘、瑛夢禪、朱素人、孫少迂、吳南薌、筐繩齊、高㵢漁

南薌㵢魚今且在，相別遥遥各十載。顧生入山十載多，一書不寄浮湖海。展視重番筆墨香，歲月遷移心不改。夢禪老人墳木拱，遺墨零星世猶重。圖我詩龕風雨至，長安畫師都震恐。至今破紙懸壁頭，觀者咨嗟詫神勇。少迂書重諸侯王，鏤碑差比梅溪强。不能忍饑寫唐韻，暮行齊魯朝浮湘。繩齋布袍行萬里，此身甘爲知己死。尚書冶亭。真能得士心，孝廉原非不得已。春草仍然綠我階，故人大半浮江淮。素人再來客中客，模糊老眼重摩揩。舊字婆娑溢襟袖，紅燈磊落摇寒齋。

張水屋詩龕消暑圖 作於乾隆癸丑年

雪晴頗憶張風子,消暑詩龕良足喜。舊事茫茫二十年,故人飄泊成雲烟。題詩人已死過半,魏春松、何蘭士、王葑亭、陶怡雲、吳季游。生者紛紛各遠散。劉澄齋、李石農、胡黃海、盧碧溪、王惕甫。柳條搖曳千條新,不見催詩送酒人。消寒無客吁可怪,消暑方愁誰作畫。寒暑催人顏色壞,西涯歲歲荷花紅。跨驢日至盧溝東,作圖遠可邀詩翁。霸州距京甚近。

黃小松詩龕圖 作於嘉慶丙辰年。

淡淡三五筆,詩龕活現出。豈真貌惟肖,神理頗不失。古木傍石起,小竹繞階密。雲來本無心,遮却花邊室。題詩者九人,眼前乃無一。吉金樂石齋,洪子所親矚。故人不可見,雪明坐披帙。稚存以下九人皆無在者。

陳韻林處士詩松間小影

天聲從何來,飄忽萬松裏。讀書鬱奇氣,欲止不可止。我友徐翰林,山民。愛古人骨髓。君乃其姻婭,著述心獨喜。江南多好山,秋陰綠如水。把臂入古林,鳥鳴時聒耳。跨驢走太行,盧溝數峰紫。戒臺賸荒月,五松却奇詭。

埽葉亭圖歌 有序

終夜不寐者十日,詣古寺枯坐,遂得睡夢中所見如此,信筆成詩。適客来爲余作六十生日,合作《埽葉亭圖》,即題其上。

我徹十夜不成睡,晨起走入拈花寺。鐘磬不響春雲高,客來早爲樽酒置。身外榮寵烏足求,薄寐睹此林塘幽。諸客解衣氣磅礴,九州十地容冥搜。峨眉雁宕須臾見,鶴唳猿吟只隔面。萬壑千巖風雨聲,回頭已到玉皇殿。樓臺縹緲空中明,上清真人倒屣迎。爐燃活火煮白石,手持玉管諧銀笙。萬松頂上月初白,老僧邀我坐寒石。日光騰作百道霞,微茫不辨來時迹。夢中境界何須傳,吮筆寫出逍遥篇。畫師齊欲施狡獪,天衣無縫蒼蒼烟。叔明子久坐一屋,更煩倪老畫梧竹。雪裏青山冷笑人,萬卷殘書我方讀。

馮璞齋 學淳 爲余錄舊詩於軸册

孝廉方正科,如君始無愧。四聲參互解,六書錯綜記。爲我錄舊著,揮灑手隨意。但聞一室內,風雨如驟至。我誚下筆速,草率非所計。君偷半日暇,匆匆不楷字。

吴南薌自山東至爲余作畫送其出都

南薌書法工,作畫如作隸。寫出禿松根,與石相砥礪。崚嶒數峰起,化爲龍攫勢。春烟雨岸高,寒花一村閉。十年不相見,但言日月逝。自言畫筆老,較勝詩律細。泰山雲瀚瀚,不浼明湖翠。中丞吉止齋。工五言,銜杯話林際。故鄉何日歸,慨然坐流涕。平生丘壑情,旦暮田園計。

茹古香㮃閣學以娑羅葉册書舊詩見貽

娑羅葉子肥,光潤勝繭紙。製亞金粟箋,色益功德水。欲錄般若經,誰參妙名旨。古香老詩伯,愛詩入骨髓。曠別三五年,詩稿厚盈咫。世久重君書,千佛名經比。黃閣今初蒞,坐對紫薇紫。垂簾春晝長,小字蠅頭擬。豐鎬新鼓鐘,瀟湘舊蓀芷。册中瀋陽、湖北詩最多。寫自杜蘇筆,鬱勃風烟起。襲之以錦綈,置我烏皮几。摩挲日萬徧,沾沾心獨喜。花氣纏上階,雨聲響未已。

題葉仁甫編修詩集

白鶴堂前白鶴飛,武夷春暖鶴來歸。江雲湖雨迷濛起,苕霅吳淞舊事非。

傳家一代織雲樓,覓句如君得髓不?三十六灣江水漲,夕陽春草半生愁。

疊韻酬古香閣學

新詩君人妙,却寄書連紙。一百三十字,揮成如潑水。泠然絃外音,契此濠上旨。我本鈍根人,況兼病浹髓。夙未出國門,趨步近盈咫。殘聲曳樹枝,藐爾寒蟬比。蟄伏叢莽間,莫望春烟紫。先生操玉尺,世且韓歐擬。教士徧南北,升庭見蘭芷。訣蕩龍門開,鯉魚燒尾起。暫茲託歌嘯,蒲團與竹几。我欲證無生,一笑雲林喜。元人句。夜宿空谷中,月上情何已。

訊徐山民待詔近況

君家榜眼君,頫。御試擢第一。服膺君才華,謂當脱穎出。客來叩近狀,閉門耽散逸。經史早貫串,晨夕事著述。詞章雖小技,立志去牽率。春江坐小船,不負好風日。山川明似畫,借君五色筆。文沈在明季,榮寵有勿恤。并世盛冠蓋,幾輩能與匹。我病謝職守,老僧特狎暱。清泉許濯足,松堂廢盥櫛。睡醒杏花西,無人問衰疾。

董東山尚書仿古畫册三首
謝葵邱擬巨然長卷

驟觀似無着,深思殊有迹。澗谷雲茫茫,春潮一夜白。吹來落花風,蔽此松間石。草木各得氣,不爲筆硯役。時手慣點苔,往往損標格。兹但出空際,分層且別脉。大水發紙上,清泉怳不隔。如讀莊列文,奧衍見幽僻。迷濛成一片,天外許騰擲。高樹蟬曳聲,泠泠吟兩腋。位置古琴側,摩挲山月夕。

李營邱寒山古木

蒙密萬古陰,磊砢千尺石。一天寒雪釀,漠漠長空積。孤村看落日,馬上問行客。問公操何技,落墨此荒僻。不聞鳥鳴聲,久斷鶴來迹。倪迂寫冬心,數筆道大適。尚書偶爲之,觀者徵福澤。晚節嘗自勵,後人當護惜。

宋石門江村清夏圖

自從移家石橋住,城外青山溪外樹。年年六月積水潭,紅者荷花白者鷺。獨有江村未獲遊,蕭蕭風雨五更頭。石門寫出亦未見,婆娑故紙生新愁。東山尚書畫中聖，筆有餘妍法無定。灑墨向空詎留迹，龍虎氣力鳶魚性。咫尺萬里雲霞蒸，捫之若陟千崚嶒。霧籠短竹綠嚴口，炎熱歇絕清如冰。生平愧未到湖海，樵笠魚篷前夢在。有錢容賣蘆荻舟，明月洞簫夫何悔。此冊暫許留詩龕，孤烟落日吾何堪。隔卷招呼畫禪子，瓦燈勻黛摹江南。

故居杏花

相別十幾年，乍見如隔世。況爲手植樹，清陰一庭蔽。憶我壯盛時，讀史重門閉。花開紅上眼，自矜詩律細。轉瞬成衰翁，花枝尚搖曳。筆禿不堪把，扶杖步檐際。西涯看落日，新燕又斜睇。

題朱玉存琦編修小萬卷齋詩集

春草池塘萬卷齋，阿兄靜齋侍郎。白髮眼重揩。瀛洲亭畔呢喃燕，斜日銜泥墮蘚階。余與靜齋同爲翰林提調。

碧山學士吳雲樵。君同里，七字聯吟費剪裁。難得北江洪內史，搖船訪友過溪來。

詠明李文正公始末用曹定軒給諫韻

旋轉乾坤一手難，調停補救國終安。保全善類功誰及，疏證經文語不刊。麟鳳書成天有意，鵾鵠詩作客無端。笑他苑洛集徵引，錯解風人坎坎檀。

曹定軒給諫凡四繪戒壇二先生祠圖，余皆有句更賦識歲月焉，時嘉慶十七年二月廿八日

此祠我拜已三度，此册我題凡四回。西去金遼六百寺，蒼烟翠雨上圖來。

二先生往廿餘年，遊者詩禪證畫禪。我欲皈依無死法，掃雲佇月枕松眠。

貽陶季壽大令

石樓聞説閉深山，令尹登樓日賦閒。玉局詩吟沙月白，季壽熟蘇詩。黨參花放夕陽殷。荒巖剔蘚搜殘字，幽谷尋春刈野萱。老病正需人贈藥，太行苦笋不須頒。

午窗偶題

病日侵尋老日臻，懷他乳燕往來頻。蘆簾紙帳相將過，短竹長梧自在新。山水一生真抱歉，詩書萬卷不憂貧。何時徙倚梅花下，願侶漁翁把釣綸。

拈花寺

雲華偶停憩，春色吹清涼。一徑松竹聲，引人登佛堂。老僧修行深，定力持金剛。晝夜梵音繽，寸心秋月光。我病漸衰歇，蕩然榮寵忘。九華拱中天，萬象何茫茫。西山壓城頭，白月摩其旁。我欲讀楞

嚴,借此花木房。

由陶廬移榻我聞室

陶廬讀陶詩,命意亦已高。春深氣鬱勃,短髮時爬搔。西北有幽軒,古籍羅周遭。儲此座上蘭,刈彼階下蒿。斜月上前林,石橋泉怒號。欣焉展故紙,燒燭鈔《離騷》。

韓雲溪三泰孝廉登岱圖

前生記是打包僧,躡險凌空覺尚能。只恨滹沱河未渡,雲堂開却一枝藤。

北邙八百寺都遊,黃葉西風下石樓。携手清狂吳博士,蘭雪。洞簫吹響四山秋。

不登泰岱那云山,春雨田盤看杏還。驀覩墨光浮動處,分明魯甸與齊關。

奉送多祝山大令王雲泉縣尉同時之官中江兼懷方友堂方伯東麓巖都統親家末章懷諸知好

二君詩畫流,同日蜀城去。白雲深復深,中江渺何處。青天行可上,猿聲聽日暮。寫作萬里圖,惆悵巴西樹。官閣響秋雨,樽酒得佳句。銜官果屈宋,大府心傾慕。銜官謂多、王二子,大府謂方公也。

我女別三年,女隨壻居翁官署。相思時入夢。去歲聞生男,欣喜兩家共。女幼性孱懦，外事可能綜。但期菽水潔，堂上翁姑供。婦職順爲正，狡獪何須弄。老人向西笑，山翠濛濛送。

贐詩不贐酒，恐醉離客心。懷友念既切，思女情尤深。二君抵成都，故人樽酒斟。袍袖貯我詩，知者賞其音。讀向少陵祠，聲戛青竹林。登樓鄉思紛，北雁勞追尋。

憶我入翰林，先識李太白。堯棟。鄭成基。范承恩。英貴。宋鳴琦。袁，傳箕。平生稱莫逆。就中已亭子，少同筆硯役。堂堂四十年，歷歷林棲迹。同學與同譜，全被巫峰隔。余交遊蜀中最多。沙月上江村，猶照春堂夕。

午睡適友人書至

夜長細雨春衾薄，溪外桃花風擺落。午窗讀書適引睡，喜少蠅蚋恣饒嚼。青草無人悄入簾，佛烟不動低出閣。莊周蝴蝶了莫辨，中酒猶思池上酌。詩僧新自翠微歸，得句向余詡標格。西涯老齋五湖恨，東坡病受四禪縛。江湖廊廟何容心，陽羨廣陵無住着。胸中常照光明燈，即弗耕漁亦快樂。

奉懷汪均之夬之昆季兼求物色《石倉詩選》并乞蓮子龍眼肉

武夷神仙居，仙客應往遊。春雲海氣熏，荔支花放不？秀才肆吟眺，十日山中留。唐代五作家，徐王黃韓歐。歐生文深秀，名譽超時流。逮明曹石倉，冶南開選樓。彙萃歷朝詩，白髮丹黃讎。其書人不知，嗤之徒汗牛。今君講文體，非復童蒙求。一船與一笠，窮討巖穴幽。不博近世名,往往生古愁。勒成兩篋書,凡例先我投。衰病無所需,蓮子龍眼肉。閩中脫棚笋,可以佐茗粥。展書悵無友,寂寞成幽獨。迴風暗墮花,殘雪尚埋竹。四月江村行,千山萬水綠。南北氣候異,爾我道義勖。或野似白鷗,或矯如黃鵠。肝腎中刻劃,手足外顛覆。時有西山僧,招余石庵宿。又愁松風涼,春溪月難掬。携君諸畫記,焚香燒火讀。依稀史遷筆,雷雨振林谷。

王楷堂比部廷紹邀過澹香齋

王君性爽直,氣足由理暢。閒居論史事,不肯涉依傍。世乃嗤君狂,君喜愈夷宕。鶴偶松木親,魚久江天忘。煨芋邀我飲,幽花一枝放。大硯何處得,坐對神先王。徐徐出詩卷,蒼涼極悲壯。獨抉杜陵髓,非學李何樣。壁上阮公句,芸臺閣學。人間推絕唱。君爲公弟子,當仁師不讓。青草又夕陽,蘆簾更紙帳。告我母尚健,承歡此春釀。

購庚午辛未鄉會各房同門卷藏之恐兒子不克守也題詩爲勖

我家凡三世,庚年均發科。先公庚辰舉人,余庚子進士,兒子庚午舉人。文字等雲烟,過眼一刹那。憶前五十載,日月抛如梭。紀載皆散佚,舊族誰搜羅。汝幼登京兆,雛鳳新出窠。不知千佛經,閱年風雨多。我爲徧徵求,寶抵珊瑚柯。藉示賢子孫,昕夕勤摩挲。

紹興十八年,榜因朱子傳。寶祐登科錄,信國名哀然。若謝若陸者,皆一時大賢。汝幼庸且懦,鐵硯何曾穿。徼幸捷春官,奚煩姓名鐫。科第人生榮,次第宮花攀。考官十八人,列比瀛洲仙。他日續槐廳,字字黃金編。

嘉慶庚午順天鄉試齒錄、辛未會試齒錄刊成題後勖兒子敬謹弆藏

癸丑至庚午，汝年方十八。二百三十人，徼幸遇識拔。序齒乃最幼，主司雙目刮。寒家甲乙科，至此凡三發。我昔夢桂花，移此靈鷲窟。至今神異境，思之殊飄忽。小名錄摩抄，清蒼香古月。錦綈什襲藏，子孫庶貽厥。進士古人重，姓名題雁塔。近世刊爲書，大廷廣延納。汝今尚孩提，出入紫薇閣。相公謂富陽相公。賞汝詩，稱其不龐雜。命之司校勘，史館閱寫搨。對策五千言，雲堂棲怖鴿。肝肺偶鬱結，神氣覺蕭颯。此誠千佛經，持以奉僧衲。

再題禮部所刊會試錄登科錄後

朝廷重掌故，臣家奉典則。偏旁可弗講，遑須論板刻。傳之數百年，足以資辯識。場屋燭七條，杏花紅一色。十年風雨聲，讀書此榮極。汝茲年十九，凡事宜勉力。下以懼物議，上以報君德。區區尺素書，誰復矜自得？

寄懷吳淦崖太守、詹湘亭大令兼示及門王春堂守禦、孫一泉太守楚北

遠念黃州守，孤燈自課孫。梅花開滿院，老鶴守當門。明月雪堂步，秋風雲夢吞。頓驚雙鬢改，渺渺隔江村。

憶昔交詹子，堂堂二十年。一官湘水外，五字落花前。臘雪催吟袂，去冬在京擬賦詩爲贈，匆匆別去。春燈傍客船。劉澄齋。譚蘭楣。如問

我，枕石尚成眠。

生真知我者，我竟重違生。春堂欲合余詩文刻之，余未許也，近爲余刻詩。白髮催將老，青山買不成。江湖百年感，風雨十年情。移燭秋林坐，閑聽蟋蟀聲。

君未別余去，孫一泉出都，未到余家醉行。余言君弗聞。紅顏看黯黯，黃葉落紛紛。鶴病方求友，鴻飛久失群。何時理樽酒，重醉北邙雲。

摩訶庵三十二體《金剛經》題後

靜峰汪中丞。謀壽木，雅池徐中丞。遂鎸石。樹碑摩訶庵，王公崇簡。留手澤。王公譔後跋。洪濤貝葉翻，蛟龍奮投擲。篆經道肯宋僧。衍，三十二體譯。磊落嵌壁上，蟲魚蝌蚪迹。

國初諸詩老，探杏踏郊陌。無上妙義參，此庵稱幽僻。文字證般若，寂坐春堂夕。燈孤近水明，燕來比山客。

書覃溪先生石刻《金剛經》後庋藏
諸寺以識歲月且冀其勿失也

翁公經術深，譔著等身富。金石考證文，精核世無右。八十喜靜坐，無生法研究。楷書金剛經，古寺必親授。愛公書者衆，禪堂巧謀購。高君稱善士，刻石爲經壽。我亦因緣重，曾代置雲岫。十年前送先生所書《金剛經》一册庋潭柘，每至必題觀款，近則無存矣。茲舉墨搨本，題詩歲月留。某册寄某僧，觀者勿多又。

欲往東山先期齋宿我聞室用坡公岐亭詩韻

心枯右臂死，罰宜飲墨汁。散步拈花寺，寒霧幡幢濕。坡公岐亭詩，驟吟無少得。細哦道心生，聖賢此爲急。我久誠貪妄，春風共鵝鴨。東山四月往，草堂烟羃羃。雨澤時偶愆，民苦園蔬赤。豐嗇自有天，奚弗安夷白。蕭然鬢髮荒，寧復戀朝幘。人與物稱萬，不見狐兔泣。葵菽寒素恒，匪直口腹缺。夜來聽雨者，或是希風客。_{時有客投宿。}比鄰鐘磬鬧，柴門冠蓋集。

雅髻山瞻禮

兩堆濃翠丸，春風送天半。山靈著靈異，我敢逞詞翰。腰腳忽然健，勝景許登玩。東西古殿聳，若連又若斷。朝陽萬葉綠，香霧二峰亂。幡幢引客上，烟火入雲爛。羨彼蔬笋飽，先期憩樓觀。_{奕太史先期樓止東樓。}小雨壓塵土，歸家廢書歎。明季朝政失，乃有倪文煥。請建崇功祠，巍峨茲麓畔。五丁立仆之，小人無忌憚。

宿河南村黃氏

白河迤南村，黃氏聚族居。老子力耕田，雛孫知讀書。雞黍咄嗟辦，草堂風日徐。嘉樹蔭三畝，綠陰經雨餘。剪燭話桑麻，呼僕懸我車。我意在東山，春夢欣遽遽。

田家後圃晚眺

風吹桃李花，紛紛迷陌阡。散步出柴扉，菘芥花爭妍。斜陽剛下嶺，萬疊雲霞煎。豈是黃初平，山半牛羊懸。不聞短笛聲，隱約春草烟。明晨躡峰頂，定遇飛行仙。

讀畫齋南宋群賢小集_{三十二册}

石門顧松泉，修。古書喜鏤刻。錢塘行都坊，江山藉生色。流播湖海間，翻受人讒慝。零星不全帙，愛者加拂拭。六十四卷本，朱_{秀水}。徐_{花溪}。馬_{花山}。藏匿。厥後瓶花齋，吳焯。自詡已盡得。杭郡鮑廷博，嗜書邀特識。顧生具此癖，性情託紙墨。

讀《元詩癸集》

秀野元詩選，以十干分部。癸集實未竣，留待後人補。席生顧所出，生平好稽古。博採萬書籍，十干重參伍。更考諸傳紀，仕履辨覼縷。不惟講聲韻，網羅世系譜。我生寡聞見，小史喜錄取。近亦鈔數集，遠寄南沙滸。

讀《明詩綜》

朱十選明詩，兼論人生平。事蹟或不傳，必載厥姓名。此蓋作史義，非僅求音聲。朝政所關係，敍述尤詳明。體例稱最善，胸中無甲兵。世有大手筆，紛紛口舌爭。豈知一己私，難違千古情。罷官坐竹垞，朱墨飛縱橫。

讀《冶南五先生集》

冶南五先生，歐徐王黃韓。歐陽登進士，閩人實開端。徐寅工詩賦，終老正字官。王榮麟角集，麗藻平生殫。若滔若倔者，侍從翔金鑾。要皆著作手，下筆迴奔湍。即今閩海頭，爭詡荔支丹。不有曹石蒼，誰肯奇書攤？長溪王遐春，獨握珊瑚竿。卧雲負遠志，誓欲鴻文刊。田園廬舍計，區區何足安。論世以知人，草堂成古歡。

讀知不足齋叢書

鮑氏刻叢書，始志殊足嘉。嗣因資斧匱，筆畫稍稍差。吾憾諸鉅集，未徧藏書家。近代識小錄，瑣屑無可誇。又嫌字畧細，老眼窺殘葩。摹仿宋槧本，固已逾麻沙。人間多鮑子，寧復傷塗鴉。我錄宋元詩，鈔自四庫館集部者。寄遠愁兼葭。

讀冠山書院義學碑文題後

西山迎遺躅，風化古并州。秋影落松嶺，經聲下石樓。讀書尊呂老，仲實先生。好善屬孫侯。敏齋。斜月蒲臺廟，芹泉左右流。

懿彼孫居士，扶節皋落山。黃沙白巖外，倉角壽陽間。希大遊蹤在，伯生高行攀。孝廉看後起，身綴五雲班。令子直忠庚午孝廉。

補題庚午順天鄉試錄勖兒子桂馨藏弆

近代鄉試錄，幾乎等芻狗。豈謂典制在，百年傳不朽。我家視讀書，千金享敝帚。燈下誨汝諄，經史概分剖。無如頑惰質，詰盤艱上口。文章仗氣勢，詩策誇對偶。列名二十八，上以應星斗。小名夢攀桂，登科衣染柳。

聶藻庭肇奎太翁輓詩

翁昔試禮闈,我曾親謁訪。百髮時蕭颯,青雲總夷宕。屢誦少年作,一字未嘗忘。膝下諸郎君,各繫蒼生望。跽請受御誥,翁也翻惆悵。小子對大廷,老夫敢自放？益陽雖狹隘,教論吾何曠。春風三五年,士爭禮樂尚。奄然遽棄世,遺書擁床上。庭前七桂樹,弗肯燕山讓。他日聶衡山,名共南嶽壯。我恨千里隔,不復拜幽曠。

李松甫元配曹夫人輓詩

李氏宅臨川,一代稱望族。逮我松甫翁,桂林卜幽築。少習管子書,魚鹽籌畫熟。裕身兼裕國,聖賢所心屬。元配曹夫人,金閨著嘉淑,幼嫻禮樂教,老享子孫福。病解六根淨,神清萬事足。我友宗丞君,椎胸向天哭。翁也固達者,來去奚蹙蹙？婆娑樂風日,俯仰託花竹。偶成梁甫吟,當作鼓盆曲。

黑龍潭

畫眉山下過,那有畫眉鳥名。聲。高樹一天碧,圓潭半畝清。松間午風細,花外夕陽明。麥熟今年早,歡歌徧庶氓。

勝水塘

龍潭東北行,花間出道院。規模頗巨宏敞,言是遼時繕。碑文渺難據,字畫半不見。清蒼平畝竹,中淳水一片。溫泉足洗濯,伊古有波淀。陽山今御園,五月荷花絢。我欲卷驢往,北郊訪唐掾。余友唐君爲御園丞。

周家巷

　　南北安和村,中爲周家巷。迤西大覺寺,元季清水漾。<small>大覺元時清水院舊趾。</small>昔年金粉崇,此時梵唄尚。樓閣萬花木,幾經兵火掠。老翁指松左,此地有古壙。金石胡可恃,歷劫盡凋喪。法堂鐘磬音,名山永無恙。

大　覺　寺

　　笨車碾斜阪,搖搖泛秋艇。山風宛相襲,吹我到山頂。流泉破松下,塵夢豁然醒。僧雛解事客,階下早煮茗。我愛聽水聲,揀石背花影。轉瞬夕陽落,大星上東嶺。

響堂訪友

　　入門無十步,但覺雲滿衣。過橋無一人,惟見花亂飛。古蘚涴石根,久坐香微微。清泉沁齒涼,杏大朱櫻肥。剪燭勸客餐,眷屬情依依。<small>夫人公子皆出見。</small>仿佛到桃源,欲歸那得歸。

乘輿夜歸大覺止宿

　　歸路御雲霞,身置萬峰上。自詫毛羽翼,誰阻萬青嶂。星斗隔樹失,燈火接山望。脚底流水聲,一步一改樣。淮海我來歷,尺咫輒惆悵。枕石睡泉側,蕭然身世忘。

命兒子宿大覺寺養疴憶山中景況示以詩

未到雲軒先覺冷，飛泉已自半空來。松陰石氣無人管，小雨新添半寸苔。

階前穉笋迸何時，轉眼青蒼十萬枝。不用簾櫳亦無暑，讓他月影上堦墀。

垂垂杏子倚雲中，點綴斜陽趁晚風。糝出香漿煎作粥，桃花米漫詫輕紅。

山鳥傍人聲更繁，雖無絃管暮天喧。東澗水流西澗去，惟餘古月照清樽。

朱櫻錯雜絡銀藤，山氣依微近佛燈。芍藥牡丹剛謝盡，旃檀花雨暗香凝。

夏蟲却比秋蟲健，階下聲聲喚客醒。我有藥方鈔付汝，竹床擁被數殘星。

石磴暮行一千級，山花朝折兩三枝。鞿鞋藜杖相將過，門外野風僧不知。

魚游莫漫羨江湖，小小池塘遠釣徒。過客有時供大嚼，居然在藻更依蒲。遊人以餅飼魚，魚則千萬聚。

響堂迤北有高人，雞犬桑麻風景真。我欲借他山一角，樵青不慣苦吟身。主人有小鬟三四，登山越嶺，便捷異常。

晚踏山花十里行，山家樓閣與雲平。板橋步過無塵土，木葉聲中流水聲。

松多差喜少鳴蟬，晝夜隔窗聞澗泉。鐘磬音高心轉寂，學成酣睡抵參禪。

東坡戒殺岐亭詠，笋膾蔬羹供一餐。不是皈依梁武帝，畧留清氣夜眠安。

閱胡虔四庫書存目題後

四庫書存目，胡虔所校刻。螯分爲十卷，庋我硯之北。《崇文總目》在，《讀書志》博識。舉名偶遺忘，兹帙那拋得。石倉歷代詩，費盡江湖墨。登樓偶見之，春風惘悵極。《石倉歷代詩全集》，今存禮邸，余得見之。

吳退庵畫梧門圖顧容堂改之閱十年補題

吳生負篋西江來，袍袖猶漬匡廬苔。醉臥南榮竹床上，鼾聲直撼春郊雷。剛畫詩龕門外水，峭風吹倒不能起。皴擦全煩顧虎頭，鉛槧雜設烏皮几。顧也天性疏且狂，詆毀世上無文章。一經渲染神韻出，奪胎換骨非矜張。覃溪老子題詩句，雲椒尚書七字賦。兩家畫筆頓蒼茫，抵他綠增千萬樹。我厭敲門乞好詩，十日五日無歸期。山鳥亂啼夜泉響，補吟慰我十年思。詩在大覺寺。

答熊兩溟進士偶有所憶即雜録之以寄

鍾譚當日詆何王,幻出天魔搆戰場。笑倒曝書亭裏客,解元提學兩荒唐。

誰得乾坤清氣多,深幽孤峭謂君何。竟陵一代無餘子,回首茶陵一刹那。

山水清深仕宜疏,前生定合署耕漁。<small>徐達左自署耕漁子。</small>梅花階下開開未,<small>用君詩意。</small>想見林庵舊草廬。

顧生<small>劉峰。</small>與我託心知,萬事消除賸一詩。青鞋布襪長松下,可許三人笑樂之。

杏花開後我遊山,不見花開心更閒。猛憶德安王守禦,舊詩應就竹燈刪。

詹侯<small>湘亭。</small>識我廿年前,歲暮騎驢欲雪天。高坐詩龕無雜語,只言詩句近多傳。

更憶劉譚<small>澄齋、蘭楣。</small>兩翰林,肯將詩夢易塵心。宦場大有饑寒累,不若埋頭擁鼻吟。

均之<small>汪公子。</small>書記療余愁,風雨鈔從黃鶴樓。寄語詩人榖原子,<small>黃均。</small>新圖重寫楚江頭。

鵠山小隱真能隱，白髮蕭閒寄我書。展向碧桐花下讀，一庭山氣雨疏疏。

夜　　坐

浮雲多幻相，高樹得新陰。偶爾長松倚，聊爲獨客吟。推窗山月上，掃地水風侵。幽賞何人共，花間坐撫琴。

丫髻山王姥姥祠

三楹峙天表，萬木不能掩。花霧飄細細，香風吹冉冉。未敢邃瞻禮，生平戒叨忝。觀察張雨巖。述靈異，崇祀匪濫玷。至誠斯感神，忠孝愚何慊。明年春雨時，扶杖杏花崦。東樓最高處，白雲生枕簟。

謝王子卿畫

太史擅三長，賦性却疏散。求輒不可得，生平似倪瓚。與我稱舊交，握手太常館。十年前相識於范叔度同年齋中。峰嵐出鬱勃，心長恨紙短。寫完索題句，廿年坐衰懶。君昨住黃山，雲氣填胸滿。今歲盧溝來，花開春雨緩。大廷給筆札，萬言殊侃侃。我料君遷官，無暇職修纂。連朝乞書畫，踏破竹間疃。

再題子卿畫

何人賦色仿倪黃，占盡江村十畝涼。不用扁舟同鶴載，西風一夜渡瀟湘。

萬木蕭森筆底來，無多高柳與長槐。草堂睡醒茶聲寂，竹外秋僧賣藥回。

題汪均之畫記後 并序

敘次亦如之，首二語多用其文中成句，古人詩中無此體也。第均之評泊之確，措語之工，吾烏得避鈔襲云。

北行苦積雨，漢上逢黃君。穀原。論及今世畫，嘖嘖詩龕云。春明甫卸鞍，先踏西涯雲。抱畫歸佛庵，僮子携紛紛。

詩龕十二家，用筆不相下。船山張問陶。實自頌，遣懷詩嘲罵。今人問不肯，古人學無暇。真趣自然具，讀向風雨夜。

十圖祇八人，再出乃有兩。繩齋筀。萬里行，筆勢殊蒼莽。廉山萬承紀。作畫才，竟與作吏仿。清奇雜濃淡，各具出塵想。

七家焦麓畢涵。二，老筆秋伶俜。弟子陳箓晴，飲酒三千瓶。誤題玉延館，日高人未醒。竹聲又雨聲，吾欲垂簾聽。

五家詩龕圖，舍人別有派。盛甫山。最峰及兩峰，生平詡工畫。制府玉達齋。氣雄放，至老筆不敗。山寺夜磨墨，秋雨挑燈話。

詩龕五家又，瑤華道人最。苦擬清閟閣，虛引空中籟。裴山錢楷。浣雲汪梅鼎。思，都落人境外。逸神能三品，百家與滌汰。

詩龕再十圖，首推夢禪瑛寶。老。偶摹查二瞻，詩味似賈島。穀原黃均。秋藥馬履泰。輩，隨筆亦自好。野雲朱鶴年。作小跋，灑然去煩惱。

二十四家卷，每人兩三筆。窗間迅掃聲，更比春蠶疾。卷尾張夕庵，張崟。思清而致逸。憶遊破山寺，風景宛然一。

余姚兩家卷，意匠病淨妥。覃溪穀人句，出奇制勝頗。凡山陋水間，名士居遊可。均之眼如月，觀畫及細瑣。余秋室、姚景溪。

繩齋筀立樞。氣深穩，逸勢奇狀生。前後三四圖，各各心經營。隨園竹汀詩，格調金石鏗。灑掃秋竹陰，行將樽酒傾。繩齋將於中秋到京。

友梅曹銳。寫長卷，惕甫時嗤之。題識卷中多，獨取十家詩。十家偶適意，豈饒山水思。閨中有良友，遇合王郎奇。

輞岡萬上遴。住匡廬，頗知山水趣。謂其無秀骨，萬生所必怒。着色太濃縟，氣勢取回互。此卷所評泊，我疑有小悮。

曼生陳鴻壽。與青立，朱昂之。揮灑而拉雜。氣韻旁溢出，實地用腳踏。三梧一石皴，遠山寫迆邐。一往有快勢，秋風黃葉颯。

溪橋詩思圖，寫像紀癸卯。忽忽三十年，念之心如攪。題詩雖若林，雪泥印鴻爪。輞岡又一圖，依稀寫峰泖。

帶綠草堂闢，後乃有梧門。四圖兩年作，駢體推山尊。吳嵩。竹汀簡齋句，要言斯不煩。最峰與夢禪，畫也而道存。

雪窗課讀圖，不忘母氏教。一種嚴冷筆，寫出凜慄貌。翁公枯瘦字，發人忠與孝。惕甫能精書，取與唐人較。

西涯第一圖，翁公題識詳。夢禪繩齋畫，使盡生平長。春波涉細瑣，下筆塵氛忘。茶陵憂國容，圖之心感傷。

西涯第二圖，筆墨較前遜。翁公臨李蹟，疏直筆筆健。我作西涯考，未及茲十論。千載畏吾村，墓田勿教湮。

積水潭奉祀，六月日初九。兩峰創作圖，潭上未斷手。夢禪塗蒼石，繩齋寫楊柳。秀才看花來，相業談何有。船山詩意。

詩龕移竹圖，繆九祗寫照。左右兒與壻，嬌小俱英妙。誰補竹數竿，蕭蕭出危陗。聽之如有聲，訝是此君嘯。夢禪補竹。

玉延秋館筆，黃李有秋氣。楊陳遠勢取，杳藹復蒼蔚。論詩兼論書，均之別有謂。習染能盡脫，玉堂斯足貴。黃均、李祥鳳、楊湛思、陳鏞。

玉延秋館又，浣雲圖其一。此下合作二，皆同時名筆。花烟墨氣奪，槐陰清午日。酒罷攜卷歸，荒寒滿紙出。在借綠山房席間所成。

詩龕篔石圖，倪燦維揚寄。寫像潘大琨，蔣和補題字。竹君與石丈，翛翛具高致。日長取覽觀，驅除半日睡。

梅石心知字，貽自竹汀老。江南無由至，何日見香草。聞聲輒相思，今我增懊惱。虞山石谷孫，畫筆大可寶。王州元，石谷嫡孫。

王蹟畫自穠，詩龕乃冰雪。墨卿_{伊秉綬}。八分字，題首留奇拙。而曰墨緣者，香火前生結。槐花三度黃，青衫十年別。

吁嗟禪悅圖，風貌何人寫。汪子云維肖，蒲團僧自野。松石既蒼茂，山花亦幽冶。神清法界間，有色無生假。

山寺學詩年，晨夕灤陽峰。弓刀逐明月，吟嘯隨齋鐘。簡迺索莫筆，畫意填詩胸。題跋多如林，佳妙時時逢。

六家詩龕圖，皆非人間有。素人_{朱本}。竹初_{錢維喬}。作，慘淡經營久。鐵生_{奚岡}。一角翠，遠從雁宕取。黃鉞。王澤。及餘山，多慶。都是倪迂友。

自慈因寺步楊柳灘抵淨業湖

日日城南訪遠公，看花春夢佛堂空。東南朋舊全零落，賸有西山對病翁。

不到西涯又十年，荷花依舊柳無烟。看花人已垂垂老，那見當時賣藕船。

樓上酒旗風外低，湖中月影與花齊。昏鴉不識熟遊客，飛入雲灣深竹棲。

身在山中不見山，登樓忽復對屏顏。湖光萬頃青天影，納入扁舟咫尺間。

石泉風竹客長齋，萬事回頭一笑乖。對面西山不能住，生平悔未置麻鞋。

　　破衼殘蒲果無用，打鐘掃地且休論。看經較勝看花好，歎煞閒鷗逐浪翻。

存素堂詩二集卷八

壬申

偕西續之黃門携琴詣雙寺月下鼓之夜分始歸

入寺聞清磬，隨僧數落花。偶然琴一撥，何用酒頻賒。雲斷白鷗夢，涼生黃竹家。微風動秋髮，扶杖步烟霞。

月陰墮庭際，暗綠滴林梢。客至誰傳偈，吾行欲打包。香厨看鳥下，雲板任僧敲。坡谷留佳句，挑燈緩緩鈔。

言皋雲太守同年招同桂兒女壻飲餘芳園舊址望尺五莊未入小憩崇效寺訂遊紫竹院看荷花，翌日在衍法寺候之竟日未至

欹斜兩亭子，萬綠覆其頂。水風悄上衣，客醉弗酩酊。新荷三五花，低低烟外挺。柳陰孤村抱，可惜無釣艇。

太守雖嗜酒，少小耽吟詩。萬錢買魚蝦，不克充朝饑。樓臺隔墻見，閉斷千花枝。得句欲題柱，橋上空嗟咨。

驅車白紙坊，小憩棗花寺。惆悵漁洋詩，端相孟津字。松閣夏望雨，蒲簟午宜睡。約遊紫竹院，在萬壽寺河南。明晨看荷芰。

醉翁愛晨卧，日高猶未醒。逡巡衍法場，斜陽花滿廳。竚立望城南，斷續雲飛瞑。心喜雨催詩，歸家天滿星。

屢以積食成疾晚飯後同西續之黃門步至靈鷲庵聽黃門彈琴

荷花溺在波，君子溺於口。觀感悟空色，饕飱怵味厚。我年甫六十，衰逾河上柳。低徊倚橋柱，風月趁沙阜。豈不願荷鋤，北窗遠隴畝。

紅榴勝羅裙，翠鬟亞眉黛。掩映僧寮西，斜陽與進退。飯罷思閒行，案頭書且廢。燕語空梁上，微嫌過瑣碎。鐘磬不知喧，蕭然碧山對。

暮寺儼荒山，塵壁塗昏鴉。風雨來無多，遊人撼落花。厭聞斷續蟬，喜問公私蛙。看棋屢呼燈，聽琴因煮茶。樓角更鼓催，隱隱三四撾。

晨起出西直門飯廣善寺遊環溪別墅

高林滴殘暑，遠山搖寸碧。侵晨出西郭，夜涼猶脉脉。三五冠蓋徒，各有烟霞癖。水鳥不避人，山蟬引行客。朱垣繚白沙，隱約見佛宅。默記鐘磬音，身已穿竹栢。豈惟益筋力，大可濯心魄。

新涼具瓜芋，野味生蒿蔓。翻匙桃花粥，早熟香積厨。雖非米老庵，却勝黃公壚。遙睹翠微峰，枕帶裂帛湖。不能買布帆，採此苴與蒲。咫尺辟疆園，千頃芙蓉鋪。釣鼇愧弗如，侶此漁樵徒。

晨 起 偶 題

到此驚身老，孤懷賸詠詩。杜陵句蒼莽，山谷意恢奇。草木年年改，雲山處處移。開窗納明月，不若鑿園池。

黃賁生郁章之官沙河乞朱野雲畫餞別圖，余適至野雲齋題詩其上

沙河亞江國，城闕多荷花。三五採藕船，繫柳隈春沙。鳧鷺風中翻，來往雲霞家。使君昔題襟，詩館曾煎茶。攀花十年前，長安餐芋瓜。轉瞬持手板，秋夢生蒹葭。匡廬雖故山，濕翠空蜀巴。我時臥詩龕，看竹尋西涯。烟外散菰蘆，水際撈魚蝦。幾南留政聲，玉琴彈早衙。閒步玉延劚，霜雪抽新芽。<small>野雲言沙河產玉延最佳，賁生云并藕粉同寄也。</small>山人忽大笑，點墨塗昏鴉。

寄東麓巖都統兼懷方有堂方伯

蜀天萬里碧，巴月一川涼。偶憶高荷句，誰升山谷堂。《山谷詩註》<small>高荷警句：「蜀天何處盡，巴月幾回灣。」因此得名。</small>雨聲松牖響，花氣石欄香。翹首西南望，新詩好共商。

接座方夫子，詩才更更才。萬言自天得，一紙御風來。得意先燒燭，沈吟漫舉杯。窗間寒瘦月，照不到官梅。

都統抱雄畧，傳家忠孝聞。韜鈐皆進道，朋友況多交。詩筆健於虎，酒懷高比雲。馬羸雞又凍，蔬飯對斜曛。

心情果相繫，水石莫云遙。江館梅花發，幽懷濁酒澆。聽殘巫峽雨，歌罷浣花謠。坐待奇書寄，昏燈慰寂寥。余有求寄之書。

太史史望之。見余笑，有人憐昔公。一官屢蹭蹬，五字自磨礱。諸葛非耽隱，昌黎亦送窮。要須參朮蓄，早晚救疲聾。

相將放小艇，秋水鸕鶿西。石上漁簑曬，林中詩卷攜。有情夕陽照，無數遠峰低。騰踏飛黃去，駑駘敢共嘶。

李小松大京兆貽五古依韻謝之

讀書慕皋夔，少小攻藻翰。辛苦折宮花，一枝親把玩。纓紱每抖擻，霓裳懶催按。林木三十年，半作凌雲幹。昔年同臥起，今日公輔冠。髮禿齒盡脫，笑我猶伏案。幼嘗役經史，老究未講貫。不惟經術疏，攻術遞爽旦。厥失在懦弱，當斷不克斷。虛名播海宇，文章膽熟爛。析疑如聚訟，良友時駁難。偶坐松石間，先生皓然歎。詩格昧唐宋，付與漁樵判。下不薄李何，上且愛秦漢。應酬體實拙，出語乏揚贊。浩蕩江湖遠，荏苒星霜換。生平百不遂，狂謀與謬算。東坡詩:"狂謀謬算百不遂，惟有霜鬢來如期。"竹燈耿涼夕，草堂星斗燦。偶然一笑呼，坐使千痾散。後死微公誰，乞為誤銘讚。

訪悅公禪房遂看荷花

石徑衡雲踏軟莎，更無驟雨打新荷。時方祈雨。晚風過岸魚吹醒，聲在柳陰涼處多。微塵不動佛燈明，修到無生勝有生。坐人那聞鐘磬響，蟬聲未了又蟲聲。

二老話舊圖應翁覃溪先生命

枯腸攪春茗，佳客共松風。二老樓心坐，千秋幾輩同。寒葅糲飯好，經卷藥爐空。杖履林皐去，墻陰東復東。

山青人早換，謂林天衢師。頭白客頻驚。杏苑花誰看，梧堂夢又成。昔于鎮堂師處識立山先生，茲師下世數年矣。新茶能破睡，薄飯不分羹。澹對西窗捲，鐘來響聞聲。

記得石頭路，停車雪滿街。傷心人事改，回首物情乖。五十年前，太夫人嘗訪先祖於海淀之帶綠草堂，今園已墟矣。數畝蓬蒿宅，一燈風雨齋。朱顔紅燭影，幾箇舊朋儕。

蟲吟詩老對，鷗夢小僧圓。擁被聽松吹，攤書遲墨烟。詩成仍燭剪，雨過又床聯。靖節非貧病，彈琴即悟禪。

世上外兄弟，紛紛走路隅。少同覓棗栗，老豈忘桑榆。剝芡談心有，攀松插髻無。披圖尋舊句，仍記共拈鬚。

病中所見

體公夢中舉手，念佛堂中早行。我言四體污染，公言一心净明。明月滿天照去，殘生何處携來？峨眉武夷雁宕，猿狙鸛鶴徘徊。

吳蘭雪書來答詩二首

梅影中書道不孤，詩名今已徧江湖。中丞延掌廬山席，秀語曾奪山緑無。皆來書語。

春明朋舊半凋零，賸有西山對我青。净業湖邊花屢放，好詩誰與寄漁舲？遊山看荷數年前事。

福蘭泉尚書爲余畫埽葉亭圖謝以詩

尚書重朋友，寒暑心弗知。舊冬風雪深，余手籛箋持。乞畫埽葉亭，識公喜臨池。寒夜紅燭剪，凍墨皴桐枝。公方綜邦政，昕夕無閒時。退食得片暇，未聞睹琴棋。月明寫水色，雨過塗春陂。積月以爲年，未嘗間斷之。橫空一管筆，掃空千畫師。胸中富經綸，吐出成色絲。既非受迫促，又豈鳴狂癡。我殊重公意，與會良不衰。長松蔭高閣，萬竹圍斜墀。王裴集輞川，曾否圖茅茨。

乞葉筠潭編修購史館遺籍

帽寬復帶落，童僕驚我衰。仇池不可到，嵩少遊何期。惟有故舊情，依依無已時。先生閩海歸，倒篋千篇詩。冶南唐五賢，歐陽尤瑰奇。載書過詩龕，苔蘚空林滋。古像出南薰，一一題識之。松門漏夕陽，紅緑紛西陂。

著書苦搜討，疚心三十年。譬行蜀道難，平步登青天。又如涉弱水，至輒風迴船。願力自堅固，冀遇真神仙。先生性幽僻，海上搜遺編。今來總史局，故紙行且穿。典章倘校理，宰相經綸宣。藉以補罅漏，片紙千秋傳。

酬蔣秋吟詩編修畫埽葉亭圖

東橋詩老老益貧，落拓長安三十春。憶昔庚子遡已亥，賤子趨步追光塵。詩老往矣克有子，飛躚玉堂職太史。筆掃千軍又一時，篆隸丹青出十指。偶然寫我埽葉亭，孤烟迢遞秋泠泠。萬里江湖不可到，女蘿山鬼空伶俜。城外天寒木葉響，潭上風多捲菰蔣。月橋夜靜無人行，只有説詩客三兩。燈下草蟲吟不休，老夫臥病生古愁。野僧斫路出林去，鴻雁叫雲依水浮。蔣侯退值時過我，柯葉欲墮猶未墮。生平讐校恨弗精，緑浥霜繁苦碎瑣。

酬關午亭炳水部畫埽葉亭圖

世求翁畫多不允，晉軒侍郎。惟我詩龕特筆吮。侍郎遺墨半天上，晉軒先生畫多收入內廷。遂至人間縑素泯。水部蔭襲京朝官，性既倔強情酸寒。愛惜溪堂幽且僻，每至不惜千盤桓。畫水畫石總家學，竹葉梅花更卓犖。我方校書埽葉亭，歸去閉門筆時搦。詰朝畫就懸雲堂，堂上之雲白茫茫。西涯水激西山緑，秋氣一簾開竹房。看花不覺微雨過，病後惟思隱几臥。飲酒三更孤月升，讀書十年萬卷破。畫師焉能畫我心，閑門已閉秋蟬喑。圖籍近多浥苔蘚，曉日高照青松林。

臥病經旬朋舊慰問謝以詩

幽居養疴瘵，秋齋易蕭瑟。草木見堅瘦，帶帽覺欹側。林亭日荒蕉，烟景殊曠逸。朋舊簡册挾，車馬烟水色。渺渺鷗波亭，黯黯畫禪室。鷗波亭舊在大石橋左近，董思翁嘗遊其地。青苔述舊迹，緑陰暢新得。李公橋下水，鳴咽月橋出。石田徵仲輩，曾比會真率。風流僅百年，轉眼前遊失。非具孤僻性，誰來慰衰疾。

幽　居

幽居百事廢，寂寞似僧廬。野竹緑無次，寒花開不舒。井苔上階厚，秋燕入簾疏。終日掩扉坐，故人無一書。

净業湖秋晚偶述

絶慾逾十年，左右餘法喜。道念寂寞生，機心頃刻死。冒露刈葵菽，臨流羨魴鯉。雜花湖上明，孤螢竹間起。隔岸緑陰聚，圍村衆山紫。鐘定野池外，鳥還夕林裏。不知老漁翁，釣船何處艤。

又新堂詩爲王春田賦

堂額署又新，蓋取湯盤銘。王子通九流，髫年窮六經。身卜春明居，心繫西山青。北邙七十寺，年年車騎停。愛參文字禪，故紙堆松廳。陳侯嗜作書，揮灑雲堂暝。君近偕陳玉方比部遊西山，宿潭柘寺五日夜，携宣紙四十番供玉方揮翰，結大衆緣，亦雅事也。敗墨浼竹梧，精光摇日星。君卧秋花間，瘦骨高伶俜。夸驢走盧溝，涼月低青屏。索我題幽居，誦與山僧聽。

芹泉孝廉約遊慧聚寺留宿寺中即贈芹泉并質臨遠

嘔泄逾數日,掩關竹間睡。故人簡書至,約遊慧聚寺。主僧我密友,好古敦風誼。別久悵路遙,心渴飲林翠。我兒亦久病,呼與縱輕騎。盧溝看曉月,過橋秋驟至。孤村烟水生,亂石蘚花積。入門二客在,自具物外意。野蟬嫌聒耳,尋就松庵避。擁被佛燈前,經卷辨殘字。師笑不語言,雲臺響寒吹。

至慧聚寺贈臨遠師

萬古青松樹,高天佛殿陰。況茲秋夕雨,感我歲寒心。交道久彌篤,客愁閒易侵。檜花墜空際,師於是夜升壇說法。鐘磬夜堂深。

午後越羅睺嶺抵潭柘訪永壽禪師抵暮始歸

一路竹輿聲,雲中斷續行。秋山迷遠近,落日失陰晴。徑仄水流急,墻低花放明。登堂響齋鼓,飯罷說無生。

棲宿臨遠師禪龕

蕭灑病維摩,參禪講席過。蒲團須借我,藥裹且由他。夜靜風兼雨,山空葉與柯。碧紗籠壁墨,舊句愧重哦。

張雨巖森觀察屬題彰德郡署葵花石盆銘墨本冊後

幹濟與循良,張侯一身兼。讀易凜介如,老至學問淹。彰德葵花盆,字影苔痕黏。厥高僅三尺,萬丈光芒遲。書撰及年代,無從拓藤縑。或許唐宋遺,或嗤筆畫纖。渭川趙希璜別號。金石錄,脫落茲條籤。侯也讀銘詞,凜若官箴嚴。傾心衛足語,非同信手拈。篇終惕永勗,沈痛逾鍼砭。洎侯謝病歸,琴鶴猶憎嫌。却喜詣詩龕,披覽秋風簾。我無歐趙才,好古徒遐瞻。

寄嚴觀察烺於蘭州

萬古崑崙水,從西晝夜流。天懸秦日月,官異漢公侯。在昔兵戎勝,而今盜賊休。民生望調劑,君豈為身謀?

中秋訪悅性師

荷花剛謝菊花開,隔岸西風捲地來。沙畔鷺鶿纔睡醒,松陰厚處啄莓苔。

佛前燈火暗涼生,天上孤雲墮水明。剝芡煎茶慰岑寂,僧來欹枕聽松聲。

蔣東橋同年入傳國史喜而賦此

世久尊經師,我亦推詩老。國史傳文苑,太史新削藁。學博而文雄，杭公實舊好。擬與杭董浦同傳。二百四卷書，生平事幽討。流播藝林內，後生小子寶。今嗣今館職，持以正有道。少年我登第，深悔看花早。步趨君後塵，兩拾科名草。生死三十年，己亥庚子距今三十四年矣。誰能不潦倒。第就詩格論，何啻郊與島？

汪瀚雲彈琴圖

抱琴出故山，佇月西涯涼。胡為寂寞音，參以詩味長。我家梧桐樹，昔年棲鳳凰。子來據槁木，天風指上颺。猿吟鶴唳聲，萬竅隨低昂。我茲學踵息，知爾能坐忘。從此絃可無，幽意希柴桑。

次王子卿侍御綠山草堂讌集韻兼呈汪浣雲儀部、葉筠潭、陳石士、魯服齋、蔣秋吟四太史、黃左田宮庶

冠帶任脫署，賓友漸疏散。侍御驄馬歸，座上客常滿。瞥見西鄰樹，圓影張如繖。高日入牖卓，綠陰墮地緩。先生嗒然坐，興至方握管。故山夢不隔，秋風吹又斷。心香證古佛，右肩示偏袒。參禪偈子成，畫記乞余纂。世有一合相，力豈三人短。敦艮堂讌集，浣雲、子卿、秋吟三君為余合作《踵息軒圖》，頃刻而就，石士、筠潭、服齋三太史皆有題句。能事爰迫促，情意殊懇欵。野鷗自天性，何時忘鶴伴。近復養瘵疴，長夜廢茗椀。山僧約看花，報書謝慵懶。訪舊黃大癡，出遊亦已罕。左田庶子枉顧不值，庶子近亦疊此韻。

九月十七日偕恒緝亭、華香亭、
世心蔣及兒子桂馨遊西山寺院一帶，
宿三山庵看月小飲用和安室壁間韻同作

孤月豁雙眸，山氣滿石樓。夜深霜氣重，坐久佛香浮。黃菊隔三載，白頭空九州。三年前曾偕蘭雪輩宿此，聯吟成卷，小峴序而行之，今皆散在四方矣。茲來盡桑梓，蹤跡勝前遊。

黃葉雜紅葉，蕭蕭打寺樓。鐘聲松牖響，酒氣竹籬浮。衰病傷韓子，奇文憶柳州。斜川著名早，杖履快從遊。

九月十一日汪澣雲儀部齋中同王子卿、陳石士、
葉筠潭、蔣秋吟賞菊，儀部繪圖成詩次韻

京師蒔菊者，似嫌菊樗散。汪子秋心多，寫菊尺幅滿。僧廬話豆棚，猶及見荷繖。八月杪，在萬善殿賞新菊，尚見殘荷。名士落筆遲，幽客赴約緩。階下黃葉聲，驟起協簫管。續續西山雲，又被風吹斷。楓樹飽夜霜，欹斜醉且袒。莫煩斧斤削，誰施錦繡纂。朱顏謝何速，白髮搔漸短。幾回覽秋色，悲傷生懇款。玉堂恍天上，誰是看花伴。錢塘吳祭酒，一生耽酒椀。千里寄音問，怪我報書懶。豈知詩龕內，人跡近亦罕。適得穀人先生書。

黼齋員外約同趙象庵看菊是日有事不克至先一日獨往員外留飲，余以齋期留詩而去殊悵悵也

京師養菊花，近推積慶亭。與趙。象庵。黼齋稍後出，藝菊尤矯矯。後圃闢十丈，不許雜花嬲。葦籬三五插，苔盆千百繞。春寒日上遲，晝長午睡少。日督僮僕輩，畦上忘昏曉。勤勞四時歷，歡樂一家飽。去年醉此地，作詩情未了。今來空看花，詩酒託歸鳥。幽人隔城南，謂趙象庵。獨立倚霜篠。明歲寒花闕，看到月出皦。

題　　畫

千年老蟾饞不死，翻身跳入天河裏。問君何術去釣鼇，萬樹桃花隔春水。

柏花如雨蕭蕭落，長劍倚天聊住脚。葫蘆依樣世奚須，中有蓬萊不死藥。

聞鐵冶亭將自西域抵京豫作是詩

萬里歸來客，相逢各自驚。無言頻握手，未見已吞聲。不信酒懷壯，冶亭書來，近頗習飲。方疑詩橐輕。江南渺烟水，回首暮雲生。

頭上髮全白，眼前山更青。兒童倏長大，同輩盡凋零。公老託松柏，吾衰親朮苓。石經堂上客，三五比晨星。

喜笪繩齊將偕冶亭至

　　君胡萬里行，即此識君情。一世重師友，斯人託死生。畫真仿摩詰，詩半擬宣城。剪燭梧蕉側，蕭蕭黃葉聲。

　　疴瘵忽三年，方期勿藥痊。幽居風景異，老境性情偏。曬藥刪庭竹，煎茶積竈烟。無生方解得，又學畫中禪。

張心淵解元深摹老蓮畫
倪迂師子林調冰圖謝以詩

　　解元非是吳門唐，工詩工畫工文章。江南庚午溯戊午，如今再見麟與鳳。先世二張舸齋、夕庵二先生。著京口，簡牘往來歷年久。鮑昭謂雅堂。洪皓謂稚存。兩湮沈，佇望雲天悵無友。夕庵點筆圖詩龕，見者詫爲沈啓南。舸齋遠和西涯詠，儼到春明積水潭。解元偶貌倪迂像，持比老蓮筆詄蕩。調冰師子林塘幽，三客因依神肅爽。顧耶徐耶費疑猜，耕漁軒圮玉山頹。世間尚有雲林址，一片斜陽没古苔。興來再仿清閟閣，三筆兩筆出丘壑。桃花庵主六如生，未免清狂才力薄。

家藏董文恪公《秋山霽色圖》，
南齋諸公歷有題識敬賦詩跋尾

　　文恪直南齋，前後三十春。南昌彭文勤，公昔手録甄。述公工六法，天授非由人。隨手水墨灑，古黛層層皴。清光浩無際，動與造化鄰。小幅仿檀園，橐筆立紫辰。生氣遠溢出，誰復窮崖垠？是年下馬陵，面目匡廬真。漫設青藍喻，豈涴香光塵。先祖手澤詒，何啻連城珍。南齋盛題識，墨色爭鮮新。富春今相公，此紙當傳薪。兒子桂馨辛未會試卷已摒棄，富春相公特爲拔出。凡爲我子孫，視此香火因。

王春堂自德安刻《存素堂詩二集》至謝以詩

　　白雲黯黯荒，黃葉聲聲乾。故人隔湖海，一紙吹來難。王君視我厚，推重同歐韓。時時寄尺書，慰藉平生歡。阮公築精廬，靈隱開春巒。拙詩比蜩蛩，乃并朱石君先生。翁覃溪先生。刊。芸臺先生刻余詩二十五卷於西湖靈隱寺，爲前集。老病百舉廢，下筆知求安。王君志阮志，長夜縑素攤。未必今年花，明歲仍許看。瀟湘渺雲樹，佇立愁飛翰。時望春堂信至。

酬吳鳳白代刊時文

　　代聖賢立言，下筆宜慎重。世比敲門甎，逾時輒弗用。我少苦讀書，九經鮮研綜。徼幸得科第，忝竊朝廷俸。太學六七年，莫寶齋。劉芙初。燈火共。古今上下間，風雨時吟誦。吳生好兄弟，世上稱二宋。殷勤刊我文，隔江採菲葑。面壁三十年，奇氣使酣縱。

廣積禪房汪瀚雲、王子卿
西續之彈琴作畫余題此詩

　　雪意蒼涼松竹間，禪堂火歇更幽閒。鐘聲未了琴聲續，悔不十年前入山？

茶話樊學齋主人以新刻全集并自臨詒晉齋詩帖惠贈，歸家展讀敬賦一詩以當跋識

騰踔筆一枝，純乎性靈發。河間紀尚書，聰明世稱絕。與公論史事，且遜公口舌。清思與靈氣，序言非勸說。余交十五年，把筆侍巖樾。笑傲及江風，刻劃到禪月。字句古未有，經籍之所闕。公偶出創議，剖晰入毫髮。摐金戛玉篇，點滴胷心血。集成半手寫，詳審授剞劂。邀我話寒齋，蒸鴨更煮鱖。珍重詒晉詩，那得外人閱。剪燈墨影大，讀罷許携挈。載歸勝百朋，三日柴扉閉。奇文取推究，精神生恍惚。世上鈍根人，安討此秘訣？

奉贈葉雲素暨郎君東鄉時有丹藥之乞

不登讀書堂，焉知饋藥重？君負宰相才，兹且良師用。生兒比阿戎，一經傳講誦。江南有巫彭，橘泉日耕種。遠藉兜羅手，廣援苾蒭衆。聞君得禁方，願與天下共。鄙人病業深，三十年憁恫。兒子疴瘵繼，參苓投弗中。夫君廣施與，坐觀豈無痛。丹竈火浮動，金匱書甄綜。刀圭分些須，泡影示空洞。范公賢父子，後代良醫頌。

題明弘治癸丑科會試錄

三百進士闕十八，豈爲空同特洗刷。無李夢陽名。空同僅僅以詩鳴，姚江亦復工筆札。金鏦玉和懷麓堂，北地如何敢唐突。明季師生互矜重，羅圭峰。李空同。負氣解磨刮。圭峰校文意偶舛，空同論詩致銜戛。不見江南邵二泉，奉公衣鉢感存歿。此錄偶然得諸市，紙堅字大影飄兀。墨蹟模糊事有之，後人誰肯重剞劂。凡三十二葉俱完好，

惟三十一葉紙板存,行中字畫挖去。

順治壬辰、乙未、戊戌三科進士履歷舊槧本三册

西樵與漁洋,闡揚皇朝詩。治詩辨經房,溯彼新受知。二先生皆由詩經房薦中。九年順治壬辰。十二年,順治乙未。二老聯翩馳。補試戊戌榜,觀政兵部時。明歲改推官,秋柳紅橋枝。兹録從何來,鈐印王氏宜。阮亭大手筆,三昧我所師。討尋四十年,僅得其毛皮。唱酬散懷抱,哀樂誰能期。流傳百餘載,前哲無孑遺。奉爲考證書,燭照數計爲。觀者幸勿執,蘇齋仍見嗤。覃溪先生跋云:"西樵生庚午,而刻甲戌;漁洋生甲戌,而刻庚辰。觀者幸無執此以考二先生事迹。"

冬至月初八日王子卿侍御招同黃左田學士、汪瀚雲儀部、查簡庵宮贊、葉芸潭、蔣秋吟兩編修集心虛妙室消寒,諸君皆欲留余止宿作此奉告

寒日掛城角,鴉聲催我起。主人留客殷,竹榻高懸矣。我龕有何念,隨在得法喜。西涯雲木荒,兼葭臥秋水。豈不戀朋友,爭奈肢體靡。又恐爐火歇,夜風破窗紙。衆客議投轄,我心無定止。清厨調羹法,詩情與畫理。皴染及梨栗,刻劃到簠簋。智慧之所及,即兹見風指。學士左田。亦告勞,明晨上金卮。歸裝壓車重,余襆被而牲,原擬留宿。緩踏山光紫。

蔣秋吟編修出先人所藏杭大宗、厲樊榭二先生詩稿見示題後

錢塘數詩家，近人推杭厲。我友東橋子，二翁夙心契。春秋佳日多，湖上吟筇曳。憂樂不相喻，古今一睥睨。箋素互酬答，十年尺寸計。太史幼業詩，積篇盡連綴。持嚮友朋讀，嗟來且歎逝。吁嗟乎，此後三十年，或者余詩亦傳世。

訪葉雲素喬梓不值留詩達意徘徊久之意有未盡再賦

君家美喬梓，萬卷日摩挲。官職居清要，生涯託詠歌。庭虛人迹少，林靜鳥聲多。稍慰登堂願，刀圭乞若何。

樊學齋主人雪中惠貽珍饈侑以詩奉謝

松閣雪濛濛，松烟散晚風。數行煩紙裏，五味寄筠籠。爐火煨深夜，盆花吐小紅。正逢春酒熟，餽自北山翁。

鐵冶亭尚書於役回疆，客無從者，笪孝廉繩齋毅然隨行，其於師友之義、山水之情有異於人人者，因爲賦詩兼謐尚書

江南壬子公典試，得士世稱同陸贄。公卿接迹數鳳麟，獨有沙鷗樂幽秘。羊裘坐臥春江頭，書畫隨身不下樓。石田徵仲何足擬，富貴視若浮雲浮。尚書倚作雲龍友，海角天涯事何有。生死由來不可知，

歎息紅顏倐白首。雪天萬里風沙多，豈有詩人載酒過？邊城柳色江南綠，帳上將軍寫凱歌。將軍下令圍場拓，人馬騰驤雜一鶴。鶴鳴吹入九霄清，十萬軍聲長寂寞。夢中招爾詩龕來，放筆仍寫孤山梅。孤山咫尺遲烟棹，北邙平晚桃花開。

寄竟成師

江南水月庵，夢中曳杖至。梅花萬樹開，白雲流滿地。古僧蒲團坐，一裾更一帔。言說了不聞，豈文殊師利。我墮百年業，乃嬰五欲累。耳目儘聰明，手足頓痿痺。虛聲播江湖，高文典省寺。交推吁可怕，勇退愈知媿。執卷卧草廬，偷閒伴松吹。兒子年十九，聯捷成進士。學行既淺薄，又乏灌頂智。文場凡數戰，摧挫告踧踖。客秋服地黃，始僅夜失寐。繼之以耆朮，行步益喘悸。東風吹過江，接引毋陀臂。昕夕啜參苓，酸鹹調敩㪗。肌膚漸充滿，顏色變韶穉。校文趨史館，著述每妄覬。雲堂境清曠，石林路深閟。履曳輒氣促，書生本尪悴。許秋巖。蔣愛亭。二侍郎，宛轉開巾笥。雲素老詩翁，早年熟苑秘。為我乞禁方，烏絲千里寄。望施菩提力，作詩當修贄。香動旃檀林，瑤函倘遠示。

葉芸潭編修招同黃左田學士、王子卿、汪瀚雲二侍御、查簡庵宮贊、陳碩士、蔣秋吟兩編修消寒，余携順治壬辰、乙未、戊戌三科進士履歷邀諸君題詩

進士登科錄，近人比芻狗。我獨秘玆書，謂可典章剖。舊紙漸敗壞，珍重寄曲阜。顏運生寄。況藏自新城，縹素百年守。坐客七八人，

都是臺館友。春風動江上，無私到花柳。壬辰逮壬申，歲時亦已久。淡墨題數行，文光燭星斗。

寄方式亭_楷明府

烏絲迢遞來，袖中字不滅。殷勤索我詩，我詩老愈拙。君坐梅花林，流泉響幽咽。寒月落前溪，濛濛半山雪。還當索君詩，補我壁間缺。一路玉琴聲，彈到蒼崖裂。

再題阮亭家藏三科小錄後

考亭小錄久荒涼，信國登科事渺茫。池北尚餘書庫在，開緘湯_{文正。}范_{忠貞。}姓名香。

渭曲柔條烟雨初，紅橋秋柳又蕭疏。樵兄漁弟風流甚，此是君家本事書。

歲暮有懷那東甫尚書親家感舊攄情話無倫次

尚書抱偉略，凡流多憚之。謨猷召伯擬，體用文成遺。結交三十年，風旨無從窺。憶昨締媜婭，稍稍及燕私。諗公秉純孝，萱草春葳蕤。品藻出北堂，百中無一差。我兒十五齡，應舉京兆期。童稚有何能，衆口稱瓊枝。太母召與語，謂擅鸞鳳姿。虎女許犬子，日者詫數奇。蘭芽忽摧隕，中道生嗟咨。我兒矢讀書，仰報太母知。同輩四十人，哀然宮錦披。_{庚午八旗舉人四十一名，辛未會試惟桂馨一人獲中進士。}尚書夙憐才，迢遞賤牘貽。我病寧望瘳，徒抱窮年悲。寂寞閒暇句，三復昌黎詩。小子倘有造，教誨希重施。朱陳且勿論，孔李夫奚疑。

存素堂續集一卷

癸酉

靈鷲庵元旦

六十匆匆過，春生道院涼。松根殘雪在，殿角野雲荒。華髮年年短，愁心夜夜長。誰憐元旦會，寂寞贊公房。

張心淵解元摹唐子畏
《竹西清話圖》題於靈鷲庵中

竹西清話圖，寫經上方寺。水心悟畫禪，六如託筆戲。輾轉三百載，不知歸何地。張君昔曾見，貯胸萬青翠。客窗偶潑墨，突兀烟景異。世人忽覩此，謂足前賢企。豈知君手腕，造物之所恣。嗤彼唐解元，清狂招衆懟。僅以技藝傳，功名乃蹇躓。君既擅家學，性情尤淳懿。吮毫石竹側，時出過人智。南華暨晴嵐，磊落廊廟器。君且希湘舲，切勿糟麴嗜。謂錢湘舲閣學嗜飲。錢君手付縑，當年皆散棄。我今佳紙得，便欲永珍祕。竹聲響茶竈，隱隱答松吹。

送永心庵銘之官沁陽

沁陽古淮安，衆山抱如城。當年戰伐場，秦楚陳甲兵。亦越漢晉朝，草野出公卿。酒徒俠客輩，轉眼廊廟英。唐宋法網疏，盜賊多公行。教化在此時，弗貴口舌争。孝弟力田外，廉讓須講明。君性稍文弱，不患不和平。寧使一家哭，一路無哭聲。堂上語呐呐，階下心怦怦。但辨決遲速，莫問罰重輕。好官愛百姓，相與宜推誠。君祖官洛陽，治術留黎氓。

接伊墨卿札答之以詩

凌江閣上發書日，定濕秋雲入紙青。珍重西涯數行字，君行草酷似李西涯。斗南知有少微星。

春夕懷人三十二首

癸酉立春日，屠琴塢寄書至，并《懷人六言詩》十六首，雋永可愛，因仿爲之，一夕而成，篇數倍焉。前作東遊感舊刻入集者，其人茲多不及。率筆淺思，無先後，俟異日朋好代爲刪存。

樸谷齋中數語，參透詩禪畫禪。積水潭東梧葉，指稱陶菊周蓮。王孝廉光彥，字春艇，工詩善畫。晤於陳侍郎齋中，抵里作《梧葉老遮門歌》寄余，序中以陶菊、周蓮爲況。

紫藤花館待詔，閉門十年著書。劣札居然勒石，王袁共隊前車。徐山民待詔校誠齋詩刊木，乞余題詩作序。近刻《同人尺牘》，列予論詩小札於西莊、子才之前。

　　汪家兄弟叔姪，異書名畫置郵。埽葉亭中風雨，青衫白髮黃州。
均之、奐之暨姪星石，時以郵筒寄詩文書畫至。訂交十年矣。庚午均之昆季自楚
北赴京兆試，葛衫草履，似神仙中人。

　　顧子不務細節，詩文倚地拔天。題襟館中囊日，可惜未接此賢。
劍峰貧且老矣，詩文出筆迥不猶人，昔課均之昆季，今依賓谷。

　　白畦偕鹿已往，竟陵賸有鵠山。詩耶官耶孰勝，一生名利全刪。
熊兩溪一生嗜詩，教授武昌。集成，乞余序，久病未能踐約，可愧也。

　　一緘厚餘三寸，埽葉亭子重摹。詩龕寫照屢矣，不及放筆江湖。
顧子餘一生以畫自詡，《詩龕圖》凡五六，見者莫不以無上推之。茲自湖鄉寄《埽
葉亭圖》至，真神品也。

　　舸齋夕庵昆季，唐詩晉畫齊名。難得解元後起，壓倒子畏先生。
張舸齋、夕庵畫，洪稚存稱爲"江南二絕"。今心淵孝廉能詩能畫能文，視唐解元
殆欲過之。

　　書符驅逐神鬼，浣梧道士能乎。畫我詩龕三丈，江天萬里模糊。
道士徐體微爲余畫《詩龕圖》，氣勢雄放。汪均之記云：有江天萬里之勢。

　　繩齋使墨如雲，頃刻瀰天漫地。即今萬里隨行，酬恩未嘗灑淚。
繩齋每至余齋，必爲作畫題詩。茲隨冶亭尚書萬里外，孤情自喜。余屢有詩懷
之，其義氣不愧江上先生矣。

　　夢禪吾黨耆舊，筆追倪趙王黃。歲暮零星換米，擔從畫肆書坊。

夢禪老境愈貧，字似劉石庵，畫逼古人，不肯輕著墨。歲暮負米債無償，家人促其作書畫，零星鬻之，得者比兼金云。

敬庵閒山多才，儒雅風流朋舊。縑素化作雲烟，規矩尚稱受授。
惠敏，字敬庵，先福中丞之兄，未仕。明福，字閒山，明學士之兄，官甘肅同知。世皆不知其工畫能詩，余藏敬庵畫扇、閒山《蘭州圖》，皆可寶愛。

郭氏兄弟工文，一時江南麟鳳。馴鹿仙莊父子，下榻擁書抱甕。
頻伽卜居魏塘，黃退庵、霽青喬梓止之，詩社讌會，殆無虛日。

畢宏老矣何堪，焦麓。弟子陳淳斯在。蓉晴。記得瑶華道人，望遠懷人嘉乃。瑶華道人每稱今代畫師當以畢涵爲第一，惜其衰老遠隔，不克多藏，爲余致書乞詩龕。

金生自號青儕，下筆希蹤太白。蘭雪生外一人，覃溪先生簡擇。
手山自號青儕，詩學三李，故顏其居以見志。覃溪、蘭泉二先生賞之。南北闈皆報罷，惜哉。

白莾工寫蘭竹，詩筆咄咄逼人。蘭雪嗤爲野戰，狂哉博士綜甄。
吴白庵託蔣礪堂尚書寄余蘭竹，又託其兄退庵寄余詩集，蘭雪以其詩爲野戰，非確論也。

閒泉梅史琴塢，作圖署小檀欒。仕既升沈各異，今歡何若古歡。
三君詩才文筆，約署相近，閒泉坎坷特甚，梅史、琴塢皆爲令，三君之爲人，宜古未必宜今也。

凌江閣上書來，踵息軒中春作。斗南遊賞有人，斗北星辰落落。
伊墨卿於立春日寄到手札，發自京口凌江閣者，有"無田而退，凡百置之，而况先生之在斗北耶"等語。

　　西山唱酬成卷，陶令却未偕遊。山裏新詩和就，飄然去宰石樓。
余約吳蘭雪、陶琴坨遊翠微山，琴坨未往，余與蘭雪紀遊詩寫一巨册，琴坨三日盡次其韻，刻而行之，秦小峴、楊蓉裳、陳石士皆有序。

　　春堂幼習戈矛，長乃留心經史。交盡天下賢豪，自署詩龕弟子。
王墉，字春堂，江西武舉，官德安守禦，性風雅，余前後集皆其所刊。

　　醉峰買畫長安，發放儼然官府。解衣鮭菜亭中，燒酒肥羊秋雨。
蔣和，字醉峰，善隸工指畫，寫予《詠物詩》廿四幅，兩淮鹽官以重價易之。

　　翰林院中看花，積水潭前飲酒。寫我續西涯詩，人說亞黃子久。
余約羅山人聘至清秘看花，寫《瀛洲亭圖》，匯通祠看荷，寫《積水潭圖》，出京時，畫予《西涯十詠詩》意。

　　穀原力學衡山，出筆乃近石谷。近日住家漢陽，詩格宛然偕鹿。
黃均，吳人，款字仿文家法，畫類石谷，近作小詩，似予故人孫牲。

　　江南畫者四朱，青立、野雲、素人、滌齋。春明只賸一箇。野雲在京。
萬蓮花北孤亭，露濕風疏獨坐。青立名昂之，野雲名鶴年，素人名本，滌齋名文新。十年前聚飲淨業湖上，爲予合作《詩龕圖》，頗傳於世。

　　春波自啖荔支，不曾寄我一字。賺我畫稿跨驢，攜片西山冷翠。
王霖，號春波，江寧人，在京爲予畫《詩龕》、《西涯》各圖，遠宦閩南，音耗渺然。去冬來京，予求畫《踵息軒圖》，并華、孫二古人象，君匆匆攜畫稿去。

　　孫子自署少迂，大有雲林風味。墨華手勒貞珉，脫盡諸家習氣。

孙铨，字少迂，刻近人诸帖，为成邸所赏，画亦迥不猶人。

　　寫經樓中殘紙，梅花溪上寒香。淡墨西風斜照，秋山響榻空廊。
錢泳，字立群，號梅溪，工臨摹，刻《怡晉齋帖》，風行天下。

　　菊溪梅莽伯仲，如何中雜劣詩。京口集刊群雅，餅金購自高麗。
王豫，字柳村，丹徒人。選《群雅集》成，高麗人以重價購之。卷中梅莽詩後云："制府與百菊溪制府、法時帆學士，天下稱三才子。"

　　金鏞石皷左右，龜蒙鳧繹東西。半載熙朝雅頌，山月隨人過溪。
蔣因培，字伯生，今宰泰安。試成均時，余每首擢之。需次山左，上官以詩人目之。予纂《熙朝雅頌集》成，皆伯生一人經理。

　　水屋今之健吏，狂直偶託瘋癲。僮僕都能詩畫，好酒好色其然。
張道渥，字號水屋道人，浮山人，現牧霸州。世稱爲瘋子，其實不瘋也。嘗課家人以詩畫，而雅負好酒好色之名，其實不好也。

　　白髮一官頹放，斜陽萬樹蕭疏。羨爾一瓶一鉢，贈余破畫殘書。
王溥，字雲泉，官四川二十年，告病歸京師。時就予談禪作畫，去年病起，隨予戚多大令赴中江，久無信來。

　　單子平生好奇，見我庸詩叫絕。走筆一夕和之，不辨山中大雪。
雪樵，江寧人，精地理術，工詩好遊。遊上方山，壁間見予詩，一夕和之，翌日投詩訂交。後得予詩，無不和者，予生平知己也。

　　柳門問字梧門，載酒荷花生日。謝家春草池塘，前夢廬山頓失。
吳文炳，字柳門，弟鸞字鳳白，皆問字於予。鳳白成進士，今作令江西；柳門尚應禮部試。

顧子餘自江南畫埽葉亭圖至率題十韻

一別輒十年，令我望顏色。山中秋氣多，書爲君所得。手寫埽葉亭，寄我詩龕側。皴法近馬遠，書款仿蘇軾。詩文君皆妙，自詡畫奇特。斯語昔未信，今乃破予惑。是水非是水，是墨非是墨。古今詩畫禪，何物著胸臆。蓮洋詩髓喻，漁洋三昧識。茲畫講神韻，令我滄洲憶。

十六日偶書

白髮三千丈，成句。青春六十年。今朝還把筆，明日合歸田。風定樹無響，鳥啼人自眠。此生志閒暇，靜坐抵參禪。

十七日生日感懷

三女皆有家，一兒早出仕。我年非上壽，七十開裒矣。古人謂六十歲，即七十開裒。扶杖入蕭寺，僧衲見我喜。松花燒數斗，茶竈紅烟起。老彭何久生，顏回何速死。去來彈指頃，悠然委心俟。

年譜我自作，序之尚無人。冊載贈答言，積累如束薪。朋舊贈答及題跋詩文，多至八十餘卷，名《聲聞集》。朋舊及見錄，百卷留綜甄。《朋舊及見錄》現定百卷，尚須增刪。讀書備遺忘，掌記日鋪陳。稿付辛敬甫，捆載西江濱。《讀書備遺錄》四十卷，辛敬甫攜往江西謀梓。詩話十巨帙，屠侯剞劂新。全書尚未寄，時望南鴻臻。《詩話》十本，屠琴隝攜往儀徵，言已校刻，尚未刷印。

子壻及門生，請開燈夕讌。春光豈不佳，老人非所眷。年華屆遲暮，落日西山眩。我家無長物，尚餘書與硯。有書要能讀，有硯要能穿。富貴不可求，公卿有何羨。

去年我入山，欲買田一頃。溪南栽萬竹，溪北種千杏。茅屋築三間，石泉迸階冷。我來坐其旁，掬水捉月影。老僧促余歸，流連憩清境。道心果内充，隨地皆箕潁。

李石農觀察乞題二橫卷

龍湫圖

謝公守永嘉，雁蕩未一至。僧衲剪榛莽，乃闢靈巖寺。迄今僅千載，峰峰滴寒翠。大小兩龍湫，允爲此山異。觀察昔省耕，側耳聽松吹。倏忽迸石髓，又如數突騎。誰傾萬斛水，從天直注地。我昔遊上房，一斗泉探秘。偶逢驟雨過，笙竽破空墜。作詩告學侶，願參落筆意。先生擅六法，可悟奔泉驥。啜茗坐石頭，急草龍湫記。

幾生修到圖

先生磊落冰雪懷，桃花梨花非同儕。竹外一枝誰與侶，林逋孤坐無邪齋。世人皆動君獨靜，長安踏徧招提境。春去春來總不知，夜半歌聲出箕潁。支頤飽看東南山，蒼苔秀石彎復彎。十齡早擅孤鶴譽，萬里曾隨秋雁還。崎嶇閱盡走燕趙，白雲無際青山繞。試從江北望江南，一縷幽香心悄悄。

李蘭卿舍人 彥章 薇垣歸娶圖 華冠仿史溧陽本

少年合是李賓之，文采風流又一時。海上荔支紅兩岸，揚鞭莫任馬蹄遲。

花開陌上踏春歸，起草宣麻憶紫薇。三百同年齊艷羨，誰携宮錦製妝衣。

溧陽寫照倩何人，前輩科名後輩循。慚愧吾兒年十八，玉堂兩度議朱陳。前那繹堂女，後英煦齋女，皆翰林世家。

春水方生太液池，曉鶯啼徧上林枝。尚餘五色都堂筆，畫白何如去畫眉。

續懷人詩十六首

老子自署樂餘，白髮青山紅日。轅門鈴閣不來，曳履丘園蕩佚。
樂餘老人，韓桂舲中丞太翁也。在京與予游西山，作詩迅速而步履異人。中丞署未嘗一至，自徜徉於故鄉山水間。

黃鶴樓前秋水，明經築隝藏詩。華嶽西風萬丈，靈隱南雲一陂。
秦曉樓觀察與弟瑤圃明經，築藏詩隝於黃鶴樓，可與阮雲臺靈隱寺書藏并稱。

非漁非樵非吏，白髮綠陰沈醉。參禪彌勒龕中，月明時草狂字。
大覺寺迤東地名響堂，雙君居之。昔爲郡司馬，謫官後移祖塋側，時以種竹疏泉爲樂，與寺僧契好，喜書狂草。

全詩所見刊成，一時風行海內。我勸仿鄧孝威，慎墨先須剗愛。
黃心庵承增，選《今詩所見集》，時時續之。予謂刻成一集，再刻二三可也，鄧漢儀刻《詩觀》例可仿。

前生我與體公，明月梅花一樣。春燕自去自來，至人何色何相。
拈花寺主持體公，頗講修行，與余往來甚密，即去年病中夢見之人也。

辛子稼軒遠裔，發願校刊遺文。昏燈破床廢竈，斜風落月停雲。
辛敬甫乞余代訪稼軒詩文，其志甚堅。予搜諸《永樂大典》散篇中，遂終其願。

斜川舊屬蘇過，如何蘇邁云云。《永樂大典》舛誤，還宜稽考前聞。《宋史》載：《斜川集》，蘇過著。而《永樂大典》散篇千餘處，皆標蘇邁。寄書趙味辛辨訂之，求刻入余續輯《斜川集》也。

周子厭講時文，每夜仰視星斗。鐵筆咄咄逼人，翁老芝麻何有。
周宗杭，字西麋，兒子桂馨蒙師也。勾股術最精，刻小字印章，甲於一時，世稱與覃溪先生芝麻上寫"天下太平"四字同工。

若陳琪。若黃旭。若吳，昌齡。卅載詩龕問字。死生升降不齊，悠悠蒼昊何意。花農宦途最利，而死特早；東陽必欲得翰林，竟以積勞捐軀；李卿以翰林改吏部，貧病衰老，余皆識之未第前。

陳生栻。文筆廉悍，每居王後德新。盧前。澤。潦倒青衫一領，斜陽秋樹寒烟。王、盧皆登賢書，陳猶困秋闈。

王郎能詩能畫，維馨。一帆去伴何郎。道生。紅柳詩成卷冊，淚痕秋影淒涼。王君同何太守南遊，太守歿於寧夏，王君久無信來，不知何往矣。

瑤華身後殘詩，是我當年手定。阮公鏤板成書，臨別詩龕持贈。
瑤華道人生時乞余定其全集，畫《詩龕圖》并字畫十餘卷見謝，後阮雲臺鏤板，臨行留予處，予轉送莊邸存之。

考官字號難稽，誰是當年文獻。採諸畫壁旗亭，遂我搜羅始願。
陳芝房學正毓咸，記誦最廣，予輯《清秘述聞》，多資其考訂，字號爵里，皆記憶之。

滔滔汨汨萬言，難免些子錯悮。平生豪氣未除，十年春官日暮。
王良士仲瞿，博學多文，嘗爲白齋尚書校《四庫全書》，屢試禮部，多以奇文見擯，惜哉。

硯幾穿矣何庸，裘已敝兮誰換。文筆上下鐵夫，遭際未得其半。
舒位，字鐵雲，筆墨似王鐵夫，而際遇遠遜於王。

盲左腐遷貫串，生平四中副車。橫掃千軍望汝，選場萬佛愁余。
李懿曾，字漁衫，入場輒病，行文舛悮，殆宿孽云。其歿也，以赴試觸奔馬致禍，奇哉。

吳生文徵。畫我且固，攜向明湖深處。黃山雲氣茫茫，白髮秋懷去去。
南蘋，歙人，書畫皆工，爲予寫《且固圖》，三年始成。船山見之拜倒，乞予覓館。年老途窮，予言恐不足重也。

存素堂詩稿

（清）法式善　撰

存素堂詩稿

詠物詩一百二十首 有序

余詩多寫意,雅不欲妃紅儷紫,然未免入於蕭颯一派。適案頭置唐賢李巨山詠物諸作,喜其壯麗,有拔天倚地之概。爰依題擬其體爲之,祇以自矯所短,非敢與古人爭長也。

日

九芒方出地,五色已經天。春暖丹螭麗,雲開赤羽懸。銅鉦晴掛樹,金殿曉凝烟。轉側温暉下,瓊柯號萬年。

月

七寶攢珠彩,重輪朗玉盤。樓中磨鏡待,幕下撤燈看。瀲灩蟾光淨,玲瓏鵲影寒。階蓂開正好,倚徧桂花欄。

星

桂殿奎躔麗,榆街寶盍新。九霄開壽宇,百里聚賢人。助月輝東井,排雲拱北辰。乘槎更何日,靈曜感祥麟。

風

天籟不能已，扶搖九萬過。掠從黃竹好，吹向白蘋多。塞馬悲涼氣，春鯨浩蕩波。無端裂窗入，清切和余歌。

雲

出岫滃成縷，垂天鬱作霖。魚鱗屯沛水，寶鼎獻汾陰。積翠觸危石，寒烟迷故林。高齋添秀色，為我豁幽襟。

烟

紅旭蒸朝靄，青山帶夕嵐。松杉寒遠寺，橘柚冷空潭。萬竈浮明滅，孤帆破蔚藍。不須留幻相，隨處現優曇。

露

天酒三危湛，神漿五色傾。蘭皋秋鶴警，柳苑暮蟬鳴。金掌雙莖擢，珠盤萬顆盛。吉雲囊欲瀉，濕處冷無聲。

霧

草際蛇安附，山中豹許存。雨蒸蘭氣蔫，月黑竹烟昏。香淞雙橋凍，平沙萬樹吞。濛濛遮五里，何處認孤村。

雨

五日霏成縷，三霄澤沛膏。春湖龍穴潤，繡甸蟻封高。樓小寒侵幔，江昏綠染篙。多時添柳耳，不許混松濤。

雪

揮霍飄如絮，翻紛亂似麻。暗香調麥氣，冷艷逼梅花。玉馬春融液，銅駝夜揀沙。嵊州甜飫口，細嚼勝餐霞。

山

靈嶽撐天表，崇丘鎮地維。月牙青裂骨，雷首翠浮皮。海暖晴鼇負，春和彩鳳儀。五丁神斧在，二酉逸書貽。

石

漢柱傳官制，秦梁託物華。扣桐靈鼓振，款梓牘書誇。鼎上霏雲葉，機邊燦月花。補天誠有用，終古仰神媧。

原

試向高平望，蕭條膴膴原。龍鱗千畎迭，虎氣萬年存。火冷春蘇草，泉清海浴暾。柳營餘舊壘，粟裏倒新樽。

野

廣莫暮烟平，憑高聽鶴鳴。巖荒餘傳築，莘邈記伊耕。水暗鷖棲竹，秋澄鹿食苹。樂哉聚羔穀，望遠不勝情。

槍

飛將人間少，神威馬上傳。藜花晴鬭雨，苔葉綠橫烟。鐵冷荒雲外，沙明白水邊。角聲聽第四，齊奮鼓淵淵。

鞍

髀肉消無幾，英雄感歲華。金寒塗柳葉，玉暖壓桃花。古繡紅蒸汗，香茸紫浣霞。老夫爲顧盼，百戰閱風沙。

鞭

緩鞚津橋路,將軍駿馬過。蒲香浮黯淡,石影認婆娑。玳瑁招雲重,珊瑚拂水多。斜陽秋草外,又聽牧牛歌。

醫

岐伯傳經祕,巫咸擇術端。十全留玉板,三折有銀丸。春雨芝田潤,香泉橘井寒。請君納書卷,不換此心丹。

卜

龜卜期先協,狐疑決未萌。夜深燋乙乙,烟碧火庚庚。幣繫金縢字,囊垂玉兆名。歸裝餘片石,蜀市訪君平。

畫

潑墨愁神鬼,開縑具雨風。香生濃淡外,春在有無中。幾筆水聲出,一天詩思工。靈圓溯龍馬,卦象啟洪濛。

算

兩儀天地闢,九數歲時成。惟靜斯生動,因虧乃就盈。月圓絲影碧,風積黍痕明。此法傳周髀,金科勝玉衡。

堂

白玉雕初就,黃金飾已工。魚鱗春瓦綠,龍骨夜燈紅。花影筠簾護,書聲紙帳籠。聚奎高處望,多在五雲中。

臺

縹緲凌雲起,靈臺信有之。鳳聲天上引,鹿影日邊遲。墟廢猶留響，梁空但賸詩。生平志勛業，圖像果何時。

厨

爲奏援錐技，聊伸供匕情。酒應嗤阮籍，肉漫鄙陳平。越俎何妨代，充庖敢取盈。炊烟隔微雨，高樹隱春城。

竈

取媚吾何敢，燔柴禮失眞。黿聲辭暮雨，馬影戀餘春。藥煮松門透，香偎紙帳勻。黃羊如可致，燭不到貧薪。

針

斂影宜投芥，藏鋒許佐砭。影敲松月白，香迓稻風恬。魚怕竿橫艇，鶯窺繡隔簾。莫誇磁石引，暗度又何嫌。

網

曾得千絲理，須開一面恩。秋雲涼過岸，晴日曬當門。珊樹空江老，漁燈斷港昏。求賢際今日，愼勿委烟村。

陶

苦窳知無慮，河濱自古陶。建瓴當取順，運甓敢辭勞。樓静鴛棲穩，臺荒雀影高。甕中餘退筆，香定泥飛毫。

冶

橐籥洪爐鼓，陰陽一氣經。有金皆受範，無土不爲型。劍委江烟白，鐘殘佛火青。方今勸農事，負耒向春坰。

春

似與砧同調，空山夜夜聞。夢回孤館月，聲斷一溪雲。香粒槽邊聚，秋泉枕上分。蘆簾歸正好，樽酒話殷勤。

詩

《周》《召》風騷祖，曹劉體格兼。鼎來頤可解，琴鼓慍何嫌。淡藻三辰麗，殫精五字嚴。性情去緣飾，逸品獨陶潛。

賦

壯麗天神感，敷陳藻繪增。五經明鼓吹，十載辨淄澠。揮灑誇劉載，精嚴擅蔣凝。春華如許擷，拓字楚辭能。

書

鏤鐵文華勁，封泥字影遒。硬黃垂玉筯，鮮碧界銀鉤。池墨蟠龍爪，窗雲簇鶴頭。何須嗤野鶩，小聖有誰儔。

檄

孫惠才華著，張儀露布聞。千言絃發矢，二尺氣騰雲。盾鼻新磨墨，鞍心穩綴文。德音稱論蜀，不欲震前軍。

紙

蠟液鐙階麗，冰油粉署鮮。芸香凝蠹簡，苔色膩魚牋。杵搗雲藍滑，簾敲雪暈圓。桃花春水浣，十樣潑蠻烟。

筆

虎僕名難假，鴻都價最高。一端縣似尋，三寸銳如刀。秋露垂麟角,天花燦兔毫。寄言班定遠,作史果何操。

硯

匣啓雲初割,溪澄石早刓。魏臺千瓦裂,孔殿七星寒。淨綠批龍尾,空青琢馬肝。陶泓稱善友,例作故人看。

墨

貝葉留香久,松煤選料殊。痕消魚腹影,烟濕豹囊腴。翠冷新磨玉,紅滋細搗珠。隃麋邀月賜,珍重貯金壺。

劍

斗碎人何在,林縣塚已孤。蓮花縣寶鍔,蘭葉錯金鏤。犀兕秋爭水,蛟龍夜捧鑪。珍藏不輕用,文彩煥星樞。

刀

鼓鑄三年巧,陰陽百煉珍。麥芒騰虎氣,蘆葉裂龍鱗。切玉霜鋒淬,鎔金雪鍔新。何須誇琫珌,滄耳正司神。

箭

剡木威天下,桑弧記始生。石蹲驚虎卧,樹折繞猿聲。寸鐵盤青簇,連珠綴赤莖。牟夷如擇術,肯冒不仁名。

彈

宛轉牙鞘製,輕圓竹繳形。鶯嬌聲戀雨,鴞健影虧星。柘碎香猶盉,珠沈翠易零。王孫莫輕擲,花館帛書暝。

弩

作弩傳軒帝,流星驗自秦。小黃符八石,大膽合千鈞。踰水鯨牙沸,摧山豹尾春。煮筋騰士氣,不止發機神。

旗

香幹轅門建,晴蕤寶帳開。掣雲天列陣,捲雪夜登臺。白鵲升華去,蒼烏破曉來。青飄楊柳外,羽騎載春回。

旌

六纛飛龍繞,雙竿彩鳳馴。相風春殿豎,析羽德車臻。香帶蓀橈鬱,星聯孔葢新。求賢方有藉,莫漫召虞人。

戈

駐日橫撝去,麾風倒載來。範金春士習,執荻武人才。血濺星芒落,沙昏雪鍔開。仲由曾起舞,待旦漫心灰。

鼓

鞠旅鉦人伐,催花小監提。鼉鳴江水立,馬驚塞雲低。珠網羅春讌,銅丸迸戍鼙。淵淵諧雅樂,寧復憶軍旗。

弓

西序儀文備,東房製度精。楚桃盤月滿,越棘劙雲平。象骨彷徨影,糜筋霹靂聲。挽強因志慮,漫尚虎賁名。

琴

孔操舒靈蘊,虞絃理聖襟。哀蟬鳴未已,孤鳳怨何深。桐石淡秋籟，松風生綠陰。此中有真趣，妙處不關音。

瑟

膠柱誰能鼓，安絃信可揮。金絲彈越女，珠淚掩湘妃。雪艷瑤臺散，雲和玉軫飛。好竽真是僻，吾守晏龍徽。

琵琶

馬上頻推手，琵琶夜度關。彈香來桂府，撥翠憶桐山。抱月黃金縷，團雲白玉環。江州老司馬，淚眼爲誰潸。

箏

郝素遺音少，蒙恬寄思精。傷心惟趙曲，快耳是秦聲。鹿角香風膩，鼉皮海月清。謝安緣泣下，哀響聽分明。

簫

嶰谷徵材異，伶倫制律微。越宮風暗度，吳市月明歸。江碧魚初瞰，臺空鳳已飛。九成協韶樂，詎與女媧違。

笙

墨子隨時好，王喬結素心。離鴻烟水暗，別鶴舊山深。西母吹成曲，南陔補後音。飄飄伊洛想，孺子豁塵襟。

笛

壯士流離感，仙人縹緲情。霜筠浮翠影，烟竹瀉寒聲。柳色橫關暗，梅花入苑清。西涼歌一曲，彷彿水龍鳴。

歌

天籟憑空發，長吟與短哦。荆卿悲易水，漢帝感汾河。雲遏周京麗，風諧舜殿和。不須嗟鳳隱，且自扣牛過。

舞

胄子遵文教，靈臺節樂歌。七旬干羽格，八佾豆籩和。伴鶴情多逸，聞雞志不磨。霓裳如許接，綷縩對仙娥。

珠

熠熠光騰闕，熒熒彩媚川。鳳銜星渚曉，龍吐月波圓。掌上鮫爭泣，盤中蟻曲穿。從教探赤水，未許委丹淵。

玉

魯寶含輝貯，荆璆待價沽。燕釵騰月魄，鳩杖琢雲腴。大德儕圭璧，微瑕匪瑾瑜。靈山瓊樹滿，翠葉盡棲烏。

金

揀後英華躍，鎔時寶氣浮。雙南珍麗水，三品貢荆州。秦市書誰易，燕臺骨已收。人閒無鮑叔，作礪志冥酬。

銀

天漢秋無影，神山夜有光。鏤盤雲液委，飾鼎月華涼。白鼠偏知義，雄雞亦感祥。何人投雪錠，幻術詫非常。

錢

漫詡求官易，誰嗤潤筆貪。心清時選一，水靜每投三。鵝眼花間認，鮫文甕裏探。咲他矜阿堵，銅臭可無嫌。

錦

十樣兜羅錦，承筐藻繪濃。花穿紅對鳳，浪滾縫盤龍。趁月宮袍麗，臨風步障重。夜行知有誚，遮莫故鄉逢。

羅

一卷留纖縠，千絲簇綺紋。蟬飛香疊雪，蝶逗翠描雲。團扇低無影，孤幃暗有薰。生塵嫌襪底，六幅漾湘裙。

綾

辛穆封題舊，桓元飾帳幽。圖雲遮馬眼，寫霧透龍油。唊餅紅初潤，裁衾翠欲流。長裾如可曳，廣袖更何求。

素

雪練千絲織，冰紈萬縷添。束腰餘裊裊，擢手趁纖纖。挾瑟風侵幔，箝書水漾縑。此心原可質，一白更何嫌。

布

白氎三端啟，青箋一幅拖。香荃春艸軟，吉貝木棉多。火浣花仍嬋，金塗縷自搓。衛侯崇儉德，媲美孔冠峨。

舟

宅泛五湖初，飄颻一葉虛。雪晴停晚舶，鐙亂散秋漁。湘浦新蓬鬢，吳江舊艸廬。濟川知有藉，利涉象何如。

車

同軌今天下，遵途萬里經。丹霄馳日馭，紫殿駐雲軿。春暖龍旌度，花明鳳輦停。輪轅去雕飾，不敗凜前型。

床

玳瑁連雲麗，珊瑚暎日舒。五香春列甕，七寶夜攤書。石葉攢屏際，銀花汲井初。松陰眠最穩，六尺趁扶疏。

席

許敬豪情舉，張純藻思敷。硯初偎鳳翮，枕欲押龍鬚。午雨香蒸艾，秋雲碧捲蒲。崑崙葭色好，拂拭勝紅毹。

帷

酒味連宵沸，書聲出幌遲。雪深金鴨冷，風捲玉狐窺。鐙火三更暗，春寒四角垂。恐卿傷盛德，呼婢撤瓊巵。

簾

筠影如波漾，珠烟與箔齊。鳥窺銀押鎮，燕入玉鉤低。花霧惺忪隔，春風料峭迷。成都人買卜，一桁夕陽西。

屏

障處風潛避，圍來露暗滋。艷紅交麗霧，嫩碧隔罘罳。雲母裁縫巧，天孫組織奇。神臺隨屈曲，多藉白琉璃。

被

蘭氣春初透，蘆花夢已非。鴛鴦銜玉舞，翡翠帶珠飛。朱寵曾辭錦，王良獨掩扉。長安誰病客，終日臥牛衣。

鑑

　　蜀岫嘉文現，秦宮異彩張。懸時冰射影，捧處月凝光。金錯磨烟淨，銀華浣翠涼。太虛涵萬動，形色本來忘。

扇

　　裁作蒲葵樣，團圞簇絲綃。象牙紅日障，鵲翅翠風搖。羅趁螢光撲，花經蝶意撩。五明方選士，不待七華招。

燭

　　暖色輕幃透，晶光寶鑑涵。蘭膏燒翠爐，蓮炬滴紅酣。鶴焰飄文篆，龍涎吐細醃。詩成何待刻，秉處夜遊貪。

酒

　　贊夏何人釀，宜春有客沽。蘭生調琬液，桑落配瓊蘇。小甕携梁市，飛觴遁阮廚。金貂如許換，多少玉山扶。

蘭

　　湘澤雙莖擢，秋芳九畹佳。暗香欣入室，深秀鬱生階。珮影光風汎，琴聲淡月偕。同心言最好，靈德葆空齋。

菊

　　酒熟何關醉，花開不爲晴。晚香依老圃，正色麗秋英。耐冷稱霜傑，延年表日精。東籬耽隱逸，誰復問枯榮。

竹

共谷檀樂暎,淇園苯尊圍。寒香篩月綠,清影散風微。黃犢新抽角,青鸞舊剪鞏。虛心還苦節,耐得雪霜威。

藤

荒岫金棱聚,蠻山石合繁。雞冠晴霧溽,龍手紫雲翻。香自縈床角,春猶抱杖根。藥厨收貯好,小朶佐清樽。

萱

小艸忘憂恰,高堂擢秀堪。花繁應樹背,香暖況宜男。浥露新黃沃,承暄濕翠含。問誰贈丹棘,幽思滿荒庵。

茅

堯屋茨初葺,荆州匭是供。水花吞五丈,風力捲三重。晝短秋陰薄,田荒月影濃。連茹占有象,不復歎蒙茸。

荷

植向東林社,浮來太乙槎。香添江上影,紅散鉢中花。珠實浮清露,金房簇綺霞。獨標君子質,豈肯委泥沙。

萍

綠罽侵沙暗,輕羅疊水新。鴨貪三月雨,鶴夢一池春。飄泊誠無定,纏綿自有真。楊花千萬點,生意悟前身。

菱

桂棹搖花碎,蘭杠壓翠齊。腕探鴛翼外,人隔鵠飛西。奩影藏紅豆，衣香浣紫泥。買舲蓮葉北，月白水風低。

瓜

西母芳初冽，東陵種已成。龍肝經蜜釀，魚腹宛香縈。紅雪滋瓊液，寒雲滴水晶。鎮心方有藉，納履果何情。

松

老幹參天立，貞蕤帶雪濃。根原蟠夏社，心詎戀秦封。釵影攢寒谷，濤聲撼夕峰。未須驚繫馬，從此看盤龍。

桂

珠雀翔仙闕，金鵝睡海關。一枝珍比玉，八樹影浮山。月小誰親折，天高許仰攀。皐塗陰正滿，新放彩鵬還。

槐

承蔭三公位，培根五沃田。落花香夢蟻，攪葉綠吟蟬。絲竹聞深夜，科名憶昨年。橫經向春市，雲破午陰圓。

柳

梁館絲輕漾，隋堤翠暗翻。攀條來北郭，望遠倚東門。波軟浮雲絮，春寒膩雪痕。空林聞畫角，風定暮烟昏。

桐

閏識三年後，秋生一葉初。鳳鳴金井落，鷺集玉堂虛。小閣晨霞敞，西窗夜雨疏。願為琴瑟用，詎肯委山樗。

桃

度索山前種,春園媚曉晴。紅時應過雁,花處早聞鶯。釀雪銀華潤,翻霞錦浪生。繽紛深塢裏,記否武陵行。

李

東苑春風早,南居翠質殊。冰盤初薦碧,雪椀乍沈朱。香軟泉浮玉,花飛露滴珠。整冠方自凜,蹊徑一時無。

梨

御宿留佳植,靈關結素氛。半枝晴帶雨,十里夢迴雲。雪液澆胸潤,冰花沁齒芬。哀家蒸食否,珍重比芳芸。

梅

洛淚閒居好,雲山老樹清。一枝逢驛使,五月落江城。雪嶺魂初返,梨花夢不成。春烟破殘臘,東閣逗詩情。

橘

陸績香盈裏,朱光樹列屏。金苞晴綴露,珠顆細含星。春水懷蘇井,秋風憶屈庭。踰淮雖化枳,氣味總芳馨。

鳳

授璽堯階苡,銜圓維水遊。紫庭常近日,丹穴不生秋。風翼翔千仞,雲儀覽九州。簫韶諧雅奏,郊藪樂同儔。

鶴

夜半鳴風際,秋來警露先。乘軒曾受祿,入帳定呼仙。稻熟盤金穴,花開舞玉田。知他清到骨,吹笛亦悠然。

烏

雙闕晨光浥,空林夕影翻。南飛頻繞樹,西使每棲烟。銅柱占風順,金罍抱日圓。夜啼應不歇,宛轉寫琴絃。

鵲

早負登春意,欣傳報喜聲。梁間春雨潤,扇外紫雲平。圓石何年化,長橋一夕成。玉堂當雪霽,早晚噪新晴。

雁

欲別增離緒,無端溯舊游。短蘆湘浦夢,衰柳塞門秋。月冷迷沙岸,霜寒過戍樓。人生比鴻爪,莫爲稻粱謀。

鳧

晚泊依漁火,晨趨暎釣矼。沙晴春浴渚,藻暖翠浮江。較鶴初形短,銜魚偶蹴雙。蔽天風雨下,有客佇篷窗。

鶯

一串珍珠滑,嬌鶯哢好音。歌圓風柳散,梭密雨花深。得友辭幽谷,逢春囀上林。携柑聽嚦嚦,陌上酒徐斟。

雉

介鳥徵璣象,原禽應火精。琶琵飛雊鼎,蹀躞羽懸旌。夏翟輝雲階,春羣下錦城。山梁安飲啄,不復感琴聲。

燕

繡户窺衣桁,空梁掩畫叉。曉簾香啄艸,午榭倦銜花。雨細紅襟濕,風輕翠縷斜。年來春色好,飛入野人家。

雀

楊寶三公兆,王祥一德咸。玉環偕翠隱,香艾認紅銜。穿屋誠無取,巢堂信不凡。嘉賓方賀廈,黄口敢貪饒。

龍

鱗甲修淵壑,飛騰麗絳霄。紀官明德啓,銜燭大荒昭。秋雨連江漢,春雷震汐潮。李膺門第峻,魚尾笑空燒。

麟

祥畜天心感,中朝德意交。星輝金瑞啓,雲爛玉書苞。靈毳遊春時,香塵在近郊。英姿標畫閣,芝葢望寧淆。

象

天竺牽轅順,蒼梧蹈土馴。恩深嫻拜舞,戰苦識轔囷。燧尾旌旗暗,藏牙艸木春。伽那如解脱,豈復致焚身。

馬

過阪鹽車釋,登臺駿骨諧。局轅場艸戀,泛駕陣雲酣。歕玉紆金垺,流珠濕錦驂。求良先去害,顧影每趁趣。

牛

潁水餘幽躅,桃林感舊蹤。腰常縈白綬,脰宛協黄鐘。賣劍斜陽散，牽轅斷塹逢。何人頻問喘，公輔奏時雍。

豹

君子文初變，將軍氣總豪。線花穿錦袖，艾葉縮戎韜。北國丹霞蔚，南山黑霧高。一斑窺自管，誰向九關遭。

熊

祥夢徵男子，嘉爻兆帝師。和丸原有藉，碎掌復何辭。別館春雲濕，青旗曉日熹。翠微方自守，逸氣稟蹲跠。

鹿

俟俟頻求友，甡甡不計年。隍中原是夢，林外却呼仙。蹀躞隨車至，葳蕤入畫傳。銅牌餘艸色，飲爾白雲泉。

羊

火蓄茅初化，金精黍最宜。噉珠誰絜爾，叱石頓來思。殘雪氄毛冷，斜陽下影遲。饗秦功必舉，珍重五羊皮。

兔

漢馬徵名異，梁園攬勝勤。呈祥知協舞，命中兆還軍。擣藥依明月，抽毫傍紫雲。忘蹄如有得，撲握對寒曛。

跋

　　詠物之篇，於六義爲賦。有賦而無比興，此詩教所以不克振也。昔之詠物，羌無故實；後之詠物，數典而求。幅廣較於易工，章短苦於難措。作者取精棄粗，舉一該十，每從神解超曠中包括衆有，能使讀者掩題而訣爲是題，莖草金身爲之拜倒。

　　　　　　　學弟吳省欽拜手，時己酉四月十二日

存素堂詩稿

續詠物詩一百二十首 有序

余向擬詠物詩百廿首,就李巨山舊題爲之。雪窗寂寞,復檢得題如前數,皆巨山所未及詠者。燈昏硯凍,隨意揮灑,拙者適形其爲拙也。至云粗服亂頭,愈形斌媚,則吾增愧恧多多矣。

雷

地氣滋華實,天聲震晦冥。衣冠肅深夜,鐘鼓協春霆。白水噓龍起,空山引雉聽。阿香車轣轆,撼不到書廳。

電

列缺施鞭疾,騰輝麗絳霄。燭難藏口脚,激欲掣霞腰。錦樹紅綃裂,金塘紫幟搖。博天開笑口,勝看火雲燒。

霜

屋瓦千層薄,山鐘一夜知。板橋人去後,秋寺月明時。沙磧鷹拳猛,蒹塘雁足遲。堅冰應致凜,惆悵曉楓詩。

虹

豔赫依山紫，連蜷亙水長。玉橋拖日霽，金井飲秋涼。上殿弓懸影，開爐劍掣光。在東看蝶蝀，莫漫說虹藏。

霞

夕影靈芝擢，朝暉若木承。海樓浮日出，秋嶺挾雲昇。綺帶金華散，杯添玉液澄。偶然餐一片，痼疾訒何曾。

村

漁稼隨時好，山村少俗氛。茅檐晴撲地，竹火夜停雲。細路梅花罨，下橋斷石分。人家多古樸，誰復誚無文。

洞

宛轉通雙闕，玲瓏據一峰。泉香飛蝙蝠，日暖聚芙蓉。古徑苔花澀，空巖石乳濃。桃源尋不見，終古白雲對。

谷

截竹來軒帝，抽觿待魯儒。虛時任風動，闇處定霞腴。樹聚遷喬鳥，場空食藿駒。知榮還守辱，臣請遂名愚。

澗

玉竇飛泉漱，周圍漾翠嵐。石囷尋不見，金餅拾何堪。縶綠春風染，芹香曉露涵。縈迴三百曲，惟有碩人諳。

鐸

牛上尋何幻，雷先奮自新。和聲諧樂律，狗路掌遒人。木葉山樓脱，天風寺塔振。琅琅清似語，口舌覺斯民。

磬

泗水浮來器，堯庭拊後音。香巖晴扣石，仙閣靜浮金。山月一樓白，曇花孤館深。棱棱戛秋玉，響徹碧梧陰。

箴

魏絳精嚴語，崔琦錦繡胸。宛然針淬鍔，莫謂筆藏鋒。確切防微意，深沈補闕悰。不嫌攻太急，有疾可從容。

銘

温潤書前烈，清新感至誠。孔門僂一命，周廟慎三緘。雲護湯盤字，霜封武鏡函。太常功具載，座右立之監。

戟

十二前驅導，龍光貫繡襜。櫶槮排鐵室，左右列金門。摩刃風鈴語，交枝雪鍔翻。至今石鼓側，槐蔭古苔痕。

田

麥秀雲浮壤，花明雪映廬。蘇秦矜負郭，虞仲請攤書。玉暖春烟潤，星靈夜火虛。十千歌歲取，倬彼藉新畬。

道

樽酒中衢盎，鶯聲曉市鏘。書函紆雁足，車軌闢羊腸。沙捲風烟老，泥融雪蕊香。驊騮饒逸氣，萬里任騰驤。

海

地脈空浮水,雷聲夜湧濤。扶桑紅旭漾,叢桂净香遭。鯤壑排雲麗,鵬溟擊浪高。朝宗任江漢,東望勢滔滔。

江

沔水腴田溉,荆池畫艦停。鸚洲空漱月,鵲渚净涵星。練捲秋潮白,銅磨夜潋青。數峰摇潋灩,鼓瑟溯湘靈。

河

積石源開導,葱山氣鬱蒸。禹功遺玉牘,舜德燦金繩。神馬瑶圖負,靈龜瑞讖徵。輕舷浮裔裔,九折豈難勝。

洛

周觀泱泱水,堯壇浩浩流。黄圖銜鳳枊,洪範錫龜疇。波湛明珠湧,濤喧藻玉浮。冰澌無一點,昤彼宓妃遊。

城

雲闕翔雙鳳,天都御六龍。罘罳籠鐵甕,睥睨辨金墉。草色重闉透,花光萬堞濃。孤烟望迢遞,霞景煥芙蓉。

門

北掖印車表,南端閶扇排。日暄梁鵠牓,雲煥蔡邕牌。秋嫩烟垂柳,人歸緑夾槐。何如閶闔曉,趺蕩鳳凰街。

市

塵闤千氓聚,珠廛萬户熙。燕山秋擊筑,吴館夜吹篪。賣藥閒携鶴，擔花穩聽鸝。旗亭香酒熟，偏愛放燈時。

井

記得四川錦，依稀濯翠幹。泉香浮玉甕，露潤亞球欄。塞馬窺瓶綠，秋蛙吸綆寒。丹砂如見採，聲轉轆轤盤。

宅

五畝寧嫌隘，三椽恰愛閒。種應多綠竹，買合傍青山。蝸舍雲溪外，鶯巢雨樹間。羨他陶處士，趁月荷鋤還。

池

杯泛金塘水，壺浮玉沼烟。釣魚疏柳外，飲馬夕陽邊。菡萏涵漪淨，蜻蜓蹴浪圓。當年陳廣樂，雲漫十三絃。

樓

百尺朱甍麗，三層碧瓦崇。笛聲涼月白，簾影夕陽紅。香軟窗窺燕，江晴戶瞰虹。仙人居處好，縹緲總憑空。

橋

畫柱危樓接，飛梁斷岸紆。躩來虹影白，鞭處石痕粗。機短星浮鵲，梅寒雪壓驢。吹簫明月夜，二十四橋俱。

經

開劑文章府，權輿道義門。庖厨調正味，淵海葆真源。金玉三墳煥，天人六籍尊。後生涵聖訓，粲粲説郛存。

史

鴻寶山中祕,良才柱下充。記言還記動,書過亦書功。漢志蘭臺備,周官石室崇。獲麟無直筆,班馬庶稱雄。

薪

楛紃根盤石,長林綠意騷。山空秋露緊,竈破冷雲高。此筆何妨炙,如人亦有勞。江淹緣底事,將鬻侍中袍。

炭

萬壑翠蒼茫,秋風草木黃。煨餘山柳性,偎伴屋梅香。愛日留春館,輕烟幕畫廊。笑他雙鳳影,燒否驛雲涼。

絲

紕組工爲用,紽緎妙取裁。繭香春雨膩,漚水綠雲隤。紅袖圍金屋,清琴響玉臺。一鞭花影外,又逐軟風來。

綿

麗密比吳縑,盈筐纊影纖。日黃溫可愛,雲白軟何嫌。柳絮前身幻,藜花別夢淹。何人風雪裏,高臥掩蘆簾。

印

芒角歸周正,曾傳相印經。山中嵐委白,江上字餘青。石鵲飛珠幰,金駝擁繡軿。洛陽王校尉,井畔辨書銘。

綬

瑞玉纏綿繫,祥金次第添。鳳翔天影曙,雞吐日華暹。艾葉千絲組，桃花一桁簾。蕭朱今已矣，珍重護青緺。

冠

岌岌崇周制，峨峨仰素王。翠緌花暈淺，文竹月波涼。烏認瓜田下，蟬窺藥省翔。因思進賢者，一樣綴明璫。

帶

太息撫余珮，黃河如此深。茱萸晴抱玉，芍藥瑞圍金。魚掣水雲影，犀寒山月陰。攤書拾香草，何待繞腰尋。

裘

紫綺三英燦，殘繒百結編。魚竿閒釣渚，鶴氅曠雲山。已歎黑貂敝，不知青鳳還。鷫鸘雖典去，文藻滿人間。

履

赤舄那堪曳，青絲無點埃。雪中沽酒去，雨後看山來。金壓春階草，珠縈別館苔。寄言白居士，望斷朵雲回。

韈

素縞織龍梭，巴山一匹羅。材非供畫竹，步恰好凌波。鴉白霜華慘，渠紅日照多。不逢青眼客，踉結問誰何。

衫

莫歎客衣單，春光海樣寬。鳳毛黏翠重，燕尾帶紅殘。蕉雨侵幃濕，荷風入袖寒。何須誇杏子，深院落花攤。

氈

帳裹春如海，堂前墨正磨。四圍花不少，一夜雪無多。坐客寒應減，羈臣咽若何。我家餘舊物，燈火起摩挲。

枕

不作盧生夢，空庭歲月長。沙場搜琥珀，春殿聚鴛鴦。白石自秋色，黃花多古香。年年飛柳絮，消受幾分涼。

杖

鳩影扶階綠，蝦鬚映日紅。書聲天祿閣，秋色廣寒宮。賣酒頻年醉，看雲一笑空。葛陂如可到，吾欲訪壺公。

鑪

吐氣蓬萊頂，揚芬鼎鼐旁。龍蟠晴旭暖，鴨睡夕曛涼。寶篆霏烟細，名花接夜香。廬山有仙境，雲白水茫茫。

釵

妙許同心服，還爲耀首貽。別來驚瑇瑁，賜出煥旌旗。唐殿鸞飛早，秦宮鳳下遲。人間誇十二，老去重蛾眉。

案

竹陰空青委，松齋淨綠鋪。石花分月魄，玉葉半雲腴。墨瀋吹何有，縑香淡欲無。更須勤拂拭，官樣紙新糊。

笈

徐穉論交篤，包咸受業專。蠹邊餘幾字，驢上負多年。卜市雲橫影，書倉玉吐烟。紫臺文最古，妙蘊果誰傳。

籢

入學何妨鼓，還家妙與依。衣香縈短桁，書影淡秋幃。文錦連雲返，明珠帶月歸。岱宗虔探策，八十果無違。

籠

宰相扶持久，書生寄託艱。溪香鵝浴水，嵐白鵠棲山。藥氣當爐沸，花光隔檻還。小詩題滿壁，笑爾碧紗慳。

鼎

負俎講王道，得璜稱上賓。神姦辨微渺，金鐵發精神。日煜龍文麗，風和雉影春。汾陰遺寶器，山海百祥臻。

盤

學得長生術，丹金鑄作盤。冰花融細膩，春餅映團圞。水定星光聚，天高露氣漙。銅盂微有凍，萬里已知寒。

樽

問訊空山老，山中得醉無。提携在東阼，斟酌到中衢。江海量難具，雷雲形不誣。躋堂介眉壽，春酒湛醍醐。

鉢

伴爾磁瓶久，拈花一笑初。青蓮開頃刻，香飯現空虛。響滅詩成後，光圓膳撤餘。夜深風雨大，知是咒龍車。

甌

聞説書名者，曾煩一覆勞。青涵雲絮活，白盞月輪高。酒氣融金液，茶烟泛玉濤。可憐犀筯擊，秋殿手頻搔。

甕

怪爾三都賦，如何覆酒云。香厨秋貯露，圓牖日滃雲。松壓殘書字，花留退筆芬。黃壟足三百，薄醉趁斜曛。

箸

有菜始需汝，撞鐘非所宜。此籌臣請借，一震客何爲。青竹香黏匕，紅梁濈膩匙。萬錢無下處，竟似贈安期。

篙

萬里浮家穩，輕篙刺畫艒。桃花明港石，葦葉打篷窗。夜雨高三尺，春風綠一江。靈胥寧許戱，裹布渡神瀧。

帆

一幅布帆掛，蕭然蘆荻鄉。愁人湖海夢，增我水天涼。細雨來無恙，西風飽不妨。歸舟頻指點，江口又斜陽。

粥

羨爾咄嗟辦，素馨吹不飛。可知斧冰屑，最怕典春衣。鼎瀉翠濤滑，匙翻紅豆肥。口香留七日，携許半甌歸。

糁

肉食者原鄙，蒸藜如此清。何人薦春餌，半夜熟香秔。紅暈桃花粥,青翻柳葉羹。調和功不淺,分餉午窗晴。

茶

顧渚香搓乳,蒙山紫涴霞。天留穆陀葉,人愛聖陽花。蟹眼銀甌雪,蟬膏石鼎芽。竹爐添活火,一縷碧烟斜。

羹

斟雉天厨渥,煎梟御館開。清香淡藜藿,正味發鹽梅。碧潤香芹滑,寒山玉糝煨。秋風憶蒓菜,爲置紫霞杯。

餳

粔籹秋江怨,華陽二百幡。香凝煮冰屋,聲隔賣花村。剪燭頻徵典,含飴且弄孫。可憐寒食節,説餅又黃昏。

油

冷艷期魚素,輕烟散鳳街。院風酥奈實,山月潑松柴。紅穗銀缸剔,春膏玉甕揩。桓元舊寒具,開絹凍雲皆。

稻

虎掌名須記,蟬鳴候可稽。暖雲蒸斥鹵,肥雨滑春泥。花罨碧泉亂,飯香山屋低。恐教鸚鵡啄,擔向夕陽西。

麥

餅餌依稀到,麰麷大小同。根培來年雪,香散掃花風。鐮影夕陽外,車聲黃葉中。一天晨氣潤,父老話年豐。

葵

衛足空圍好，移根古囿晴。霜寒秋葉老，日午素心傾。鴨脚搓香軟，蟲絲冒翠輕。鍾山監米外，又傍蓼花橫。

豆

記得南山下，停鋤聽雨棚。秋花田十畝，香粥月三更。碧煮沙瓶浄，紅滋竹井清。不須矜玉糝，爲佐腐儒羹。

葱

莖葉喜披拂，荒畦三畝斜。人間和事草，詩裏潑油花。香膾搏輕碧，春篘試細芽。元都留上藥，絕勝飯胡麻。

菘

不有金門客，誰參玉板禪。髯鬖秋雨後，醞釀曉霜前。寒碧欲盈把，新黃初試拳。蓄他三兩甕，足結冷官緣。

柿

七絕人間擅，松陽種傍廬。萬株韓愈詠，滿屋鄭虔書。絳蠟和雲凍，金衣映日舒。華林園裏望，老樹更扶疏。

棗

荆棘外殊雜，赤心中固純。獻猶説西海，撲不到東鄰。短巷竿聲緊，秋山露氣勻。一林紅玉皺，微帶晚霞皴。

杏

嘉植移蓬島，仙根鬱瀨鄉。絃歌古壇坫，科第舊林塘。繞宅但湖水，入山無草香。花村與花堰，各自占春芳。

蕉

急雨忽然至，院深剛下簾。綠天誰覆鹿，涼月乍移蟾。花外美人妬，雪中詩思添。東風緣底事，暗地拆書函。

蒲

抽蒂經朝雨，含葺待夕陽。訟庭鞭落影，書舍牒留香。棒水爲誰綠，扇風如許涼。南塘春一色，兩兩護鴛鴦。

苔

廢苑無人至，幽香到處逢。蟲書留玉篆，屐印認泥封。風圯垣衣破，花牽石髮鬆。鬖髿緣砌上，點點露華濃。

蓼

三兩漁舟外，依稀見宿根。汁香釀春酒，花老佐秋豚。野水寒烟積，空塘落月昏。劇憐尹都尉，種蓼有書存。

蒿

醜類最繁富，入秋名不訛。西風響蕭荻，涼露滴莪蘿。駒秣翠猶在，鹿鳴香更多。曾聞作宮柱，詎止媲嘉禾。

葛

結蔓碧相引，冪烟青欲飄。春風憐弱質，中谷施長條。蠶啄鳥聲碎，絲抽燈影搖。衣成掛蘿薜，涼月擁深宵。

艾

作佩固無當,入湯原不淆。人方醫老病,燕又避新巢。藥臼和苓擣,冰臺借芷捎。湯陰有黃草,珍重寄寒郊。

桑

直舉天高處,千年不改柯。荒田變東海,古社記西河。赤鯉雲湖淨,春蠶雨葉多。彈箏歌陌上,問客感如何。

榆

圓莢一林綴,小錢剛出囊。折巢看鵲起,控地識鳩搶。階雨垂簾綠,關雲擁社黃。祇應種天上,歷歷現星芒。

椒

郁烈復蕃衍,美哉葩擅靈。播芳紫檀霧,攝氣玉衡星。獻歲春花醑,塗泥錦屋馨。爲渠蠲百疾,蜀壟種青青。

楓

蕭蕭一千丈,長楓果出群。酒人醉秋露,山鬼笑孤雲。漢殿香膠浣,吳江白浪分。停車坐林下,爲爾滯斜曛。

椿

壽考貞材享,烟霞野性宜。春秋八千歲,風雨兩三枝。芽嫩紅鹽配,香疏碧蘚滋。中庭方合抱,奕奕挺靈姿。

榕

莫謂生姿弱,連蜷百尺齊。鬚蒼烟窣地,根古翠蟠泥。山立馬初繋，庭荒鶯亂啼。斜陽入高閣，榕樹倚榕溪。

槲

樗櫟豈無用，入林烟景迷。秋風淒白雁，曉日上金雞。樸樕寒山外，彫零廢寺西。不扶能自豎，莫漫委荒溪。

檀

我樹子無折，小園今正芳。河干聲坎坎，車輻影煌煌。臘雪培根沃，秋風吹葉涼。樸樕戒先斫，山野幾留良。

鵠

一舉便千里，污池非所安。影憐菊裳薄，香啄藕花殘。比翼日華白，摩天雲路寬。空籠猶許獻，不作鷺同看。

鵬

水擊三千里，圖南此一登。神魚欣有托，凡鳥恥爲朋。變化生風雨，扶搖謝弋矰。漫空飛白雪，問爾落毛曾。

鷹

氣猛易攻取，雄心誰與言。雲深棲茂樹，風勁擊中原。畫壁蒼烟古，房山白草昏。天和須感召，早晚到春溫。

鵰

刻制鵰之性，乘風六翮翛。眼明雲路迥，拳老雪天驕。荒磧衝烟起，春冰帶血消。長楊如許奉，餘力借扶搖。

雞

與爾共風雨，寒窗今幾年。棲遲塒桀穩，瀟灑羽毛鮮。茅店鳴荒月，秋籬咽冷烟。英雄舞中夜，莫誤聽啼鵑。

鳩

宛彼飛鳴者，陰晴汝竟諳。鵲巢居尚可，鳳閣集何堪。杖影摹春社，琴聲感石龕。大鵬休取笑，萬里快圖南。

鷺

淺渚低徊久，幽姿洗刷勤。毿毿絲偃露，磊磊脚盤雲。白石立秋浦，圓沙明夕曛。有時弔孤影，天外一行分。

鷗

有鳥似輕漚，忘機水上浮。舍人封碧海，閒客占滄洲。夢穩蘆花帳，涼深藕葉舟。此心盟日夕，從不爲饑愁。

虎

探穴可無惴，負嵎何所求。腥風掀草木，白日走羊牛。鬼火諸峰變，山聲一夜秋。緣他苛政猛，增我使君愁。

狐

一腋千羊抵，餘威隻虎憑。絳帷潛報雨，黑水暗聽冰。華表晴磨柱，叢祠夜避燈。媚珠雖有耀，不敵此心澂。

猿

靜緩山公性，棲遲愛茂林。峽中連夜雨，烟外擁條吟。碧玉酬齋鼓，紅絲感爨琴。縱然輸越女，老我白雲深。

貂

北海文章窟，東瀛富貴天。不堪煩狗續，要自喜蟬聯。栗雪雙扉掃，松雲一樹圓。當時蘇季子，裘敝有誰憐。

鼠

山曉社君匿，兩端持太拘。飲河惟滿腹，鬭穴底捐軀。幡毀祇園炷，床攤具闕珠。蘭亭許臨寫，吾欲挦伊鬚。

驢

策蹇尋幽僻，何人舉手招。寒山詩思引，孤店酒旗飄。春草雲雙潤，梅花雪一橋。京華三十載，誰歎故鄉遥。

駝

古拙存吾性，而何嫵媚誇。泉香秋衍脈，水淨夜盤沙。黃帕經函委，紅鹽雪驛加。無端多所怪，馬腫背原差。

狗

畫虎恐其類，續貂良可憎。夜村驕似豹，秋獵猛於鷹。帨影花間屋，鈴聲雪外塍。韓盧非不疾，掣肘更何能。

猪

且牧伯鸞豕，言還司馬貚。十年依海上，一笑謝遼東。官路槐陰滿，秋山梓蒂空。金鈴曾擊背，遮莫畫屏風。

蛇

吞象三年飽,乘龍五緯明。毒雲深壑聚,秋草一川平。援劍知天意,銜珠驗物情。語君休畫足,凡事戒先成。

龜

六室依方位,千秋秉静嘉。字排堯璧焕,文列禹圖華。曳尾尋蓮葉,揩床泊土花。只緣益衰老,科斗落人家。

蚌

不斷江雲濕,多時海雨鹹。波明珠孕魄,天净月離函。彩焕樓頭鏡,烟鋪水面帆。方將遊五岳,風霧起空巖。

蟹

何處監州好,漁庄有徑通。菊天新酒緑,水滸一燈紅。昏港雲迷籪,寒村雪壓篷。横行渺湖海,春霧怕迷濛。

蝦

水漫沙虹委,橋低海馬奔。長鬚新緑捲,空殻嫩紅翻。蘆葉夢深淺,稻花香吐吞。擊船富春渚,撈傍月黄昏。

蟬

弗藉晨風引,飄然萬緑齊。一鳴足清聽,得樹便高棲。廢苑辭烟起,寒林抱葉嘶。禪心緣爾徹,寂寞對空堤。

蝶

試問羅浮境,莊生已不知。輕誰憐鳳子,捎最怕鶯兒。粉涴香裙幅,塵縈玉屑絲。簾開春夢醒,花氣正濃時。

蜂

微雨泥房潤,春風蠟蜜和。小欄留韻淺,深院聚香多。花釀紅黏甕,巖空翠冒窠。座中有仙客,飯罷影羅羅。

蠅

聲色遽能亂,暖寒寧弗知。積灰聊藉此,故紙且鑽之。驥尾雲程附,雞鳴月寢疑。負金當自愛,污璧是何時。

蚊

隔幔雷聲隱,窺入豹腳斑。荷鬚燃火送,柳絮飽風還。燈暗遂成市,秋深空負山。終宵不能寐,底事黍民頑。

螢

腐草荒榛外,清光悶自持。炎天常不熱,暗地亦無欺。扇小秋心動,簾疏午夢宜。飄零何處好,珍重薄霜時。

蟻

撼樹縱無當,慕羶誠有因。由來循弟子,不獨識君臣。槐國雲埋垤,柑鄉雨浥塵。冠山同戴粒,物我總游春。

蛙

不問官私地,居然雨部傳。多言竟何益,有氣却誰憐。碧草綠苔院,清風明月天。持頤赴秋水,鬧煞柳塘烟。

蟫

烟海恣游泳，文津快頡頏。蘭臺穿玉字，芸館掉金章。燈火尋何處，詩書飽不妨。伊誰同脉望，三度食天香。

跋

　　取材之博，修辭之雅，固不待言。其中如"春風綠一江"、"梅花雪一橋"等句，風神澹蕩，右丞、襄陽之遺韻也；"風勁擊中原"、"拳老雪天驛"等句，氣骨蒼渾，供奉、拾遺之宏軌也。由前之説，是爲高士；由後之説，是爲英雄。詠物至此，李巨山輩何從問津耶！

培叔弟施朝幹謹跋

帶綠草堂遺詩

（清）端靜閒人　著

帶綠草堂遺詩

雁字三十首次韻

　　木天悵望愧雕蟲，那及天然點畫工。小抹淡隨寒露立，半橫細入淺雲籠。三千古碣文誰檢，十二高臺興不窮。灝氣長空真漱盡，筆端清味積來雄。

　　昨夜豐山響石鐘，霜前一字寫秋容。蠻書細畫來平楚，戍束新封寄古邕。苔徑輪他蝸篆瘦，松林蘸得墨烟濃。鴛行若許同揮翰，舒翼趨階貌本恭。

　　健翩扶搖未肯降，連篇橫拂洞庭矑。霞蒸玉筯棱棱直，風散銀鈎筆筆雙。石室飛花迷暮靄，漁燈涵影入秋江。天涯多少傷心客，莫寫啼痕近客窗。

　　萬象包羅一卷詩，破空描出水天思。誰云鳳沼專歸勖，可惜鵷群已贈羲。秋雨迷離人間渡，野雲黯淡客臨池。鹿鳴宴及來賓日，珊網精金著意披。

　　石函百仞倚晴暉，拭眼丹霄妙入微。沙白新翻黃紙硬，山青全印墨痕肥。文心向晚通神速，旅夢隨風認是非。一自蘇卿書寄後，爲人辛苦北南飛。

一隊縱橫掃碧虛，亂峰遙隔數行疏。五湖到處常逢汝，八法何須強問渠。偶惡絃鳴因閣筆，詎憂糧乏便傭書。羨他空濶波瀾老，妙稱頻年澤國居。

淋漓界破碧天圖，醉墨微茫抗酒徒。若使太元生瓦屑，誰將飛白裹金瓿。沙痕已印梅花瓣，聲譜無諧鳳穴雛。野鶩家雞隨舉似，不須仿木效村儒。

辛苦鴒原顧影齊，天涯未怕道途迷。孤飛斷港偏鋒掠，倦宿寒汀一筆低。蕭館停雲分舊榻，榆關落葉送新題。書空咄咄真何謂，往事淒涼雪後泥。

揮豪到處素心偕，不羨梧岡韻獨喈。誰解索書汀有鶴，欲勞題壁石如蝸。軒軒健格頭初舉，渺渺晴霄目試揩。秋水長天鄉夢遠，苦吟何地問津涯。

足下風煙任翦裁，何人能識倚天才。久從碧落碑前過，直到青雲梯上來。吳楚通流波并偃，關山列陣筆難摧。頻將游霧縈空法，寫向危峰第一隈。

遠眼模糊望不真，曉窗寐寞問歸人。有形字更憑誰指，無譜書偕造物論。極浦生潮初潤玉，晴沙如雪宛鉤銀。奇山宕外留題徧，北到幽燕西到秦。

逸氣沉酣暎日曛，冥冥橫灑五花雲。秋潭倒臥龍蛇影，晴磧新增蝌蚪文。一畫直同天地老，六書何待古今分。祇應上界留真本，不許傳流鳥雀群。

撇過雲羅沒點痕，自然成象悟乾坤。雙飛合寫新夫婦，同姓能書好弟昆。秋雨人家題畫閣，晚潮空舍浣花邨。傳神一入林良手，橅得蒼碑缺畫存。

湘妃寫恨滿琅玕，共此秋心入塞翰。琴外送聲傳妙趣，江頭落影漾文瀾。漸高勒帛銀河近，小注凌波錦韈乾。結想衡陽峰頂上，那教俗手揣豪端。

妙墨虛無曉度關，題殘楚澤與吳山。烟波以外分明見，風水之文宛轉嫻。鳥跡居然淳古在，天書定自玉皇頒。稻粱詎息翀霄志，臨罷黃庭半日間。

秋色清華斷碣邊，翠微千丈素羅箋。宵征靜錄天人榮，尺幅橫描山海篇。點水超超真入妙，飛空草草便成顛。蒼苔識得岣嶁跡，驛使無煩召謫仙。

結體崢嶸取勢遙，長風捧出麗丹霄。蔚藍中曳千行墨，遠碧濃塗十幅綃。寒暑未停文苑筆，雲霞好入太平謠。一從漢武歌成後，高駕飛虹躎彩橋。

結構虛靈宛象爻，低昂欹整翼相交。雲書跋尾湖山卷，梵體當頭鷟鷟巢。骨瘦但聞飛燕似，格高不付小胥鈔。數聲已作秋聲賦，更掠纖波軼白茅。

霜雪猶呵欲凍豪，湘江鎮日註離騷。罡風洶湧心花怒，濕霧模糊筆漬高。雲冹玲瓏排小隸，烟絲珍重繞靈璈。銜蘆更負藏身哲，始信書生富六韜。

天門初闢榜銀河，可有鴻裁衆口哦。夜市千家賣竹扇，秋雲一片印花羅。側因驚吹疑神助，浴盡長波試醉魔。毛羽自豐標格好，肯將文字作身囮。

莫嗤春蚓與秋蛇，不關儒生夢裏花。塞外文光天在下，江南書舍水無涯。枯藤倒影山溪瀑，新月橫鈎石徑沙。玉柱飄零琴韻斷，醫愁何術學塗雅。

江北江南水氣蒼，共隨今雨入漁莊。芙蓉垂露迎秋色，沙漠奔泉背夕陽。醉寫何妨輸草聖，暗摸終恐悞中郎。真經要借空空手，漫把鵞群贈與王。

小作欹斜一畫輕，縱橫成陣亦分明。秋光慘淡文章老，霜氣沉酣天地清。濡筆儘隨波浪濶，傭書可減稻粱爭。教他董趙生慚愧，妙蹟通神不近名。

霜冷吳江夜抖翎，燒殘野火當藜青。雨餘神鬼連宵哭，漏靜蛟鼉隔水聽。極浦航歸因草草，遠灣烟霽一星星。雲龍山下空回首，點筆山人放鶴亭。

天與雲霞作剡藤，橫空腕力得風增。瀟湘清怨詩千首，羅刹晴潮墨一升。小住鷗波憑浩蕩，幾時鳳闕許飛騰。迷離苔蘚黃昏蝕，細辨碑陰月是燈。

珍重寒衣萬里投，亂砧聲裏斷雲流。發書有淚傳青塞，罷織誰家倚翠樓。繡被易涼人易遠，迴文難學婢難偷。紅繩足下仍牢繫，粧閣歸來句再酬。

　　江湖兄弟并書淫，令節茱萸望遠心。歧路分攜成折股，順風直下試懸針。偶鳴得意鶯遷木，忽寫離情鳥憶林。草滿池塘歸未遂，欲尋佳句夢中臨。

　　碧落高寒興正酣，誰將搨本寄江潭。水澄文荇波三折，山拭晴嵐石一函。妙手真從天半倚，秋心全向筆端含。浮圖頂上曾題徧，千佛名經獻彩曇。

　　白雲淺處認牙籤，朗朗真宜衆目瞻。波抉晴灘初紙拂，露研春草有花黏。蕭蕭竹借凌霄管，軟軟沙鋪對岸縑。全力拓開周萬里，精神更聚在豪尖。

　　起草飛從弱水巖，春秋相值語呢喃。人家江浦花封字，使者燕關雪凍函。天上圖書無尺寸，世間筆札別仙凡。殷勤愛煞清虛府，好借輕雲畫素衫。

詠盆中松樹

　　偃蹇依然水石清，貞心獨結後凋盟。生來不受人攀折，雪共荒寒月共明。

跋

端静閒人者，先太夫人晚年自署也。太夫人通經史，工韻語，顧有所作，秘不示人，投藁古罌中，值朔望輒引火焚化，且曰："水流花放，跡象奚存？月白風清，光景斯在。"聞之者以爲見道語。逮太夫人逝，竟弗獲留隻字。兹僅就善夙所誦習者，鏤版以存，俾我世世子孫焚香盥讀，知文章衍澤，貞白傳家，固有所自云。

男法式善謹跋

述

　　先太夫人心性和平，出語清婉。近體五言如"家貧秋覺早，樹缺月宜多"、"焚香忘拜佛，看畫勝遊山"、"讀書合深夜，喫藥及中年"、"燈昏書味永，雪冷粥香遲"、"病樹無蟬響，空塘有鷺飛"、"雪縈鴉棲樹，風高犬吠門"、"棗紅高樹日，竹綠破籬霜"、"芰荷香抱屋，楊柳綠隨溪"、"池風吹草濕，春月入簾虛"、"桃花紅抱郭，松葉綠圍山"、"秋在蒹葭外，詩成風雨時"；七言如"酒店春風牛背穩，板橋新雨馬蹄香"、"習字最宜新雨後，看花多及晚風前"、"馬齒菜香秋雨地，雞冠花艷晚霞天"、"庭草綠殘聞蟋蟀，水花紅賸見蜻蜓"、"苣館雨晴蝴蝶鬧，藕塘風過鷺鷥閒"、"睡早不知花放晚，心閒但覺蝶飛忙"、"漸少吟詩思作佛，不多栽樹爲看山"。皆可傳，惜全篇不記憶矣。

法式善謹述

韓太夫人行狀

太夫人,氏韓,父諱錦,字靜存,號野雲,遼東人。其四世祖以武功著,隸内府正黄旗漢軍。靜存公究心閩洛學,爲東軒高文定公識,妻以女,太夫人即高所出也。有夙慧,五歲喜讀宋五子書,十三通經史,喜覽古今忠臣烈女事,又能記識稗官小說、神仙鬼怪,偶一論說,可喜可愕,聞者靡不感奮傾倒。年十九,歸先大夫,事堂上備得歡心。又善蘊習家政,時方萃族居,太夫人經理半年,内外秩然,咸稱有法度。乾隆十八年,法式善生,承先大父命,爲先大夫後。彌月,就撫於太夫人。太夫人時年二十餘,其後亦無所出。

法式善姙七月而生,稟質尪羸,三月不能啼,四歲僅扶床立。一粥也太夫人嘗而哺焉,一藥也太夫人審而啜焉。晝依左右,時時摩拊察寒煖。夜漏下猶欹枕,聽鼻間呼吸聲,燈熒熒然,手一編未輟也,率以爲常。法式善五歲痘疹劇,太夫人百法調護,廢漿米者三日,不寢者二十餘日,不釋衣褌者且七閱月,如是而僅得生也。然元氣益裰損,六歲行尚不離背腹,語尚不辨聲音,偃息而已,遑計讀書識字乎哉。九歲,先大夫捐館,太夫人號泣欲殉,以法式善在,決意撫孤。而先大父以乾隆十九年罷官,家中落,移西直門外海淀居。先大夫歿,日費益耗,無力延師。太夫人以教讀自任,日夕訓課。法式善七歲後,太夫人教識字,誦陶詩,至是肄習,尚不覺艱苦。然太夫人條誡甚密,一篇不熟則不命食,一藝不成則不命寢,太夫人亦未嘗食、未嘗寢也。間謂法式善曰:"我雖女流,側聞大義,寧人謂我嚴,不博寬厚名,误儿撤业也。"迨法式善入庠食饩，应试诗文，太夫人必手为评骘。辛卯京兆试报罢，太夫人颇勤慰之，而谆诲不减曩畴。中年喜静坐，终日垂簾，瀹茗焚香，不出庭户，颜其楣曰"端静室"，自号"端静闲人"。乾隆三十九年春患肺疾，以积劳遂不起。临逝犹执不孝手曰："汝能登第则当以名宦自勖，否则亦当作一正人。"

呜呼，言犹在耳，何日忘之？法式善德业不进，深以负太夫人教为惧。顾每一循省，太夫人以母教而兼父师，即史策所载，罕有伦匹。太夫人之殁而葬也，法式善孤贱，饰终诸礼阙如，迄今二十二年矣。幸厕名卿大夫後，不至陨越贻羞，敢忘所自耶？太夫人喜为诗，不自收拾，稿多不存，所记诵者，《雁字》七律三十首、《咏盆松》七言绝句一首耳，谨撮生平崖略，濡泪以书，敬竢钜儒硕士锡以传记，则感且不朽。

乾隆六十年乙卯八月法式善谨状

附廣順詩六首⁽一⁾

夜　步

萬葉悄無聲，一蟬吟不已。披衣步月明，前溪暗烟水。

即　目

捲簾春雨過，庭日已西斜。蜂蝶休來擾，呼童掃落花。

贈　僧

生平怕參佛，一日未離僧。說到無生滅，知君也不能。

晚　坐

不知月已上，但覺秋無聲。瞥見螢飛過，花間數點明。

（一）　輯自《熙朝雅頌集》卷八三。

秋晚玉泉山即事

山氣著人涼,蟲聲入夜苦。月明燈漸昏,松花落如雨。

驚起鷺鷥飛,且踏秋烟往。不見打魚人,但聞荷葉響。

埽葉亭詠史詩

（清）來秀　撰

埽葉亭詠史詩序

　　左太沖《詠史》詩，推千古絕調，以其兼有三長，出以涵泳，雖論古人之事跡，能見一己之性情也。後代詩人詠史之作，散見各集，率止數篇。其詩亦瑕瑜互見，蓋史學有淺深，詩學有工拙耳。來子俊世兄，精熟史事，繼美詩龕，嘗論自漢以來二百三十人，各賦一詩，編成一集。語不主常，論不涉異，臞括婉約，不獨絃外有音，更覺味中有味，令人尋之不盡。非本乎性情而兼乎才學識者，烏能若此至。其神韻天然，如羚羊掛角，無迹可求，尤得滄浪三昧，讀者能體之。他日流傳，應與太沖《詠史》并有千古矣。

　　　　　　同治癸亥仲夏之望世愚弟滁樓宗稷辰拜序

埽葉亭詠史詩序

　　史贊昉於龍門，後世史官衍爲史論詠史詩，雖諧以聲律，實則史論耳。然論可畢暢其說，詩則婉而多風，猶有三百篇遺意。班孟堅四言韻語贊疑即詠史詩之權輿，而贊貴質樸，詩不主故常，詩與韻贊曲同而工則異已。來子俊同年深於詩，尤熟於史事，每論及一人，即詠一詩。自漢至明，得七言截句二百三十首，無一語拾人牙慧，而持論平允，令人讀之首肯，泠泠然絃外有音，傾耳自能得之。古今詠史詩之什第附見於各集中，茲獨都爲一編，則詠史詩之大觀，亦外集之創製也。

　　同治四年歲在乙丑初秋三日，年愚弟荆山貢璜拜序於退思齋

埽葉亭詠史詩序

　　劉越石在晉陽，賊圍數重，中夜奏胡笳，胡騎向曉棄圍去。張巡守睢陽，作《城樓聞笛》詩。古人當軍旅之中，不廢嘯詠，於以見其心膽之堅定，才力之有餘，而不爲死生所戚戚也。耕雲自辛酉壬戌以來，嘗以五千人別將追殪強寇，屢瀕危殆，然軍事稍暇，未嘗廢書，講易歌詩與鉦鼓之聲，間作氈廬，學易之圖所以作也。今讀子俊同年詠史詩，可謂志同道合矣。詩在子俊守曹州時，正捻逆充斥之際，曹郡當賊衝，無日不舉烽火。子俊登陴之餘，取古人事蹟，發揮而詠歎之，以勸善而懲惡，即以礪其臨變不渝之心，而期無媿於古之忠臣孝子者，則詩豈徒作哉。耕雲與子俊同登道光三十年陸星農榜，通籍將三十載，中外宦轍，遭際多故，比來盍簪大梁，酒酣脫帽，髮垂垂白蓋，皆頹然老矣，故尤低徊往復，於是編而不能置也。

　　同治壬申孟冬下澣年，愚弟尹耕雲拜手謹敘於河南糧鹽道廨之心白日齋

埽葉亭詠史詩序

　　《詩》亡然後《春秋》作，是史原出於詩，逮體例既分，作詩者徒逞風月之詞，作史者第守紀編之體，則詩自詩，而史自史，皆未能循流溯源，不善言詩與史之弊也。昔杜老推稱詩史，其感時託詠，實足徵記，載鑑得失，然僅記開元天寶上下數十年，聊資考證已耳。若夫進退古今，臧否人物，皆能提要鈎元，使詩與史胥融會焉，古人未有此格也，有之自鑑吾都轉始。都轉具沈博絕麗之才，擅褒貶予奪之識。凡史家數百言或千餘言所不能盡者，均以截句包括之，使非探驪得珠，無取乎鱗爪者，何能刪繁補罣，合詩史成一家言。洵足補古人所未逮，爲詩史獨開生面者矣。葆謙才質魯鈍，無論廿一史、十七史，卷帙浩繁，即涑水《通鑑》、紫陽《綱目》，亦苦窮年莫究，則讀史之宜從約審矣。顧才不大無以刪繁蕪，識不卓無以擇精微。今都轉挈其體要，形諸詠歌，示以由博反約，由此而再窺全豹，即汪洋浩瀚之篇，亦不至遊騎無歸爾。昔尤展成作《明史樂府》，凡有關治忽者悉託之篇什，足資殷鑑，然隘而弗廣，亦如子美僅記數十年及身聞見之事，竟若以此，俟諸後賢者。必謂今人遠不逮夫古人，則吾曷敢謂然。

　　同治壬申冬至後三日，愚兄牧皋張葆謙拜序

埽葉亭詠史詩序

　　《春秋》成於獲麟，以經爲史；傳贊昉自司馬，以史繼經。太傅《過秦》，令升《論晉》，文章之盛，固得失之林也。至若陳思詠三良，張協詠二疏，以韻語論古人，借古人抒己志，莫不激昂感喟，寄託遙深。然皆零星碎璧，未見專門名家。茲讀《埽葉亭詠史詩》，歎觀止矣。鑑吾都轉經傳祖訓，學有師承。早歲登科遂知制誥，中年典郡得助江山，雅擅三長，兼通六藝，而又不爲風月之詞，竊寓褒貶之旨。公事稍閒，吟箋已展，抉皮裏之書，製胸中之錦，或一字搜其隱念，或片言中其微情，泠泠然聆絃外音，飄飄乎有凌雲氣，使人味之無盡，聞之動心。斯藝圃之大觀，詎唫壇之小補也。慎修非敢稍存阿好，謬肆譽揚，特就人所共見者，著於簡端云。

　　　　　　　　　　同治壬申嘉，平謹齋呂慎修拜序

埽葉亭詠史詩序

　　明張時敏少保莊簡公，居兵部時，或言有善讀書而不善作官者。少保笑曰："此正不善讀書耳。"旨哉斯言！間嘗三復之，迺今益知斯言之不我欺也。古人立身治民，其見於言，措諸事者，罔不筆之經史，爲後人之趨步。涉獵未精者，冥然也。晉榮捧檄牧野，適鑑吾都轉亦出守衛邦。竊見其茇民治事，一以慈愛爲心，公餘輒拈筆苦吟。今出其詠史詩命序。詩自漢唐至前明，凡有可褒貶者，悉以歌詠伸其論斷。綜數千年之人材政事，瞭於胸中而發於腕底，始知居官慈愛之有本，誠所謂善讀書者，而非徒以翰墨靈妙見長也。

　　同治癸酉初春上澣，子堅蕭晉榮拜序於河北汲署之慎思齋

埽葉亭詠史詩序

　　詩備勸懲，史寓褒貶，其旨一也。自世之言詩者，專襲風雅而無與於治亂興亡是非得失之故，論者第以詩人別之，不得與史才并衡。茲讀鑑吾都轉詩，得詩史合一之旨矣。都轉以知制誥手典衛郡，溫柔敦厚，本詩人之性情。至與僚屬覈功過，侃侃直言如古良史之無隱飾。公餘寄興吟詠，著有詠史詩二百三十首。自漢迄明，哀古今人之善案善翻者而折衷之，直使千五百餘年之人物事蹟，畢括於廿八言中，勸懲褒貶，義嚴辭微，作詩讀可，作史讀亦可。壬申仲夏彥修借茝寧邑，過承都轉獎許，將進而教之，示此詩爲嚆矢，敢不勉乎哉。

　　　　　　　　　　　同治癸酉仲春，子經楊彥修拜序

埽葉亭詠史詩卷一

前漢

楚伯王

經營八載擅奇功，破釜沉舟戰血紅。可惜重瞳天不佑，莫將成敗論英雄。

《列傳》：項籍，字羽，下相人也。長八尺二寸，力扛鼎，才氣過人。救鉅鹿，引兵渡河，已渡，皆沉舟，破釜甑，燒廬舍，持三日糧，楚戰士無不一當十，遂破秦軍。羽由是爲諸侯上。

漢高祖

久聞大度漢高皇，雍齒封侯妙算長。百戰韓彭無噍類，功臣也斷九迴腸。

《本紀》：高祖諱邦，沛豐邑中陽里人也，姓劉氏。隆準而龍顏，寬仁愛人，意豁如也，爲泗上亭長。在位十三年，壽五十有五。

蕭酇侯

碌碌因人未見猜，勛猷強半恪恭來。入秦先覓圖書去，吏掾居然有相才。

《列傳》：蕭何，沛人也。沛公至咸陽，諸將皆爭走金帛財物之府分之，何獨先入收秦丞相御史律令圖書藏之。沛公具知天下阨塞，户口多少，強弱處，民所疾苦者，以何得秦圖書故也。

張留侯

博浪沙椎爲報韓，副車誤中淚潛潛。鄭侯憔悴淮陰死，辟穀峰頭枕簞閒。

《列傳》：張良，字子房。五世相韓，謀得力士，爲鐵椎重百二十斤。秦始皇東遊，至博浪沙中，良與客狙擊秦始皇，誤中副車。秦始皇大怒，大索天下，求賊急甚，良乃更名姓，亡匿下邳。

淮陰侯

漢祖殺機寓假王，誰云鳥盡即弓藏。九泉若遇重瞳主，愧死當年執戟郎。

《列傳》：韓信，淮陰人也。平齊後，使人言於漢王曰："齊誇詐多變，反覆之國。不爲假王以鎮之，其勢不定。今權輕不足以安之，臣請自立爲假王。"彼時，漢王被圍於滎陽，漢王大怒，罵曰："吾困於此，旦暮望而來佐我，乃欲自立爲王耶？"

范亞父

亞父孤忠千古聞，鴻門設宴亦殊勛。誰知項氏自魚肉，祇爲金珠不爲君。

《列傳》：范增，居鄛人。年七十，居家好奇計，輔項王，骨鯁臣也。漢王用陳平計，出黃金四萬斤間項王君臣，以疑其心，亞父聞項王疑之，迺大怒曰："天下事大定矣，君王自爲之！願乞骸骨歸！"

吕　高　后

吕雉陰謀勝則天，誅韓鳩趙意忻然。辟陽審相身宜殉，誰料偷生竟四年。

《本紀》：高皇后吕氏，生惠帝，佐高祖定天下，父兄及高祖而侯者三人，惠帝即位尊吕后爲太后。惠帝崩，太子立爲皇帝，年幼，太后臨朝稱制，立兄子吕台、産、禄、台子通四人爲王。

周　絳　侯

萬君左祖已安劉，如此功勳邁召周。無那漢家恩太薄，亞夫骸骨獄中收。

《列傳》：周勃，沛人。其先卷人也，徙沛。勃織薄曲爲生，爲人木強敦厚，高帝以爲可屬大事。子亞夫封條侯，因買工官尚方甲楯五百被可以葬者，下廷尉，不食五日，歐血而死。

王　丞　相

劉氏曾刑白馬盟，諸公喋血跡猶紅。杜門不背當年約，曲逆慚惶拜下風。

《列傳》：王陵，沛人也。高祖微時，兄事陵，吕后稱制，封吕産等爲王。陵讓平、勃曰："始與高祖喋血而盟，諸君不在邪？今高祖崩，太后欲王吕氏，諸君背約，何面目見高祖於地下乎？"

賈　太　傅

弱冠登朝遇聖明，長沙太傅久知名。書生未必如周灌，到底空譚紙上兵。

《列傳》：賈誼，雒陽人也。年二十餘，文帝召爲博士，尋擢長沙王太傅。著述五十八篇。後又拜梁懷王太傅，梁王勝墜馬死，誼自傷爲傅無狀，常哭泣，後歲餘，亦死，年僅三十有三。

飛 將 軍

祇因刀筆削勳猷，萬里征人涕淚流。漫學龍城飛將勇，沙場老死不封侯。

《列傳》：李廣，隴西成紀人也。廣在郡號曰"飛將軍"，匈奴避之不入界。廣失道，後大將軍，謂麾下曰："大小七十餘戰，今從大將軍出接單于兵，而大將軍徙廣部行迴遠，又迷失道，豈非天哉！廣年六十餘，終不能復對刀筆之吏矣。"引刀自剄。

司 馬 長 卿

茂陵才調本無雙，名士佳人各擅長。建節益州天子説，世人何必薄訾郎。

《列傳》：司馬相如，蜀郡成都人也。梁孝王來朝，從遊説之士齊人鄒陽、淮陰枚乘等，相如見而説之，因病免，客遊梁。後拜中郎將，建節赴蜀，除邊關益斥，西至沫、若水，南至牂柯爲徼，通靈山道，橋孫水，以通邛、筰。還報，天子大説。

董 江 都

白頭苦守著書鐙，目未窺園手不停。兩佐驕王超筦晏，建元以後重明經。

《列傳》：董仲舒，廣川人也。孝景時爲博士。下帷講誦，三年不窺園，其精如此。後爲江都相，事易王。王，帝兄。素驕好勇，仲舒以禮誼匡正，王敬重焉。又相膠西王，仲舒恐久獲罪，病免。

漢 武 帝

朔方秉節駕虬龍，氣壓千秋才畧雄。可惜晚年猜忌甚，大搜巫蠱誤東宮。

《本紀》：孝武皇帝諱徹，景帝中子也，母曰王美人，年四歲，立膠東王。後三年正月，景帝崩，甲子即皇帝位。征和二年秋七月，按道侯韓說等掘蠱太子宮，八月辛亥，太子自殺於湖。

公 孫 丞 相

八十衰翁作相難，況逢英主詔求賢。羨公延客開東閣，不愛元光九府錢。

《列傳》：公孫宏，菑川薛人也。武帝即位，招賢良文學之士。是時宏年六十，以賢良徵爲博士。元朔中代，薛澤爲丞相，時上方興功業，婁舉賢良，宏於是起客館，開東閣，以延賢人。食一肉脫粟飯，賓客仰衣食，奉祿皆以給之，家無所餘。

李 少 卿

武臺召見筆親除，鹽水曾頒御賜書。笑問單于公主貌，較君結髮定何如。

《列傳》：李陵，字少卿。武帝以爲有廣之風，天漢二年，陵召見武臺，陵以五千人攻，單于在山上，射矢如雨。韓延年戰死，陵曰："無面目報陛下。"遂降，單于壯陵，以女妻之，封爲右校王。在單于二十餘年，元平元年病死。

蘇 子 卿

十九年來暗愴神，海風吹老牧羊人。歸朝不辱君王命，天與遐齡勸使臣。

《列傳》：蘇武，字子卿，杜陵人也。杖漢節牧羊海上十九年，始元六年始歸。京師詔武奉一太牢謁武帝園廟，拜爲典屬國，秩中二千石，賜錢二百萬，田二頃，宅一區年八十餘，神爵二年病卒。

司 馬 子 長

箴策焜煌漢太初，采經摭傳著蓬廬。長卿靡麗揚雲誕，那及龍門金匱書。

《列傳》：司馬遷字子長，劉向、揚雄皆稱遷有良史之材，服其善序事理，辨而不華，質而不俚，其文直、其事核，不虛美、不隱善，故謂之實錄。宣帝時，遷外孫平通侯楊惲祖述其書，遂宣布焉。

朱 翁 子

窮經五十始功名，印綬懷來守邸驚。畢竟讀書未純粹，如何恩怨甚分明。

《列傳》：朱買臣，字翁子，吳人也。家貧好讀書，妻求去，買臣笑曰："我年五十當富貴，今已四十餘矣。"拜會稽太守，買臣衣故衣，懷其印綬，步歸郡邸，悉召見故人，與飲食，諸嘗有恩者，皆報復焉。

史 將 軍

犯顏直諫論縱橫，頓首青蒲輔漢成。君仲若生文景世，海隅早已獲昇平。

　　《列傳》：史丹，字君仲，魯國人也。元帝即位，拜爲侍中，甚有寵。上寢疾，丹以親密臣得侍視疾，上獨寢時，丹直入臥內，頓首伏青蒲上，涕泣言曰："聞太子有動搖之議，臣願先賜死以示群臣！"

董　聖　卿

百戰沙場不算功，封侯只要貌傾城。熏香夜宿椒風舍，可許昭儀伴籍閎。

　　《列傳》：董賢，字聖卿，雲陽人也。哀帝悅其容貌，拜爲黃門郎，繇是寵愛日甚。又召賢女弟以爲昭儀，更名其舍爲椒風，封賢高安侯。哀帝崩，賢與妻皆自殺。王莽疑其詐，發賢棺，至獄診視。

揚　子　雲

躬歷三朝涉漢都，承明待詔有恩無。漫云詞賦高千古，後代猶稱莽大夫。

　　《列傳》：揚雄，字子雲，蜀郡成都人也。年四十餘，自蜀來遊京師，大司馬王音奇其文，薦爲待詔，尋擢黃門郎，當成、哀、平三朝不徙官，王莽篡位，封雄爲大夫。天鳳五年卒，年七十有一。

後漢

光　武　帝

原陵英武歷朝無，埽蕩妖氛光漢都。若謂中興輸草創，試看霸上半屠沽。

《帝紀世祖》：光武皇帝諱秀，字文叔，南陽蔡陽人，高祖九世孫也。身長七尺三寸，美鬚眉，大口，隆準，日角。建武元年六月已未，即皇帝位，在位三十三年。中元二年二月戊戌，崩於南宮前殿，年六十二。先是皇太子見帝勤勞，諫曰："陛下有禹湯之明，而失黃老養性之福，願頤養精神，優遊自寧。"帝曰："我自樂此，不為疲也。"

鄧高密

將軍弱冠出南陽，名震關西謀署長。難得華陰兵散後，自歸印綬襮龍章。

《列傳》：鄧禹，字仲華，南陽新野人也。光武即位，拜禹為大司徒，禹時年二十四。威震關西，帝嘉之，數賜書褒美。三年春，與車騎將軍鄧弘擊赤眉，遂為所敗，軍皆潰散，禹只存二十四騎，還宜陽，謝罪上大司徒、梁侯印。中元元年，復行司徒事。顯宗即位，以禹先帝元功，拜為太傅。永平元年卒，年五十七，封高密侯。

馮陽夏

赤眉已破戢干戈，大樹將軍戰績多。羨煞蕭王思患難，不忘麥飯進滹沱。

《列傳》：馮異，字公孫，潁川父城人也。好讀書，通《左氏春秋》、《孫子兵法》。光武至南宮，遇大風雨，光武引車入道旁空舍，馮異抱薪，鄧禹熱火，光武對竈燎衣。異進麥飯菟肩，遂渡滹沱河，至信都，拜異為征西大將軍。論功時，異獨屏樹下，軍中號曰"大樹將軍"。建武二年，封陽夏侯。

賈膠東

金瘡不裹氣凌雲，業就還山散馬群。早料劉嘉無大志，書生誰似賈君文。

《列傳》：賈復，字君文，南陽冠軍人也。少好學，習尚書。事舞陽李生，李生奇之曰："賈君文之志氣如此，而勤於學，將相之器也。"復聚衆數百人於羽山，自號將軍。後歸漢中王劉嘉，知嘉無遠畧，遂歸蕭王。因鄧禹得召見，光武奇之，禹亦稱有將帥才。擊鄖宛降赤眉，身被十二創，屢立奇功。復知帝不欲功臣擁衆軍，乃與鄧禹剽甲兵，講儒學。帝深然之，十三年封膠東侯。

來君叔

隴西轉饋活蒼生，誓埽羌戎未罷兵。怪底伏波稱信士，臨危猶擅薦賢名。

《列傳》：來歙，字君叔，南陽新野人也。歙爲人有信義。十一年與蓋延馬成進攻公孫述，蜀人大懼，使刺客刺歙，未殊，馳召蓋延。延見歙，因伏悲哀，不能仰視。歙叱曰："虎牙何敢然！今使者中刺客，無以報國，故呼卿，欲相屬於軍事，而反效兒女子涕泣乎！"自書表曰："臣夜人定後，爲何人所賊傷，中臣要害。臣不敢自惜，誠恨奉職不稱，以爲朝廷羞。太中大夫段襄，骨鯁可任，願陛下裁察。

岑君然

不受荆門獻馬牛，岑公威德感諸侯。誰知身葬彭亡地，敵國巴人也淚流。

《列傳》：岑彭，字君然，南陽棘陽人也。光武即位，拜彭爲刺姦大將軍，使督察衆營。建武十一年，與吳漢等攻巴蜀，斬任滿，生獲程氾，遂長驅入荆門，百姓皆奉牛酒迎勞。彭見諸耆老，爲言大漢哀愍巴蜀，故興師遠伐，以討有罪，爲人除害，讓不受牛酒，百姓皆大喜悅，爭開門降。去成都數十里，所至皆奔散。彭所營地名彭亡，聞而惡之，蜀刺客詐爲亡奴降，夜刺殺彭。蜀人憐之，爲立廟武陽，歲時祠焉。

馬伏波

薏苡明珠信手拈，中郎何事上封函。北收塞漠南橫海，遮莫忠勛死被讒。

《列傳》：馬援，字文淵，扶風茂陵人也。其先趙奢爲趙將，號曰馬服君，子孫因爲氏。援爲人明須髮，眉目如畫，善述前世行事，又善兵策，帝常言"伏波論兵，與我意合"。十七年，拜爲伏波將軍。十八年春，斬徵側、徵貳，傳首洛陽，封新息侯。南方薏苡實大，援欲以爲種，軍還，載之一車。時人以爲明珠文犀，中郎梁松遂上書陷之。帝大怒，追收援新息侯印綬。

郭細侯

虎旅歸來竟罷兵，招懷陽夏報東京。買絲綉箇郭都尉，省得兒曹竹馬迎。

《列傳》：郭伋字細侯，扶風茂陵人也。建武四年，出爲漁陽太守。伋整勒士馬，設攻守之略，匈奴畏憚遠跡，不敢復入塞。九年，拜潁川太守。伋到郡，招懷山賊陽夏、趙宏等數百人，因自劾專命，帝美其策，不以咎之。伋前在并州，素結恩德，及入界，有童兒數百，各騎竹馬於道次拜迎。伋問："兒曹何自遠來？"對曰："聞都尉到，喜，故來奉迎。"伋辭謝之。

嚴子陵

笑傲烟霞際聖朝，富春也有漢蓬蒿。釣臺豈與雲臺異，勛業清名一樣高。

《列傳》：嚴光，字子陵，一名遵，會稽餘姚人也。少有高名，與光武同遊學。光武即位，變名姓，隱身不見。帝思其賢，乃令以物色訪之。後齊國上言："有一男子，披羊裘釣澤中。"帝疑光，乃備安車玄纁，遣使聘之。除爲諫議大夫，不屈，乃耕於富春山，後人名其釣處爲嚴陵瀨焉。年八十，終於家。帝賜錢百萬，穀千斛。

賈 景 伯

永平酷愛説嘉祥，天子猶耽翰墨場。豈料長頭神雀頌，當時竟拜校書郎。

《列傳》：賈逵，字景伯，扶風平陵人也。弱冠能誦《左氏傳》及五經本文。永平中，上疏獻之。顯宗重其書，寫藏秘館。時有神雀集宫殿，冠羽有五采色，帝異之，以問劉復，復薦逵博物多識。對曰："昔武王終父之業，鸑鷟在岐。宣帝威懷戎狄，神雀仍集。此胡降之徵也。"帝勑蘭臺給筆札，使作《神雀頌》，拜爲郎，與班固并校秘書。

鄭 康 成

徵車未就薄公卿，道統相傳百代名。不獨程門多立雪，黄巾十萬拜先生。

《列傳》：鄭玄，字康成，北海高密人也。少爲鄉嗇夫，大將軍何進開而辟之。玄不得已而詣之。何進設几杖，禮待甚優。玄不受朝服，而以幅巾見。一宿逃去。建安元年，自徐州還高密，道遇黄巾賊數萬人，見玄皆拜，相約不敢入縣境。袁紹徵爲大司農，給安車一乘，所過長吏送迎。玄乃以病自乞還家。建安五年六月卒，年七十四。自郡守以下嘗受業者，縗絰赴會千餘人。

寒 伯 奇

如何首鼠兩持端，大獄株連默不言。幸有寒奇甘斧鉞，九重竟雪四侯冤。

《列傳》：寒朗，字伯奇，魯國薛人也。楚獄，顏忠、王平等辭連及隧鄉侯、朗陵侯、護澤侯、曲成侯。是時顯宗怒甚，吏皆惶恐，諸所連及，率一切陷入，無敢以情恕者。朗心傷其冤，試以建等物色獨問忠、平，而二人錯愕不能對。朗知其詐，乃上言建等無姦，專爲忠、平所誣。帝乃赦四侯出獄，車駕自幸洛陽獄錄囚，赦出千餘人。

梁伯鸞

委體泉沙絶可憐，孟光悟透霸陵賢。布衣麻屨同操作，一住深山二十年。

《列傳》：梁鴻，字伯鸞，扶風平陵人也。鄉里勢家慕其高節，多欲女之，鴻并絶不娶。同縣有女，狀肥醜而黑，力舉石臼，擇對不嫁，至年三十。父母問其故。女曰："欲得賢如梁伯鸞者。"鴻聞而聘之。字之曰德曜，名孟光。遂偕隱於霸陵山，以耕織爲業，詠詩書，彈琴以自娛。後卒於吴，葬要離墓側。

袁司徒

休言葬地世三公，楚郡曾教冤獄空。從此芝蘭皆蔚起，猶存卧雪舊家風。

《列傳》：袁安，字邵公，汝南汝陽人。爲人嚴重有威，見敬於州里。任楚郡太守，時楚王英謀爲逆，事下郡覆考。吏案之急迫，誣死者甚衆。安知之甚悉，其無明驗者，條上出之。府丞掾史皆叩頭爭，以爲阿附反虜，法與同罪，安曰："如有不合，太守自當坐之。"遂分别具奏，得出者四百餘家。初，安父没求葬地，路逢書生，乃指一地曰葬此。世爲三公，須臾不見安，異之，所以累世隆盛焉。

楊太尉

大鳥飛鳴事亦神，傳家清白作名臣。羨君自飲關西水，不染東京半點塵。

《列傳》：楊震，字伯起，弘農華陰人也。少好學，年五十乃始仕，四遷荆州刺史、東萊太守。永寧元年，代劉愷爲司徒。延光二年，爲太尉。卒年七十餘，先葬十餘日，有大鳥高丈餘，集震喪前，俯仰悲鳴，淚下沾地，葬畢，乃飛去。郡以狀上。帝感震之枉，乃下詔策曰："故太尉楊震，正直是與，俾匡時政。而青蠅點素，同茲在藩。上天降威，災眚屢作。爾卜爾筮，惟震之故。"

班定遠

邊風吹泠古龍沙，投筆從戎志足誇。詞賦揚雲稱小道，男兒何不走天涯。

《列傳》：班超，字仲升，扶風平陵人。爲人有大志，不修細節。相者指超曰："燕頷、虎頸，飛而食肉，此萬里侯相也。"奉車都尉竇固出擊匈奴，以超爲假司馬。肅宗即位，封定遠侯，在沙漠三十一年。十四年八月至洛陽，拜爲射聲校尉。超素有胸脅疾，既至，病遂加。帝遣中黃門問疾，賜藥。九月，卒，年七十一。朝廷愍惜焉。

皇甫太尉

黃妖已殄角梁除，奮鉞將軍百不如。我愛純臣皇甫尉，生前先毀諫君書。

《列傳》：皇甫嵩，字義真，安定朝那人。有文武才，好詩書，習弓馬。拜北地太守。黃巾賊起，以嵩爲左中郎將，持節，擊賊張角等。既平涼州賊王

867

國圍陳倉，拜嵩爲左將軍，連戰大敗之，斬首萬餘級，國走而死。又遷車騎將軍，其秋拜太尉。嵩爲人愛慎盡勤，前後上表陳諫有補益者五百餘事，皆手書毀草，不宣於外。時人多之。

董　仲　穎

虓闞無端走北邙，大陳旌鼓脅君王。可憐一炬崑岡火，不見原陵七寶裝。

《列傳》：董卓，字仲穎，隴西臨洮人也。性粗暴有謀。大將軍何進等謀誅閹宦，而太后不許，乃私呼卓將兵入朝，以脅太后。卓未至而何進敗，中常侍段珪劫少帝及陳留王夜走。卓遠見火起，引兵急進，未明到城西，聞少帝在北邙，因奉往迎。卓遂廢少帝爲弘農王，乃立陳留王，是爲獻帝。卓遷太尉封郿侯。

班　大　家

續成漢史老班姬，七十年來鬢若絲。爲訓六宮恩幸渥，承明待詔宿昭儀。

《列傳》：班昭，扶風平陵人，曹世叔妻也，字惠班，一名姬。博學高才。兄固著前漢，其八表及天文志未及竟而卒，和帝詔昭就東觀藏書閣踵而成之。帝數召入宮，令皇后諸貴人師事焉，號曰大家。年七十餘卒，所著賦、頌、銘、誄，凡十六篇。

蔡　文　姬

贖得娥眉返漢關，手書典籍報曹瞞。幹將已斷終非寶，知否胡兒淚暗彈。

《列傳》：蔡琰，字文姬，陳留董氏妻也，同郡蔡邕之女。博學又妙於音律。適河東衛仲道。夫亡無子,歸寧於家。興平中,天下喪亂,文姬被胡騎所獲,沒於匈奴十二年,生二子。曹孟德素與邕善,痛其無嗣,乃遣使者以金璧贖之,而重嫁於董祀。

孔文舉

敷陳漸廣勢偏孤,淚灑賢臣孔大夫。無怪魏文搜片紙,斯人著作繼江都。

《列傳》:孔融,字文舉,魯國人也。父仙,太山都尉。融幼有異才。年十三,喪父,哀悴過毀,扶而後起,始拜虎賁中郎將。因忤董卓意,轉爲議郎。黃巾起,徵爲北海相。曹操命祭酒路粹誣融大逆不道,書奏,下獄棄市,時年五十六。魏文曹丕深好融文,慕天下有上融文章者,輒賞以金、帛。所著詩、頌、碑文、論議、六言、策文、表、檄、教令、書記,凡二十五篇。

三國

魏武帝

潛心兵法學孫吳,百戰中原亦丈夫。三馬同曹機豫兆,果然依樣畫胡盧。

《本紀》:魏武帝諱操,字孟德,沛國譙人也。姓曹氏,漢相國參之後。少機警,有權數而任俠放蕩,不治行業。年二十,舉孝廉,黃巾起,拜騎都尉,復徵爲東郡太守。建安元年,拜大將軍,封武平侯。十三年,拜丞相。十八年,封魏公。二十一年夏五月,天子進公爵,爲魏王。自註《孫吳兵法》十三篇傳於世。二十五年正月庚子,崩於洛陽,年六十六。

昭 烈 帝

偏安一綫續炎劉，賴有賢臣諸葛謀。未許中原稱正統，紫陽妙筆獨千秋。

《本紀》：昭烈帝諱備，字玄德，涿郡人也。姓劉氏，漢中山靖王勝之後。身長七尺五寸，垂手下膝，顧自見其耳。少語言，善下人，喜怒不形於色。曹武帝從容謂曰："今天下英雄，惟使君與操耳。本初輩，不足數也。"建安二十六年四月丙午，即皇帝位，改元章武，以諸葛亮爲丞相。三年四月癸巳，崩於永安殿，年六十三。

孫 夫 人

巧將紅粉換荊州，妙計休誇孫仲謀。阿妹居然知大義，吳江淚迸蜀江流。

《列傳》：孫夫人，破虜夫人女，吳主孫權妹也。性淑善，精通武畧。昭烈帝拜荊州牧，權稍畏之，進妹固好。昭烈帝入益州，權遣迎孫夫人。夫人欲將太子歸諸葛丞相，使趙順平侯勒兵斷江，留太子乃得止。章武三年四月，昭烈帝崩，孫夫人投江死。

周 公 瑾

天生獨將挽狂瀾，赤壁磯頭戰鼓喧。但使周郎真不死，黄初何敢禪中原。

《列傳》：周瑜，字公瑾，廬江舒人也。從祖父景，景子忠，皆爲漢太尉。父異，洛陽令。周瑜有文武才，仕吳建威中郎將，時年二十四，吳中皆呼爲周郎。權拜瑜偏將軍，領南郡太守。大破操軍於赤壁，烟炎漲天，人馬燒死者甚衆，曹軍退走，復與先主合兵敗曹仁於江陵。卒，年三十六。孫權流涕曰："公瑾有王佐之才,今忽短命,孤何賴哉?"

武　　侯

託孤寄命一心殫,五丈原頭鬢髮斑。天命無知歸魏武,却教事業盡祁山。

《列傳》:諸葛亮字孔明,琅琊陽都人也。父珪,字君貢,漢末爲太山郡丞。亮早孤,躬畊隴畞,好爲《梁父吟》。身長八尺,每自比於管仲、樂毅,時人莫之許也。昭烈帝與亮情好日密,張飛等不悦。昭烈帝曰:"孤之有孔明,猶魚之有水也。"章武三年,昭烈帝病篤,召亮於成都,屬以後事,亮涕泣曰:"臣敢竭股肱之力,效忠貞之節,繼之以死!"建興十二年八月,亮卒於軍,年五十四。

荀　文　若

作宰曾登亢父門,建安失足附權臣。奸雄喜怒渾無定,何似當年辟穀人。

《列傳》:荀彧,字文若,潁川潁陰人也。祖父淑朗陵令。永漢元年,舉孝廉,拜守宫令。初平二年,彧去紹從太祖。太祖大悦曰:"吾之子房也。"以爲司馬,時年二十九。建安八年,太祖録彧前後功表,封彧爲萬歲亭侯。十七年卒,年五十。諡曰敬侯。子惲嗣。攸,從子也,別有傳。

呂　奉　先

射戟轅門倏解圍,溫侯妙技亦名垂。緣何慣作他人子,莫怪筵前大耳兒。

《列傳》:吕布,字奉先,五原郡人也。斬丁建陽首詣卓,卓以布爲騎都尉,甚愛信之,誓爲父子,號爲飛將。袁術遣紀靈等攻備,先主求救於布,布謂紀靈曰:"余不喜鬭,但喜解鬭耳。"營門外舉一戟,布射戟,小支諸將皆驚。操軍擒布,布請曰:"明公所患者,布耳,今布已服矣。"先主進曰:"明公不見布之事丁建陽及董太師乎?"操頷之,布指先主曰:"大耳兒最叵信。"

劉景升

漢江終日選賢良,未必儒生竟擅長。八俊名高天下士,有誰妙計定襄陽。

《列傳》:劉表,字景升,山陽高平人也。長八尺餘,姿貌甚偉。李傕、郭汜入長安,欲連表為援,乃以表為鎮南將軍、荊州牧,封城武侯。建安十三年,操軍攻表,兵未至,表病死。表子琮降曹孟德,以琮為青州刺史,封列侯。表雖外貌儒雅而心多疑,忌有才而不能用,聞善而不能納,惜哉。

張桓侯

西川百戰羨雄才,一笑軍中送酒來。可惜將軍生叔季,未隨馮鄧繪雲臺。

《列傳》:張飛,字益德,涿郡人也。昭烈帝奔江南,操軍追之於當陽長阪。昭烈帝棄妻子走,使張飛將二十騎拒後。飛據水斷橋,瞋目橫矛曰:"身是張益德也,可來共決死!"敵皆無敢近者,其神威可想。章武元年,拜車騎將軍,領司隸校尉。昭烈帝伐吳,飛被帳下將張達、范疆所殺。諡曰桓侯。

禰正平

才調爭如禰正平,一篇鸚鵡賦玲瓏。鼓聲敲破奸雄膽,不比陳琳檄愈風。

《列傳》：禰衡，字正平，平原般人也。少有才辯，而氣尚剛傲，好矯時慢物。孔融愛其才，數稱述於曹操。操聞衡善擊鼓，乃召爲鼓史，因大會賓客，衡進至操前而止，吏訶之曰：“鼓史何不改裝，而輕敢進乎？”衡曰：“諾。”於是先解衵衣，次釋餘服，裸身而立，徐取岑牟、單絞而著之，畢，復參撾而去，顏色不怍。

埽葉亭詠史詩卷二

晉

晉元帝

誰料中興馬易牛，江東消息費推求。可憐晉代無英主，還算琅琊第一流。

《本紀》：元皇帝，諱睿，字景文。宣帝曾孫，琅邪恭王覲之子也。白豪生於日角之左，隆準龍顏，目有精曜，顧眄煒如也。年十五，嗣位琅邪王。幼有令聞。元康二年，拜員外散騎常侍，累遷左將軍。懷帝蒙塵天下，推帝爲盟主。建武元年，封晉王。辛卯，即王位。二年三月癸丑，愍帝崩，是日即皇帝位。大赦，改元太興，文武增位二等。庚午，立紹爲皇太子。

晉懷帝

腥羶胡騎穢深宮，無那中原事業空。太息青衣行酒日，晉朝天子可憐蟲。

《本紀》：懷皇帝諱熾，字豐度，武帝第二十五子也。光熙元年，惠帝崩。癸酉，即皇帝位，改元永嘉。五年六月丁酉，劉曜入京師。七年春正月，劉聰大會，使帝著青衣行酒。侍中庾珉號哭，聰惡之。丁未，帝遇弑，崩於平陽，年三十。

孝武帝

莫訝彭城羽檄催，昭儀新選玉車回。華林夜宴官家醉，再勸長星酒一杯。

《列傳》：孝武皇帝諱曜，字昌明，簡文帝第三子也。咸安二年秋七月，立為皇太子。是日，簡文帝崩，孝武即皇帝位，大赦，改元太元。十四年春正月，彭城妖賊劉黎僭稱皇帝於皇丘。二月，呂光僭號三河王。十五年春正月，劉牢之及翟遼、張願戰於太山，王師敗績。己丑，有星孛於北斗，犯紫微。帝宴於華林園，舉酒祝之曰："長星勸汝一杯酒，自古豈有萬歲天子耶？"二十一年九月庚申，帝崩於清暑殿。

羊太傅

羊公恩信被封疆，建策平吳計晷長。底事名臣天不佑，竟無後嗣薦烝嘗。

《列傳》：羊祜，字叔子，泰山南城人也。祖續，仕漢南陽太守。祜，蔡邕外孫，美鬚眉，善談論。文帝徵為給事中、黃門郎。武帝受禪，以佐命之勛，拜尚書右僕射、衛將軍。帝有滅吳之志，以祜為都督荊州諸軍事。祜開設庠序，綏懷遠近，甚得江漢之心，吳人翕然悦服，稱為羊公，不之名也。卒年五十八，贈太傅，封鉅平侯，無子。太康二年，以伊弟篇為鉅平侯，奉祜嗣。

杜當陽

當陽勛績晉無雙，奇計吞吳撫異邦。不愧時人稱武庫，北軍飛渡廣陵江。

《列傳》：杜預，字元凱，京兆杜陵人也。祖畿，魏尚書僕射。父恕，幽州刺史。預明於籌畧，博學多識，朝野稱美，號曰"杜武庫"，言其無所不有也。太康元年正月，遣襄陽太守。周奇等陳兵於江上，旬日之間，累尅城邑，皆如預策。又遣伍巢等率奇兵八百，泛舟夜渡，以襲樂鄉，多張旗幟，起火巴山，出於要害之地，以奪賊心。吳都督孫歆震恐，與伍延書曰："北來諸軍，乃飛渡江也。"吳平封當陽侯。卒，年六十三。贈大將軍，謚曰"成"。

衛太保

凌雲會宴記丹衷，遠服幽并智畧宏。一事思量頻悵惘，檻車徵艾累聲名。

《列傳》：衛瓘，字伯玉，河東安邑人也。父覬，魏尚書。瓘至孝過人，襲父爵閺鄉侯。陳留王即位，拜侍中。鄧艾、鍾會之伐蜀也，瓘以本官持節監艾、會軍事，因艾專擅，密與鍾會奏其狀。詔使檻車徵之，鄧艾本營將士破檻車出艾，還向成都。瓘遣護軍田續至綿竹，夜襲艾於三造亭，斬艾及其子忠。初，艾之入江由也，以續不進，將斬之，既而赦焉。及遣續襲艾，謂之曰："可以報江由之辱矣。"蜀平，封鎮東將軍，都督徐州諸軍事。

張司空

天命如何挽得回，茂先忠義蓄靈臺。當年曾著鷦鷯賦，大阮驚爲王佐才。

《列傳》：張華，字茂先，范陽方城人也。學業優博，辭藻溫麗。晉受禪，拜黃門侍郎。吳平，封廣武縣侯。華名重一世，衆所推服。惠帝即位，拜司空光祿大夫、開府儀同三司。雖當闇主虐后之朝，海內晏然，華之功也。少子韙以中臺星坼，勸華遜位。華曰："天道雖如此，當修德以應之耳，以俟天命。"趙王倫與孫秀作亂，遂收華，華曰："臣先帝老臣，忠心如丹。臣不愛死，懼王室之難，禍不可測也。"遂害之於前殿馬道南，時年六十九，天下悲之。

嵇 叔 夜

賦罷青蠅一命休,高才強半傲王侯。廣陵散已人間絶,朝野能無涕淚流。

《列傳》：嵇康,字叔夜,譙國銍人也。其先姓奚,會稽上虞人,以避怨,徙焉。銍有嵇山,因而命氏。兄喜,有當世才,歷太僕、宗正。康身長七尺八寸,美詞氣,有風儀,而土木形骸,不自藻飾,人以爲龍章鳳姿,天質自然。鍾會言於文帝曰："嵇康欲助毋丘儉作亂,賴山濤不聽。"帝遂收康,將刑東市,太學生三千人請以爲師,弗許。康顧視日影,索琴徐彈之,曰："昔袁孝尼欲學《廣陵散》,吾每靳固之,《廣陵散》於今絶矣!"時年四十。

劉 伯 倫

形骸放浪不宜官,荷鍤遨遊濁世天。戎馬騰驤君醉卧,半生閒抱酒罇眠。

《列傳》：劉伶,字伯倫,沛國人也。容貌甚陋,放情肆志,常以細宇宙齊萬物爲心。時乘一鹿車,携一壺酒,使人荷鍤而隨之,曰："死便埋我。"其遺形骸如此。妻諫曰："君酒太過,非攝生之道,必宜斷之。"伶曰："善！吾不能自禁,惟當祝鬼神而自誓耳。"妻從之。伶跪祝曰："天生劉伶,以酒爲名。一飲一斛,五斗解酲。婦人之言,慎不可聽。"仍飲酒御肉,隗然復醉。

祖 豫 州

誓掃中原不顧身,雍丘破趙建奇勛。纔收河北妖星見,未許蛟龍得雨雲。

《列傳》：祖逖,字士稚,范陽遒人也。逖性豁蕩,不修儀檢,有王佐之才。元帝用爲徐州刺史,尋擢軍諮祭酒。逖上疏曰："昔藩王爭權,自相誅滅,遂使戎狄乘隙,毒流中原,大王誠能發威命將,使若逖等爲之統主,則郡國豪傑必因風向赴帝。"以逖爲豫州刺史。渡江,中流擊楫而誓曰:"不能清中原而復濟者,有如大江!"定奇計,大破石季龍於雍丘。初有妖星見於豫州之分,陳訓謂人曰:"今年西北大將當死。"逖亦見星曰:"爲我矣,方平河北,而天欲殺我,此乃不祐國也。"卒,年五十六。

王　文　獻

勛猷不愧吕虔刀,輔佐中宗擁節旄。大義公然存信史,欲將相業此蕭曹。

《列傳》:王導,字茂宏,光禄大夫覽之孫也。初,太保祥臨薨,謂弟覽曰:"吕虔所配之刀,苟非其人刀,或爲害汝,後必興,應有公輔之器者。"故授之司空,劉寔引爲東閣祭酒。元帝爲琅邪王,與導素親善。導知天下已亂,傾心推奉,潛有興復之志。元帝即位,拜大將軍,以討華軼功,封武岡侯。明帝嗣位,受遺詔遷司徒。明帝崩,又輔幼主成帝。三朝元老,魏晉以來,名臣第一,無出其右者。

陶　長　沙

不獨居藩計畧雄,再安鼎俎見孤忠。八州將帥推盟主,敵國猶欽砥柱功。

《列傳》:陶侃,字士行,本鄱陽人也。吴平,徙家廬江之尋陽。父丹,吴揚武將軍。顧榮舉侃補武岡令,劉宏舉侃爲江夏太守。元帝即位,遷龍驤將軍、武昌太守。王敦平,遷征西大將軍。蘇峻之禍由於庾亮,温嶠等推侃爲盟主,智以擒之,封長沙公。侃擒郭默,兵不血刃,石勒聞而畏之。尚書梅陶曰:"陶長沙機神明鑒,似魏武忠順勤勞,似諸葛、陸抗諸人,不能及也。"謝安每言陶長沙,雖用法而恒得法外意,其推重如此。

温 始 安

晉祚雖衰擅壯猷,哭師滋口檄諸侯。枕戈首建勤王策,十萬艨艟下石頭。

《列傳》:溫嶠,字太真,司徒羨弟之子也。父憺,河東太守。嶠性聰敏,有識量,博學能屬文。劉崐遷司空,以嶠爲右司馬。明帝即位,遷中書令。嶠有棟梁之任,帝親而倚之。歷陽太守蘇峻反,嶠遣王愆期等赴難,及京師傾覆,嶠聞之號慟。率兵七千,灑泣登舟,移告四方藩鎮,推陶侃爲盟主。侃統精兵六萬,庾亮率精勇一萬,將軍李根練水軍三萬,旌旗七百餘里,鉦鼓之聲震於百里,直指石頭,次於蔡州。侃屯查浦,嶠、亮屯沙門浦,軍威大振。侃雖爲盟主,而處分規畫皆出於嶠。賊滅,拜驃騎將軍,封始安公,邑三千户。固辭還藩,至鎮未旬而薨,年四十二。

郭 景 純

卜筮陰陽迥不同,青囊九卷受河東。如何空抱匡時策,未到知非命已終。

《列傳》:郭璞,字景純,河東聞喜人也。博學有高才,而訥於言論,詞賦爲中興之冠。璞作《南郊賦》,元帝見而嘉之,以爲著作佐郎,數上奏疏,多所匡益。俄遷尚書郎。王敦舉兵反,使璞筮。璞曰:"無成。"又令璞筮:"吾壽幾何?"答曰:"思嚮卦,明公起事,必有禍患。若往武昌,壽不可測。"敦大怒曰:"卿壽幾何?"曰:"命盡今日日中。"敦怒,收璞,詣南岡斬之。時年四十九。

葛 稚 川

陳編祕術富雲烟,費盡羅浮十萬箋。莫謂金丹無妙用,果然屍解即成仙。

《列傳》：葛洪，字稚川，丹陽句容人也。父悌，邵陵太守。洪少好學，家貧，躬自伐薪以貿紙筆，夜書十萬篇誦習，遂以儒學名。尤好神仙導養之法，自號抱朴子。所著詩賦、移檄章表數百卷，方技三百一十卷，金匱一百卷，神仙內篇外篇一百一十六章，隱逸集異等傳二十卷。洪博聞深洽，江左絕倫，著述篇章富於班馬。一日忽寄鄧嶽書云：當遠行尋師，赵期便發。嶽命駕往別。洪坐至日中，兀然若睡而卒，嶽遂不及見。視其顏色如生，體亦柔軟，舉屍入棺，甚輕，如空衣，世以為屍解得仙云。

謝 太 傅

平生出處亦超然，江左偏安賴進賢。羨煞君家雙玉樹，殘棋對客敗苻堅。

《列傳》：謝安，字安石，尚從弟也。安年四歲時，桓彝見而歎曰："此兒風神秀徹，後當不減王東海。"及總角，神識沈敏，風宇條暢，善行書。王導深之。弱冠，詣王蒙清言良久，既去，蒙子修曰："嚮客何如大人？"蒙曰："此客亹亹，為來逼人。"寓居會稽，出則漁弋山水，入則言詠屬文。安妻見流於靜，退乃謂曰："大丈夫不如此也。"安掩鼻曰："恐不免耳。"桓溫請為司馬，將發新亭。高崧曰："卿累違旨，高臥東山，人每言安石不出，將如蒼生何？蒼生今亦將如卿何？"苻堅率眾百萬次於淮肥，京師震恐，加安征討大都督。安與玄圍棋，夷然無懼色，命駕出山指授將帥，各當其任。謝玄等既破苻堅，有驛書至，安方對客圍棋，看書既竟，便攝放牀上，了無喜色。客問之，徐答曰："小兒輩遂已破賊。"薨年六十六，贈太傅。

謝 獻 武

風吹鶴唳作秋聲，敗將猶疑江左兵。此捷曾誇安半壁，奇功不讓石頭城。

《列傳》：謝玄，字幻度。安之從子也。安戒子姪曰："子弟亦何豫人事，而正欲使其佳？"玄答曰："譬如芝蘭玉樹，欲使其生於庭階耳。"安悅。朝廷求文武良將可以鎮禦北方者，安乃以玄應舉。拜兗州刺史，監江北諸軍事。玄率何謙、戴遯、田洛三敗苻堅於君川，彭超等僅以身免，苻堅自率兵百萬，次於項城。玄與謝琰、桓伊等以精騎八千涉渡肥水，大戰北軍，堅中流矢，臨陣斬融。堅衆奔潰，投水死者不可勝計，肥水爲之不流。餘衆棄甲宵遁，聞風聲鶴唳，皆以爲晉師復至。王羲之曰："此捷當與溫太真石頭之役幷傳不朽。"薨，年四十六，贈車騎將軍，諡"獻武"。

王　右　軍

蘭亭墨妙重於今，修禊風流自昔聞。東晉衣冠推第一，祇因書法拚頭勛。

《列傳》：王羲之，字逸少，司徒導之從子也。議論剴切，以骨鯁稱，尤善書法，爲古今之冠。論者稱其筆勢，以爲飄若浮雲，矯若驚龍。深爲從伯敦、導所器重。征西將軍庾亮請爲參軍，累遷江州刺史、護國將軍、吏部尚書、右軍將軍。時殷浩與桓溫不協，羲之以國家之安在於內外和，洽因與浩書以戒之，殷浩不從。殷浩將北伐，羲之以爲必敗，以書止之，言甚切至，浩不從，果爲姚襄所敗。羲之有經濟之才，惜朝廷未大用耳。卒年五十九，贈光祿大夫。

陶　元　亮

不貪五斗不求名，彭澤歸來未就徵。誰似清高陶靖節，東軒嘯傲媲顏曾。

《列傳》：陶潛，字元亮，大司馬侃之曾孫也。少懷高尚，博學善屬文。以親老家貧，起爲州祭酒，復遷彭澤令。郡遣督郵至縣，應束帶見之，潛歎曰："吾不能爲五斗米折腰！"解印歸，隱跡於廬山之側，題曰"東軒"。嘗言夏日高卧北窗之下，清風颯至，自謂羲皇上人。卒年六十三。

桓 元 子

跋扈將軍久不臣，枋頭一戰減精神。蓬蒿三尺王敦墓，曾說奸雄是可人。

《列傳》：桓温，字元子，宣城太守彝之子也。豪爽有風概，姿貌甚偉，面有七星。與劉惔善，惔嘗美之曰："眼如紫玉，鬚作蝟毛，孫仲謀、晉宣帝之流亞也。"尚南康公主，累遷荆州刺史、安西將軍，平蜀，進大將軍，封臨賀郡公。温酒醉曰："大丈夫既不能流芳於百世，豈不足遺臭萬載耶！"常行經王敦墓，望之曰："可人，可人！"其心跡如此。枋頭與慕容垂大戰，温軍敗績，死者三萬餘人，聲名頓減。卒年六十二，贈丞相，加九錫。

張 季 鷹

水滿吴江魚正肥，秋風起處便思歸。宦途誰及張曹掾，醉卧灘頭隱釣扉。

《列傳》：張翰，字季鷹，吴郡吴人也。有清才，善屬文，而縱任不拘，時人號爲"江東步兵。"齊王冏辟爲大司馬東掾，翰謂顧榮曰："天下紛紛，禍難未已。夫有四海之名者，求退良難。吾本山林間人，無望於時。子善以明防前，以智慮後。"榮曰："吾亦同子採南山蕨，飲三江水耳。"翰因見秋風起，乃思吴中菰菜、蓴羹、鱸魚膾，曰："人生貴得適志，何能羈宦數千里以邀名利耶！"遂命駕而歸。卒年五十七。

左 太 沖

鍾嶸抹摋太沖篇，未解英華發自然。健筆一枝風調好，如何潘陸敢齊肩。

《列傳》：左思，字太沖，齊國臨淄人也。家世儒學。父雍，起小吏，以能擢授殿中侍御史。思篤學，兼善陰陽之術。貌寢，口訥，而詞藻壯麗。不好交遊，惟以閒居爲事。造《齊都賦》，一年乃成。復欲賦三都，時妹芬入宮，移家京師，乃詣著作郎張載，訪岷邛之事。遂構思十年，門庭藩溷，皆著筆紙，遇得一句，即便疏之。陸機見思賦，歎賞良久，以爲不能及也。張華曰："班張之流也，使讀之者盡而有餘，久而更新。"思有詩文集二十卷傳世。

南北朝

宋　武　帝

政歸台輔大權收，司馬江山又禪劉。莫訝青衣童子藥，寄奴事業兆新洲。

《本紀》：宋武帝諱裕，字德輿，小名寄奴，姓劉氏，彭城綏輿里人。雄傑有大度，身長七尺六寸，風骨奇偉。不事廉隅小節，奉繼母以孝聞。元熙二年六月甲寅，晉帝禪位於宋，丁卯即皇帝位，改元永初。三年五月癸亥崩於西殿，年六十。帝微時，伐荻，於新洲見大蛇，長數丈，射之，傷。明日復至，聞有杵臼聲，往覘之，見童子數人皆青衣，搗藥，問其故，答曰："我王爲劉寄奴所射，合散傅瘡。"帝叱之，皆散，乃收藥而反。

檀　江　州

壽陽威望震天涯，萬里長城豈自誇。倉猝尚能施妙計，唱籌夜月好量沙。

《列傳》：檀道濟，高平金鄉人也。容貌甚偉，長於謀略。義熙十二年，武帝北伐，拜爲前鋒，所至望風降服。元嘉八年拜江州刺史、征南大將軍。與魏軍大小三十餘戰，至歷陽城，以資運竭乃還。兵有降魏者具說糧食已罄，道濟夜唱籌量沙，以所餘少米散其上。及旦，魏軍謂資糧有餘，故不復追。上疾，義康矯詔道濟。臨刑，道濟憤怒氣盛，目光如炬，脫幘投地曰："乃壞汝萬里長城耶。"

齊和帝

喜字蓮花縈六宮，南齊王氣黯然空。鬱林淫虐東昏侈，衹惜生金進寶融。

《本紀》：和帝諱寶融，字智昭，明帝第八子也。永元元年，封南康王，拜荊州刺史。三年二月乙巳，即皇帝位，改元中興。二年四月辛酉，遜位於梁，奉帝爲巴陵王，宮於姑熟。遣鄭伯禽進以生金，帝曰："我死不須金，藥酒足矣。"遂殂於姑熟。帝潔白美容儀，天下哀之。鬱林王與何妃書，中央作一大"喜"字，而作三十六小"喜"字繞之。東昏君鑿金爲蓮花以貼地，令潘妃行其上，曰："此步步生蓮花也。"

曹子震

賜宴華光捧玉觴，六朝詞賦說蕭梁。誰知儒將尤風雅，操筆成詩壓沈郎。

《列傳》：曹景宗，字子震，新野人也。景宗幼善射，好畋獵，且工詩詞。景帝凱旋，於華光殿宴飲連旬，令左僕射沈約賦韻。景宗不得韻，意色不平。帝曰："卿技能甚多，人才英拔，何必止在一詩？"景宗已醉，求作不已。詔令約賦韻時，韻已盡，惟餘"競"、"病"二字。景宗便操筆，斯須而成，其詩曰："去時兒女悲，歸來笳鼓競。借問行路人，何如霍去病。"帝歎不已，約及朝賢驚嗟竟日，詔令上國史。

沈休文

宮人惟識沈家郎，猶有銜恩淚兩行。可笑生平無別策，衹催梁武殺南康。

《列傳》：沈約，字休文，吳興武康人也。篤志好學，晝夜不釋卷。母恐以勞生疾，常遣減油滅火。而晝之所讀，夜輒誦之，遂博通群籍。嘗侍宴，有妓婢師是齊文惠宮人。帝問識坐中客否，曰："惟識沈家令。"約伏地流涕不起。武帝奉齊和帝爲巴陵君，約曰："魏武云慕虛名而受實禍。"武帝領之，遂遣伯禽進生金於和帝，後夢和帝以劍斷其舌，死之。

江 文 通

詩詞彪炳早超群，身退名成踏白雲。漫説江郎才已盡，晚年猶辨虎䰩文。

《列傳》：江淹，字文通，濟陽考城人也。少孤貧博學能文。天監元年，拜左衛將軍，封臨沮縣伯。淹乃謂子弟曰："平生言止足之言，亦以備矣。吾功名既立，正欲歸身草萊耳。"以疾求去。嘗宿於冶亭，夢郭璞謂曰："吾有筆在卿處。"淹乃探懷得五色筆，還之。後爲詩絕無美句，時人謂之才盡。襄陽人開古塚，得竹簡古書。淹以科斗字推之，則周宣王之前也。

任 彦 昇

才華争羨指南車，儀表元龜譽不虛。誰及新安任太守，臨危秪賸滿床書。

《列傳》：任昉，字彦昇，樂安博昌人也。身長七尺五寸。幼而聰敏，早稱神悟，八歲能屬文。武帝踐祚，歷給事黃門侍郎、吏部郎。出爲新安太守，在郡不事邊幅，率然曳杖，徒行邑郭，人通辭訟者，就路决焉。爲政清省，吏人便之。卒於官，年四十九。惟有桃花米二十石，書萬餘卷，率多異本。陳郡殷芸與太守到溉書曰："哲人云亡，儀表長謝。元龜何寄？指南何託？"其爲士友所推重如此。

昭明太子

《文選》篇章費校讎，東宮大雅獨千秋。蕭梁園寢成焦土，賸有昭明著作樓。

《列傳》：昭明太子，名統，字德施，小字維摩，武帝長子也。天監元年十一月，立爲皇太子。太子性寬和容衆，喜慍不形於色。引納才學之士，賞愛無倦。東宮有書幾三萬卷，名才并集，文學之盛，晉、宋以來未之有也。卒年三十一。所著文集二十卷，又撰古今典誥十卷，選五言詩之善者爲《英華集》二十卷，并傳於世。

茹法珍

刀敕專權屢渥恩，戎妝騎馬戲宮門。不知阿丈希榮幸，可及閹人王寶孫。

《列傳》：茹法珍，會稽人也。爲製局監，頗見愛幸。自始安王遙光等誅後，應敕捉刀之人并專國命，人間謂之刀敕，權奪人主。潘妃父寶慶及法珍帝皆呼曰"阿丈"。閹人王寶孫年十四，號爲倀子，最有寵，參預朝政，戎妝騎馬，直入殿廷，公卿見之，莫不懾息。王咺之、蟲兒輩皆下之。梁武平建鄴，群小一時誅滅。

陳後主

君王妃子走昭陽，結綺樓臺作戰場。僕射不須身蔽井，就中權當合歡床。

《本紀》：後主，諱叔寶，字元秀，宣帝敵長子也。太建元年正月甲午，立爲皇太子。十四年正月丁巳，即皇帝位，改元至德。三年，又改元真明。三年正月庚午，隋軍賀若弼、韓擒虎水陸并進，燒北掖門。文武百司皆遁出，惟僕射袁憲、舍人夏侯公韻侍側。憲勸端坐殿上待之，後主曰："鋒刃之下，未可交當，吾自有計。"乃逃於井。隋軍入，袁憲等以身蔽井，隋軍欲下石，乃聞叫聲。以繩引之，驚其太重，及出，乃與張貴妃、孔貴人三人同乘而上。

隋煬帝

土崩魚爛慘江都，無怪隋文怨獨孤。對鏡漫誇儀度美，吳臺斷送好頭顱。

《本紀》：煬帝，諱廣，小名阿麼，高祖第二子也。美儀度，尤能矯飾，高祖及獨孤后特所鍾愛。四年七月，高祖崩，上即皇帝位，改元大業。十三年五月甲子，唐公起義師於太原。十一月丙辰，唐公入京師，遙尊帝爲太上皇，立代王侑爲帝，改元義寧。二年三月丙辰，宇文化及殺太上皇於江都。將軍陳稜奉梓宮，葬於吳公臺下。黎陽之禍，元感曰："上有土崩之勢，下有魚爛之災，大業豈能久乎？"

史將軍

威領胡夷功業殊，麒麟閣上有誰如。那堪一旦違權貴，忘却當年奏捷書。

《列傳》：史萬歲，京兆杜陵人也。英武善射，驍健若飛。好讀兵書，兼精占候。平陳之役，以功拜車騎將軍。高智慧等作亂，萬歲自東陽別道而進，踰嶺越海，攻陷溪洞不可勝數，前後七百餘戰。遷左領軍將軍。南夷爨翫復叛，以萬歲爲行軍總管，擊之。入蜻蛉川，數千里，見諸葛丞相紀功碑，銘曰："萬歲後，勝我者過此。"令左右推其碑而進。破三十餘部，諸夷大懼，遣使降。遷大將軍。復征突厥，殺達頭數千，入磧數百里，大小百餘戰。楊素寢其功，譖曰："突厥本降。"萬歲於仁壽宮見上，言將士有功，爲朝廷所抑，詞氣憤屬，忤上。上大怒，令左右撲殺之。

何 博 士

識破蘇威典籍空,流傳古樂作清平。羨他博士何棲鳳,不愧儒林傳上名。

《列傳》:何妥,字棲鳳,西城人也。少機警,助教顧良曰:"汝姓何,是荷葉之荷,是河水之河?"妥曰:"先生姓顧,是眷顧之顧,是新故之故?"時年八歲耳。文帝受禪,除國子博士,蘇威言於上曰:"臣父教臣,惟讀《孝經》一部,足可立身經國,何必多爲!"上亦然之。妥曰:"蘇威所學,非止《孝經》。厥父若有此言,威不從訓,是其不孝。若無此言,面欺陛下,是其不忠。"又曰:"蘇威掌天文律度,皆不稱職,上八事以諫之。"又奏請用大呂黃鐘作清平瑟三調,鞞鐸巾拂四舞,詔從之。

楊 處 道

鶺鴒難療獨孤心,藉陷儲君計亦神。墳土未乾元感叛,須知天不佑權臣。

《列傳》:楊素,字處道,宏農華陰人也。博學能文,工草隸。美鬚髯,有英傑之表。平江南之功,拜荆州總管,進爵郢國公。素多權略,每將臨寇,輒求人過失而斬之,多者百餘人,少者亦不下數十。流血盈前,言笑自若。獨孤皇后性妒,東宮内寵甚多,頗恨之。素藉此陷東宮,皇太子廢立之際,頗有力焉。大業九年,子元感叛於黎陽。八月大將軍宇文述擒元感斬之。元感弟積善、萬仁、萬石磔於市。

賀 柱 國

大業初年政漸非,將軍終日履危機。濟江已奏平陳績,何事元勳泣赭衣。

《列傳》：賀若弼，字輔伯。少有大志，狀貌魁岸，武藝絕倫，博涉書記，有重名。周齊王憲聞而敬之，引爲記室。伐陳，拔數十城，弼計居多。拜壽州刺史。開皇九年，大舉伐陳，以弼爲行軍總管。軍令嚴肅，秋毫不犯。擒陳叔寶以歸，封上柱國，進爵宋國公。弼上御授平陳七策。大業初，煬帝甚忌之，三年，從帝南巡，爲人告發，下弼獄。俄而賜死，年六十四。

宣 華 夫 人

靈輴未葬結同心，偷斂蛾眉拭淚痕。宮燭搖紅曾侍寢，夜闌還憶上皇恩。

《列傳》：宣華夫人，陳國宣帝女也。性聰慧，姿貌無雙。獨孤后性妒忌，惟陳嬪有寵。獨孤后崩，進位宣華夫人，專房擅寵，主斷內事。文帝崩，太子賜金盒一具，親書封字，使者促之，乃開，盒中有同心結數枚。夫人恚而却坐，不肯致謝。諸宮人共逼之，乃拜使者。歲餘而卒，年二十九。

唐

唐 太 宗

不獨豐功冠有唐，廿年政績媲成康。惟餘一事堪惆悵，血濺臨湖泣上皇。

《本紀》：唐太宗諱世民，高祖次子也。聰明英武，有大志，而能屈節下士。戰功甚著，在位二十三年，自古功德兼隆，漢晉以來未之有也。武德九年六月庚申，皇太子建成、齊王元吉至臨湖殿。帝引弓射，建成死，元吉中矢走，敬德追殺之。東宮兵與秦王兵接戰久之，矢及殿屋。王率精騎擊之，衆遂潰。高祖泣謂裴寂等曰："事今奈何？"癸亥立帝爲皇太子，八月甲子即皇帝位。

李司徒

鐵騎三千頡利驚,藥師方畧至今稱。虜庭蹀血孤軍入,愧煞當年漢李陵。

《列傳》:李靖,字藥師,京兆三原人也。姿貌魁秀,通書史。仕隋爲殿内直長,吏部尚書牛弘見之曰:"王佐才也!"平王世充,以功授開府。突厥部種離畔,帝以靖爲行軍總管,率勁騎三千由馬邑趨惡陽嶺。頡利可汗大驚曰:"靖敢提孤軍至此?"於是帳部數恐。靖夜襲定襄,破之,可汗遁磧口。太宗曰:"李陵以步卒五千,然卒降匈奴,其功尚書竹帛。靖以騎三千,虜庭蹀血,遂破定襄,足澡吾渭水之恥矣!"

房太尉

曾誇犖犖即昂霄,計取孤隋相業高。臨死尚陳知足表,凌烟不愧姓名標。

《列傳》:房玄齡,齊州臨淄人。幼警敏,善屬文,書兼草隸。吏部侍郎高孝基曰:"吾觀人多矣,未有如此郎者,當爲國器,但恨不見其犖犖昂霄云。"佐太宗平定天下,決勝帷幄,其功最多,拜太子少師,封梁國公。臨危上疏曰:"知足不辱,知止不殆。陛下威名功烈既云足矣,拓地開疆亦可止矣。使高麗違失臣節,誅之可也;侵擾百姓,滅之可也;能爲後世患,夷之可也。今無是三者,而坐獘中國,爲舊王雪恥,非所存小、所損大乎?"

魏司空

致君堯舜擴忠忱,正笏廷爭屢賜金。侍宴東宮魂欲斷,悔充洗馬舊官箴。

《列傳》:魏徵,字玄成,魏州曲城人也。少孤,不營貲産,有大志,通貫書籍。武德元年東宮拜爲洗馬。見秦王功高,陰勸太子早爲計。太子敗,秦王責曰:"爾閒吾兄弟。"答曰:"太子早從徵言,不死今日之禍。"王憐其直,而宥之。即位,拜諫議大夫。帝曰:"人謂徵疏慢,我但見嫵媚耳!"徵下拜曰:"陛下導臣使言,所以敢諫;若不受,臣言豈敢數批逆鱗哉!"徵屢犯顏進諫,雖逢帝怒,神色不移,帝亦爲之色霽,賜金以表其忠。

李太史

豫知女禍暗操戈,妙算無如天命何。今夜月明今夜醉,來霄情事且由佗。

《列傳》:李純風,岐州雍人也。幼爽秀,通群書,遷太常博士,改太史丞。太宗得秘讖,言:"唐中弱,有女主代王。"以問純風,對曰:"其兆既成,已在宮中,又四十年而王,王而夷,唐子孫且盡。"帝曰:"我求而殺之?"對曰:"天之所命,不可去也。四十年而老,老則仁,雖受終易姓,而不能絶唐。若殺之,復生壯者多,殺而逞,則陛下子孫無遺種矣。"

武皇后

神器潛移二十年,改周建廟已公然。如何新舊唐書誤,本紀猶稱武則天。

《本紀》:則天皇后,武氏,諱曌,并州文水人也。太宗選爲才人,太宗崩,削髮爲尼。高宗見而悅之,復召入宮,封宸妃。永徽六年,立爲皇后,參豫國政。高宗崩,皇太子即位。嗣聖元年二月戊午,廢皇帝爲廬陵王,幽之,追尊武氏五代爲王,改元垂拱,在位十九年。神龍元年正月丙午,皇帝復位,后於上陽宮,十一月壬寅崩。

張昌宗

武媚荒淫寵辟陽,雄狐妖冶竟專房。自從鳳閣承恩幸,共説蓮花似六郎。

《列傳》：張昌宗，定州義豐人也。與兄易之皆有寵於武后，昌宗拜雲麾將軍，易之拜司衛少卿，貴震天下。諸武兄弟及宗楚客等爭造門，伺望顏色，親執轡筴，號易之爲"五郎"，昌宗爲"六郎"。神龍元年，張柬之等率羽林兵誅易之、昌宗於迎仙院，及其兄昌期、從弟景雄等皆梟首天津橋，天下快之。

狄梁公

節旄吳楚毀淫祠，蒙恥鸞臺鬢欲絲。表請廬陵聲淚下，挽回乾運有誰知。

《列傳》：狄仁傑，字懷英，并州太原人。舉明經，調汴州參軍。爲吏誣訴，黜陟使閻立本召訊，異其才，謝曰："仲尼稱觀過知仁，君可謂滄海遺珠矣。"薦授并州法曹參軍。武后即位，拜鸞臺侍郎。吉頊、李昭德數請還太子，而后意不回，惟仁傑每以母子天性爲言，后雖忮忍，不能無感，故卒復唐嗣。聖曆三年卒，年七十一，追封梁國公。

白太傅

九老圖成八節灘，笙歌文酒餞流年。古來妙筆天然巧，要算香山長慶篇。

《列傳》：白居易，字樂天，太原人也。敏悟絶人，工文章。顧況見其文曰："吾謂斯文遂絶，今復得子矣！"舉進士，拜校書郎。元和四年，召入翰林爲學士。與宰相不合，貶江州司馬。久之，徙忠州刺史，遂無立功名意，與弟行簡、友愛，東都構石樓香山，鑿八節灘，自號"醉吟先生"。與胡杲、吉旼等皆高年不事，繪爲《九老圖》。

姚太保

四朝輔弼羨才華，碩果晨星擬不差。漫説廣平風調好，中興十策邁長沙。

《列傳》：姚崇，字元之，陝州硤石人也。少倜儻，尚氣節，長乃好學。契丹擾河北，兵檄叢進，崇奏決若流，武后賢之，即拜侍郎。睿宗立，遷兵部尚書。元宗在東宮，即知崇。先天二年，上中興十策，大畧："垂拱以來，峻法繩下，臣願政先仁恕，可乎？朝廷覆師青海，未有牽復之悔，臣願不倖邊功，可乎？后氏臨朝，喉舌之任出閹人之口，臣願宦豎不與政，可乎？"云云。帝納之，由是進賢退不肖而天下治。薨，年七十二，贈太子太保。

張　曲　江

風颱鞭絲指嶺南，篋中秋扇付歸驂。禄兒跋扈諸姨寵，料得先生睡未酣。

《列傳》：張九齡，字子壽，韶州曲江人。七歲知屬文。擢進士，補校書郎，遷左拾遺，進中書舍人。以母喪解，是歲，奪哀拜中書侍郎。李林甫見九齡文雅，爲帝知，內忌之。九齡屢失帝意，遂爲林甫所危。帝賜白羽扇，乃獻賦自況曰："苟效用之得所，雖殺身而何忌？"又曰："縱秋氣之潛奪，終感恩於篋中。"開元後，天下稱曰"曲江公"，而不名。薨，年六十八。

楊　貴　妃

賜浴華清染御香，才從壽邸住昭陽。倚欄底事嬌無力，昨夜巫山夢楚王。

《列傳》：楊貴妃，字太真，永樂人也。始爲壽王妃。開元二十四年，召充掖廷，太真善歌舞，且智算警穎，迎意輒悟。帝大悅，寵擅專房。天寶初，進冊貴妃。安祿山反，以誅國忠、貴妃爲名，帝倉皇幸蜀，車駕至馬嵬，三軍不進。帝遣力士問故曰："禍本尚在！"帝不得已，與妃訣，引而去，縊路祠下，裹屍以紫茵，瘞道側，年三十八。

唐　肅　宗

返蹕邊陬見孝思，改元靈武亦何疑。無端車駕移西內，莫怪人吟諷刺詩。

《本紀》：肅宗諱亨，玄宗第三子也。性純孝，好學，玄宗特鍾愛之。天寶十五載，玄宗避賊幸蜀，父老遮道請留太子討賊，玄宗許之。七月甲子，即皇帝位於靈武，改元至德。二載十月，迎太上皇於蜀郡。上元元年七月丁未，遷太上皇於西內。寶應元年四月甲寅，太上皇崩。乙丑，皇太子監國，大赦改元。

賀　季　真

四明狂客有誰如，領畧溪山好結廬。社酒正濃新稻熟，半窗風月鏡湖居。

《列傳》：賀知章，字季真，越州永興人也。性曠夷，擢進士，累遷集賢院學士。知章晚節尤誕放，自號"四明狂客"。天寶初，還鄉里，求周宮湖數頃爲放生池，有詔賜鏡湖剡川一曲。卒，年八十六。乾元初，贈禮部尚書。

顏　忠　節

一朝忠憤萬年聞，視死如歸報主恩。羨煞常山三寸舌，當時驚破逆臣魂。

《列傳》：顏杲卿，字昕輿，京兆萬年人也。以蔭調遂州司法參軍。性剛正，茌事明濟。遷營田判官，假常山太守。安祿山反，真卿遣甥盧逖至常山約起兵，斷賊北道。杲卿大喜，即傳檄河北，於是趙、鉅鹿、廣平、河間并斬偽刺史，傳首常山。祿山至陝，聞兵興，大懼，使史思明等攻常山，圍六日城陷，被執。祿山怒曰："吾擢爾太守，何所負而反？"杲卿罵曰："汝營州牧羊羯奴耳，厚被恩寵，天子負汝何事，而乃反乎？我世唐臣，守忠義，恨不斬汝以報國，乃從爾反耶？"祿山不勝忿，縛之天津橋，罵不絕聲，賊斷其舌曰："復能罵否？"含胡而死，年六十五。賜謚"忠節"。

張　睢　陽

雀鼠羅空食已無，手揮愛妾保江都。請師健將推南八，不愧唐家烈丈夫。

《列傳》：張巡，字巡，鄧州南陽人。博通群書，曉戰陣法。開元末，擢進士第，由太子通事舍人出爲清河令，調真源令，遷主客郎中。安祿山反，巡率兵千餘，屢戰屢捷。俄而魯、東平陷賊，太守高承義叛賊，將楊朝宗直趨寧陵，巡率衆保寧陵。至睢陽，與太守許遠、城父令姚闓等合。乃遣將南霽雲等殺賊萬餘，投屍於汴，水爲不流。遠自以材不及巡，請稟軍事而居其下，巡受不辭，屢敗賊。有詔拜巡御史中丞。子琦數萬悍賊攻城，士病不能戰，守兵饑死大半，巡出愛妾曰："諸君經年乏食，吾恨不割肌以啖衆，豈惜一妾而坐視士饑乎？"十月癸丑，城陷，張巡與南霽雲等三十六人遇害，年四十九。許遠送洛陽，亦不屈死。

郭　汾　陽

血戰沙場卅載餘，兩京恢復訝鑾輿。十分遭際十分福，自古名臣總不如。

《列傳》：郭子儀，華州鄭人也。長七尺二寸。以武舉異等補左衛長史，累遷副都護、九原太守。安祿山反，加御史大夫，率本軍東討，子儀與光弼率步騎五萬赴行在，拜兵部尚書。平安慶緒，收河東，加司徒。帝勞之曰："國家再造，卿力也。"誅王元振、降吐蕃、討周智光、收洛陽，封汾陽郡王。德宗嗣位，攝塚宰、進位太尉、賜號尚父。建中二年，薨，年八十五，謚"忠武"。

段 太 尉

怒罵雄藩不屈身,鬚髯如戟氣凌雲。手持象笏鉏凶焰,唬倒東征十萬軍。

《列傳》:段秀實,字成公,汧陽人也。沈厚能斷,慨然有濟世意。舉明經。天寶四載,討護密有功,授安西府別將,遷光錄少卿,以勞加御史中丞。朱泚反,召秀實計事,源休、姚令言、李忠臣、李子年皆在坐。秀實戎服與休并語,至僭位,勃然起,執休腕,奪其象笏,奮而前,唾泚面大罵曰:"狂賊!可磔萬段,我豈從女反耶!"賊衆未敢動,而海賓等無至者。秀實大呼曰:"胡不殺我!"遂遇害,年六十五。

李 西 平

乘輿播越賴公還,埽蕩群凶露布傳。我謂西平超李郭,擒吳更紀子孫賢。

《列傳》:李晟,字良器,洮州臨潭人也。幼孤,奉母至孝。廣德初,擊党項有功,進太常卿,累遷大將軍、左僕射。收復京都,晟以戎服見三橋,帝駐馬勞之。封西平郡王。薨,年六十七,贈太師,諡忠武。子愬,字元直。有籌畧,善騎射,入蔡州,擒吳元濟,檻送京師。封涼國公。初,晟克京師。秋毫無犯,市不改肆,愬平蔡亦如此,功名之奇,近世所未有。薨,年四十九。

馬 莊 武

旌旗蔽日下殊方,坐擁貔貅萬馬霜。勇畧雖長才氣短,果然失計辱平涼。

《列傳》:馬燧,字洵美,汝州郟城人也。姿度魁傑。與諸兄學,輟策歎曰:"方天下有事,丈夫當以功濟四海,渠老一儒哉?"更學兵書戰策,以功累遷兵部尚書、魏州大都督。貞元二年，詔燧爲招討使，擊吐蕃師，次平涼。吐蕃尚結贊乞盟，帝不許。燧同尚結入朝，盛言宜許以盟，天子然之。三年秋，吐蕃歸燧兄子弇曰："平涼之役，春草未生，吾馬饑，公若渡河，我無種矣。"歸弇以報。帝聞之怒，奪其兵，拜司徒。燧頓首泣謝，乞骸骨。薨，年七十。贈太傅，謚"莊武"。

杜 子 美

老杜窮愁句自工，生逢天寶亂離中。滿腔忠憤無人訴，聊借詩篇寫苦衷。

《列傳》：杜甫，字子美，襄陽人也。少貧不自振，客吴越、齊趙間。至德二年，拜右拾遺，出爲華州司功參軍。關輔饑，輒棄官去，客秦州，負薪採橡栗自給。嚴武節度劍南表甫爲參謀，檢校工部員外郎。甫性褊躁傲誕，醉登武床，瞪視曰："嚴挺之乃有此兒！"甫詩渾涵汪茫，千彙萬狀，兼古今而有之，又善陳事，詩律切精深，至千言不少衰，世稱之曰"詩史"。

孟 襄 陽

中年高臥鹿門雲，曾匿牙床謁紫宸。半榻梅花一枝筆，高懷誰似孟山人。

《列傳》：孟浩然，字浩然，襄陽人也。少好節義，喜振人患難，隱鹿門山。年四十，乃遊京師。張九齡、王維雅稱道之。維私邀入内署，俄而玄宗至，浩然匿床下，維以實對，帝喜曰："朕聞其人而未見也。"詔浩然出。帝詢其詩，浩然再拜，自誦所作，至"不才明主棄"之句。帝曰："卿不求仕，而朕未嘗棄卿，奈何誣我？"因放還。

崔 員 外

不念糟糠賦好逑，洞房花燭慣温柔。郎休再説癡人夢，屢易香衾儂也愁。

《列傳》：崔顥，字元西，襄陽人也。擢進士第，有文無行。好蒲博，嗜酒。娶妻惟擇美者，俄又棄之，凡四五娶。終司勛員外郎。李邕聞其名，虛舍邀之，顥至獻詩，有"十五嫁王昌"之句。邕曰："小兒無禮！"不與接而去。

渾 忠 武

奇功不讓霍嫖姚，白髮蕭然戴錦貂。侯鎖雄藩勤奉詔，兵權未許倖臣搖。

《列傳》：渾瑊，本鐵勒九姓之渾部也。善騎射。年十一，隨父釋之至防所。節度使笑曰："與乳媼俱來邪？"屢立奇功，遷中郎將。從郭子儀復兩京，改太常卿，旋遷大都護，收咸陽，平懷光，進左僕射，行營副元帥。瑊天性忠勤，功高而志益下，歲時貢奉，必躬閱視。每有賜予，下拜跽受，常若在帝前。治蒲十六年，常持軍，猜間不能入。君子賢之。薨，年六十四。贈太師，諡"忠武"。五子，鎬、鏦爲達官。

吳 貞 潔

待詔榮頒心若驚，當時方鎖未銷兵。韜光匿彩歸山去，欲學鴟夷變姓名。

《列傳》：吳筠，字貞節，華州華陰人也。通經誼，美文詞。性高鯁，不耐沈浮於時。南遊天台，觀滄海。與有名士相娛樂，文詞傳京師。玄宗遣使召見大同殿，與語甚悅，敕待詔翰林。筠知天下將亂，懇求還嵩山。迨至，兩京陷，江、淮盜賊起，遂改姓，隱於茅山。大曆十三年卒，筠所善孔巢父、李白，歌詩畧相甲乙云。

陸 宣 公

輔弼群誇王佐才，興元制誥手親裁。須知異代名臣業，強半宣公奏疏來。

《列傳》：陸贄，字敬輿，蘇州嘉興人。十八第進士，德宗立，召爲翰林學士。帝在東宮已知其名矣，在奉天，朝夕進見，小心精潔，未嘗有過，由是帝親倚，至解衣衣之，同類莫敢望。雖外有宰相主大議，而贄常居中參裁可否，時號"內相"。故奉天所下制誥，雖武人悍卒無不感動流涕。李抱真入朝，言："陛下在奉天、山南時，赦令至山東，士卒聞者皆感泣思奮，臣是時知賊不足平。"議者謂興元戡難功，雖爪牙宣力，蓋贄有助焉。薨，年五十二。贈兵部尚書，賜諡"宣"。

元 微 之

元白詩才且漫論，如何恃寵沮功臣。不圖阿附崔潭峻，事業終嫌兩截人。

《列傳》：元稹，字微之，河南人也。九歲工屬文，十五擢明經。元和元年，拜左拾遺。屢上疏條陳時事，遷監察御史，當路者惡之，出爲河南尉。後與監軍崔潭峻善，擢詞部郎中，知制誥，俄遷翰林承旨學士，禮遇益厚。宮人爭與稹交，魏宏簡在樞密，尤相善。裴度出屯鎮州，有所論奏，共沮却之，度三上疏，劾宏簡、稹傾亂國政。太和三年，召爲尚書左丞。卒，年五十三，贈尚書左僕射。

顏 魯 公

事到艱危始借公，太師拜詔赴梁城。老臣不畏薪庭火，要作常山難弟兄。

《列傳》：顏真卿，字清臣，京兆萬年人也。博學工詞章，事親孝。開元進士，遷監察御史，出爲平原太守。祿山反，河朔盡陷，獨平原城守具備，使參軍李平馳奏。玄宗聞變，始曰："河北二十四郡，無一忠臣邪？"及平至，帝大喜曰："朕不識真卿何如人，所爲乃若此！"肅宗即位，拜工部尚書，復遷憲部尚書。李希烈陷汝州，杞乃建遣真卿："四方所信，若往諭之，可不勞師而定。"既見希烈，宣詔旨，希烈養子千餘拔刃爭進，真卿色不變。乃就館。希烈遣朱滔、李元平說之，真卿叱曰："爾等聞顏常山否？吾兄也。雖陷賊，罵不絕口。吾年且八十，官太師，守吾節，死而後已！"賊積薪於庭曰："不屈節，當焚死。"後希烈弟希倩繼殺之，年七十六。

裴　晉　公

夜擒元濟克淮西，明哲全身學子儀。晚節更多行樂處，涼臺燠館唱酬詩。

《列傳》：裴度，字中立，河東聞喜人也。貞元初，擢進士第，遷監察御史。元和六年，以司封員外郎知制誥。王師討蔡，以度視行營諸軍，旋拜淮西宣慰招討使。李愬雪夜入城，縛吳元濟以報。拜大學士、上柱國、晉國公。是時，天子擁虛器，度乃治第東都，具燠館涼臺，號"綠野堂"，與白居易、劉禹錫爲文章、把酒，窮晝夜相歡，不問人間事。薨，年七十六。贈太傅，賜謚"文忠"。

韓　文　公

忠言忤旨貶潮州，可惜皋夔願未酬。後代猶欽公正直，一篇諫表誦千秋。

《列傳》：韓愈，字退之，鄧州南陽人也。好讀書，日記數千百言，比長，能通六經、百家學。擢進士第。調四門博士，遷監察御史。上疏極論宮市，德宗怒，貶陽山令。裴度宣慰淮西，表愈行軍司馬。元濟平，遷刑部侍郎。憲宗迎佛骨，愈上表切諫，帝大怒，貶潮州刺史，轉兵部侍郎。長慶四年薨，年五十七。愈深探本元，卓然樹立，成一家言。其《原道》、《原性》、《師說》、《進學解》等百餘篇，皆奧衍閎深。

埽葉亭詠史詩卷三

五代

梁太祖

刲骨稜稜腸胃流，珪兒亦死北垣樓。廣王一語堪千古，何滅唐家三百秋。

《本紀》：梁太祖姓朱氏，碭山午溝里人也，名溫，與兄全昱、存傭食蕭縣人劉崇家。全昱爲人頗長厚。存、溫勇有力，而溫尤凶悍。中和三年，拜汴州刺史，賜名全忠。光啓二年三月，進爵王。開平元年夏四月，又更名晃。篡位，國號梁。太祖與諸王飲博，廣王曰：「朱三，爾碭山一百姓，唐天子用汝爲節度使，復進爵爲王，於汝何負？而滅唐家三百年社稷，吾將見汝赤其族矣。」

唐明宗

五代賢君李嗣源，勵精圖治靖烽烟。蕃人自謂謙謙語，夜半焚香告上天。

《本紀》：唐明宗世本夷狄，原名邈佶烈，太祖養以爲子，改名嗣源。侍太祖屢建奇功，爲人純質，寬仁愛人，嘗夜焚香仰天而祝曰：「臣本蕃人，豈足治天下！願天早生聖人。"即位時春秋已高，不邇聲色，不樂遊畋，在位十年，兵革粗息，年穀豐登，生民實賴以休息，五代之時賢君也。其愛人恤物，蓋亦有意於治矣。

莊皇后

自恥家微自滅親，倉庚妙法療難神。蓍囊藥篋如兒戲，可似黃鬚善卜人。

《列傳》：莊宗敬皇后，姓劉氏，魏州成安人也。初封魏國夫人。后父劉叟，黃鬚，善卜，自號劉山人。后六歲，晉王攻魏，掠成安，裨將袁建豐得后，納之晉宮。既笄，甚有色，莊宗見而幸之，寵專諸宮，其父聞后已貴，詣魏上謁莊宗。是時后方與諸夫人爭寵，以門第相高，大怒曰："妾去鄉時，晷可記憶，妾父不幸死於亂軍。"因命笞劉叟於宮門，莊宗乃為劉叟衣服，自負蓍囊藥篋，造其卧內曰："劉山人來省女。"皇后大慚。

王子明

浮橋巨斧報強梁，血戰誰如王鐵鎗。豹死留皮操俚語，果然信史姓名揚。

《列傳》：王彥章，字子明，鄆州壽昌人也。驍勇有力，持一鐵鎗，騎而馳突，奮疾如飛，而他人莫能舉也，軍中號曰"王鐵鎗"。彥章武人不知書，嘗操俚語謂人曰："豹死留皮，人死留名。"莊宗愛其忠勇，欲全活之，彥章謝曰："臣與陛下血戰十餘年，今兵敗力窮，不死何待？且臣受梁恩，非死不能報，豈有朝事梁而暮事晉，何面目見天下之人乎！"

漢高祖

彈指光陰又換朝，如何漢鼎叶三爻。帝王酷似秋飛燕，未許雕梁再結巢。

　　《本紀》：漢高祖姓劉氏，名知遠。面紫色，目多白睛。與晉高祖俱事唐明宗，爲偏將。天福二年，遷馬步軍都指揮。天福七年，封太原王。開運二年，又封北平王。契丹犯京師，晉出帝北遷，遂即皇帝位，國號"漢"，稱"天福十二年"，其意未忘晉也，至隱帝，始改元乾，僅三年耳。丁丑高祖崩於萬歲殿，年五十四。

桑國僑

面長一尺亦清奇，鐵硯磨穿志不移。無那名臣生叔季，難將相業比皋夔。

　　《列傳》：桑維翰，字國僑，河南人也。身短而面長，臨鏡以自奇曰："七尺之身，不如一尺之面。"慨然有志於公輔。屢困場屋，主司惡其姓，以爲"桑"、"喪"同音。人有勸其不必舉進士，可以從他途求仕，維翰慨然，乃著《日出扶桑賦》以見志。又鑄鐵硯以示人曰："硯敝則改而他仕。"其卒以進士及第。晉高祖辟爲河陽節度掌書記，旋拜禮部侍郎，封魏國公。

景航川

釁結兵連僅一言，南朝愧死沐猴冠。空譚十萬橫磨劍，莫怪牙籌辱契丹。

　　《列傳》：景延廣，字航川。父建善射，嘗教延廣，由是以挽强見稱。天福四年，拜爲馬步軍都指揮。延廣謂契丹曰："先皇帝北朝所立，今天子中國自冊，可以爲孫不可爲臣。且晉有橫磨大劍十萬口，翁要戰則來，他日不禁孫子，取笑天下。"德光犯京師，因以十事責延廣，每服一事授一牙籌，授至八籌，延廣以面伏地，不能仰視，遂叱而鎖之，至陳橋止民家。夜分，延廣伺守者怠，引手扼吭而死，時年五十六。

馮可道

著書百卷詎堪傳，籠絡英雄好縱談。笑問四朝長樂老，宮移羽換可懷慚。

《列傳》：馮道，字可道，瀛州景城人也。事劉守光爲參軍，守光敗，去事宦者張承業。唐明宗即位，拜中書侍郎。晉滅唐，道又事晉，封魯國公。契丹滅晉，道又事耶律德光於京師。漢高祖立，道又乃歸漢。周滅漢，道又事周，拜太師，兼中書令。事四姓十君，自號"長樂老"，著書數百言，自謂作四朝官及契丹，所得階勛官爵以爲榮。死年七十三。

宋

宋藝祖

兵變陳橋大宋昌，太平有象萬夫望。天教點檢爲天子，誰料江山與晉王。

《本紀》：藝祖諱匡胤，涿郡人也，姓趙氏。契丹入寇，命太祖北伐，次陳橋驛，軍中共議推戴，戍夜軍士聚於驛門，俄而列校軍集曰：我輩出萬死，冒白刃，爲國家破敵，天子幼，不如策點檢爲天子，然後北伐。太宗紀開寶六年封晉王，有詔班宰相上。九年十月癸丑太祖崩，奉遺詔即皇帝位。

范太傅

文素才華冠大名，傳來衣鉢始登龍。可憐趙宋推良相，泉下無顔見世宗。

《列傳》：范質，字文素，大名宗城人也。九歲善屬文，唐長興舉進士。知貢舉和凝愛質所試文，自以中第在十三，故亦以處質。其後質官及封國，皆與凝同，當時謂之"傳衣鉢"。太宗嘗言："近世輔弼，惜名器、持廉節，無與質比者，但欠世宗一死，爲可惜爾。"

趙 忠 獻

兩朝相業擴忠忱，削奪藩權謀畧神。雪夜猶陳平蜀策，元勛不愧讀書人。

《列傳》：趙普，字則平，幽州薊人也。對太祖曰："唐季以來，國家所以不安者，由節鎮太重，君弱臣強。今欲治之，無他，惟削奪其權而已。"太祖嘗夜幸普第，立風雪中，普恐，出迎，從容問曰："夜深寒甚，陛下何以出？"太祖曰："吾睡不能着，一榻之外，皆他人家也。"普曰："陛下小天下耶？南征北伐，今其時矣。"平西蜀、征嶺南、收江南，皆普之功也。

曹 武 惠

功成不戮一人還，留取清名萬古傳。怪道後人皆蔚起，廟廷配享子孫賢。

《列傳》：曹彬，字國華，真定靈壽人也。平蜀回時，諸將皆有子女玉帛，彬囊中惟圖書、衣衾而已。彬仁敬和厚，在朝未嘗忤旨，亦未嘗言人過失。伐二國，秋毫無所取。位兼將相，不以等威自異待。遇士大夫，必引車避之。薨年六十九，諡曰"武惠"，與趙普配享太祖廟廷。子璨、珝、瑋、玹、玘、珣、琮，皆官至節度使。

呂 太 保

人生難得是糊塗，太保真誠世所無。聽説宮車將晏駕，捲簾進諫定東都。

《列傳》：呂端，字易直，幽州安次人也。內侍王繼恩忌太子英明，陰與參知政事李昌齡謀立故楚王元佐。太宗崩，太后使繼恩召問端，端知有變，鐍繼恩於閣內，使人守之而入。太后謂曰："宮車已晏駕，立嗣以長，順也。"端曰："先帝立太子正爲今日，今始棄天下，豈可遽違先帝之命，更有異議邪？"真宗既立，端請捲簾，升殿審視，然後降階，率群臣拜呼萬歲。

張　司　徒

雲龍會合記當年，聖主賢臣豈偶然？爭似司徒好風度，肯將東閣換林泉。

《列傳》：張齊賢，曹州宛句人也，徙居洛陽。姿儀洪碩，議論慷慨。初太祖幸西都，齊賢以布衣獻策。太祖賜束帛而遣之歸。太宗即位，齊賢舉進士，因伐契丹功，拜吏部侍郎、同中書門下平章事。請老，除司空，致仕歸洛。得唐裴度午橋莊，日與親舊觴詠其間。卒年七十二，贈司徒，諡曰"文定"。

王　太　尉

三槐門閥兆賓卿，啓沃從心值聖明。能使萊公懷愧惡，薦賢原不爲邀名。

《列傳》：王旦，字子明，大名莘人也。父祐手植三槐於庭曰："吾之後，必有爲三公者。"旦舉進士，爲大理評事。真宗即位，拜中書舍人。咸平三年，拜工部尚書、同中書門下平章事。旦在相位，謀行言聽，天下稱爲賢相。寇準爲樞密使，當罷，使人告旦，求爲使相，旦大驚曰："將相重任，豈能求耶？"已而制出，除準節度使、同平章事。準入見曰："非陛下知臣，何以至此？"真宗具道旦所荐準，始愧，歎以爲不可及。

寇萊公

力排群議贊宏謨，破敵澶淵膽氣粗。從此邊疆安若砥，山河全賴偉人扶。

《列傳》：寇準，字平仲，華州下邽人也。舉進士，爲巴東令。太宗嘗語左右曰："朕得寇準，猶唐太宗之得魏鄭公也。"景德元年，契丹入寇，直抵澶淵，準請幸澶州，并陳河北用兵之畧，真宗遂幸澶。至南城，皆言虜兵方盛，應駐蹕以觀兵勢。準固請曰："陛下不過河，人心益危，虜氣未懾，非所以取威決勝之道。"真宗即日渡河，軍威大震，御城門觀視，營壁撫勞，部伍軍民歡呼，聲聞數十里。俄而勁弩伏發，射殺其貴將撻覽。

韓魏公

顧命群推柱石臣，調停骨肉亦奇勛。安陽事業超千古，不負臚傳五色雲。

《列傳》：韓琦，字稚圭，相州安陽人也。弱冠舉進士，英宗暴得疾，慈聖后垂簾聽政。英宗疾甚，有及慈聖語。琦與歐陽修奏事，慈聖流涕具道所以。琦曰："此病訴耳病已，必不然。子疾，母可不容之乎？"後數日，琦獨見英宗，英宗曰："太后待我無恩。"琦曰："自古聖帝明王，不爲少矣，獨稱舜爲大孝，豈其餘盡不孝也？父母慈愛而子孝，此常事不足道；惟父母不慈，而子不失孝，乃可稱耳。"英宗大悟。

富鄭公

三朝宰輔望彌隆，盡在從容不迫中。奉使救災宏抱負，一生低首富文忠。

《列傳》：富弼，字彥國，河南人也。幼篤學，有大度。使契丹曰："北朝忘章聖皇帝之大德乎？澶淵之役，若從諸將言，北兵無得脫者。昔日晉高祖欺天叛君，是時中國狹小，故北朝全師獨克，雖獲金帛，俱充諸臣之家。今中國提封萬里，精兵以百萬計，北朝欲用兵，能保其必勝乎？若通好不絕，歲幣盡歸人主，臣下所得止奉使者一二人耳。"契丹首肯者久之。河朔大水，弼擇所部豐稔者五州，勸民出粟，得十五萬斛，活民五十餘萬。

歐陽文忠

宋賢我獨服韓歐，更羨文忠史筆遒。漫說龍門專擅美，一編五代壓千秋。

《列傳》：歐陽修，字永叔，廬陵人也。舉進士，兩試國子監，一試禮部，皆第一。刊修《唐書》，為翰林學士，遷給事中。知無不言，所言多聽。嘉祐六年，拜參知政事，與韓琦同心輔政。時東宮猶未定，與韓琦等協定大議。性剛直，平生與人盡言無所隱。長於《易》、《詩》、《春秋》，其所發明，多古人所未見。以論政不合，固求去位，年未及即告老，天下高之。贈太師，諡"文忠"。

范文正

憂樂一言見措施，遭逢難得策賢時。胸中兵甲多如許，無怪羌戎生祀之。

《列傳》：范仲淹，字希文，邠州人也，後徙蘇州。少有大志。舉進士，嘗自誦曰："士當先天下之憂而憂，後天下之樂而樂。"此其志也。知延州時，寇云："今小范老子胸中自有數萬兵甲，不比大范老子可欺也。"仲淹為人外和內剛，樂善不倦，天下想聞其風采，士大夫以不獲登其門為恥。夷狄皆知其名字，鄧慶之民與羌戎皆繪像生祀之。其卒也，仁宗甚悼惜，贈尚書，諡"文正"。

司馬温公

炎漢桑羊事可徵，欲除新法獻孤忠。臨危猶作憂時語，遺表曾陳和遠戎。

《列傳》：司馬光，陝州夏縣人也。七歲聞講《左氏春秋》，大愛之。舉進士甲科，嘉祐六年，除天章閣待制兼侍講。神宗即位，擢翰林學士。王安石奏曰："善理財者，不加賦而上用足。"光曰："天下安有此理？天地所生財貨百物，止有此數。不在民，則在官。譬如雨澤，夏澇則秋旱。不加賦上用足，不過設法陰奪民利，其害甚於加賦，此乃桑羊欺漢武帝之言耳。"元祐元年，光始得疾，歎曰："四患未除，吾死不瞑目矣。"卒年六十八。其家得遺奏八紙，上之皆論當時要務，并陳羌戎大畧，以和戎爲便，用兵爲非。

王介甫

誤讀周官一部書，典章輕改老成吁。家兒更有臨川伯，爲斂青苗欲濫誅。

《列傳》：王安石，字介甫，撫州臨川人。舉進士，知鄞縣。好讀書，三日一治縣事。熙寧三年，拜禮部侍郎、同中書門下平章事。以常平法爲不善，更將糶米本作青苗錢，散與人户，令出息二分。子雱，太子中允，封臨川伯，議論深刻，常稱商君以爲豪傑之士，言不誅異議者法不行，勸王安石誅不用命大臣。

蘇學士

謫仙而後又蘇仙，名士文章絶代傳。縱使金蓮邀寵眷，却教朋黨誤高賢。

《列傳》：蘇軾，字子瞻，眉州眉山人也。歐陽修試禮部進士，得軾論，欲以冠多士，疑曾鞏所爲。鞏，修門下士也。乃置第二，遂中乙科，授福昌簿。修復以直言，薦之制策，入三等，除大理評事。哲宗即位，召爲禮部郎中，尋遷翰林學士。入對便殿，宣仁后問曰："卿何以遽至此？"軾曰："遭遇太皇太后、皇帝陛下。"宣仁曰："非也。此乃先帝之意也。先帝每誦卿文章，必歎曰：'奇才，奇才！'"已而命坐賜茶，撤御前金蓮燭送歸院。

陳希夷

從古仙人遯世多，中山有酒等閒過。請看煉道扶搖子，羽化寥天醮大羅。

《列傳》：陳摶，字圖南，亳州真源人也。隱武當山，移居華山，化形於蓮花峰。嘗乘白驢欲入汴，中途聞太祖登極，大笑墜驢，曰："天下於是定矣。"太宗召，以羽服見於延英殿，甚禮重之。端拱二年秋七月二十二日，在蓮花峰石室化去，有五色雲蔽塞洞口，彌月不散，賜號"希夷先生"。

林和靖

梅花種滿讀書堂，澹遠清微詩味長。祇爲高風超靖節，孤山千載有遺香。

《列傳》：林逋，字君復，杭州錢塘人也。自少孤，力學，好古，不拘拘章句。性恬淡，薄榮利，家貧衣食屢歉，晏如也。結廬西湖之孤山，種梅花百株自娛，爲詩孤峭澹遠，居西湖二十年足未嘗履城市。卒年六十一，賜諡"和靖先生"。臨終時有"茂陵他日求遺稿，猶喜曾無封禪書"之句，天下傳誦之。

米元章

學術才華并絕倫，南宮書畫古今聞。盤旋大筆風神勁，此老何慚王右軍。

《列傳》：米芾，字元章，吳人也。爲文奇險，不蹈襲前人軌轍。王安石嘗摘其詩句書扇上，蘇軾亦喜譽之。冠服效唐人，風神蕭散，談吐清暢，妙於翰墨，好潔成癖，至不與人同巾器，所爲譎異。仕至禮部員外郎。大觀二年以言者罷知淮陽軍。

賀　方　回

柳敧花彈筆如神，記誦詞章費討尋。我愛慶湖遺老集，爲他絃外有餘音。

《列傳》：賀鑄，字方回，衛州人也。性情直爽。長於古文詩詞，藏書萬卷，嘗言："吾筆端能驅李商隱、溫庭筠，使奔命不暇。"與米芾齊名，二人每相遇，終瞑目抵掌，論辨鋒起，各不能屈。有《慶湖遺老集》二十卷傳世。

邵　康　節

淵源河洛早通靈，安樂窩中道已成。忽聽鵑聲橋畔路，豫知南相誤蒼生。

《列傳》：邵雍，字堯夫，衛州人也。精於數學。熙寧初，以爲潁州團練推官，而雍不赴召。居洛三十年，卒年六十七。初步天津橋，聞杜鵑聲，愀然曰："十年後，國家必用南人作相，天下自此多事矣！"

黃　魯　直

學士詩篇儗鳳韶，西江吹老一枝簫。髯蘇妙筆涪翁繼，酷肖唐家中晚朝。

《列傳》：黃庭堅，字魯直，洪州分寧人也。幼警敏，詩文超逸絕塵。知太和縣，又監德安鎮，召爲校書郎。庭堅與秦觀、張耒、晁補之皆游蘇軾之門,號"四學士"。卒年六十一。

舒御史

喋血臨洮螾螳才,穆王曾說化人來。可憐肉向刀頭啗,權詐誰堪服草萊。

《列傳》：舒亶,字信道,明州慈溪人也。擢進士,調臨海尉,小有才,熙河路分畫疆界,命亶馳往,於時臨洮新喋血。亶至則示以朝廷威信。夷人以肉置刀頭啗亶,亶以口承之,衆皆歡呼。使還授太子中允,尋修起居注,知諫院,擢御史。

李忠愍

矯首問天天不言,侍郎大節萬年傳。兩宮北狩忠肝裂,異域誰賡板蕩篇。

《列傳》：李若水,字清卿,洺州曲周人也。靖康二年,擢吏部侍郎。黏罕召若水議立異姓,若水曰："道君皇帝已禪,靖康主上仁孝恭儉,未有過失。"黏罕曰："趙皇失信,安得無過？"若水曰："女代人之國,不務全安生民,徒掠金帛子女,似此強暴不仁,女乃失信之尤者。"遂見殺,年三十五。臨死歌詩一首,其卒章曰："矯首問天兮,天卒不言。忠臣效死兮,亦何怨？"人聞而悲之。

宗留守

河東盜賊盡招降,慧眼能知秉義郎。遇敵從無三潰辱,休將忠勇埒張王。

《列傳》：宗澤,字汝霖,義烏人也。巨寇王善逆勢猖狂,欲據京城。澤單騎馳至賊營,泣謂之曰："朝廷當危難時,使有如爾輩,豈復有敵患乎？"王善等感泣,遂降。秉義郎岳鄂王犯法將刑,一見奇之曰:"此將材也。"《張浚傳》"三瀆之辱,幾淪宗社",張王一生欺世盜名,遂撤配祀。

韓蘄王

無愁天子竟如愚,忘却蒙塵塞外居。誰似英雄見機早,湖邊倒跨灞橋驢。

《列傳》:韓世忠,字良臣,延安人也。風骨偉岸,目瞬如電。因感岳王事,杜門謝客,時跨驢攜酒,一二奚童從游湖上。平時將佐罕見其面,絕口不言兵。紹興二十一年八月薨,追封蘄王。

岳鄂王

冤成三字泣忠魂,痛飲黃龍且漫論。恨血九泉銷不盡,金陀野史撰賢孫。

《列傳》:岳飛,字鵬舉,湯陰人也。忠勇精誠,熟習兵法,長於書史詩詞,自漢以來,文武兼備者,岳鄂王一人而已。大敗兀朮於朱仙鎮,語其將曰:"直抵黃龍府,與諸君痛飲耳!"秦檜曰:"雲、憲書雖無跡,其事莫須有。"世忠曰:"'莫須有'三字何以服天下?"孫岳珂亦參師閫,撰《金陀野史》。孝宗立,追封鄂王,諡"武穆"。

趙忠簡

元氣凋傷國勢艱,蕭條白髮淚潸潸。津亭祖餞登舟去,倔強猶堪折巨奸。

《列傳》:趙鼎,字元鎮,聞喜人也。崇寧進士。鼎再相,或議其無所施設。鼎聞之曰:"今日之事,如人患羸,當靜以養之;若加攻砭,元氣必凋傷矣。"秦檜率執政餞行列筵於津亭,鼎不為禮,檜見鼎謝表曰:"此老倔強猶昔。"紹興十七年，不食而死，天下悲之。孝宗即位，追封豐國公，謚"忠簡"。

秦　會　之

和戎魏絳計何神，污衊渡烟閣上人。私願乘輿終陷没，萬年遺臭宋君臣。

《列傳》：秦檜，字會之，江寧人。檜專主和議，嘗言："南人歸南，北人歸北，天下太平矣。"誣岳鄂王自言"己與太祖皆三十歲建節"。岳鄂王冤獄，檜與万俟卨搆成之。檜兩據相位者，一時忠臣義士、宿老良將，誅鋤殆盡。其頑鈍無耻者，率爲檜用事，以誣善類爲能。凡劾人章疏，皆檜自草以授言者，識之者曰："此老秦筆也。"

蔡　光　長

箝制朝廷四海傾，哀鴻桴鼓作悲聲。爭如司諫石公弼，疏劾權奸十罪名。

《列傳》：蔡京，字元長，興化軍仙遊人也。與弟卞同登第，初授錢塘縣尉，改舒州推官，累遷中書舍人、龍圖閣待制。因罪出，知江寧，復結納童貫。崇寧二年，進左僕射。京起於逐臣，一旦得志，遂託"紹述"之柄，箝制朝廷，立元祐姦黨碑，鑄當十大錢，小民嗜利，亡命犯法者紛紛。京險詐侈靡，竭四海之物以自奉。御史石公弼與張克公劾京十罪，貶少保，出居杭，連貶崇信、慶遠軍節度副使，行至潭而死，年八十矣。

种　少　保

位置非宜惜虎臣，渡河一策料如神。阿兄若代師中將，未必榆關讓敵人。

《列傳》：种師道，字彝叔。少從張載學，以蔭補熙州推官，擢通判。忤蔡京,屏廢十年,起爲忠州刺史。徽宗召詣闕,訪邊事,對以"妄動生事,非計"。童貫敗於盧溝,金人南下,加檢校少保、靜難軍節度使。揭牓沿道,言种少保領西兵百萬來。遂抵城西,趨汴水南,徑逼敵營。金人懼,斂遊騎,守牟駝岡,增壘自衛。師道勸欽宗乘其渡河尾擊之,帝不聽,師道歎曰:"異日必爲國患。"卒年七十六。贈少保,諡"忠憲"。弟師中,字端孺,與金人戰與榆關,死之。太原、雲中皆失守,朝廷震悚。師中贈少保,諡"莊愍"。

和　中　侍

師宜休息出無名,閹帥巡邊却爲功。莫道鄆城才畧短,當年曾獻鳳凰弓。

《列傳》:和詵,字子美,濮州鄄城人。任威州刺史。時因上制勝強遠弓式,施行之弓能破堅於三百步外,邊人號爲"鳳凰弓"。授中侍大夫。童貫率師巡邊,問計於詵,詵曰:"南北兄弟之國,誓好百餘年。今師出無名,宜按兵觀釁戎,諸將無妄動。"貫愕然。然前軍統制楊可世入虜境而敗,貫奏詵不從節制,責豪州團練使,筠州安置。

朱　彥　明

手刃全家血淚揮,將軍視死竟如歸。古來城守推巡遠,更有忠魂弔震威。

《列傳》:朱昭,字彥明,府州府谷人也。爲震威城監押,會城乏闕,攝其事。金人克太原,遂至震威,降將有與昭故人者,語之曰:"天下事已矣,忠安所施?"昭曰:"食人之祿,死人之事。"因大罵,矢石亂下。昭與士卒同甘苦,故士心感奮,城攻百日,昭禦之皆得法。後二日,城有攻摧處,昭召諸軍議曰:"城且破,妻子不可爲賊所污。"因盡殺家人,納之井中。而軍士家屬亦皆殺之。昭謂衆曰:"我與汝曹俱無累矣!"城陷巷戰死。

李　忠　定

可惜兵車制已頒，中興事業被猜嫌。汪黃排阻顏岐忌，不使奇勳奏建炎。

《列傳》：李綱，字伯紀，無錫人也。政和進士，授監察御史，復拜殿中侍御史，忤權貴，改比部員外郎。七年起，爲太常少卿。金人渝盟，朝議避敵，綱上禦戎五策。欽宗即位，上言："方今中原勢弱，君子道消，法度紀綱，蕩然無統。陛下履位之初，當上應天心，下順人欲。攘除外患，使中國之勢尊；誅鋤內姦，使君子之道長，以副太上付託之意。"上嘉納之，除兵部侍郎。康王即位，綱奏："步不足以勝騎，騎不足以勝車，請以車制頒京東、西，製造畧可任者。"又奏："臣嘗議巡幸，今縱未能行上策，當且適襄、鄧，示不忘故都，以係天下之心。"未幾，汪伯彥、黃潛善力主幸東南避敵，顏岐又奏："綱爲金人所惡，宜罷之。"十年正月辛卯薨，年五十八，贈少師，謚"忠定"。有《靖康傳信錄》、《建炎時政記》，文章、歌詩、奏議百餘卷傳世。

文　信　國

盡節從容三載餘，土星犯座史官疑。祭文恰惱王炎午，知否衣中自贊詞。

《列傳》：文天祥，字宋瑞，吉水人也。體貌豐偉，美晳如玉，秀眉長目，顧盼曄然。年二十舉進士，對策以法天不息爲言，帝親擢第一，授刑部左司郎官。忤賈似道，張志立劾罷之，援例致仕，年甫三十七。九年，起爲湖南提刑，明年，改江西安撫使。德祐元年，國事告急，詔天下勤王。天祥捧詔大慟，使方興召吉州兵，諸豪傑皆響應，有衆萬人，將入衞。其友止之曰："今元兵三道鼓行，破饒甸，薄內地，君以區區烏合赴之，何異驅羊搏虎乎？"天祥曰："吾亦知其然。欲以身徇社稷，庶天下忠臣義士，有聞風而起者耳。"厓山破，張宏範曰："國亡，丞相忠孝盡矣，能改心事元，不失爲宰相也。"天祥泫然流涕曰:"國亡不能救,人臣死有餘罪,况敢二心乎。"十九年,土星犯帝座,疑有變,世祖賜之死。臨刑,殊從容曰:"吾事畢矣。"衣帶中有贊曰:"孔曰成仁,孟曰取義。惟其義盡,所以仁至。讀聖賢書,所學何事。而今而後,庶幾無愧。"

陳 與 權

庸才差勝滿朝歡,簪珥飄零大內寒。慚愧當年六君子,倉皇宵遁走長安。

《列傳》:陳宜中,字與權,永嘉人也。少貧窶,為縣學生,丞相丁大全在台横甚,宜中與黃鏞等六人,上書攻之,士論翕然稱之,號為"六君子"。景定三年,廷試第二,升監察御史。恭帝立,拜參知政事。似道喪師,代樞密院事。元兵破常州,群臣請遷都,太后不可。宜中痛哭請之,后乃命裝。及暮,宜中不入,太后怒曰:"大臣顧欺我耶?"脫簪珥擲之地,遂閉閣。元帥伯顏至皋亭山,宜中與章丞相同宵遁。章丞相名鑑,心地寬厚,與人多許可,士大夫目為"滿朝歡"云。

賈 師 憲

葛嶺笙歌酒正釃,襄陽圍急送元人。銷魂最是漳州道,快事千秋鄭虎臣。

《列傳》:賈似道,字師憲,台州人也。父涉有戰功,授京東、河北節制,復擢淮東制置使。卒,超贈龍圖閣學士、光祿大夫。似道乃其孽子。少落魄,以蔭補嘉興司倉。理宗寵其姊為貴妃,遂召赴廷對,擢太常丞、軍器監。益恃寵不檢,改太府少卿,總領湖廣財賦。寶祐二年,加同知樞密院事,封臨海郡公,威權日盛,年始三十餘。張傑作浮梁新生磯,濟師北歸。似道用劉整計,攻斷浮梁,殺殿兵百七十,追至白鹿磯,上表以肅清聞。帝謂其有再造功,拜右丞相,進少師,封魏國公。度宗立,拜太師、平章軍國重事,三日一朝，賜第葛嶺。大起樓閣亭榭，終日淫樂。元兵圍襄陽，三年襄陽降元，似道始倉皇出師，兵潰揚州。王熵入見太后曰："本朝權臣稔禍，未有如似道之烈者。"始謫高州團練使。縣尉鄭虎臣忻然請行。撤轎蓋，暴秋日中，令舁夫唱杭州歌斥名謔之。至漳州，屢諷之自殺，賈似道曰："太后許我不死。"虎臣曰："吾爲天下殺奸賊。"乃拉殺之。

范　尚　書

暗褒詞頭抑寵臣，安邊節使虎符新。吐番斂跡青羌潰，曾費君王四萬緡。

《列傳》：范成大，字致能，吳郡人也。紹興進士，授戶曹參軍，俄進吏部郎官。充金國祈請使，全節而歸。除中書舍人，命掌內制。張說除樞密院事，成大留詞頭七日不下，又疏言之，說命竟寢。尋授敷文閣待制、四川制置使。疏言："吐蕃、青羌兩犯黎州，輕視中國。臣當教閱將兵，外修堡砦，仍講明教練團結之法，使人自爲戰，三者非財不可。"上賜度牒錢四十萬，增戰兵五千，土番敗遁，青羌不敢入寇。後召，還拜吏部尚書、參知政事。成大素有文名，尤工於詩，有《石湖集》、《攬轡錄》傳世。

王　刺　史

政出多門百檜生，龍淵罷去用存中。如何粉飾符離戰，不及參軍恥佐戎。

《列傳》：王十朋，字龜齡，樂清人也。天資穎悟，日誦數千言。對策有："法之至公莫如選士，名器之至重莫如科第。今有司特以爲媚權臣之具，尚安望其得人哉？"又如："造禍以來，金未嘗不內相魚肉，然一主斃，一主生，要在自備何如。今權雖歸於陛下，政復出於多門，是一檜死百檜生也。"士林傳誦之。又劾史浩、龍大淵、楊存中、史正志、林安宅，皆罷去。旋以楊存中充御營使，張浚符離失律。十朋上疏力保有"爲祖宗陵寢，爲兩宮復讐，爲二百年境土,爲中原弔民伐罪"等語。參軍郭奕恥符離之敗,有"相公新送陝西回"之句。

辛 忠 敏

英靈未泯大聲呼,識見拘拘笑宋儒。假令幼安膺重寄,中原恢復定何如。

《列傳》:辛棄疾,字幼安,歷城人也。性豪爽尚氣節,識拔英俊,所交多海內名士。耿京自稱天平節度使,棄疾勸京決策南向。紹興三十二年,京遣棄疾奉表來歸,高宗召見,授承務郎。乾道四年,孝宗召對延和殿,因論南北形勢及三國、晉、漢人才,遷司農主簿。平劇盜賴文政有功,授大理少卿,旋擢湖南安撫使。王丞相欲除棄疾一帥,周益公堅不肯,王曰:"幼安帥材,嘗存恢復之志,何不用之?"謝枋得過其墓傍僧舍,有大聲呼於堂上,若鳴其不平,自昏暮至三鼓不絕聲。因請於朝,贈少師,諡"忠敏"。

杜 殿 院

清修曾荷帝褒稱,作宦原同受戒僧。我愛蓉江杜莘老,蒲團紙帳一孤燈。

《列傳》:杜莘老,字起莘,青神人也。紹興進士。彗孛見,應詔上言:"此戾氣所生,多爲兵凶之兆。國家爲民息兵,而將驕卒惰。今因天戒以修人事,思患豫防,莫大於此。"因陳時弊十事。上以其議爲首,命進一階,遷太常寺博士。自蜀造朝,不以家行。高宗聞其清修獨處,甚重之,擢監察御史。一日因對,褒諭曰:"聞卿出蜀,即蒲團、紙帳如僧然,難及也。"復拜殿中侍御史。骨鯁敢言,取衆所指目者悉擊去,聲振一時,朝中咸稱杜殿院。孝宗受禪,上三議,曰定國是、修內政、養根本。尋卒,年五十八。

陳 文 敏

才超識敏腹便便,曾插宮花上紫垣。一洗書生迂腐議,中興五論數千言。

《列傳》：陳亮，字同父，永康人也。生而目光有芒，喜談兵，下筆數千言。郡守周葵奇其才，歎曰："國士也。"隆興初，曾上《中興論》，士林重之，大畧曰："自檜倡邪議至今三十年，君父之大讐不復關念，幸而陛下奮不自顧，志於殄滅，而隱忍至迄今，又十有七年矣。往時金人草居野處，往來無常，使人不知所備。今城郭宫室、政教號令，一切不異於中國，文移往返，動涉歲月，此豈能歲出師哉？然使朝野常如敵兵之在境，乃國家之福，而英雄所用以争天下之機也。是以成、康太平，猶四征不庭、張皇六師者，此李沆不願與遼和親也。況南北角立之時，而廢兵以惰人心，失策亦甚矣。何不倡明大義，慨然與金絕？貶損乘輿，却御正殿，痛自克責，誓必復讐，以振天下之氣，動中原之心，雖未出兵，人心不敢惰矣。從而東西馳騁，虛實相補，狂妄之詞不攻而自息，懦庸之夫不却而自退。當有度外之士起，奮然而起，惟陛下之所欲任耳。"光宗策士，亮以師道、君道對，擢進士第一。端平初，賜諡"文敏"。

陸　放　翁

嚴陵山水足風流，散髮狂歌杜老舟。可惜晚年留話柄，劍南一集尚千秋。

《列傳》：陸游，字務觀，別號放翁，山陰人也。十二歲能文，及長猶工於詩。以蔭補登仕郎。孝宗稱其"力學有聞，言論剴切"。除密院編修兼聖政所檢討。言者論其交接臺諫，鼓唱是非，罷歸。久之，起知嚴州，陛辭，上諭曰："嚴陵山水勝處，職事之暇，可以賦詠自適。"又曰："卿筆力回斡甚善，非他人可及。"紹熙元年，遷禮部郎中。朱熹嘗言："其能太高，跡太近，恐爲有力者所牽挽，不得全其晚節。"後再出，爲韓侂胄作《南園記》，見譏清議。人謂熹有先見之明。

家　處　士

贖出文姬效阿瞞，繁華悟盡步吟壇。桑麻十畝皆環水，好似香山八節灘。

《列傳》：家鉉翁，字則堂，眉州人也。身長七尺，被服嚴雅。其學邃於《春秋》，以蔭補，累官知常州，政譽翕然。遷浙東提刑，入爲大理少卿。宋亡，旦夕哭泣不食者數日。元以其節高欲官之，鉉翁力拒。文天祥女弟坐兄故，繫奚官，鉉翁傾橐中裝贖出。館河間，以《春秋》教授弟子，種桑麻十畝，耕山釣水自適。元成帝即位，賜號"處士"，數年以壽終。

謝　皋　羽

曾佐延平神策軍，昂藏浙水一閒身。故人搖落空流涕，且臥寒江理釣緡。

《列傳》：謝翱，字皋羽，浦城人也。文丞相開府延平，參佐軍事，議論剴切。天祥被執，翱藏匿民間，隻身行浙水，逢山川池榭、雲嵐草木，徘徊顧盼，失聲哭。復遊雁山、蛟門、沃州、所至即造遊錄，持以誇人，若載七寶歸者。後隱居錢塘，皆不知爲天祥客也，惟方鳳、胡翰、吳思齊等知之甚詳。翱家故贏於財，因天祥大舉勤王之師，貲產田廬盡行售賣，以佐軍食，鄉人甚重之。元世祖至元二十四年五月，卒於錢塘，年七十二。

柳　耆　卿

傳神妙筆愛屯田，壓倒蓬萊十種仙。節到清秋須領略，曉風殘月乍天晴。

《列傳》網羅文人才士一百七十餘人，惟遺漏柳耆卿員外，不禁愕惋久之。《樂章集》一卷清麗韶妍，直入白石老人之室，秦七、黃九輩豈可同日語哉。按《後山詩話》：柳三變字耆卿，遊東都南北二巷，作新樂府，遂傳禁中。仁宗頗好其詞，必使侍從歌之。後改名永。仕至屯田員外郎。《老學庵筆記》：張子韶對策有"桂子飄香"之語，趙明誠妻李氏嘲之曰"露花倒影柳三變，桂子飄香張九成"。《雨霖鈴》一闋，膾炙人口，後半尤超妙。"多情自古傷離別，更那堪，冷落清秋節。今宵酒醒何處？楊柳岸，曉風殘月。此去經年，應是良辰好景虛設。便縱有千種風情，待與何人説？"風姿婀娜，情致纏綿，詞家上乘也。

李易安

鬢影衣香不染塵，神摹蘇柳筆超群。西風簾捲秋霜冷，儂比黄花瘦幾分。

《列傳》記載閨中淑質僅十餘人而已，李易安詩詞駕乎宋元以上，故補詠之。按《續文獻通考》：《漱玉詞》一卷，易安居士李清照撰。語極工麗，情更纏綿，如《醉花陰》後半闋"東籬把酒黄昏後，有暗香盈袖。莫道不消魂，簾捲西風，人比黄花瘦"。《如夢令》"試問捲簾人，却道海棠依舊。知否？知否？應是綠肥紅瘦"。兩押"瘦"字，亦超妙，亦清新。南宋才女當以易安爲巨擘焉。

張少保

崖山血戰奉儲君，可惜忠軀碧海沉。趙宋葫蘆依樣畫，九泉差慰世宗心。

《列傳》：張世傑，范陽歸正人也。幼時無所知名。阮思聰見而奇之，言於吕文德，召爲小校。攻安東州，力戰，與高達援鄂州有功，轉十官。尋從似道入黄州，戰類草坪，奪還所俘，還環衛官。吕文焕以襄陽降，命世傑以五千人守鄂州。世傑用鐵絙鎖兩城，夾以砲弩，其要津皆施杙，設攻具。德祐元年，北軍破新城，拜世傑沿江招討使。元軍至獨松關，進保康軍節度使，復召入衛，加檢校少保，降詔獎諭。元軍至皐亭山，世傑提師奉二王入定海。拜樞密副使，封越國公。元軍張弘範攻崖山，颶風壞舟，溺死。先是太后問藝祖云："汝知所以得天下乎？正由周世宗使幼兒主天下耳。"周恭帝即位僅七歲，宋恭帝亦七歲，降元帝罔亦七歲，投海死。楊太妃曰："我忍死以至於此者，正爲趙氏一塊肉祭祀尚有可望爾。"

謝君直

盡節何分早與遲，九齡老母鬢如絲。北行不食元家禄，慘淡忠魂故國思。

《列傳》：謝枋得，字君直，弋陽人也。性好直言，以忠義自任。與人論古今治亂國家事，必掀髯抵几，跳躍自奮。徐霖稱其如驚鶴摩霄，不可籠繫。寶祐中，對策以攻丞相董槐、宦官董宋臣，列置乙科。明年復試，中經義科，除建寧教授。德祐元年，起爲江西招諭使。兵敗安仁，枋得奔建寧，已而賣卜建陽市。至元二十五年，程鉅夫薦宋遺士三十人，枋得亦在列，遂致書於鉅夫，曰："大元制世，民物一新；宋代孤臣，只欠一死。所以不死者，九十三歲老母在堂耳。罪大惡極，獲譴於天云云。"二十六年三月，參知政事魏天祐誘枋得入城，與之言，坐而不對，乃讓曰："安仁之敗，何不死節？"枋得曰："程嬰、公孫杵臼二人皆忠於趙，一存孤，一死節，一死於十五年之前，一死於十五年之後。萬世之下，皆不失爲忠臣。王莽篡漢十四年，龔勝乃餓死，亦不失爲忠臣，參政豈足知此？"天祐怒，逼之北行，枋得以死自誓，自離嘉興即不食，四月朔抵京師，餓死於憫忠寺，年六十二。寺中有《曹娥碑》，枋得泣曰："小女子猶爾，吾豈不汝若哉！"

陸丞相

播越邊疆尚有人，丹心贊畫舊經綸。宜中遁去崖山破，背負君王葬海濱。

《列傳》：陸秀夫，字君實，鹽城人也。才思清麗，一時文人少能及之。登景定進士。辟李庭芝淮南幕屬，時天下稱得士多者，以淮南爲第一，號小朝廷，秀夫尤最知名。性沉靜，每僚吏至閣，賓主交歡，獨斂袵無一語。庭芝益器之，雖改官不使去，累除至起居舍人，以禮部侍郎使元軍前請和，不就還。與蘇劉義追從二王走溫州,進端明殿學士、籤書樞密院事。秀夫久在兵間,熟知軍務,陳宜中每事必咨訪始行,秀夫亦悉心贊畫。旋以議不合,宜中使言者劾罷之。張世傑讓宜中曰:"此何如時,動以臺諫論人?"宜中皇恐,亟召還。時君臣播越,政事疏畧,楊太妃垂簾,與群臣語猶自稱奴。獨秀夫儼然正笏立,如治朝,終日未嘗少倦,楊太妃甚重之。益王以驚疾殂,群臣欲散去。秀夫不肯,復立衛王。拜左丞相,與張世傑共秉政。崖山破,陳宜中遁去。秀夫度不可脫,仗劍驅妻子入海,即負衛王赴海死,年四十四。

留　夢　炎

宰輔偷生竟仕元,新朝鶴俸喜頻沾。從容信國臨刑日,羞死荆湘留夢炎。

《列傳·貳臣》不載,其命意精嚴,而《元史·趙孟頫》又記載甚詳,殊不可解。趙孟頫,太祖十一世孫,較之留夢炎,則有軒輊分矣。按《通鑑》:留夢炎,湖南人也。宋狀元,好謀能斷,諳事貴似道,所以歷厯顯職。德祐元年,拜右丞相。二年,元丞相伯顏兵至皋亭山,陳宜中宵遁,留夢炎等十人降元。世祖禮貌甚優,拜翰林院承旨學。土星犯座,文相盡節,衣帶中之贊。夢炎曾經目覩,且有"文天祥出,復號召江南,置吾十人於何地"之語。是宋丞相文天祥之死節,實由於留夢炎也。成宗元年二月,留夢炎乞骸骨,上以其在先朝言無所隱,厚賜遣之。大德四年六月卒,年八十一。惟字號鄉里、科名、家世均未考核明晰,姑缺之,以俟博雅君子。

埽葉亭詠史詩卷四

元

元 世 祖

南北烽烟指顧收,可憐二帝葬黔陬。白頭黃鉞真神武,肇創元家一百秋。

《本紀》:世祖諱忽必烈,乙亥八月乙卯生。及長,英武仁明。憲宗分道伐宋,世祖征鄂州,屢立戰功。至元十五年滅宋,至順帝至正二十八年,共享國九十六年。

脫 太 師

枉立徐淮平寇碑,全家竄逐旅魂悲。臨終猶念君恩重,使我傷心涕淚垂。

《列傳》:脫脫,字大用。爲人恭謹有大志,膂力過人。紅巾賊據徐州,討平之。加太師,立平寇碑以著其績。十五年,竄脫脫於雲南。臨終云:"天子寵靈,委以軍事,上恩重矣,何以報之?"遂飲鴆死。

慶丞相

兩世皆封益國公，七年江浙走西東。川輸陸運規模好，無那朝廷九鼎終。

《列傳》：慶童，字明德。祖父皆封益國公。慶童宣撫紹興、海寧，有政聲，在江浙七年。脫脫統兵南下，一切軍資芻粟皆賴規措，川輸陸運千里相屬。二十八年，淮王監國，以慶童爲丞相輔之。八月二日，都城陷，淮王與慶童死於齊化門。

速忠襄

挽回君命活樓蘭，名士重生西域天。料得兒郎應蔚起，金輪大會宴靈仙。

《列傳》：速格，姓蒙古怯烈氏。爲人沉勇有謀，武功炳煥。宣撫關陝，時受命方出，西域六人訟事不實，將抵罪，復見帝曰："此六人者，名著西域，徒以小罪加誅，恐非所以懷遠人耳。"帝釋之。子忽蘭，襲拜安撫使。晚年好佛，嘗建金輪大會，供僧衆萬餘人。

薩給諫

詩味清於海上鷗，雁門妙句晚年收。芒鞋籐杖深山裏，一老狂吟天地秋。

《列傳》：薩都剌，字天錫，中進士，尋擢御史，以彈劾權貴罷歸。晚年隱居武林，掛瓢笠，踏芒蹻。凡深巖人跡不到處，必窮其幽勝，興至則發爲詩。歌有《雁門集》傳世。

趙 文 敏

天潢貴冑御衣輕,翰墨文章擅盛名。館閣曾修元實錄,可能還記舊宗盟。

《列傳》:趙孟頫,字子昂。二十四年,授兵部郎中。仁宗即位,召爲侍講學士,兼修世祖實錄,敕御府賜貂裘一襲,幷云:"趙子昂,世祖所簡拔,置之館閣,令典司述作,俾可傳後世。"俄賜鈔五百錠。

明

明 太 祖

勛超萬古德齊天,應籙披圖帝業堅。誰料雄藩自魚肉,宮門一炬慘雲烟。

《本紀》:太祖諱元璋,字國瑞,姓朱氏,在位三十一年。建文四年,谷王橞及景隆叛,開門迎燕軍,燕王入。俄宮門火起,建文帝及皇后妃嬪死於火,太子文奎被殺。己巳,燕王謁孝陵回,乃升輦,詣奉天殿即皇帝位。

王 保 保

江淮震動控征驂,力挽頹波百戰酣。斗大和林猶獲勝,應教洪武羨奇男。

《列傳》:元平章擴廓帖木兒,本姓王氏,名保保,察罕養以爲子。端肅英武,忠君孝親,元末第一人也。順帝北走,王保保立志欲恢復大都。洪武三年,大戰於沈兒峪,因兵少,遂奔和林大將軍,徐達率十五萬衆追之。保保用奇計殺徐達兵數萬,死屍偏野。劉基曾言於太祖曰:"擴廓未可輕敵也。"一日太祖問曰:"天下奇男子誰也?"皆對曰:"常遇春。"太祖笑曰:"遇春雖人傑,吾得而臣之,吾不能臣王保保,其人真奇男子耳。"

徐中山

兵權屢握不專征,欲學當年漢衛青。笑煞參軍黃菜葉,三吳指日駐輜軿。

《列傳》:徐達,字天德,濠州人也。少有大志,長身高顙,剛毅英武。年二十二,從太祖破元兵於滁州,大戰陳友諒於九華山,斬首萬人,生擒三千人。拜達左相國征吴,定大計曰:"張氏汰而苛大將,李伯昇葷徒擁子女玉帛,易與耳;用事者,黄、蔡葉三參軍,書生不知大計。臣奉主上威德,以大軍麼之,三吴可指日定。"太祖大悦,拜達大將軍,率兵二十萬引身伐吴,士信中礟死,生擒士誠送應天,封信國公。卒,年五十四,追封中山王,賜諡"武寧"。

常開平

貔貅十萬任縱橫,難得成功志不矜。可惜將軍歸去早,渚磯勛業至今稱。

《列傳》:常遇春,字伯仁,懷遠人也。貌奇偉,勇力絶人,猿臂善射。初從劉聚爲盗,察聚終無成,率所部壯士歸太祖於和陽。自言能將十萬衆,橫行天下,軍中號曰"常十萬"。太祖引兵薄牛渚磯,乘勢躍而上,大呼跳盪,元軍披靡,諸將乘之,遂拔采石,進取太平。柳河川師次,暴卒,年僅四十,賜諡"忠武",封開平王。

建文帝

成敗因人亦在天,君王仁懦控鞀軒。景隆叛去燕軍入,歸咎齊黃未免冤。

《本紀》：建文二年冬月召景隆還，赦不誅。庚申，燕兵襲滄州，先是聞炳文敗，急謀代者。子澄薦景隆，泰極言不可，子澄不聽，卒命景隆統師以攻燕。四月庚辰，景隆敗績。六月乙丑，景隆叛。燕王至金川門，建文及皇后馬氏，皇子文奎、文圭崩於火。或言建文自地道出亡。

方　文　正

雙眸炯炯悟奇編，血淚丹忱薄海傳。究竟孫吳書未讀，別籌良策亦徒然。

《列傳》：方孝孺，字希直，一字希古，寧海人也。自幼警敏，雙眸炯炯，讀書日盈寸，鄉人目為小韓子。長從宋濂遊，濂及門多天下知名士，一旦遂出其上。孝孺恒以明王道、致太平為己任，建文即位，召為翰林侍講，明年拜學士，凡將相大政議輒咨，孝孺旋進太祖實錄總裁。四年四月，緣江兵潰，帝甚憂，孝孺曰："別有良策。"帝曰："試言之。"對曰："燕世子仁厚，其弟高煦狡譎，今用計離間彼，疑世子則必趣歸北平矣。"六月丙寅，欲使草詔，召至，慟聲徹殿，陛投筆於地曰："死即死，詔不可草。"成祖怒，命磔諸市。年四十六，福王時贈太師，諡"文正"。

姚　恭　靖

株連酷烈慘千家，釋子元勳一笑誇。寄託雖深胸次隘，爭看病虎覆袈裟。

《列傳》：姚廣孝，本名道衍。十四歲為僧，遊嵩山，相者袁洪曰："是何異僧！目三角，形如病虎，性好殺，劉秉忠等一流人物也。"廣孝大喜。仁宗元年，加贈太師，配享太廟，賜諡"恭靖"。

曾襄敏

海青歌賦羨奇才,援筆風沙絶漠開。怪底文心如水湧,蘇門山上掬泉來。

《列傳》:曾棨字子啓,永豐人也。博聞強記。永樂二年,殿試第一,授翰林修撰,修《永樂大典》,爲副總裁。成祖命賦天馬海青歌,棨援筆立就,詞義兼美。又嘗摘記載諸隱僻事,棨條對無遺誤,由是見褒寵。宣宗立進少詹事,三典會試。爲文如源泉一瀉千里,善筆札草書。飲酒至一石,不醉。宣德七年,卒於官,年六十一。贈禮部侍郎,諡"襄敏"。

楊文貞

六經兩漢擅鴻辭,啓沃青宮夙夜思。成祖剛嚴高煦譎,就中調護有誰知。

《列傳》:楊士奇,名寓,以字行,泰和人也。授吴王府審理,成祖即位,改編修。士奇善應對,舉止恭慎,籌天下事輒徵中,帝甚嘉之。永樂二年選東宮官,以士奇爲左中允。奉職甚謹,私居不言公事。帝北巡,士奇留輔太子,從容規勸,太子待之甚恭。太子喜文詞,贊善王汝玉以詩進。士奇曰:"殿下監國暇,當留意六經,否則,兩漢詔令可觀。雕蟲小技,不足效也。"太子稱善。卒,年八十。贈太師,諡"文貞"。

楊文敏

口技誰如楊勉仁,謁陵即位折英君。私通邊將頻遭謗,幸賴龍興護駕勛。

《列傳》:楊榮,字勉仁,建安人也。建文二年進士,授編修。燕王初入京,榮迎謁馬首曰:"殿下先謁陵乎,先即位乎?"王撫然曰:"先謁陵。"自是遂受知。既即位,簡入內閣。榮最警敏。一日晚,寧夏報被圍,帝示以奏曰:"今發何地兵?"榮曰:"不必發也。臣嘗使至,彼城堅,人習戰,奏上十餘日,已圍解矣。"夜半,奏圍解。帝喜曰:"何料之審也!"屢次從成祖征伐,私結邊將。卒,年七十,諡"文敏"。

楊　文　定

輸忠報國豈文章,囹圄攣拘歲月長。車駕蒙塵公去世,後人何故短三楊。

《列傳》:楊溥,字弘濟,石首人也。與楊榮同舉進士,授編修。永樂初,侍皇太子,爲洗馬。十二年,東宮遣使迎帝遲,帝怒,下溥獄。溥發奮讀書繫十年,經史諸子讀過數週。仁宗即位,溥出獄,哭大行,伏地不能起,帝亦哭。擢翰林學士,入閣典機務,尋進太常卿。正統四年,拜武英殿大學士,進少保。卒,年七十五,諡"文定"。後三年,王振挾天子北征,車駕陷沒,時人追思三楊在,當不及此。而後起者爭暴其短,以爲內閣失柄,釀成振禍者,三楊也。

王　文　端

誰料奪門禍已成,先生心膽碎三更。東宮却被蠻酋壞,不及淮安龔遂榮。

《列傳》:王直,字行儉,泰和人也。永樂二年,舉進士,改庶吉士。帝善其文,召入內閣,歷事仁宗、宣宗,累遷侍讀學士。正統初,進禮部侍郎。帝將親征也先,直諫曰:"國家備邊,最是上策,堅甲利兵,星羅棋布,且耕且守,敵亦不敢深入。今宜固封疆,申號令,堅壁清野,蓄銳以待之云云。"景帝欲易太子,適知府黃竑以爲請,帝喜,下禮部議。文武諸臣議者九十一人當署名,直有難色。陳循濡筆強之,乃署,竟易太子。直拜太子太師,歎曰:"此何等大事,乃爲一蠻酋所壞。"

于忠肅

砥柱狂瀾功漫論，一腔慹血性情真。措詞誰似權奸巧，此舉無名陷重臣。

《列傳》：于謙，字廷益，錢塘人也。七歲，有僧見而奇之曰："他日救時宰相也。"永樂十九年成進士。宣德初，授御史。風骨秀峻，音吐鴻暢，奏對時，帝必爲傾聽。出按江西，雪冤囚數百人。帝知謙才大可任，遂超遷兵部侍郎，巡撫河南、山西。興水利，籌義倉，墾屯田，境內數千里無水旱憂。英宗北征，車駕陷沒，郕王監國，全賴謙部署戰守一切，遷兵部尚書。也先窺京師，謙率軍二十二萬，列陣九門外，屢獲勝，殺也先弟孛羅，論功加少保。景泰八年中，吏治明審，邊防永固，皆謙之力也。英宗復位，丁亥棄謙等市。先一日，英宗尚猶豫曰："于謙有功社稷，宜戍邊。"奸臣徐有貞曰："不殺于謙，此舉爲無名。"帝意遂決。天下冤之。子冕千戶朱驥收其屍葬之，同知陳逵感謙忠義，偕驥歸其遺骸，改葬於杭州。成化初，謙冤雪，贈太傅，謚"忠肅"。祭文云："當國家之多難，保社稷以無虞，因公道之獨持，爲權奸所幷嫉。在先帝已知其枉，而朕心實憐其忠。"

張太傅

羅山恩怨太分明，究竟詩書未貫融。議禮私心希帝指，如何諡法賜文忠。

《列傳》：張璁，字秉用，永嘉人也。七會試不第，蕭鳴鳳善星術，語之曰："再三載成進士，又三載驟貴勢傾海內。"正德十六年登第，年已四十七矣。議禮私希帝意，進詹事兼翰林學士。帝倚之爲心腹，尋擢禮部尚書，入參機務，報復恩怨無虛日。帝嘗稱少師羅山，而不名。其卒也，禮官請諡，帝取危身奉上之義，特諡"文忠"，贈太師。

李 參 議

浙齊楚黨擁旌旄，門户三分意氣豪。繼白彈章驚叔季，斯時那有錦衣襃。

《列傳》：李樸，字繼白，朝邑人也。萬曆二十九年成進士，由彰德推官入爲户部主事，再遷郎中。萬曆末，浙、齊、楚三方鼎峙之名，臺諫之勢甚重。樸性質直，曾薦呂坤、趙南星等因不附黨，帝不能用，復上疏曰："朝廷設言官，假之權勢，本責以糾正諸司，舉刺非法，非欲其結黨逞威，挾制百僚，排斥端人正士也。今乃深結戚畹近侍，威制大僚。日事請寄，廣納賂遺。褻衣小車，遂遊市肆，狎比娼優。或就飲商賈之家，流連山人之室。身則鬼蜮，反誣他人。此蓋明欺至尊不覽章奏，大臣柔弱無爲，故倡狂恣肆，至於此極云云。"帝怒。下廷議，謫樸州同知。自後黨人益用事。

張 太 守

漸看明祚勢潛摇，未建璫祠識見高。可惜才華生季世，屈原志不在離騷。

《列傳》：張繼孟，字伯功，扶風人也。萬曆末年進士，除濰縣知縣。天啓三年擢南京御史，奏籌遼六事，末言已被抑南臺，由錢神世界，公道無權，宜嚴禁餽遺。趙南星言："今天下進士重而舉貢輕，京朝官重而外官輕，在北之科道重而南都輕。乞用繼孟奏，偏重之弊。敕下吏部極力挽回，於用人之道不爲無補云云。"於是忌者咸指繼孟爲東林。尋陳江防八要，多議行。又劾胡應台貪污，出爲廣西知府。以不建魏忠賢祠，斥爲邪黨，削奪歸。崇禎二年起故官，張逆陷成都，死之。

戚 少 保

備倭七策聳邊疆，車戰功成姓字揚。我愛戚家軍令肅，新書一部費思量。

《列傳》：戚繼光，字元敬，世登州衛指揮僉事。家貧，好讀書，通經史大義。改僉逝江都司，尋遷參將。四十年，倭大掠桃渚、圻頭。繼光擊之，先後九戰皆捷，都督同知，世廕千戶，遂代俞大猷爲總兵官。上備倭七策，議立車營。車一輛用四人推，輓戰則結方陣，而馬步軍居其中。在南方戰功特盛，北則專主守。所著《紀效新書》談兵者多遵用焉。弟繼美，亦爲貴州總兵官。

楊　忠　愍

椒山有膽敢批鱗，驚破權奸媚上魂。曾向生祠瞻仰徧，松筠黯澹暮烟昏。

《列傳》：楊繼盛，字仲芳，容城人也。七歲失母。年十三始得從師學。家貧，益自刻厲。嘉靖二十六年，成進士，授南京吏部主事，精於律呂之學，手製十二律吹之。改兵部員外郎，劾仇鸞十不可、五謬，天下傳誦之。貶狄道典史。有循聲民呼之"楊父"。縣鸞奸大露，帝思其言，調南京戶部主事，三日遷刑部員外郎，復改兵部武選司，劾嵩十大罪。帝怒，下繼盛獄。初，繼盛之將杖也，或遺之蚺蛇膽。却之曰："椒山自有膽，何蚺蛇爲！"臨刑賦詩曰："浩氣還太虛，丹心照千古。生平未報恩，留作忠魂補。"穆宗時贈太常少卿，立生祠於宣武門，外松筠庵，賜諡"忠愍"。

方　文　端

閣臣忠悃有誰知，誤荐狂醫悔亦遲。龍馭上昇非細事，紅丸一粒古今疑。

《列傳》：方從哲，字中涵，其先德清人，隸籍錦衣衛，家京師。萬曆十一年進士，授編修，屢遷禮部侍，即入參機務，進尚書大學士。人恬雅，性情柔弱。帝疾已殆，從哲荐寺丞李可灼，命可灼和藥進，所謂紅丸者也。帝服訖，稱忠臣者再。頃之，中使傳上體平安。日晡，復進一九。翌日卯刻，帝崩。臺諫群起而攻之，可灼遣戍，特宥從哲。元年二月卒，贈太傅，諡"文端"。

嚴惟中

徧引私人寄鳳臺，飄蕭白髮笑容開。青詞多假東樓手，藉此希榮擅霸才。

《列傳》：嚴嵩，字惟中，分宜人也。疏眉目，大音聲。舉弘治十八年進士，改庶吉士。疾歸，讀書鈐山十年。還朝，進侍講，旋遷禮部右侍郎。祭告顯陵，奏祥瑞，帝大悅，升尚書兼學士。二十一年，拜大學士，年已六十四矣。嵩能先意揣帝旨，然帝下手詔，語多不曉，惟世蕃一覽了然，答語無不中。四十三年病死，年八十六。世蕃號東樓。因通倭事斬於市。

呂侍郎

力諫安危擴聖明，當年碩果與晨星。鐙窗三復呻吟語，味似霜柑熟洞庭。

《列傳》：呂坤，字叔簡，寧陵人也。萬曆二年進士。為襄垣知縣，有異政。調大同，徵授戶部主事。遷山東參政，調山西按察使，巡撫山西。居三年，召為刑部侍郎，疏陳天下安危，其署曰："元旦以來，天氣昏曀，占者以為亂徵。今天下之勢，亂象已形，而亂勢未動。今日之政，皆撥亂機使之動，助亂人使之倡者也。臣敢以救時要務，為陛下陳之云云。"疏上，不報。坤遂稱疾乞休。坤剛介峭直，留意正學，著述甚多，皆有新意。尚書孫丕揚荐曰："臣以八十老臣保坤，冀臣得見用坤之效。不效，甘坐失舉之罪。"在籍。卒，贈刑部尚書。

董文敏

大筆淋漓海嶽傾，魏璫虐焰欲逃名。漫勞天子殷勤問，謝傅東山早訂盟。

《列傳》：董其昌，字元宰，松江華亭人也。萬曆十七年成進士，改庶吉士。禮部侍郎田一儁卒於官，其昌請假，走數千里，護喪歸葬，時人義之，還授編修。出爲湖廣副使，旋遷湖廣學政，移疾歸田。其昌精於書畫，尺素短札，流布人間，爭購寶之。光宗立，問："舊講官董先生安在？"召爲太常少卿，尋擢禮部侍郎，屢疏乞休。卒，年八十二。贈太傅，諡"文敏"。

郝 給 諫

熏燎衣冠宦禍深，幸虧給諫侍宮門。直如屈軼堯庭草，竟褫刁閹九逝魂。

《列傳》：郝敬，字仲輿，京山人也。萬曆十七年成進士。歷知縉雲、永嘉二縣，有能聲。徵授禮科給事中，久之，補戶科，屢有奏疏，人爭誦之。稅監陳增貪橫，爲益都知縣吳宗堯所劾，帝不罪。山東巡撫尹應元亦極論增罪，帝怒，切責應元，斥宗堯爲民。敬上言："陛下處陳增一事，殊失衆心。自今宦豎之虐漲天，忠臣之正氣埽地，外廷之讜論絕響，讒夫之利口橫生，天下事莫知所底云云。"帝怒，奪俸一年。

盧 忠 烈

緩帶輕裘謀畧長，漢南鐵騎任騰驤。臨終一語傳千古，死市何如死戰場。

《列傳》：盧象昇，字建斗，宜興人也。少讀張巡、岳飛傳，歎曰："吾得爲斯人足矣。"其志可想。天啓二年成進士，授戶部主事，督臨清倉，蠹弊悉去，由員外遷大名知府。崇禎二年，京師戒嚴，募士萬人入衛，事定還郡。三年進右參政，四年舉治行卓異，進按察使。象昇雖文士，善射嫻，將畧能治軍。六年山西賊流入畿輔，距順德百里，象昇擊却之。七年，與總督陳奇瑜，分道夾擊於烏林關，連戰皆捷，斬馘至五千六百有奇，漢南逆賊幾盡。

八年，湖廣巡撫唐暉失事，擢右副都御史，馳代之。洪承疇以三邊總督，東西奔命，朝議擇一人佐之。以象昇威名爲賊所憚，八月命總理江北、山東、湖廣、四川軍務。承疇辦西北，象昇辦東南，賜尚方劍，便宜行事。九年九月，京師被圍，命象昇勤王，再賜尚方劍，旋遷兵部侍郎，總督宣、大、山西軍務。十一年九月，薊遼總督。吳阿衡戰歿，詔象昇勤王，三賜尚方劍，率總兵楊國柱、虎大威諸軍入援。十二年十一日與本朝大軍遇，大威師左，國柱師右，大戰移時乃休兵。夜半被圍，砲盡矢窮，大威請潰圍出，象昇不許，曰："死西市何如？死戰場，吾以一死報君，猶爲薄耳。"身中四矢三刃乃死，一軍盡亡，惟大威、國柱得脫，年僅三十九。贈太子少師、兵部尚書，諡"忠烈"。弟象觀，崇貞十六年進士，英畧稍遜其兄，而文采過之，後殉國難赴水死。

楊 太 傅

襄陽陷没一軍驚，半體將軍計未曾。詎料勤王好才調，如何遇事尚模稜。

《列傳》：楊嗣昌，字文弱，武陵人也。萬曆三十八年成進士。除杭州府教授，累遷戶部郎中。天啓二年，引疾歸。崇禎元年，起河南副使。二年，京師戒嚴，以巡撫范景文檄募兵入衛。優詔嘉獎，尋加右參政。七年秋，拜兵部侍郎，總督宣大山西軍務。十三年二月，瑪瑙山之捷，加太子少保，賞銀五萬，帛千端。十四年二月，張逆以二十八騎誘啓城門，襄陽遂陷。嗣昌憂懼不食。卒，年五十四。帝甚傷悼，諭廷臣云："輔臣二載辛勞，一朝畢命，然功不償過耳。"張逆陷武陵，焚嗣昌柩，其孫獲半體改葬焉。

黃 相 國

文詞彪炳典謨彰，紙上譚兵計擅長。羨煞先生深理學，昇平定許詔縑緗。

《列傳》：黄道周，字幼平，漳浦人也。天啓二年成進士，授編修，內艱歸。崇禎二年起故官，進右中允。五年正月，引疾求去，瀕行，上疏云："三十年來，釀成門户之禍，今又取縉紳稍有器識者，舉網投阱，即緩急安得半士之用乎？凡絕餌而去者，必非鰌魚；戀棧而來者，必非駿馬。以利禄眷士，則所眷者必嗜利之臣；以箠楚驅人，則就驅者必駑駘之骨云云。"語刺大學士周延儒等，帝不懌。斥爲民。唐王時進大學士、參贊軍務，進兵婺源，遇本朝大軍，戰敗被獲，不屈死。

周　忠　武

血戰雄關烈燄昏，直教蟻賊欲奔秦。將軍不怕懸竿戮，要作明家社稷臣。

《列傳》：周遇吉，錦州衛人也。少有勇力，好射生。後入行伍，戰輒先登，積功至京營佐擊。崇禎元年，都城被兵，從尚書張鳳翼血戰有功，遷前鋒營副將。二年冬，從征河南，戰光山、固始，皆大捷。十二年，從楊嗣昌出師，屢著戰功。十二月，與孫應元大破羅汝才於豐邑坪，累遷至左都督。十五年，山西總兵許定國有罪，以遇吉代之。汰老弱，繕甲仗，練勇敢，一軍特精。十六年，李自成陷全陝，將犯山西。遇吉分兵扼其上流，連戰皆捷。十七年二月，太原陷，懋德死之，遂攻代州。遇吉先赴代堵其北犯，憑城固守，潛出兵奮擊，殺賊甚多。因食盡援絕，退保寧武。李逆大股亦踵至，四面發大砲，殺賊萬餘。自成懼，欲退。其將曰："我衆百倍於彼，但用十攻一，番進，城必陷矣。"自成從之，前隊死，後復繼，官軍力盡，城遂破。遇吉巷戰，手格殺數十人，身被矢如蝟，竟爲賊執，大罵不屈。賊懸之高竿，叢射殺之。自成集衆計曰："寧武雖破，吾將士死傷多。倘大同、陽和、宣府盡如周總鎮，吾部下詎有子遺哉？不如還秦休息。"翌日，大同、宣府降表至，遂決策長驅矣。

秦　夫　人

忠心殊勝廣饒男，半萬雄師護錦驂。白桿兵威冠川楚，臨清愧死左寧南。

《列傳》：秦良玉，忠州人也。饒膽智，善騎射，兼通詞翰，儀度嫻雅。而馭下嚴峻，每行軍發令，戎伍肅然。所部號"白桿兵"，凤爲遠近所憚。天啓元年，渾河之捷，詔加二品服。崇禎元年，統精兵五千救榆關。上疏曰："李維新渡河一戰，敗衂歸營，拒臣不見。以六尺鬚眉男子，忌一巾幗婦人，靜夜思之，亦當愧死云云。"帝優詔報之。

史閣部

糜爛中原蟻賊狂，孤桐百尺耐風霜。徐州未定揚州陷，痛哭江山淚萬行。

《列傳》：史可法，字憲之，順天大興人也。祖應元舉於鄉，官黃平知州，有惠政。語其子從質曰："我家必昌。"從質妻尹氏有娠，夢文天祥入其舍，生可法。事親以孝聞。崇禎元年成進士，累遷郎中。八年，遷右參議，與左良玉大破蟻賊於潛山。十一年夏，與監軍湯開遠敗賊於舒城。可法短小精悍，面黑，目爍爍有光。善馭下，能得士。死力大敗賊於英山、六合。十二年夏，丁外艱。十四年，代朱大典總督漕運。十七年，拜南京兵部尚書。四月朔，知賊犯宮闕，大會群僚，誓師勤王。抵浦口，乃聞北都陷，福王立，拜禮部尚書，兼東閣大學士。士英怒，即以可法七不可書密奏於王，乃改兵部尚書，督師淮揚。高傑被許定國誘殺，徐州大亂，可法馳至徐州撫之。左良玉將犯闕，可法發兵入援。俄聞李棲鳳等出城降，奔回揚州。越二日。本朝兵用巨砲擊城，西北隅毀。二十五日，城遂破，可法自刎不死，一裨將擁出小東門，被執。可法大呼曰："我史閣部也，速殺我。"勸之降，不從，遂被殺。劉肇基率其將巷戰，全軍俱沒。

高少師

朝衫脫却悔難追，半壁東南付與誰。遮莫時光猶牴牾，會稽飄泊亦堪悲。

《列傳》：高弘圖，字研文，膠州人也。萬曆三十八年成進士。授中書舍人，擢御史。天啓元年，陳時政八患，四年，隱疾歸。崇禎三年，拜右副都御史。五年二月，遷工部侍郎，忤中官，七疏乞休，帝怒。明年三月，削籍歸，聲望由此重。十七年，起故官，旋拜南京兵部侍郎。福王立，遷禮部尚書兼東閣大學士，疏陳新政八事，皆襃納焉。與馬士英、阮大鋮等牴牾，屢疏乞休謝政，後無家可歸，流落會稽野寺中。尋病卒。

姜尚書

看透偏安時事危，忻然一棹買舟歸。貴陽敗去懷寧遁，不向東林説是非。

《列傳》：姜曰廣，字居之，新建人也。萬曆末舉進士，授庶吉士，進編修。天啓七年，魏忠賢以曰廣爲東林，因推陞，削其籍。崇禎初，起右中允。累遷吏部侍郎。尋坐事左遷太常卿，遂引疾去。十五年，荐起詹事，掌南京翰林院。福王立，拜工部尚書兼東閣大學士。曰廣與弘圖協心輔政，而士英挾擁戴功，内結勳臣，外連諸鎮，深忌二人。遂抗疏乞休，至九月得請，及入辭曰："微臣觸忤權奸，自分萬死，上恩寬大，猶許歸田。但臣歸後，當以國事爲重。"其後左良玉部將金聲桓，請曰廣以資號召，謀恢復之舉。聲桓敗歿，曰廣投俁家池死節。

馬士英

大權獨攬壓群僚，美妓笙歌雅興饒。南渡以來無遠畧，猶能一死報明朝。

《列傳》：馬士英，貴陽人也。萬曆四十四年中會試。又三年，成進士，授南京户部主事。天啓時，歷知嚴州、河南、大同三府。崇禎五年，擢右都御史，巡撫宣府。檄取公帑數千金，餽遺朝貴，事發，坐遣戍，尋流寓南京。

十五年六月，荐起兵部侍郎，總督廬鳳等處軍務。十七年五月，福王立於南京，實士英擁戴之力也。拜東閣大學士，入閣輔政，權震中外，日以鋤正人、引凶黨爲務。二年五月三日，王奔黃得功營。明日，士英奉王母妃，以黔兵四百人爲衛，本朝大軍進剿湖賊，士英與長興伯吳易等俱擒獲，斬之。

阮　大　鋮

陰結貂璫劾正臣，獄詞詭秘計何神。得功戰没弘光走，竟赴江干拜敵人。

《列傳》：阮大鋮，懷寧人也。萬曆四十四年進士，授行人。天啓元年，擢户科給事中，事魏忠賢極謹，旋遷太常少卿。大鋮機敏猾賊，有才藻。崇禎元年，定逆案，徙爲民，終莊烈帝世，廢斥十七年，鬱鬱不得志。福王時，擢兵部侍郎，大翻逆案，陰結中官田成、韓贊周等陷害正人。本朝大軍渡江，士英、國安夜遁，大鋮偕謝三賓、宋之晉等赴江干乞降。

楊　龍　友

可惜葭莩累此身，誰知妙筆自生春。騰驤鐵騎全軍潰，尚有忠魂弔水濱。

《列傳》：楊文驄，字龍友，貴陽人也。萬曆末舉於鄉，官江寧知縣。御史詹兆恒劾其貪污，奪官候訊。事未竟，福王立於南京，文驄戚馬士英當國，起兵部主事，尋遷員外郎。文驄善書，有文藻，干士英者多緣以進，氣燄赫然。五月朔，擢右僉都御史，兼督沿海諸軍。本朝大軍臨江，文驄駐金山防堵。初九日，本朝兵乘霧潛渡，以鐵騎衝之，一軍悉潰。文驄奔浦城投水不死，爲追騎所獲，與監紀孫臨俱不降被戮。

左　崑　山

跋扈將軍袖手觀，雄師十萬未能還。左侯竟不攻於左，九廟英靈見面難。

《列傳》：左良玉，字崑山，臨清人也。長身頳面，善左右射，多智謀。官遼東車右營都司，崇禎元年，從侍郎侯恂敗賊於香山，遷副將。六年正月，賊犯隰州，良玉敗之於涉縣之西陂，遷都督僉事。十一年，與陳洪範大破張逆於鄖西，張逆肩中兩矢逸去。十三年，拜平賊將軍，四月，瑪瑙山之捷，良玉功第一，加太子少保。十七年正月，封良玉爲寧南伯，子夢庚爲平賊將軍，督撫檄調均不應命，已露跋扈端矣。三月十九日，京都陷，良玉尚擁兵數十萬，守武昌坐視成敗。福王立，晉良玉爲侯，廕一子錦衣衛。

黃靖南

偏安江左統貔貅，閹子無端竟列侯。移節銅陵防鼠竄，可憐碧血染孤舟。

《列傳》：黃得功，字虎臣，開原衛人也。少負奇氣，膽畧過人，由親軍累功至游擊。崇禎九年遷副總兵，十一年敗賊於舞陽，十三年敗賊於板石畈，革裏眼等五營俱降，加太子少保。十五年大戰張逆於潛山，殺傷最多，十七年封靖南伯。福王立，進爲侯，旋命與高傑等爲四鎮。軍行紀律甚嚴，每戰飲酒數斗，氣益厲軍中，呼爲"黃闖子"。良玉東下以清君側爲名，命得功移鎭銅陵禦之，大敗夢庚於荻港，加左柱國。本朝大軍渡江，得功分兵屯蕪湖，戰死於舟中。

高興平

南渡曾誇曳落河，一心恢復擁雕戈。休云四鎭奇功渺，僥倖成名自古多。

《列傳》：高傑，米脂人也。與自成同邑，同起爲盜。崇禎七年歸降，隸賀人龍麾下，屢立戰功。十五年，人龍以罪誅，命傑實授游擊。十月，孫傳庭以傑爲先鋒，大敗李逆於塚頭。十六年，進副總兵，與白廣恩爲軍鋒，兩人皆降將也。福王立，封傑興平伯，列於四鎮。九月，命傑移駐徐州，以左中允衛胤文監其軍西討土賊程繼孔，十二月傑擒斬之，加太子少保。南渡以來，言恢復者少，傑與可法謀恢復，進兵歸德，其意甚銳。俄許定國誘殺，時人多惜之。

袁侍郎

願學澶淵奉六龍，誰知孤掌竟難鳴。城樓淚向軍民灑，愧死寧南十萬兵。

《列傳》：袁繼咸，字季通，宜春人也。天啓五年成進士，授行人，崇禎三年冬擢御史，主事周鑣論宦官削籍，繼咸抗疏救之，言："陛下惡忠臣沽名，莫若收其名歸之於上。況鑣所言多指斥內臣，以此獲罪，恐廷臣以鑣為戒內臣之過，壅於上聞，非所以通群情，杜奸慝也云云。"中官張彝憲，有朝覲官齎冊之奏，上疏曰："一人輯瑞，萬國朝宗。諸臣未覲天子之光，先拜內臣之座，尚得謂有廉恥乎？近者給事中李世祺，因論輔臣已降爵之矣，復罪及考選之銓臣，此何意也？語曰：'養鳳欲鳴，養鷹欲擊。'若鳴而箝其口，飛而紲其羽，養鳳與鷹何益？"帝怒切責之，而時人多傳誦焉。十五年，擢兵部侍郎，總督江西湖廣軍務，駐九江。十七年三月，京師陷，良玉有異志，賴繼咸以忠義勸之。福王立，入朝密奏曰："陛下嗣位，雖以恩澤收人心，尤當以紀綱肅衆志。今冬淮上未必無事，臣雖駑，願奉六龍為澶淵之舉。"良玉以清君側為名自漢口達蘄州，列舟二百餘里。繼咸登城樓與軍民灑淚，曰：不可為不忠事。

邵司馬

悍賊殘軍儼虎狼，丹心誓死與城亡。狂奔猶握蒼龍劍，笑煞樊興邵景康。

《列傳》：邵宗元，字景康，樊興人也。由恩貢生授保定同知，何復，字見元。崇禎十七年進士。十七年二月,授保定知府,宗元與何復同謁文廟,與諸生講見危致命章,詞氣激烈,講畢即登城分門守。明日賊大至,絡繹三百里,有數十騎服婦人衣,言所過百餘城皆開門遠迓,不降即齏粉,且曰:"京師已破,若等爲誰守?"宗元等連開巨砲,傷賊甚多,復以火罐投擲之。督師大學士李建泰率殘軍數百,輦餉銀十餘輛,叩城求入。宗元等不許,建泰恚大呼:"我朝廷重臣,討賊至此,安敢不納?"舉敕印示之。宗元等曰:"荷天子厚恩,御門賜劍,酌酒餞別,今不仗鉞西征,乃叩關避賊耶?"建泰怒,屬聲叱呼,且舉蒼龍劍。恐之有欲啓門者,宗元曰:"倘賊詐爲之若何?"或言金御史毓峒曾識之,亟推出視,信乃納之。建泰入,賊攻益屬。二十四日,賊火箭中城西北樓,何復焚死,城遂陷,宗元及中官方正化不屈死,李建泰、郭永杰、朱永康、許曰可皆降。

汪　文　烈

踐土食毛三百秋,亢龍魚爛不知愁。吾王已死山河碎,門户猶分誤到頭。

《列傳》:汪偉,字叔度,休寧人也。崇禎元年進士,除慈溪知縣,政績大著。十一年,帝念氛日熾,推治行卓絕者入翰林,以備大用,偉擢檢討充東宮講官。十六年三月,上江防綢繆之疏,頗切時務。十七年二月,李逆陷山西全省,偉語閣臣魏藻德曰:"蟻賊披猖,諸臣無一可支危亡者,如聖主何?平時誤國之人,終日言門户,而不顧朝廷,今當何處伸狂啄耶?"都城陷,偉偕繼室耿氏自經死。福王時贈少詹事,謚"文烈"。

高　翔　漢

先皇曾賜紫金貂,十丈妖星斗柄搖。給諫不知忘國恥,薦賢猶説輔新朝。

《列傳》:高翔漢,陝西漢中人也。崇禎進士,累遷御史禮科給事中,人奸猾。十七年三月十九日，都城陷，翌日，李逆即僞位，大學士魏藻德、陳演，侍郎侯恂、宋企郊、高翔漢等皆朝賀。翔漢并受顯職，遂薦吳麟徵有才藻可大用，約同輔新朝。吳麟徵怒而叱之："若賣國奸臣，受萬代臭名，吾豈肯拜賊耶！"遂解帶自經死。

周　文　節

車駕南巡玉璽涼，譌傳消息費思量。唐通納款侯恂叛，爭似先生哭烈皇。

《列傳》：周鳳翔，字儀伯，浙江山陰人也。崇禎元年成進士，改庶吉士，授編修，遷南京國子司業。三年上疏曰："高攀龍純忠直節，爲陛下所襃，一旦毛舉細故，舞文反汗，俾忠良色沮，非所以勵當今、示後世。"疏雖不行，士論韙之。旋充東官講官，嘗召對平臺，問滅寇策，言論慷慨，帝爲悚聽。軍需急，議稅間架錢。鳳翔曰："事至此，急宜收人心，尚可括民財搖國勢耶！昔賢謂民心一失，不可復收，國勢一傾不可復振，正謂此也。"尚書倪元璐亟稱其言。亡何，京師陷，莊烈帝殉社稷，有譌傳駕南幸者，鳳翔不知帝所在，趨入朝，見魏藻德、陳演、侯恂、宋企郊、高翔漢、唐通、項煜、杜之秩等群入，拜賊李逆據御坐受朝賀。鳳翔至殿前大哭，急從左掖門趨出，賊亦不問。歸至邸作書辭二親，題詩壁間，自經死。其詩曰："碧血九原依聖主，白頭二老哭忠魂"。天下誦而悲之。

王　忠　愍

封疆强半負皇恩，幕下王尼感慨深。莫道中官無赤膽，從君死節愧東林。

《列傳》：王承恩，司禮秉筆太監，十七年三月，李自成犯北京，帝命王承恩提督京營。是時事勢已去，城陴守卒寥寥，賊架飛梯攻西直、平則、德勝三門，而自成設座彰義門外，秦晉二王左右席地坐，太監杜勛者，鎮宣府，降賊,方侍自成,呼城上人請入城見帝。承恩與監視太監曹化純等縋之上,同入大內,勛盛稱賊勢,請帝自爲計。諸內臣請留勛,勛曰:"賊挾二王爲質,不反則二王危。"乃縱之,出復縋下,語守城諸璫曰:"吾曹富貴固在也。"兵部尚書張縉彥奏言化純等,將賊勛夜縋入,疑有奸,乞立賜推問。帝召對,手書遣縉彥上城按之。彥詰勛安在,化純等云勛事已奏聞,拂衣徑去。承恩見賊坎墻,急發砲擊之,連斃數人,而化純飲酒自若。帝召承恩令巫整內官備親征,晡時彰義門啓,賊盡入,或曰化純獻之。夜分,內城陷。天將曙,帝崩於壽皇亭,承恩即自縊其下。福王時,賜謚"忠愍"。本朝賜地六十畝建祠立碑,旌其忠,附葬思陵側。

莊烈帝

勵精圖治急如焚,召對平臺化亦神。無奈猜疑終敗事,閣臣五十掌絲綸。

《本紀》:莊烈愍皇帝,諱由檢,光宗第五子也,萬曆三十八年十二月生。光宗崩,帝十一齡矣。天啓二年八月,封信王,六年十一月出居信邸。七年二月,冊周氏爲元妃,秋八月乙卯熹宗崩,即夕入臨。丁巳即皇帝位。己未詔赦天下,以明年爲崇禎元年。二年三月辛未,廷臣上逆案,親加裁定,燬魏忠賢《三朝要典》。莊烈在位十七年,屢召見廷臣於平臺,講求典制。惟性猜忌,用相臣五十人之多。十七年三月壬辰,召見閣臣曰:"國君死社稷,朕將安往耶?"范景文、項煜等,請太子撫軍江南。帝歎曰:"朕非亡國之君,諸臣皆亡國之臣也。"遂拂袖出。丙午李逆攻彰義門,申刻曹化純啓門迎賊,入夜內城亦陷。帝乃至萬歲山,崩於壽皇亭,太監王承恩從死。御書衣襟曰:"朕涼德藐躬,上干天咎,致逆賊直逼京師,皆諸臣誤朕。朕死無面目見祖宗,自去冠冕以髮覆面,任賊分裂,無傷百姓一人。"年僅三十四。

福 王

兵潰淮陽碧血斑,漏舟痛飲亦堪憐。魯山曾演桃花扇,皖水休焚燕子箋。

　　《列傳》：福王諱由崧，十六年襲王。十七年三月十九日，北都陷，南京諸大臣議立君，呂大器、史可法、張慎言、錢謙益、姜曰廣、雷縯祚、周鑣、高弘圖等，欲立潞王常淓。慮福王立，或追怨妖書及梃擊、移宮等案，潞王立則無後患，且可邀功。四月二十三日，兵部侍郎鳳陽總督馬士英、誠意伯劉孔昭、總兵高傑、劉澤清、黃得功、劉良佐、太監韓贊周等擁兵迎福王至江上。諸大臣乃不敢言，以五月朔迎王入南京，先行監國禮，未幾遽踐位，改明年爲弘光元年。十二月，兵部左侍郎阮大鋮，以自作《燕子箋》戲本進呈，王大喜，遂遷本部尚書兼右副都御史。南渡以來，上下嬉游，陳臥子謂其清歌漏舟之中，痛飲焚屋之內。二年四月，本朝大軍破揚州，五月三日，王出走太平，奔黃得功營。得功在蕪湖戰，歿於身中，田雄遂挾王乞降。本朝大軍十五日至南京，勳臣自之龍、國祚、祚昌等，文臣自王鐸、謙益、孫振等，文武數百員，馬步兵二十餘萬俱迎降，明亡。

埽葉亭詠史詩題詞

丁卯季春東笙湯鋐拜題

　　宦遊二十年，專心訪奇傑。四顧天地窄，何處覓英絕。東國古賢邦，觸目即凡劣。懷才一何殷，徒使心中熱。詩畫聊自適，春初猶臥雪。晨窗傾家釀，充腸頗清冽。陡覺春風來，吹到詠史筆。詎料曹南守，機篋文思溢。二百三十章，一一經緯密。筆底怒生花，眼中銜皓月。銓品光庭手，論事陸賈舌。即以今人心，竟與古人列。譬如燒靈丹，仙乎扁鵲術。又如河洛功，不愧來嚼鐵。公才銳且精，百氏盡穿穴。爛熳六千言，讀之我心折。何不一問世，遐邇胥傳習。燕許大文章，後世奉圭臬。自云費推敲，一千八百日。人生重忠孝，勘校速裝緝。褒貶無私心，藉此勵名節。婀娜擅風韻，通篇免踏襲。不讀萬卷書，焉能成斯集。

己巳九秋曉筠薛成榮拜題

　　讀書萬卷眼如炬，近鑑於人遠鑑古。豈獨作史擅三長，詠史已徵肺肝吐。是非灼見措辭嚴，持平敢爲輕奪予。剿說雷同兩不容，復起古人定心許。全局難貶一二言，直筆偏足龍門補。君卿論事愛指麾，清辯滔滔警聾瞽。文章小技世屢驚，白戰餘勇猶堪賈。一編畧見緒之餘，風流太守騷壇主。側身天地立蒼茫，往古賢奸歷歷數。三代而還王跡湮，雅頌自作風騷祖。拔山歌罷大風歌，惟有暴秦不足取。興亡感慨二千年，過眼風花無定所。消沉勝國鑑前車，八表澄清萬物覷。古人心跡君代明，正氣常伸戾氣沮。褒貶一字恒力爭，功罪幾人應首俯。春秋筆削風人旨，豈容牙慧佐譚塵。君承家學溯淵源，文采聲名能繼武。絲綸世掌榮當時，鳳樓手造聯吟譜。使君一麾剖竹符，太岱俯視小齊魯。今來淇澳詠有斐，政肅功餘遊藝圃。我觀古人詠史事，讀書得閒偶一語。長才健筆著連篇，世人那得共甘苦。卓哉吉甫誦清風，手訂刻成宋人楮。案頭未厭百回讀，吟嘯如龍力如虎。

辛未初春子經楊彥修拜題

縱橫上下千秋事，往復低徊七字吟。人是霸才空應運，時當勝國總原心。能教詞旨宗風雅，始信文章重古今。杜老詩篇班固史，兩賢異代有知音。

辛未季春謹齋呂慎修拜題

杜老詩如史，來公史是詩。每從無字處，想到有情時。咄客懷張協，觀書慕左思。雷同羞不語，餘子說皆卑。

辛未初冬近堂杜信義拜題

不作雷同語，高懷世所稀。藻逾荀鶴麗，筆擬董狐揮。放眼觀成敗，原心論是非。春秋懲勸旨，萬古燦珠璣。

壬申端陽敬生陳學灝拜題

岱麓供題詠，梁園互唱酬。循聲河北著，傑作劍南留。創意空前代，窮源異衆流。古詩三百在，人鑑炳千秋。

壬申季夏璧橋朱大鏞拜題

誰解推敲苦，孤鐙筆一枝。觀書追往事，得意集英詞。慧眼知成敗，澄心辨點疵。新編多妙句，不讓太沖詩。

壬申季冬子猷官國勛拜題

口碑直到海東偏，梓里爭傳太守賢。杜老文章詩作史，坡公政事吏如仙。訟庭晝靜心懸鏡，臥閣春深手擘牋。爲郡風流猶未歇，多君談笑靖烽烟。交情三載寄詩郵，大郡新移鎮上游。兩字推敲囊底富，千秋褒貶句中收。香分班馬詞源壯，論逼韓蘇筆陣遒。借問才華那得似，珮聲曾向鳳池頭。

壬申除夕根齋王繼志拜題

騷壇直繼春秋筆，往事難逃七字評。一代詞宗扶大雅，千秋忠佞特分明。偶同杜老推詩聖，不獨班生著史名。把卷幾番花下讀，筑聲敲碎月三更。

壬申除夕菉猗張礪修拜題

史識史才議論雄，詩成二百氣如虹。字嚴衮鉞馬班擬，筆挾雷霆燕許同。論世知人胸有竹，原心畧跡句生風。千秋賢佞真如揭，寶鑑燦存歌詠中。

癸酉人日虎卿鄭雲官拜題

祭酒輝光照簡編，文章太守象先賢。家傳鳳閣絲綸業，手秉麟經衮鉞權。大旨本原三百首，雄才上下五千年。杜陵自昔稱詩史，當代如公足比肩。

癸酉上元節蓬史蔣珣拜題

杜陵老叟傳詩史，今古一人而已矣。幹難才子釣鼇來，提筆四顧拈毫紫。如椽大筆何淋漓，濡染倒傾滄海水。我公宇內良史才，直追龍門媲子美。二百卅章新且奇，宏光終篇烏江始。古人九京如可作，奸諛驚懼名流喜。懼者喜者同服膺，三千年中一知己。藉非胸藏萬卷書，一枝那得健如此。高唱曾停岱嶽雲，新編復貴洛陽紙。我讀君詩我作歌，斗山在望深仰止。

癸酉初春蕙生吳文海拜題

往籍非無詠史詩，偶於披覽寫遐思。問誰精意通千載，名士才人總不遺。敷陳聞識苦尋思，廿載精神筆一枝。即此已徵人物志，莫從班馬覓英辭。

癸酉仲春牧皋張葆謙拜題

提要吟成上好詩，春秋椽筆獨能持。字憑廿八皆包括，史氏翻嫌有費詞。讀罷新詩二百篇，歷朝人物燦當前。杜公莫漫誇詩史，直筆真須讓後賢。

癸酉仲春少雲丁秉燮拜題

不獨供吟詠，兼能廣見聞。風流當代著，何處訪奇文。老眼日星朗，名言金石堅。質之千載上，端不愧先賢。

癸酉仲春詠庚許伸望拜題

千五百年事，新編集大觀。虛懷分美惡，妙筆有悲歡。竟使忠肝露，旋教逆膽寒。就中關治化，莫當小詩看。

癸酉花朝日漁賓路璜拜題

衛源太守政書屏，公暇披吟筆有靈。十七史中森象鼎，二千年後接麟經。以人爲鑑三長擅，寓古於詩一代型。老矣杜陵誰嗣響，鴻篇寄讀當箴銘。

癸酉季春簫九彭鳳高拜題

羨煞一枝筆,詩同史結緣。興亡三百首,上下五千年。已邁蘇辛句,直追沈宋篇。識才公并擅,此集必流傳。

癸酉季春士和孟國鍈拜題

羨君妙筆苦吟哦,此集當推曳落河。一代文衡懸月旦,千秋寶鑑寓雲歌。參軍俊逸鍾情切,開府清新好句多。莫怪驚神兼泣鬼,胸羅星斗眼澄波。

癸酉孟夏雲樵孔廣電拜題

絃外餘音在性情,傳神妙筆意無窮。愛他千五百年事,都入吟壇一卷中。齊東政績千官譜,薊北風流百代師。爲報故園諸父老,寇公詠史有新詩。

埽葉亭花木雜詠

(清)來 秀 撰

埽葉亭花木雜詠

松

　　風濤壓倒樹千重，萬壑雲深倏化龍。怕受人間烟火氣，靈根特結最高峰。

柏

　　本是中朝柱石材，如何霜幹臥蒼苔。萊公老去葛侯死，惆悵秋風漢武臺。

槐

　　濕雲滿地綠成林，風定蟬聲靜客心。炎夏納涼何處好，午陰送到一庭深。

楓

　　曉霞烘出滿林丹，霜落吳江萬木寒。却笑停車秋太晚，勝花顏色有誰看。

竹

滿徑秋聲木葉殘,獨留勁節耐人看。西風吹起凌雲勢,好與孤松結歲寒。

桐

疏雨涼烟畫不如,綠窗書靜客醒初。新秋一葉風搖落,誰寫深閨寄遠書。

冬　青

抱得貞心耐歲華,炎涼閱盡不須嗟。笑他無數閒桃李,盼到春風亂作花。

芭　蕉

綠蠟燒殘夢不成,碧天如洗嫩涼生。瀟瀟一夜無情雨,滴碎秋心是此聲。

斑　竹

一樣修篁血暈拖,斑痕錯落蘸秋波。從來説是湘妃淚,未必湘妃淚許多。

竹　笋

　　昨夜春雷動客思，籜龍驚起茁新姿。漫云嫩緑階前渺，轉眼凌雲十萬枝。

薜　荔

　　斜風細雨緑成堆，深撐雙扉喚不開。羨煞幽居風味好，年年秋色過墙來。

葡　萄

　　滿架秋雲碧影移，草龍珠帳好吟詩。嚼來玉液涼如水，勝似醍醐灌頂時。

榆　錢

　　誰將天地作洪鑪，萬點榆烟入畫圖。三月春光歸去也，可能買住幾分無。

藤　蘿

　　濃蔭紛披暑欲殘，老藤屈曲作龍蟠。根深豈盡憑依力，休與凌霄一樣看。

牡　丹

姚黃魏紫一齊開，洛下曾將好句裁。此是花中真富貴，等閒蜂蝶莫輕來。

芍　藥

久聞元白詠新詞，擬和瑤章下筆遲。怕是將離吟不得，勸君休採鄭人詩。

梅　花

春風開向百花前，品占群芳第一仙。不遇知音林處士，祇堪孤嶺伴雲眠。

杏　花

十里尋花逸興長，春郊策馬趁斜陽。東風更比人來早，吹放一枝紅過墙。

紫　薇

鐘鼓樓頭憶故宮，上林泉樹借來難。絲綸五色令何在，一樣春光兩樣看。

桃　花

落英滿地潛潛，流水無情去不還。是葉是根都是恨，從來薄命半紅顏。

海　棠

銀燭高燒夜正長，捲簾秀霧褪殘妝。晴陰一樣花光好，底事通明奏綠章。

荷　花

萬花如海水如烟，楊柳池塘浸碧天。白鷺一雙眠不穩，西風送到採蓮船。

水　仙

凌波祇覺兩情遙，一水盈盈望阿嬌。洛浦忽逢人絕代，縱無風韻也魂銷。

鳳　仙

嫣紅姹紫映窗紗，也共園葵向日華。詎料芳魂歸杵臼，秋風辜負女兒花。

菊　花

　　斜陽畫出一籬秋，採得黃花插滿頭。寄語寒霜休着意，西風簾捲不知愁。

雞　冠

　　早把簪纓付太空，昂頭天外笑秋風。勸君莫向雞群立，恐被人呼鶴頂紅。

槐　花

　　西風搖落碎黃金，斜日殘蟬噪暮陰。人自匆忙印自逸，飛花滿地不關心。

菜　花

　　人間此色最堪哀，幾度東風着意培。試問元都觀裏客，桃花開後可曾來。

棉　花

　　花開本是錦成團，恥與群芳并日看。知是熱心忘不得，萬家全暖一家寒。

荷　珠

蓮塘十里曉涼天，急雨跳珠萬顆圓。祇恐玉盤留不住，問他柳線可能穿。

竹　粉

種得琅玕十畝涼，緑筠垂老傳新妝。誰知天半凌雲客，也帶人間脂粉香。

松　釵

蕭疏鶴髮聳蒼顔，老幹婆娑翠影環。可惜冬山妝不得，伊誰辜負白雲鬟。

荷　錢

萬個飛來何處錢，水雲光裏漾輕圓。滿湖風月非無價，買得新涼好放船。

雪　花

飛瓊曾灑灞橋西，冷烟隨風勢不迷。無那朝陽烘太甚，玉顔消瘦殉春泥。

臘　梅

開遲未必負年光，嚼破寒英一味香。笑煞千紅同萬紫，獨標正色冠群芳。

花　影

芳菲滿地手難描，風度瑤臺碎影搖。明月乍來春正艷，半遮流水半遮橋。

柳　絮

羨他曾度好春光，也似飛花上下狂。弱質誰云能耐久，隋堤夢冷賸斜陽。

落　花

香魂渺渺水東流，寂寞黃昏怕倚樓。萬種離情千點淚，問誰替得許多愁。

落　葉

夕陽衰草悵荒涼，風響空階客斷腸。命較落花尤覺薄，半生憔悴葵秋霜。

埽葉亭花木雜詠

枯　木

　　漫愁老幹雪霜侵,獨抱凌寒萬古心。待得陽和春信到,緑陰更比舊時深。

題　　記

　　格調似漁洋，而漁洋無此情也。風神似簡齋，而簡齋無此味也。置之中晚唐詩中，幾無以辨。拜服，拜服。湯東笙拜讀

　　溫李七截勝似杜韓，一盡一不盡也，統觀全作深得三百篇比興之旨，殆二公之亞歟。崔芊堂拜讀

　　妙語天成未經人道，羚羊掛角香象渡河，足以方其神妙。東坡老人草木詩，不得擅美於前矣。殊深佩服。朱熙芝拜讀。

　　意新筆婉，藻采紛披，其一種纏綿不已，寄託遥深之致，尤足耐人尋味。吴蕙生拜讀

　　一往情深悠然不盡，確是七截作法，唐之温李，宋之歐蘇，亦如是爾。宗滌樓拜讀

　　風神絶世，唐之温飛卿，今之王漁洋，皆無以過之。自非於此道，九折肱未克造斯境地也。佩服，佩服。貢荆山拜讀

望江南詞

(清)來秀撰

望 江 南 詞

風 土 人 情

都門好,園館鬧元宵。菊部登場歌錦瑟,蘭臺勝會聚雲軺,人老一枝簫。

都門好,廠店萬編書。晉帖唐詩秦古鏡,隋珠漢鼎宋瓷鑪,巨眼辨韓蘇。

都門好,食品十分精。鹿尾羊羔誇北味,魚鬆蟹麵勝南京,煎炒問東興。

都門好,茶館客分棚。破睡靈芽清味永,潤腸雪乳嫩香凝,飯後品茶經。

都門好,佳點貴翻毛。冰麝香團荷葉餅,靈犀乳作茯苓糕,製造膳房高。

都門好,東廟異珍鋪。黃玉鈿花銜翡翠,碧霞珠串嵌珊瑚,賞鑒識精粗。

都門好,飯館說餘芳。米粉肉香溫苦露,木樨羹好換新湯,四面水雲涼。

都門好,口技擅禽鳴。錦舌瀾翻江海水,伶牙慧譜鳳鸞聲,也算老雕蟲。

都門好,女曲更魂銷。小妹靈機推皓月,元兒絕技弄瓊簫,强半好風騷。

都門好,雜耍亦銷愁。海鶴先編金葉子,香貍亂舞玉搔頭,打采睹風流。

都門好,歌舞萃京華。玉貌潔於蓬島雪,紅妝妬煞海棠花,久客不思家。

都門好,閨閣打鞦韆。窄袖手搖蝴蝶影,短襟足破鷺鷥烟,雲際聳香肩。

都門好,鍼澹巧思成。刺繡荷包雲爛熳,穿珠葵扇雪玲瓏,妙手奪天工。

都門好,八角鼓聲敲。柳老詼諧原矯矯,崑生詞曲本超超,風趣近南朝。

都門好,店是估衣忙。棚下雪縈銀鼠袖,街頭風暖紫貂裳,富貴帝王鄉。

望江南詞

都門好，蟋蟀鬭瓷盆。燕雀頭顱徵異種，琵琶羽翼貴兼金，籬豆一鐙深。

都門好，籠鳥儼笙簧。反舌無聲鳴翡翠，畫眉入調睡鴛鴦，神品雪衣娘。

都門好，甕洞九龍齋。冰雪滌腸香味滿，醍醐灌頂暑氛開，兩腋冷風催。

都門好，靴店內興隆。莫謂元冠遊日下，須看朱履步雲中，時樣納夔龍。

都門好，簉室娶吳喬。弱比蜻蜓蓮瓣窄，艷於螮蝀杏腮嬌，香夢海門潮。

都門好，秋色滿長堤。湖畔漸收新熟稻，園邊初摘壓枝梨，人影畫橋西。

都門好，海甸泛輕舠。扶醉客遊春柳岸，浣衣人語夕陽橋。一朵妙峰遥。

釣遊舊跡

都門好，湖影蕩昆明。昆明湖在海甸西北周圍二十里。遠浦荷花千萬朵，斷橋漁火兩三星，人臥水心亭。

都門好，重九酌陶然。陶然亭甚高，頗宜遠眺。髙譀彭城思往代，狂歌葱嶺正韶年,把酒日銜山。

都門好,三醉可園霞。_{崇華巖孝廉別墅名可園。}竹影松烟紅薜荔,水亭月榭碧蒹葭,幽夢到蘆花。

都門好,椰子井頤園。_{成都護修茸。}五畝菰蘆橫釣艇,一窗松月住茅軒,涼夜脫碧嚚煩。

都門好,極樂_{寺名。}海棠開。紅雨滴成新院落,絳霞烘出舊樓臺,楊柳好風來。

都門好,姚相築天靈。_{寺名。}菊圃黃花寒夕照,楓林紅葉響空庭,僧榻約同聽。

都門好,雙塔玉泉山。戰壘孤存牢虎洞,殘蒿影人黑龍潭,興廢感循環。

都門好,二牐泛漁船。浦口草深凫雁亂,磯頭水淺鷺鶿眠,一棹夕陽烟。

都門好,臥佛寺中遊。密雨飛泉噴寶塔,斜陽晚磬打僧樓,何日買歸舟。

都門好,北海聳瀛臺。玉蝀乘舟遊夜月,金鰲把釣響春雷,傑閣勢崔巍。_{瀛臺即明之南臺,有極樂世界、萬佛樓諸勝。}

都門好,半畝_{園名。}宴中秋。天上長風磨古鏡,人間假石城層樓,

望江南詞

舊跡笠翁留。半畝園,季笠翁遺趾。

都門好,十刹海揚波。帆影遠招垂釣客。河風涼送採蓮歌,秋色景山多。景山即明之後山,有流水音、望湖樓、春藕齋諸勝。

都門好,靈鷲庵名。會棋枰。約勝克齋同年作手談會。僧院子敲涼月白,佛樓花落夜鐙青,一鶴唳華亭。

都門好,兌老古良醫。黃兌榴年伯,精於岐黃。丹竈香濃仙葉熟,青囊春暖病人知,季子亦精奇。乃弟村塢觀察亦通脈理。

都門好,心鑑五星精。余與心鑑爲莫逆交。吞易虞翻神洞徹,高才郭璞論縱橫,雛鳳擅清聲。哲嗣已領鄉薦。

都門好,文會聚神州。唐代詩人懷賈島,謂賈敬之孝廉。漢廷太尉重楊彪,謂楊簡侯方伯。回首悵前遊。

都門好,埽葉亭名。煮嘉肴。處士劉伶推酒聖,謂劉仲雲布衣。舊臣來敏亦詩豪,同踏月輪高。

都門好,日下雁成行。一第修文虛桂籍,伯兄子經庚子秋捷揭曉前一日長逝。十年磨劍老沙場,仲兄子佩由孝廉改官遊擊,歿於陝西軍營。風雨憶聯床。

跋

俚事以俏語出之游戲之筆，抑何綺麗乃爾。若釣游舊跡諸闋，更一往情深矣。乙丑新秋之夜，蟲聲四壁，鐙影一簾，枯寂如僧，百無聊賴，讀此爲之西笑。覺曩日長安落拓，遠勝兀坐青氊也。

李宗泰拜跋

跋

　　以圓轉之筆運旖旎之思，繪景繪情，悉臻絕妙，拜服拜服，惟捧讀一過，殊令人惆悵舊游耳。

湯鋐拜跋

跋

紫荍太守長於律詩,氣味甚厚。精於詞學,法律極嚴,望江南四十首,妙語天成,未經人道,其收句有味外味,酷似北宋人手筆,以視鐵崖竹枝,殊覺后來居上矣。

宮本昂拜跋

詩　　題

　　鏤雪裁冰思極妍，一絲雲縷一絲煙。方回不作堯章逝，此事須論五百年。

　　景物春明世久稱，鐵翁丰調漫相矜。曉風殘月依稀是，室有屯田一穗鐙。

　　話舊難忘贈別詩，元瑜書記媿當時。而今已判雲泥分，羞向諸郎說是師。

冬伯叟恩煦拜題

　　事皆徵實格翻新，妙腕靈心迥出塵。漫說蘇辛堪繼響，本來賢守是詩人。

　　回首春明十載餘，近來棋局更何如。新詞讀罷還西笑，却笑當年領略疏。

　　半霞舊句漫相參，潞水新編有客譚。從此都門添韻事，家家齊唱望江南。

玉甫趙惟崐拜題

附來秀詩七首⁽一⁾

詠　史

　　士爲知己死，養士思燕丹。提劍報强秦，荆軻髮衝冠。壯士去不歸，秋風易水寒。殺身亦無益，行險事多難。奇功究未成，冤哉田與樊。

秋　日　雜　詠

　　一雨消殘暑，空齋涼意生。波開魚有影，蟬息樹無聲。橙橘他鄉感，蒓鱸此日情。可憐新種竹，分綠到前楹。

佛峪山亭題壁

　　紅葉萬山響，秋風繞一亭。懸崖銜紫翠，古寺有丹青。落木樵聲起，斜陽客夢醒。凭欄苦吟久，此調有誰聽。

（一）　輯自《國朝雅正集》卷九九。

招遠道中

　　雪霽籃輿穩，晴峰面環。海風搖勁草，寒日下荒山。遠水暮煙起，空林倦鳥還。歸期頻屈指，梅柳小春間。

重陽齊河感懷

　　秋聲爭觸旅人心，日暮荒臺落葉深。何事豺狼峴尚負，愁聞鐘鼓夜初沉。寒嘶邊馬西風起，天壓孤城北斗臨。手把茱萸倍惆悵，中原人物憶淮陰。

登蓬萊閣

　　崔嵬宮殿控飛流，今日登臨最上頭。潮信驚回新舊夢，海風吹斷古今愁。瓊樓仙島遙侵水，雲影天光冷入秋。愧少青蓮仙句好，聊爲掃壁記曾游。

秋　怨

　　莫拭夜中砧，莫採池上藕。藕絲牽妾腸，砧杵寒妾手。

圖書在版編目(CIP)數據

法式善文學家族詩集／(清)法式善等撰；多洛肯點校.
—上海：上海古籍出版社，2018.11
(清代少數民族文學家族詩集叢刊.第一輯)
ISBN 978-7-5325-8769-8

Ⅰ.①法… Ⅱ.①法… ②多… Ⅲ.①古典詩歌—詩集—中國—清代 Ⅳ.①I222.749

中國版本圖書館CIP數據核字(2018)第047730號

清代少數民族文學家族詩集叢刊第一輯
法式善文學家族詩集
(全二册)
〔清〕法式善　等撰
多洛肯　點校
上海古籍出版社出版發行
(上海瑞金二路272號　郵政編碼200020)
(1)網址：www.guji.com.cn
(2)E-mail：guji1@guji.com.cn
(3)易文網網址：www.ewen.co
上海惠敦印務科技有限公司印刷
開本890×1240　1/32　印張35.125　插頁4　字數881,000
2018年11月第1版　2018年11月第1次印刷
ISBN 978-7-5325-8769-8
I·3260　定價：148.00元
如有質量問題,請與承印公司聯繫